EDIÇÕES BESTBOLSO

O buraco da agulha

O escritor inglês Ken Follett nasceu em 1949 e estreou na literatura em 1978 com o livro *O buraco da agulha*. Com formação em Filosofia e Jornalismo, Follett escrevia ficção como hobby, nos fins de semana. Especialista em suspense e espionagem, passou também a produzir romances históricos no início da década de 1990. Em 1981, *O buraco da agulha* foi adaptado para o cinema com Donald Sutherland e Kate Nelligan nos papéis principais.

CB079181

Ken Follett

O BURACO DA AGULHA

Tradução de
ORLANDO LEMOS

4ª edição

EDIÇÕES
BestBolso
RIO DE JANEIRO – 2011

CIP-Brasil. Catalogação-na-fonte
Sindicato Nacional dos Editores de Livros, RJ.

Follett, Ken, 1949-
F724b O buraco da agulha / Ken Follett; tradução de Orlando Lemos. – 4ª edição
4ª ed. – Rio de Janeiro: BestBolso, 2011.

Tradução de: Eye of the Needle (Storm Island)
ISBN 978-85-7799-027-6

1. Ficção inglesa. I. Lemos, Orlando, 1973- . II. Título.

07-3729 CDD – 823
CDU – 821.111-3

O buraco da agulha, de autoria de Ken Follett.
Título número 028 das Edições BestBolso.
Quarta edição impressa em janeiro de 2011.

Título original inglês:
EYE OF THE NEEDLE (STORM ISLAND)

Copyright © 1978 by Ken Follett.
Copyright da tradução © by Distribuidora Record de Serviços de Imprensa S.A.
Direitos de reprodução da tradução cedidos para Edições BestBolso, um selo da Editora Best Seller Ltda. Distribuidora Record de Serviços de Imprensa S.A. e Editora Best Seller Ltda. são empresas do Grupo Editorial Record.

www.edicoesbestbolso.com.br

Ilustração e design de capa: Tita Nigrí

Todos os direitos reservados. Proibida a reprodução, no todo ou em parte, sem autorização prévia por escrito da editora, sejam quais forem os meios empregados.

Direitos exclusivos de publicação em língua portuguesa para o Brasil em formato bolso adquiridos pelas Edições BestBolso um selo da Editora Best Seller Ltda.
Rua Argentina 171 – 20921-380 – Rio de Janeiro, RJ – Tel.: 2585-2000
que se reserva a propriedade literária desta tradução.

Impresso no Brasil

ISBN 978-85-7799-027-6

Agradecimento

Minha gratidão a Malcolm Hulke
pela inestimável ajuda,
generosamente concedida.

Os alemães foram enganados quase que por completo – somente Hitler avaliou corretamente, mas hesitou em apostar num palpite...

A.J.P. Taylor
História inglesa 1914-1945

Parte I

1

Aquele foi o inverno mais frio dos últimos 45 anos. As aldeias do interior da Inglaterra estavam isoladas pela neve, e o Rio Tâmisa congelou. Certo dia, em janeiro, o trem de Glasgow para Londres chegou em Euston com um atraso de 24 horas. Dirigir era perigoso devido à neve e à escuridão: os acidentes nas estradas duplicaram e as pessoas faziam piada, dizendo que era mais arriscado dirigir um Austin Seven pela Piccadilly, à noite, do que fazer um tanque passar pela linha Siegfried.

Mas, quando a primavera chegou, foi radiante. Os balões da barreira antiaérea flutuavam em um céu maravilhosamente azul, e os soldados de folga flertavam com as moças, com seus vestidos vaporosos, pelas ruas de Londres.

A cidade não tinha o aspecto da capital de um país em guerra. Logicamente, havia alguns indícios; e Henry Faber, percorrendo de bicicleta o trajeto entre Waterloo Station e Highgate, observou-os bem: pilhas de sacos de areia diante dos edifícios públicos de maior importância, os abrigos nos parques suburbanos, cartazes de propaganda sobre evacuação de áreas e precauções com ataques aéreos. Faber observava tudo isso – era bem mais observador que a média dos escriturários que trabalhavam na estrada de ferro. Ele notou grupos de crianças nos parques e concluiu que o plano de evacuação havia falhado. Contava os carros em circulação apesar do racionamento de petróleo e lia sobre os novos modelos anunciados pelos fabricantes. Sabia o significado da existência de operários no turno da noite, nas fábricas que, alguns meses antes, mal tinham trabalho para o turno da manhã. Ele controlava, principalmente, o movimento das tropas ao longo das ferrovias britânicas: todos os despachos passavam por sua mesa. Era possível descobrir muita coisa por meio desses despachos. Hoje, por exemplo, ele havia carimbado vários documentos que o levaram a crer que uma nova Força Expedicionária estava sendo reunida. Tinha certeza de que a nova Força teria um total de cem mil homens e seria enviada à Finlândia.

Havia indícios, sim; mas havia o lado divertido também. Os programas de rádio satirizavam a burocracia dos regulamentos de guerra, grupos cantavam nos abrigos antiaéreos e damas elegantes carregavam suas máscaras de gás em estojos especialmente desenhados por estilistas. Falava-se do tédio da guerra. Era ao mesmo tempo algo irreal e corriqueiro, como um filme. Todos os avisos de ataque aéreo, sem exceção, foram alarmes falsos.

Faber tinha um ponto de vista diferente – mas ele mesmo era uma pessoa diferente.

Ele entrou em Archway Road e inclinou-se um pouco na bicicleta por causa da subida, suas longas pernas pedalando sem demonstrar cansaço, como os pistões de uma locomotiva. Estava em forma para a sua idade, 39 anos, embora mentisse sobre ela. Ele mentia sobre muitas coisas, por medida de segurança.

Começou a transpirar à medida que subia em direção a Highgate. A casa em que morava era uma das mais altas de Londres. E justamente por isso ele escolhera aquele lugar. Era uma casa de tijolo, no estilo vitoriano, e fazia parte de um conjunto de seis casas. As casas eram altas, estreitas e escuras, como as mentes dos homens para os quais haviam sido construídas. Cada uma delas tinha três pavimentos, além do porão com a entrada para os criados. A classe média inglesa do século XIX insistia na existência de uma entrada para criados, mesmo que não houvesse criados. Faber era cético em relação aos ingleses.

A casa número 6 pertencera ao Sr. Harold Garden, da Garden's Tea and Coffee, uma pequena empresa que faliu durante a Depressão. Tendo vivido sob o princípio de que a insolvência é um pecado mortal, a falência só deu ao Sr. Garden uma opção: morrer. A casa foi a única herança deixada à viúva, que se viu forçada a aceitar inquilinos. Ela gostava de alugar quartos, embora as convenções do círculo social a que pertencia a induzissem a sentir-se um pouco envergonhada dessa situação. Faber tinha um quarto no último andar com uma janela envidraçada que saía do próprio telhado. Ele vivia lá de segunda a sexta-feira, dizendo à Sra. Garden que passava os fins de semana com a mãe, em Erith. Na verdade, ele alugava outro quarto em Blackheath, cuja proprietária o chamava de Sr. Baker e pensava que ele era representante de uma fábrica de artigos de papelaria e passava a semana inteira viajando.

Ele conduziu a bicicleta pelo jardim sob um olhar de censura vindo das janelas em frente. Colocou a bicicleta debaixo do telheiro e prendeu-a com o cadeado à máquina de cortar, pois era contra a lei deixar veículos soltos. Os brotos de batata, colocados em caixotes debaixo do telheiro, estavam germinando. A Sra. Garden acabara com as flores e começara a plantar legumes para ajudar no esforço de guerra.

Faber entrou em casa, pendurou o chapéu no cabide do hall, lavou as mãos e foi tomar chá.

Três dos outros inquilinos também estavam comendo: um rapaz cheio de espinhas no rosto vindo de Yorkshire, que estava tentando ingressar no Exército; um vendedor de doces com cabelos loiros que já se tornavam escassos; e um oficial reformado da Marinha que, Faber se convencera, era um depravado. Faber cumprimentou os três e sentou-se.

O vendedor estava contando uma piada.

– Então o chefe da esquadrilha disse: "Você voltou cedo!" e o piloto respondeu: "Claro, joguei os panfletos amarrados, não era isso?" E o chefe da esquadrilha retrucou: "Meu Deus! Você deve ter machucado alguém!"

O oficial reformado gargalhou e Faber esboçou um sorriso. A Sra. Garden entrou na sala com o bule de chá.

– Boa noite, Sr. Faber. Começamos sem o senhor. Espero que não se aborreça.

Faber espalhou margarina num pedaço de pão integral e por um momento sentiu vontade de comer uma lingüiça bem gordurosa.

– Os brotos de batata já podem ser plantados – disse Faber à dona da casa.

Faber tomou o chá rapidamente. Os demais estavam discutindo se Chamberlain deveria sair e ser substituído por Churchill. A Sra. Garden emitia suas opiniões e então olhava para Faber para ve sua reação. Ela era uma mulher rude, de face corada, levemente gorda. Tinha mais ou menos a idade de Faber, mas usava roupas de uma mulher de 30 anos, e ele achava que ela queria casar-se novamente. Faber manteve-se fora da discussão.

A Sra. Garden ligou o rádio. A princípio o aparelho produziu uns ruídos e depois o locutor anunciou:

– Este é o Serviço Nacional da BBC. *It's that man again!*

Faber já tinha ouvido o programa. Ele geralmente apresentava um espião alemão chamado Funf. Pediu licença e foi para o seu quarto.

Depois do programa *It's that man again!*, a Sra. Garden ficou sozinha. O oficial reformado foi ao bar com o vendedor, e o rapaz de Yorkshire, que era religioso, saiu para ir a um encontro de preces. Ela sentou-se então na sala de visitas com uma pequena garrafa de gim, isolada na escuridão, pensando no Sr. Faber. Por ela, ele não passaria tanto tempo no quarto. Estava precisando de companhia, e ele era exatamente o tipo de companhia de que ela precisava.

Seus pensamentos fizeram com que ela se sentisse um pouco envergonhada. E, para suavizar o sentimento de culpa, pensou no Sr. Garden. Suas lembranças eram-lhe familiares mas um pouco esmaecidas, como num velho filme com as bordas gastas e uma trilha sonora indistinta. Acontecia que, embora ela pudesse se lembrar do marido a seu lado na sala de visitas, era difícil imaginar seu rosto, ou as roupas que ele estaria usando, ou mesmo os comentários que faria sobre as últimas notícias da guerra. Ele fora um homem bem-sucedido nos negócios, quando tinha sorte, e malsucedido quando não tinha, reservado em público e insaciavelmente carinhoso na cama. Tinha estatura baixa e era muito ativo. Ela o amou muito. Haveria muitas mulheres na mesma situação se a guerra continuasse. Ela bebeu outro copo de gim.

O Sr. Faber era um homem muito calmo – esse era o problema. Ele parecia não ter vício algum. Não fumava, ela nunca sentira cheiro de bebida em seu hálito, e passava todas as noites no quarto ouvindo música erudita no rádio. Ele lia muitos jornais e gostava de dar longas caminhadas. Ela o achava muito inteligente, apesar de seu trabalho ser bem simples. As intervenções dele nas conversas, durante as refeições, eram mais ponderadas do que as dos outros. Com toda certeza, ele poderia arranjar um emprego melhor se quisesse, mas parecia não se dar a chance a que tinha direito.

O mesmo acontecia com sua aparência. Era uma bela figura de homem: alto, ombros largos e pescoço forte, não era gordo e tinha pernas compridas. Tinha uma expressão decidida, com uma fronte alta, o queixo longo e olhos azuis muito brilhantes. Não era bonito como um galã de cinema, mas tinha o tipo de rosto que chamava a atenção de uma mulher. Exceto pela boca – que era pequena e fina, e ela podia imaginá-lo sendo bruto. O Sr. Garden era incapaz de uma brutalidade.

No entanto, ao vê-lo pela primeira vez, não era o tipo de homem para quem uma mulher tinha vontade de olhar de novo. As calças de seu velho terno nunca eram passadas – ela passaria suas calças, com todo prazer, mas ele nunca pedia – e usava sempre uma capa de chuva surrada e um chapéu achatado. Ele não tinha bigode e os cabelos eram aparados quinzenalmente. Era como se quisesse passar despercebido.

Ele precisava de uma mulher, não havia a menor dúvida. Ela pensou por um momento se ele seria o que as pessoas chamam de efeminado, mas repeliu a idéia prontamente. Ele precisava de uma esposa para arrumá-lo e também para despertar-lhe ambição. Ela precisava de um homem para lhe fazer companhia e para... bem, para o amor.

Contudo, ele jamais tomou uma iniciativa. Às vezes tinha vontade de gritar para mostrar sua frustração. Tinha certeza de que era atraente. Enquanto servia outra dose de gim, olhou-se no espelho. Tinha o rosto bonito e cabelos ondulados muito jeitosos, e havia alguma coisa para um homem agarrar... Sorriu ao pensar nisso. Ela devia estar ficando bêbada.

Tomou um trago e pensou se *deveria* dar o primeiro passo. O Sr. Faber era tímido – cronicamente tímido. Ele não era assexuado – estava certa disso pela expressão de seu olhar nas duas vezes em que a viu de camisola. Talvez ela pudesse contornar a timidez dele mostrando-se mais atirada. O que teria a perder? Começou então a imaginar o pior para ver como se sentia. E se ele a rejeitasse? Seria embaraçoso – até humilhante. Seria um abalo em seu orgulho. Mas ninguém precisaria ficar sabendo do acontecido. Ele teria apenas que se mudar.

Só de pensar na possibilidade de rejeição, ela desistiu da idéia. E lentamente voltou à realidade, pensando: não sou do tipo atirado. Estava na hora de ir dormir. Se ela tomasse mais um gim antes de se deitar, conseguiria dormir. Subiu com a garrafa na mão.

O quarto dela ficava embaixo do quarto do Sr. Faber. Enquanto ela se despia, ouviu no rádio dele o som de uma peça para violino. Ela vestiu uma camisola nova – cor-de-rosa, com o decote bordado, e sem ninguém para admirá-la! – e se serviu de seu último gim. Imaginou como o Sr. Faber seria sem roupa. Teria o tórax rígido e pêlos no peito, e é possível que suas costelas fossem visíveis, já que ele era magro. Era provável que tivesse um traseiro pequeno. Deu um risinho novamente, pensando: eu não presto!

Levou o copo para a cama e apanhou um livro, mas era muito difícil se concentrar na história. Além disso, ela se aborrecia com romances de mentira. Histórias sobre casos de amor perigosos são muito boas quando se tem um relacionamento bem seguro com o marido, mas uma mulher necessitava de mais do que Barbara Cartland. Bebeu o gim e teve vontade de que o Sr. Faber desligasse o rádio. Era como tentar dormir num chá dançante!

Ela poderia, é claro, pedir para ele desligar o aparelho. Olhou para o relógio de cabeceira: passava das 22 horas. Podia vestir o robe, que combinava com a camisola, dar um jeito nos cabelos, calçar o chinelo – delicado, com um desenho de rosas –, subir as escadas até o andar de cima e apenas, bem, bater à porta dele. Ele abriria, talvez estivesse de calça e camiseta, então ele a *olharia* da mesma maneira como a *olhou*, quando ela estava de camisola indo para o banheiro...

– Velha tonta – disse a si mesma em voz alta. – Você está só arranjando uma desculpa para ir lá em cima.

E então pensou por que precisava de desculpas. Era uma adulta amadurecida, estava em sua casa, e durante dez anos não encontrara nenhum homem que servisse e, que diabo, ela precisava sentir alguém forte, pesado e peludo em cima dela, apertando seus seios, ofegando em seu ouvido e abrindo suas coxas com as mãos largas, pois amanhã os alemães podem jogar bombas de gás e todos morrerão asfixiados e envenenados e ela teria perdido a última chance.

Acabou de beber o gim, levantou-se, vestiu o robe, penteou um pouco os cabelos e calçou o chinelo, apanhando o molho de chaves para o caso de o Sr. Faber estar com a porta trancada e não ouvir suas batidas por causa do rádio ligado.

Não havia ninguém no andar dele. A escadaria estava escura. Ela tencionava subir com muito cuidado, pois os degraus rangiam, mas tropeçou no tapete e acabou fazendo barulho. Provavelmente ninguém ouviu, e ela continuou e bateu à porta do quarto dele. Tentou, com delicadeza, abrir a porta. Estava trancada.

O volume do rádio foi abaixado, e o Sr. Faber perguntou:

– Quem é?

Ele falava bem: nem muito simples nem muito empolado; na verdade, não tinha sotaque algum, apenas uma agradável voz neutra.

– Posso falar com o senhor? – perguntou ela.

Ele pareceu hesitar por um instante, mas depois falou:

– Estou sem roupa.

– Eu também – ela disse baixinho, abrindo a porta com uma cópia da chave do quarto. Ele estava em pé diante do rádio com uma espécie de chave de parafuso na mão. Estava de calça mas *sem* camiseta. O rosto dele ficou lívido por causa do susto que levou.

Ela entrou no quarto e fechou a porta atrás de si, sem saber o que dizer. De repente, lembrou-se da fala de um filme americano e disse:

– Quer pagar um drinque para uma moça solitária?

Era tolice, ela sabia, pois ele não tinha bebida no quarto e ela não estava vestida para sair; de qualquer modo, aquilo lhe pareceu sedutor.

Parece que surtiu o efeito desejado. Sem dizer nada, ele caminhou na direção dela. Ele realmente *tinha* pêlos no peito. Ela deu um passo e então os braços dele a envolveram e ela fechou os olhos e voltou o rosto, ele a beijou e ela moveu-se levemente em seus braços e sentiu então uma terrível, medonha, cortante, dor nas costas e abriu a boca para gritar.

ELE TINHA OUVIDO quando ela tropeçou na escadaria. Se ela tivesse esperado um minuto, ele teria guardado o transmissor no estojo e o livro de código na gaveta, e não haveria necessidade de matá-la. Mas, antes que ele pudesse ocultar as evidências, ouviu o barulho da chave e, quando ela abriu a porta, ele estava com o estilete na mão.

Como ela se virou em seus braços, Faber não acertou seu coração com o primeiro golpe e teve de apertar sua garganta com os dedos para deter os gritos. Ele a golpeou novamente, mas outra vez ela se mexeu e a lâmina bateu numa costela e cortou só superficialmente. Então o sangue começou a jorrar e ele sabia que não seria um crime limpo; nunca é quando se erra o primeiro golpe.

Ela estava se debatendo demais para receber outra estocada. Mantendo os dedos em sua boca, ele apertou a mandíbula dela com o polegar e a encostou contra a parede. A cabeça bateu no portal e fez barulho, ele gostaria de não ter diminuído o volume do rádio, mas como podia esperar tudo aquilo?

Hesitou antes de matá-la, pois seria melhor que ela morresse na cama – melhor para o estratagema que começava a tomar forma em sua cabeça –, mas ele não podia ter certeza de que ela ficaria calada. Ele segurou a mandíbula de maneira mais firme ainda, mantendo a cabeça encostada na porta, e fez um movimento cortante em arco com o estilete, abrindo uma perfuração bem grande que dilacerou sua garganta, pois o estilete não era uma faca de corte e a garganta não era o alvo preferido dele.

Ele se afastou para evitar o primeiro horrível jorro de sangue e depois aproximou-se novamente para segurá-la antes que caísse no chão. Arrastou-a para a cama, procurando não olhar para o pescoço, e deitou-a.

Ele já matara antes, por isso esperava a reação: ela sempre vinha assim que se sentia seguro. Foi até a pia, no canto do quarto, e esperou. Podia ver-se no pequeno espelho. Estava pálido e tinha os olhos fixos. Olhou-se no espelho e pensou: *Assassino.* E vomitou.

Em seguida, ele se sentiu melhor. Agora podia ir trabalhar. Sabia o que tinha a fazer: os detalhes lhe vieram à mente enquanto a matava.

Lavou o rosto, escovou os dentes e limpou a pia. Sentou-se então à mesa diante do rádio. Olhou seu caderno de anotações, encontrou onde havia parado e começou a bater a chave. Era uma longa mensagem, sobre a convocação de soldados para a Finlândia, e ele estava na metade quando fora interrompido. Era escrita em código. Quando terminou, despediu-se com: "Saudações a Willi."

O transmissor ficava guardado numa maleta feita especialmente para ele. Faber guardou o restante de suas coisas num outro estojo. Tirou a calça e limpou as manchas de sangue, e depois lavou todo o corpo.

Finalmente olhou o cadáver.

Agora podia ficar tranqüilo quanto a ela. Era tempo de guerra; os dois eram inimigos: se ele não a tivesse matado, ela teria causado a morte dele. Ela representara uma ameaça, e agora a ameaça fora anulada. Ela não devia tê-lo assustado.

Contudo, sua última tarefa era desagradável. Abriu o robe e levantou a camisola até a cintura. Ela estava usando uma calcinha. Ele a rasgou, deixando à mostra os pêlos do sexo. Pobre mulher: queria apenas seduzi-lo. Mas ele não poderia fazê-la sair do quarto sem que ela visse o transmissor; e a propaganda inglesa deixara as pessoas alertas contra os espiões – o que era ridículo: se a *Abwehr** tivesse tantos agentes quanto os jornais anunciavam, então a Inglaterra já teria perdido a guerra.

Ele se afastou um pouco e olhou-a de relance. Havia algo errado. Tentou imaginar o que um maníaco sexual pensaria. Se eu estivesse louco de paixão por uma mulher como Una Garden, e a matasse para possuí-la, o que faria depois?

Claro: esse tipo de maluco gostaria de ver seus seios. Faber inclinou-se sobre o corpo da mulher, segurou a

---

**Abwehr*: Organização subordinada ao Alto Comando alemão que, entre 1921 e 1944, controlava os serviços de espionagem no exterior. (*N. do R.*)

camisola pelo decote e rasgou-a até a cintura. Os grandes seios caíram para os lados.

O médico-legista descobriria logo que ela não fora violentada, mas Faber não se importou com isso. Ele tinha feito um curso de criminologia em Heidelberg e sabia que muitos ataques de maníacos sexuais não se consumavam. Além disso, ele não faria mais nada, mesmo pela Pátria. Ele não era um SS. Alguns *deles* fariam até fila para possuir um cadáver... Afastou esse pensamento da mente.

Lavou novamente as mãos e vestiu-se. Era quase meia-noite. Ele ia esperar mais uma hora antes de partir. Seria mais seguro.

Sentou-se e pensou no que havia saído errado.

Não havia nenhuma dúvida de que cometera um erro. Se o seu disfarce fosse perfeito, ele estaria totalmente seguro. E, se estivesse seguro, ninguém poderia descobrir seu segredo. A Sra. Garden descobrira seu segredo – ou melhor, teria descoberto se vivesse mais alguns segundos – e, como não estivera totalmente seguro, seu disfarce não era perfeito, portanto cometera um erro.

Ele deveria ter colocado uma tranca na porta. Melhor passar por cronicamente tímido do que ter a senhoria entrando furtivamente no quarto de camisola utilizando-se da duplicata da chave.

Esse era o erro aparente. O mais grave era ser bem-apessoado demais para continuar solteiro. Pensou nisso com irritação, e não com vaidade. Sabia que ele era uma pessoa agradável, um homem atraente, e que não existia nenhum motivo aparente para que fosse solteiro. Ele começou a tramar uma desculpa que explicasse isso sem entrar no jogo de mulheres como a Sra. Garden.

Ele deveria encontrar o motivo na própria personalidade. Por que *ele* era solteiro? Virou-se, agitado: não gostava de espelhos. A resposta era simples. Era solteiro por causa de sua profissão. Se havia razões mais profundas, não estava interessado em sabê-las.

Seria obrigado a passar aquela noite na rua. Highgate Wood serviria. Pela manhã, levaria sua bagagem ao guarda-volumes da estação ferroviária, e no dia seguinte iria para o seu quarto de Blackheath.

Ele usaria sua segunda identidade. Praticamente não tinha medo de ser apanhado pela polícia. O viajante comercial que ocupava o quarto de Blackheath nos fins de semana era bastante diferente do escriturário da ferrovia que matara sua senhoria. O personagem de Blackheath era expressivo, vulgar e vibrante. Vestia gravatas berrantes, pagava rodadas de bebidas e penteava os cabelos de um modo diferente. A polícia iria distribuir a descrição de um miserável pervertido que não faria mal a uma mosca até que se sentisse excitado, e ninguém olharia duas vezes para o atraente vendedor com seu terno listrado que, obviamente, não precisaria matar ninguém para ver seus seios.

Teria que escolher outra identidade – ele sempre mantinha pelo menos duas. Precisaria de outro emprego, documentos novos – passaporte, carteira de identidade, cartão de racionamento, certidão de nascimento. Providenciar tudo isso era tão arriscado! Maldita Sra. Garden. Por que ela não se embriagou e dormiu normalmente?

Era 1 hora. Faber deu uma última olhada pelo quarto. Não estava preocupado com as pistas que deixara – suas impressões digitais estavam espalhadas por toda a casa, e não haveria dúvida sobre quem teria sido o assassino. Também não sentia nenhuma emoção especial por deixar o lugar que fora sua casa por dois anos: nunca pensou naquela casa como um lar. Nunca pensara em lugar algum como um lar.

Lembraria sempre dali como o lugar onde deveria ter colocado uma tranca na porta.

Apagou a luz, apanhou suas coisas, desceu as escadas e desapareceu na escuridão.

2

Henrique II foi um rei notável. Numa época em que a expressão "visita aérea" ainda não existia, ele ia tão rapidamente da Inglaterra à França que surgiu a crença de que ele era dotado de poderes mágicos; crença que ele, logicamente, não pensou em desfazer. Em 1173 – junho ou setembro, dependendo da fonte consultada – ele chegou à Inglaterra e partiu novamente para a França, tão rapidamente que nenhum escritor de seu tempo jamais ficou sabendo. Mais tarde, os historiadores descobriram o registro de sua passagem nos Pergaminhos da Coroa. Àquela época, seu reino estava sofrendo ataques por parte de seus filhos nas fronteiras do norte e do sul – a fronteira escocesa e o sul da França. Mas, afinal, qual era o propósito de sua viagem? Por que era secreta, se o mito de sua rapidez era uma arma poderosa? O que ele queria, então?

Esse era o problema que afligia Percival Godliman no verão de 1940, quando os exércitos de Hitler cortaram os campos de trigo da França como ceifadeiras e os ingleses foram expulsos do estreito de Dunquerque num choque sangrento.

O professor Godliman conhecia mais sobre a Idade Média do que qualquer outra pessoa. Seu livro sobre a peste negra mudara todas as idéias correntes sobre o medievalismo; fora um best seller, publicado como livro de bolso pela Penguin. Com essa experiência, ele começou a estudar um período um pouco anterior e mais difícil.

Às 12h30 de um radiante dia de junho, em Londres, uma secretária encontrou Godliman debruçado sobre um manuscrito iluminado, traduzindo latim medieval e fazendo anotações em sua caligrafia menos compreensível ainda. A secretária, que pretendia almoçar nos jardins de Gordon Square, não gostava da sala dos manuscritos porque o ambiente tinha cheiro de coisa morta. Eram necessárias muitas chaves para se entrar ali; podia perfeitamente ser um túmulo.

Godliman estava em pé, apoiado numa só perna como um pássaro, e tinha o rosto levemente iluminado por um foco de luz vindo de cima: parecia o fantasma do monge que escrevera o livro tomando conta de sua obra. A moça pigarreou e esperou que ele percebesse sua presença. Ela via um homem baixo com cerca de 50 anos, de ombros grossos e vista fraca, usando um terno de tweed. Ela sabia que ele podia ser perfeitamente sensato se alguém conseguisse arrancá-lo da Idade Média. Ela tossiu novamente e chamou:

– Professor Godliman?

Ele voltou-se e, quando a viu, deu um sorriso, e aí então já não parecia um fantasma, parecia mais o velho pai de alguém.

– Olá – respondeu de maneira confusa, como se tivesse encontrado uma vizinha no meio do Saara.

– O senhor pediu para que eu o lembrasse de que tem um almoço no Savoy com o Coronel Terry.

– É verdade. – Pegou o relógio no bolso do colete e olhou as horas. – Se vou a pé, é melhor sair logo.

Ela concordou.

– Trouxe sua máscara contra gases.

– Você é prevenida! – Sorriu novamente e ela achou que ele tinha uma expressão agradável. Ele apanhou a máscara das mãos da moça e acrescentou: – Preciso levar o sobretudo?

– O senhor veio sem sobretudo hoje. Está quente. Posso fechar tudo depois que o senhor sair?

– Obrigado, obrigado. – Enfiou o bloco de notas no bolso do paletó e saiu.

A secretária deu uma olhada na sala, sentiu um arrepio e seguiu-o.

O CORONEL ANDREW TERRY era um escocês corado, magro de tanto fumar, com alguns fios de cabelos castanho-claros untados de brilhantina. Godliman viu-o numa mesa no canto do Savoy, usando roupas civis. Havia três pontas de cigarro no cinzeiro. Ele levantou-se para cumprimentar o professor.

Godliman disse:

– Bom dia, tio Andrew. – Terry era o irmão mais novo da mãe de Godliman.

– Como está, Percy?

– Estou escrevendo um livro sobre os Plantagenetas. – Godliman sentou-se.

– Seus manuscritos ainda estão em Londres? Fico surpreso.

– Por quê?

Terry acendeu outro cigarro.

– Leve-os para o campo, por causa dos bombardeios.

– Acha melhor?

– Metade da National Gallery foi colocada num enorme buraco feito no chão lá perto do País de Gales. O jovem

Kenneth Clark percebeu a situação melhor que você. Mais vale ser sensato e prevenir-se enquanto é tempo. Não acredito que você ainda tenha muitos alunos.

– É verdade. – Godliman apanhou o cardápio com o garçom e disse: – Não quero aperitivo.

Terry não olhou para o cardápio.

– Sinceramente, Percy, por que você ainda está na cidade?

Os olhos de Godliman pareceram brilhar, como a imagem na tela quando o foco do projetor é regulado, como se fosse a primeira vez a pensar nisso.

– É muito bom as crianças deixarem a cidade, e instituições nacionais como Bertrand Russell. Mas para mim... bem, é como correr e deixar os outros lutando por você. Concordo que não é um argumento estritamente lógico. É uma questão de sentimento, não de lógica.

Terry deu um sorriso de quem teve suas suspeitas confirmadas. Mas não levou o assunto adiante e olhou o cardápio. Depois de um momento, disse:

– Meu Deus! Torta *Lord Woolton.*

Godliman sorriu maliciosamente.

– Aposto que só tem batata e verduras.

Depois que eles pediram os pratos, Terry perguntou:

– O que você acha do nosso novo primeiro-ministro?

– O homem é um asno. Mas Hitler também é um tonto, e veja como está indo bem. E você?

– Poderemos sobreviver com Winston. Pelo menos ele é belicoso.

Godliman levantou seus olhos castanhos.

– "Nós?" Você está outra vez no jogo?

– Na verdade, nunca o abandonei, você bem sabe.

– Mas você disse...

– Percy. Você pode imaginar um departamento em

que a equipe inteira dissesse que não trabalharia para o Exército?

– É incrível! Todo esse tempo...

O primeiro prato que pediram foi servido e eles beberam um Bordeaux branco. Godliman comeu salmão enlatado e parecia pensativo.

– Pensando no último pedaço? – Terry perguntou.

Godliman sorriu.

– Eu era jovem, você sabe. Uma época horrível. – Mas seu modo de falar parecia saudoso.

– Essa guerra não é a mesma. Meus homens já não vão atrás da linha do inimigo e contam os acampamentos como você fazia. Bem, eles vão, mas essas coisas hoje são menos importantes. Hoje ficamos apenas ouvindo o telégrafo.

– Eles não transmitem em código?

Terry encolheu os ombros.

– Os códigos podem ser decifrados. Francamente, agora podemos saber quase tudo que nos interessa.

Godliman olhou ao redor mas não havia ninguém prestando atenção à conversa, e não cabia a ele advertir Terry de que certos assuntos podiam custar a vida de algumas pessoas.

Terry continuou.

– Na verdade, meu serviço é ter certeza de que *eles* não têm as informações de que precisam sobre nós.

Os dois pediram como segundo prato empadão de galinha. Não havia carne no cardápio. Godliman ficou calado, mas Terry falou.

– Canaris é um sujeito engraçado, você sabe. Almirante-de-esquadra Wilhelm Canaris, chefe da *Abwehr*. Eu o conheci antes disso tudo. Gosta da Inglaterra. Minha opinião é que ele não é muito amigo de Hitler. De qualquer

 modo, sabemos que ele é tido como organizador da maior

operação de espionagem contra nós, em preparação para a invasão. Mas ele não está fazendo muito. Prendemos seu melhor homem na Inglaterra no dia seguinte ao começo da guerra. Ele agora está na prisão de Wandsworth. Gente inútil, os espiões de Canaris. Mulheres velhas em pensões, fascistas obstinados, criminosos ordinários...

Godliman disse:

– Olhe aqui, meu velho, isso é demais. – Ele mexeu-se levemente, num misto de raiva e incompreensão. – Toda essa história é secreta. Eu não quero saber de nada!

Terry manteve-se impassível.

– Vai querer mais alguma coisa? – Ofereceu. – Vou pedir um sorvete de chocolate.

Godliman levantou-se.

– Acho que não. Vou voltar ao meu trabalho, se você não se importa.

Terry olhou-o de forma impassível.

– O mundo pode esperar pela sua reavaliação dos Plantagenetas, Percy. Estamos em guerra, rapaz. Quero que você trabalhe para mim.

Godliman encarou-o longamente:

– Que tipo de serviço eu faria?

Terry sorriu com prazer:

– Apanhar espiões.

Quando voltava para a universidade, a pé, Godliman sentiu-se deprimido, apesar do dia que estava fazendo. Aceitaria a oferta do Coronel Terry: não havia dúvida sobre isso. Seu país estava em guerra; era uma guerra justa; e, se ele era velho demais para lutar, era ainda jovem o suficiente para ajudar.

Mas a idéia de abandonar seu trabalho – e por quantos anos? – deixou-o deprimido. Ele adorava História e estava totalmente absorto na Inglaterra medieval desde a morte da esposa, dez anos antes. Gostava muito do deslindamento de mistérios, da descoberta de indícios imprecisos, da resolução de contradições, do desmascaramento de mentiras, propaganda e mitos. Seu novo livro seria o melhor sobre o assunto escrito nos últimos cem anos, e não apareceria outro idêntico durante outro século. O livro vinha dominando tanto sua vida que a idéia de abandoná-lo parecia absurda, tão difícil de aceitar como a descoberta de que se é órfão e que não se tem nenhum parentesco com as pessoas a quem sempre se chamou de mãe e pai.

Um aviso de ataque aéreo soou de forma estridente e veio interromper seus pensamentos. Considerou a idéia de ignorá-lo: era o que muitas pessoas faziam, e ele estava a apenas dez minutos da universidade. Mas não tinha nenhum motivo para voltar a seus livros – ele sabia que naquele dia não trabalharia mais. Então correu para uma estação do metrô e juntou-se à compacta massa de londrinos descendo as escadas e indo para a plataforma encardida. Ele ficou junto à parede, olhando um cartaz de Bovril, e pensou: não é pouco o que estou deixando para trás.

Voltar à ativa também o deprimia. Havia algumas poucas coisas de que gostava nisso: a importância dos detalhes, o valor de ser hábil simplesmente, a meticulosidade, as conjeturas. Mas detestava chantagem e traição, fraude, desespero e a maneira como sempre se golpeava o inimigo pelas costas.

A plataforma estava ficando superlotada. Godliman sentou-se enquanto havia espaço e viu-se encostado num homem com uniforme de motorista de ônibus. O homem lhe lançou um sorriso e disse:

– "Estar na Inglaterra agora que o verão chegou!" Sabe quem disse isso?

– "Agora que chegou abril" – Godliman o corrigiu. – Foi Browning quem escreveu isso.

– Ouvi dizer que foi Adolf Hitler – o motorista comentou. Uma mulher a seu lado soltou uma gargalhada, e o homem virou-se para ela.

– Sabe o que o evacuado disse para a mulher do fazendeiro?

Godliman desligou-se da conversa e lembrou-se de um abril em que sentia muita saudade da Inglaterra; ele estava no alto de uma árvore, no meio de uma névoa muito fria, observando um vale da França por trás das linhas alemãs. Ele só conseguia ver imagens turvas, mesmo usando o telescópio, e já ia descer para avançar cerca de 1,5 quilômetro quando três soldados alemães, vindos não se sabe de onde, sentaram-se embaixo da árvore para fumar. Depois de algum tempo, pegaram um baralho e começaram a jogar. O jovem Percival Godliman percebeu que eles haviam achado um lugar para descansar e que certamente passariam ali o restante do dia. Ele permaneceu no alto da árvore, sem se mexer, até que começou a tremer e seus músculos se endureceram de cãibra e a bexiga pareceu que ia estourar. Então sacou o revólver e matou os três. E três pessoas rindo e falando e jogando deixaram de existir. Foi a primeira vez que matou alguém, e tudo que podia pensar era: só porque eu tinha que mijar.

Godliman ajeitou-se na plataforma de concreto e deixou a memória correr solta. Vinha um vento quente da entrada da estação e um trem estava chegando. As pessoas que saltaram acharam lugar e ficaram esperando. Godliman ouvia as vozes.

– Ouviu Churchill no rádio? Parecia que estávamos ouvindo o duque de Wellington. O velho Jack Thornton chorou. Velho estúpido...

– Pelo que eu pude perceber, o filho de Kathy está numa boa casa e tem até um criado só para ele! Meu pequeno Alfie ordenha as vacas...

– Não tem bife no cardápio há tanto tempo que já esqueci o gosto que tem... o comitê do vinho, quando viu a guerra estourar, comprou uma quantidade enorme, graças a Deus...

– Sim, um belo casamento, mas qual o problema de se esperar quando não se sabe o que vai acontecer no dia seguinte?

– Chamam isso de primavera, ele me diz, e todo ano há uma estação como essa...

– Ela está grávida de novo, você sabe... é, trinta anos depois que teve o último... Pensei que tinha descoberto o que provocava isso!

– Não, Peter não voltou de Dunquerque...

O motorista de ônibus ofereceu-lhe um cigarro. Godliman recusou e apanhou seu cachimbo. Alguém começou a cantar.

Um guarda do blecaute* passou gritando:
"Mãe, feche aquela cortina...
Olha o que você está mostrando" – e nós
Gritamos "Não se preocupe". Oh!
Levante-se Mamãe Brown...

A música se espalhou até que todos estavam cantando. Godliman também cantou, consciente de que o país estava

---

*Blecaute (em inglês: blackout): As regras do blecaute foram estabelecidas durante a Segunda Guerra Mundial, e tinham como principal objetivo dificultar a visualização dos alvos dos ataques alemães. As casas mantinham suas janelas cobertas e as ruas não eram iluminadas. (*N. do R.*)

perdendo a guerra e cantando para esconder o medo, da mesma forma como um homem assovia ao passar à noite por um cemitério; sabia também que a afeição repentina que sentia por Londres e pelos londrinos era efêmera, como uma histeria coletiva; desconfiava de sua voz interior, que dizia "Assim, assim é a guerra, por isso é preciso lutar"; ele sabia disso, mas não se importava muito, pois aquela era a primeira vez em muitos anos que ele sentia verdadeiramente vibração física de companheirismo e estava gostando dessa sensação.

Quando soou o aviso de que o perigo havia passado, todos subiram as escadas cantando e continuaram cantando na rua e Godliman encontrou um telefone público, de onde ligou para o Coronel Terry para perguntar quando começaria a trabalhar.

3

A pequena igreja da localidade era antiga e muito bonita. Uma parede de pedras circundava o cemitério, onde flores silvestres cresciam. A igreja estava ali – bem, pedaços dela – da última vez em que a Inglaterra fora invadida, um milênio atrás. A parede norte da nave, muitíssimo grossa e com apenas duas pequenas janelas, fazia lembrar a última invasão; ela fora construída no tempo em que as igrejas eram centros de poder material e espiritual, e as pequenas janelas góticas serviam mais para que se pudessem atirar flechas do que para deixar entrar a luz do Senhor. De fato, os

Voluntários da Defesa Local haviam elaborado planos para a utilização da igreja se – e quando – o bando de assassinos europeus atravessasse o canal.

Mas até então, nesse agosto de 1940 não se ouvira o barulho das botas nas lajes do coro, nada mesmo. O sol entrava pelos vitrais que sobreviveram aos iconoclastas de Cromwell e à ganância de Henrique VIII, e o teto fazia ressoar o som das notas de um órgão que ainda não cedera ao cupim e partes podres.

Foi um casamento encantador. Lucy estava de branco, é claro; e suas seis irmãs eram as damas com vestidos cor-de-damasco. David usava a roupa de gala do uniforme de oficial aviador da Real Força Aérea britânica (RAF), novinho e engomado, pois era a primeira vez que ele o vestia. Cantaram o Salmo 23, *O Senhor é meu Pastor*, com a melodia da canção "Crimond".

O pai de Lucy parecia orgulhoso, como todo homem se sente no dia em que casa a filha mais velha, e a mais bonita, com um bom rapaz que usa farda. Ele era fazendeiro, mas havia se passado muito tempo desde a época em que ele sentara num trator: arrendou suas terras, e com o dinheiro começou a criar cavalos de corrida, embora nesse inverno, certamente, seu pasto fosse arado para receber a plantação de batatas. Embora ele fosse de fato mais um cavalheiro do que um fazendeiro, tinha a pele de quem trabalha ao ar livre, o peito largo e as grandes mãos grossas de quem lida com a agricultura. A maioria dos homens daquele lado da igreja tinha algo em comum com ele: homens de tronco largo, rostos queimados de sol, não usavam fraque, dando preferência aos ternos de tweed e aos sapatos robustos.

As damas de honra também tinham um traço em comum com aquele tipo de pessoas; eram meninas do interior. Mas a noiva se parecia com a mãe. Seus cabelos eram ruivos, bem ruivos, compridos, grossos e de um brilho maravilhoso, e olhos cor-de-âmbar, bem desenhados no rosto oval; e, quando olhou para o vigário com aquele olhar límpido e direto e disse "sim" com a voz firme e clara, ele ficou surpreso e pensou: "Por Deus, ela aceitou mesmo!", o que era um pensamento estranho para um vigário ter no meio de um casamento.

A outra família, que estava no lado oposto da nave, também tinha seu jeito próprio. O pai de David era advogado: o cenho sempre franzido era uma afetação profissional e escondia uma natureza brilhante. (Ele fora major do Exército na última guerra, e achava que tudo o que se referia à RAF e à guerra aérea era um modismo que em breve iria passar.) Mas ninguém tinha a sua pose, nem mesmo o filho que agora estava no altar prometendo amar sua esposa até que a morte os separasse, o que podia não demorar, que Deus o proteja. Mas todos se pareciam com a mãe de David, que agora estava sentada ao lado do marido, com seus cabelos quase pretos, pele morena, muito alta e magra.

David era o mais alto de todos. Ele havia quebrado recordes de salto em altura, no ano passado, na Universidade de Cambridge. Era bonito demais para um homem – seu rosto parecia com o de uma moça, a não ser pela sombra de uma barba grossa. Ele se barbeava duas vezes por dia. Tinha os cílios longos e parecia inteligente, o que realmente era, e sensível, o que não era verdade.

Era uma cena realmente idílica: duas pessoas felizes, bonitas, filhas de típicas famílias de origem inglesa, sólidas e de boa renda, casavam-se numa igreja do interior no melhor clima de verão que a Inglaterra podia oferecer.

Quando os dois foram declarados marido e mulher, as mães ficaram com os olhos secos e os pais choraram.

BEIJAR A NOIVA era um costume bárbaro, Lucy pensou enquanto outros lábios molhados de champanha manchavam seu rosto. Provavelmente esse hábito tivera origem nos costumes mais bárbaros da Idade Média, quando isso era permitido aos homens da tribo – bem, de qualquer modo, já é tempo de nos civilizarmos e abandonarmos esse costume.

Ela sabia que não gostaria dessa parte da cerimônia. Aceitava o champanhe, mas dispensaria a galinha cozida ou o caviar na torrada, os discursos, as fotos e as piadas sobre a lua-de-mel, bem... Mas podia ter sido pior. Se não houvesse a guerra, o pai teria alugado o Albert Hall.

Até então, nove pessoas tinham dito: "Que seus problemas sejam pequenos", e uma outra, com um pouquinho mais de originalidade, falou: "Quero ver gente correndo em seu jardim." Lucy cumprimentara um sem-número de pessoas e esperava não ouvir coisas como: "David vai ter trabalho logo mais." David fizera um discurso no qual agradecia aos pais de Lucy por terem dado a ele sua filha, como se ela fosse um objeto inanimado para ser dada enroladinha para presente ao melhor pretendente. O pai de Lucy fora estúpido o suficiente para dizer que não tinha perdido uma filha, mas que ganhara um filho. Era tudo uma besteira sem sentido, mas era o que se fazia pelos pais.

Um tio afastado veio do bar, um pouco tonto, e Lucy conteve um arrepio. Ela o apresentou ao marido.

– David, este é o tio Norman.

Tio Norman apertou a mão ossuda de David.

– Bem, meu filho, quando você se apresenta na Força Aérea?

– Amanhã mesmo.

– E a lua-de-mel?

– Apenas 24 horas.

– Mas você acaba de concluir o treinamento, pelo menos é o que eu soube.

– É verdade, mas já voei antes, o senhor sabe. Treinei em Cambridge. Além disso, do jeito que as coisas vão, não é possível dispensar pilotos. Espero estar voando amanhã.

Lucy disse de um modo tranqüilo:

– Não, David. – Mas não obteve resposta.

– Em que aparelho você vai voar? – Tio Norman perguntou com uma curiosidade infantil.

– Spitfire. Eu o vi ontem. É um *papagaio* maravilhoso. – David usava as gírias da RAF: *papagaios*, *caixotes*, *drinque* e *bandidos*.* – Tem oito metralhadoras, faz mais de 500 quilômetros por hora e é fácil de manobrar como um brinquedo.

– Maravilhoso, maravilhoso. Vocês, rapazes, certamente estão dando uma surra na Luftwaffe, não é mesmo?

– Derrubamos 60 ontem e perdemos 11 – David comentou de maneira tão orgulhosa que parecia que ele mesmo havia derrubado todos os aviões. – Anteontem, quando eles fizeram uma incursão em Yorkshire, mandamos os miseráveis de volta para a Noruega com o rabo entre as pernas, e não perdemos um só *papagaio*.

Tio Norman bateu no ombro de David, empolgado.

– Nunca – disse, pomposamente – tantos deveram tanto a tão poucos. Churchill disse isso outro dia.

David tentou conter um sorriso.

– Ele devia estar falando sobre o dinheiro doado na missa.

Lucy detestava a maneira como eles tratavam de forma corriqueira a matança e a destruição. Ela interrompeu:

---

*As expressões significam avião novo, avião velho, mar e aviões inimigos. (N. do T.)

– David, está na hora de irmos. Vamos trocar de roupa.

Eles foram para a casa de Lucy em carros separados. A mãe dela ajudou-a a tirar o vestido de noiva e disse:

– Agora, querida, não sei o que você pensa que vai acontecer hoje à noite, mas deve ficar sabendo.

– Mamãe!! Não seja inconveniente – Lucy interrompeu-a. – Você está atrasada uns dez anos para me contar as coisas da vida. Estamos em 1940, sabia?

A mãe enrubesceu um pouco.

– Muito bem, querida – disse suavemente. – Mas se houver alguma coisa sobre a qual você queira me falar depois...

Lucy imaginou que sua mãe fizera um grande esforço para tocar neste assunto, e arrependeu-se da resposta um pouco grosseira que lhe dera.

– Sim, qualquer coisa falarei com você.

– Então deixo você à vontade. Se precisar de alguma coisa, me procure. – Beijou Lucy e saiu.

Lucy sentou-se diante da penteadeira, vestindo apenas a combinação, e escovou os cabelos. Ela sabia exatamente o que iria acontecer durante a noite. Sentiu uma pontinha de prazer ao se lembrar.

Fora uma sedução bem planejada, embora na hora não tivesse passado pela cabeça de Lucy que David tramara todos os passos de antemão.

Aconteceu em junho, um ano depois de se conhecerem, no Glad Rag Ball. Naquela época, eles se viam todas as semanas, e David passou a Páscoa com a família de Lucy. A mãe e o pai dela gostaram do rapaz: era bonito, inteligente e gentil, e pertencia à mesma classe social. O pai achou que ele era um pouco teimoso, mas a mãe disse que sempre se falava isso dos universitários e que *ela* achava que David seria gentil com a esposa, o que era o mais importante no fim das contas. Em junho, Lucy foi conhecer os pais de David durante um fim de semana.

O lugar era a réplica vitoriana de um sítio do século XVIII, com a casa quadrada de nove quartos e um terraço com um belo panorama. O que impressionou mais Lucy foi pensar que as pessoas que fizeram aquele jardim deviam ter conhecimento de que estariam mortas muito tempo antes que ele chegasse à sua maturidade. A atmosfera era tranqüila, e os dois estavam bebendo cerveja no terraço, aproveitando o sol da tarde. Foi naquele dia que David contou-lhes que fora aceito para o treinamento de oficiais da RAF juntamente com quatro colegas do aeroclube da universidade. Ele queria ser piloto de combate.

– Sei voar bem – disse – e vão precisar de gente se a guerra continuar. E dizem que dessa vez ela será ganha ou perdida no ar.

– Você não tem medo? – ela perguntou.

– Nem um pouco – ele respondeu. Então cobriu os olhos com as mãos e disse: – Sim, tenho medo.

Ela o achou muito corajoso e segurou sua mão.

Pouco depois, vestiram as roupas de banho e foram para o lago. A água estava clara e fria, mas ainda havia sol e fazia calor. Eles mergulhavam espalhafatosos como duas crianças, como se soubessem que aquilo era o fim da infância.

– Você nada bem? – ele quis saber.

– Melhor que você!

– Muito bem. Então vá até aquela ilha.

Ela colocou as mãos sobre os olhos para que a luz do sol não ofuscasse a visão. Ficou assim por um minuto, fingindo que não sabia como era atraente com seu maiô molhado e os braços levantados. A ilha era uma pequena área cheia de folhagens e árvores, a cerca de 300 metros, no centro do lago.

Ela abaixou as mãos e gritou:

– Já – e começou a nadar rapidamente.

David ganhou, logicamente, com suas pernas e braços compridos. Lucy sentiu certa dificuldade quando estava a uma distância de aproximadamente 50 metros da ilha. Ela mudou para nado de peito, mas estava muito cansada para esse estilo. Então virou-se e ficou boiando. David, que já estava sentado à margem do lago, como um cavalo-marinho, pulou na água novamente e foi ao encontro dela. Chegou-se por trás, segurou-a por debaixo dos braços na posição correta de salva-vidas, e conduziu-a lentamente para a margem. As mãos dele estavam pouco abaixo dos seios da moça.

– Estou gostando disso – ele comentou, apesar de ela estar sem fôlego.

Pouco depois ele disse:

– Acho que devo lhe contar.

– O quê? – ela perguntou, ofegante.

– O lago só tem um metro e pouco de profundidade.

– Seu malandro! – Ela esquivou-se dos braços dele, falando e rindo, e viu que podia caminhar no lago.

Ele a pegou pela mão e tirou-a da água, levando-a para debaixo das árvores. Apontou um antigo bote de madeira, virado de cabeça para baixo, sob um espinheiro.

– Quando eu era garoto, costumava remar esse bote, com um dos cachimbos de meu pai, uma caixa de fósforos e, um pouco de fumo num pedaço de papel. Era aqui que eu vinha fumar.

Eles estavam sentados numa espécie de clareira, cercados pelas folhagens. A grama era limpa e macia. Lucy jogou-se ao chão pesadamente.

– Quando voltarmos, vamos nadar bem devagar – David disse.

– Não vamos falar nisso agora, certo? – ela respondeu.

Ele sentou-se ao lado dela e a beijou, puxando-a então delicadamente até que ela se deitasse. Passou a mão pela cintura dela e deu um beijo no pescoço. Quando a mão dele chegou de leve, nervosamente, entre as coxas dela, ela arqueou um pouco pedindo que ele a tocasse com mais vigor. Ela puxou o rosto dele e beijou-o apaixonadamente. As mãos dele foram para as alças do maiô, que ele abaixou. Ela disse:

– Não!

Ele enfiou o rosto entre os seios dela.

– Lucy, por favor.

– Não!

Ele voltou-se para ela.

– Esta é nossa última oportunidade.

Ela afastou-se dele e ficou de pé. Então, por causa da guerra e devido ao olhar suplicante daquele jovem rosto, e por causa do seu desejo, que não passaria, ela tirou o maiô num rápido movimento e retirou a touca de nadar, e os seus cabelos avermelhados caíram-lhe em cheio sobre os ombros e, ajoelhada diante do rapaz, segurou seu rosto e levou seus lábios até seus seios.

Deixou de ser virgem sem sentir dor, apaixonadamente e somente um pouco rápido demais.

O TEMPERO DA CULPA tornava a lembrança mais gostosa, e não menos. Se havia sido uma sedução planejada, então ela fora uma vítima condescendente, para não dizer ansiosa, especialmente no fim.

Começou a se vestir. Ela o assustara várias vezes naquela tarde, ali na ilha: a primeira vez, quando quis que ele beijasse seus seios, e depois quando o ajudou a penetrá-la com as mãos. Pelo visto, essas coisas não aconteciam nos livros que ele estava acostumado a ler. Como a maioria de suas colegas, Lucy lera D.H. Lawrence para se informar sobre sexo. Ela acreditava na coreografia dele e suspeitava do que dizia: o que seus personagens faziam parecia belo, mas não daquele jeito; ela não esperava trombetas nem trovões, tampouco fanfarras no despertar de sua sexualidade.

David era um pouco mais ignorante que ela; mas era delicado e sentira prazer com o prazer dela, e ela estava certa de que aquilo era importante.

Eles só fizeram amor uma vez, desde aquele dia. Justamente uma semana antes do casamento, eles fizeram amor de novo, e tiveram a primeira briga.

Dessa vez, fora na casa dos pais dela, na manhã seguinte ao dia em que todos tinham ido embora. Ele foi ao quarto dela, de robe apenas, e deitou-se com ela na cama. Ela quase mudou de idéia quanto às trombetas e fanfarras de Lawrence. David levantou-se logo que acabaram.

– Não vá – ela pediu.

– Pode chegar alguém.

– Eu corro o risco. Volte para a cama. – Ela estava quente, sonolenta e sentia-se bem, e queria que ele ficasse a seu lado.

Ele vestiu o robe.

– Fico nervoso.

– Você não estava nervoso cinco minutos atrás. – Ela esticou o braço para ele. – Deite comigo. Quero conhecer seu corpo.

– Meu Deus! Você é cínica.

Ela olhou-o para ver se ele estava brincando e, quando percebeu que não, ficou irritada.

 – Que diabos você quer dizer com isso?

– Que você simplesmente não é... refinada!

– Que coisa *idiota*...

– Você se comporta como uma... uma prostituta.

Ela pulou da cama, nua e furiosa, seus seios fascinantes, ofegando de raiva.

– O que você sabe sobre prostitutas?

– Nada.

– O que você entende de mulher?

– Sei como uma virgem deve se comportar.

– Eu sou... eu era... até encontrar você... – Ela sentou na beira da cama e rompeu em lágrimas.

Isso acabou com a discussão, logicamente. David abraçou-a e disse:

– Perdão, perdão. Você foi a primeira para mim também, e não sei como agir, fico confuso... Quer dizer, ninguém fala nada com você sobre isso, fala?

Ela respirou fundo e balançou a cabeça, concordando, e então sentiu que o que *realmente* o estava deixando nervoso era o fato de saber que dali a oito dias teria de decolar num frágil avião e lutar entre as nuvens; então ela o perdoou, ele enxugou suas lágrimas e os dois voltaram para a cama e ficaram abraçados, como se quisessem ganhar coragem.

Lucy contou à sua amiga Joanna sobre a briga, dizendo que era exagero de David achá-la cínica. Joanna argumentou que era normal os casais terem discussões antes do casamento, principalmente na noite da véspera: era a última chance de testar a força do amor.

Ela já estava quase pronta. Deu uma olhada num espelho grande. Sua roupa era um pouco militar, com os ombros achatados e dragonas, mas a blusa que usava por baixo era feminina, para compensar. Os cabelos caíam em cachos, sob o chapéu quadrado. Não ficaria bem vestir-se de forma deslumbrante naquele ano; mas ela sentia que havia escolhido o tipo de roupa prática, embora atraente, e que já estava virando moda.

David a esperava no salão. Ele a beijou e disse:

– Você está encantadora, Sra. Rose.

Voltaram à recepção para as despedidas, antes de viajarem para passar a noite em Londres, no Hotel Claridge; depois da noite de núpcias, então, David seguiria para Biggin Hill e Lucy voltaria para casa. Ela ficaria morando com seus pais: havia um chalé para usar quando David estivesse de folga.

Ainda perderam cerca de meia hora entre cumprimentos e beijos, e depois então foram para o carro. Um primo de David havia preparado seu carro, um MG conversível. Havia latas e sapatos velhos amarrados no pára-choque, os estribos estavam cheios de confete e na lataria estava escrito, com batom vermelho, em diversos lugares, "recém-casados".

Eles partiram, sorrindo e acenando, e os convidados lotaram a rua. Cerca de 1 quilômetro depois, pararam e limparam o carro.

Estava escuro quando continuaram a viagem. Os faróis estavam com protetores especiais devido ao blecaute, mas ele corria assim mesmo. Lucy sentia-se muito feliz.

David disse:

– Há uma garrafa de champanhe no porta-luvas.

Lucy abriu o porta-luvas e encontrou o champanhe e duas taças cuidadosamente embrulhadas em papel fino. Ainda estava gelada. A rolha estourou com força e caiu do lado de fora. David acendeu um cigarro enquanto Lucy servia a bebida.

– Vamos chegar atrasados para a ceia – ele disse.

– Não tem problema. – Ela estendeu-lhe a taça.

Ela estava muito cansada para beber. Logo dormiu. O carro parecia deslizar velozmente. Ela deixou David beber quase o champanhe todo. Ele começou a assoviar *St. Louis Blues*.

Dirigir na Inglaterra durante o blecaute era uma experiência fantástica. Não se viam as luzes que eram conhecidas antes da guerra: luzes nas portas das casas e nas janelas das fazendas, luzes no alto da catedral e nos letreiros de hotéis e – principalmente – o brilho luminoso, a distância, de centenas de luzes de uma cidade vizinha. Não havia nem postes de luz: eles haviam sido retirados para confundir os pára-quedistas alemães, que eram esperados a qualquer hora. (Poucos dias antes, na região central, alguns fazendeiros encontraram pára-quedas, rádios e mapas; mas, como não deixaram pegadas, eles acharam que não havia pulado ninguém e que aquilo era uma tentativa alemã de criar pânico entre a população.) Mas David sabia o caminho para Londres.

Subiram uma longa colina. O pequeno carro esporte subia rapidamente. Lucy, com os olhos semicerrados, olhou a escuridão à frente. A descida era íngreme e ventava muito. Lucy ouviu a distância o ronco de um caminhão que se aproximava.

Os pneus do MG cantavam nas curvas, devido à alta velocidade.

– Acho que você está correndo muito – Lucy disse delicadamente.

A traseira do carro derrapou numa curva à esquerda. David reduziu a marcha, com medo de frear caso viesse a derrapar novamente. De cada lado da estrada, as folhagens eram iluminadas pela tênue luz dos faróis. Havia uma curva fechada à direita, e David derrapou novamente. A curva parecia não ter mais fim. O carro deslizou e deu uma volta de 180 graus, continuando a andar, mesmo de costas; depois começou a girar novamente.

Lucy gritou:

– David!

A lua surgiu de repente e eles puderam ver o caminhão. Ele vinha se arrastando ladeira acima, como uma lesma, soltando muita fumaça, que ficava prateada com a luz da lua. Lucy ainda pôde olhar para o rosto do motorista, viu seu boné de pano e o bigode; a boca estava aberta de pânico e ele pisou no freio.

O carro ia de frente, novamente. Havia espaço apenas para passar o caminhão se David recuperasse o controle do carro. Ele virou o volante e pisou no acelerador. Foi um erro.

O carro e o caminhão bateram de frente.

4

Os outros países têm espiões: a Inglaterra tem a Military Intelligence, o Serviço Secreto Militar. Como se isso já não fosse um eufemismo suficiente, tinha a sigla MI. Em 1940, o MI fazia parte do Ministério da Guerra. Ele estava crescendo como mato – logicamente – e suas diversas seções eram conhecidas por números: MI9 investigava a fuga de prisioneiros de guerra da Europa Central para países neutros; MI8 acompanhava as comunicações do inimigo, e era de maior utilidade do que seis regimentos; MI6 enviava agentes para a França.

Foi ao MI5 que o Professor Godliman juntou-se no outono de 1940. Ele apareceu no Ministério da Guerra, em Whitehall, numa fria manhã de setembro, depois de passar a noite combatendo incêndios em toda a região leste de Londres: os ataques estavam no auge e ele era bombeiro auxiliar.

O Serviço Secreto Militar utilizava soldados, nos tempos de paz, quando – na opinião de Godliman – a espionagem não tinha nenhuma importância; mas agora, ele achou, estava cheia de amadores e ele ficou encantado de ver que conhecia metade das pessoas do MI5. No primeiro dia, encontrou um advogado que era sócio de seu clube, um especialista em história da arte do qual fora colega, um arquivista da universidade em que trabalhava e seu escritor favorito de histórias de suspense.

Ele se apresentou no gabinete do Coronel Terry às 10 horas. Terry estivera trabalhando ali durante muito tempo: havia dois maços de cigarros no cinzeiro.

Godliman perguntou:

– Devo chamá-lo de senhor, agora?

– Não há muita formalidade aqui, Percy. Pode me chamar de tio Andrew mesmo. Sente-se.

Apesar de tudo, havia algo sobre Terry que não fora notado durante o almoço no Savoy. Godliman percebeu que ele não sorria e que sua atenção dirigia-se para uma pilha de telegramas que ainda não lera.

Terry olhou para o relógio e disse:

– Vou pôr você a par de tudo em pouco tempo... e terminar a conferência que comecei naquele almoço.

– Mas desta vez eu não vou protestar.

Terry acendeu outro cigarro.

– OS ESPIÕES DE CANARIS na Inglaterra eram inúteis. – Terry continuou, como se a conversa deles tivesse sido interrompida há cinco minutos e não há três meses. – Dorothy O'Grady era um exemplo, nós a pegamos interceptando conversas telefônicas na Ilha de Wight. Estava escrevendo cartas para Portugal utilizando o tipo de tinta secreta que se pode comprar em qualquer loja.

"Uma nova onda de espiões começou em setembro. Sua tarefa era fazer um reconhecimento na Inglaterra como preparativo para a invasão: escolher praias convenientes para desembarques, campos e estradas que serviriam para os planadores deixarem tropas, armadilhas para os tanques e barreiras para as estradas e obstáculos com fios.

"Eles pareciam ter sido mal selecionados, reunidos apressadamente, treinados de forma inadequada e equipados precariamente. Um bom exemplo disso foram os quatro que chegaram na noite de 2 para 3 de setembro: Meier, Kieboom, Pons e Waldberg. Kieboom e Pons desembarcaram de manhãzinha perto de Hythe e foram detidos pelo soldado Tollervey, da Infantaria Leve Somerset, que veio por detrás das dunas se arrastando e capturou os dois.

"Waldberg conseguiu enviar uma mensagem para Hamburgo: CHEGAMOS BEM. DOCUMENTO DESTRUÍDO. PATRULHA INGLESA A 200 METROS DA COSTA. PRAIA COM REDES PARDAS E DORMENTES A CADA 50 METROS. SEM MINAS. POUCOS SOLDADOS. CASAMATAS INACABADAS. NOVA ESTRADA. WALDBERG.

"Logicamente ele não sabia onde estava, nem dispunha de um código para identificá-lo. Suas instruções demonstravam que não conhecia as leis inglesas: ele foi a um bar e pediu uma garrafa de sidra às 9 horas.

(Godliman riu muito com isso e Terry disse: "Ainda tem coisa muito mais engraçada.")

"O dono do bar disse a Waldberg para voltar às 10 horas. Ele poderia passar o tempo vendo as igrejas, sugeriu. Espantosamente, Waldberg voltou às 10 horas em ponto, quando dois policiais de bicicleta o detiveram.

("Isso parece mais uma história daquele programa *It's that man again*", Godliman disse.)

"Meier foi encontrado poucas horas depois. Outros 11 agentes foram apanhados nas últimas semanas, a maioria deles pouco depois de desembarcarem na Inglaterra. Quase todos foram para o cadafalso.

("Quase todos?", perguntou Godliman. Terry disse: "Sim. Alguns foram designados para a nossa seção B-I(a). Já falo nisso.")

"Outros desembarcaram no Eire. Um chamava-se Ernst Weber-Drohl, um conhecido acrobata com dois filhos ilegítimos na Irlanda – ele trabalhava nos *music-halls* como "o homem mais forte do mundo". Foi detido pela Garde Siochana, teve que pagar 3 libras e foi para a B-I(a).

"Um outro foi Hermann Goetz, que pulou de pára-quedas sobre o Ulster, e não no Eire, por engano, foi assaltado pelo IRA, nadou pelo rio Boyn só com as roupas de baixo e finalmente engoliu uma pílula suicida. Ele carregava uma lanterna onde estava escrito *Made in Dresden.*

("Se é tão fácil pegar esses pulhas", Terry comentou, "por que estamos recrutando crânios como você para apanhá-los? Por dois motivos. O primeiro: não temos como saber quantos ainda *não* pegamos. Segundo: o que fazemos com os que não enforcamos é que interessa. Aí entra em ação a B-I(a). Mas para explicar isso tenho que voltar a 1936.")

"Alfred George Owens era um engenheiro elétrico, dono de uma empresa que mantinha alguns contratos com o governo. Ele visitou a Alemanha diversas vezes na década de 1930 e voluntariamente deu ao almirantado algumas estranhas informações técnicas que conseguiu lá. Finalmente, o Serviço Secreto Naval passou-o para o MI6, que começou a prepará-lo como agente. A *Abwehr* recrutou-o mais ou menos na mesma época, quando o MI6 descobriu que haviam interceptado uma carta dele para um conhecido intermediário alemão. É claro que ele era um homem totalmente sem lealdade: queria apenas ser espião. Nós o chamávamos de 'Snow'; os alemães o chamavam de 'Johnny'.

"Em janeiro de 1939, 'Snow' recebeu uma carta contendo (I) instruções para o uso de um transmissor e (II) um bilhete para o vestiário de Victoria Station.

"Ele foi detido no dia seguinte ao começo da guerra, e foi trancafiado juntamente com o transmissor (que ele apanhou, numa valise, depois de apresentar o bilhete do vestiário) na Penitenciária de Wandsworth. Ele continuou a se comunicar com Hamburgo, mas então todas as mensagens eram escritas pela seção B-I(a) do MI5.

"A Abwehr colocou-o em contato com mais dois espiões na Inglaterra, que foram logo tirados de circulação. Eles também deram a ele um código e as maneiras de usar o transmissor, ambos inestimáveis.

"Snow foi seguido por Charlie, Rainbow, Summer, Biscuit e finalmente por um pequeno exército de espiões inimigos, todos em contato permanente com Canaris, todos aparentemente confiando nele e todos totalmente controlados pelo aparelho inglês de contra-espionagem.

"Nesse ponto, o MI5 começou lentamente a pensar num projeto temerário: com um pouco de sorte, *poderia controlar e manipular toda a rede de espionagem alemã na Inglaterra.*

TRANSFORMAR OS AGENTES em agentes duplos, em vez de enforcá-los, tem duas vantagens – Terry afirmou. – Desde que o inimigo pense que seus espiões ainda estão ativos, não pensa em substituí-los por outros, que podem não ser apanhados. E, uma vez que *nós estamos* fornecendo as informações que os espiões passam a seus controladores, podemos iludir o inimigo e enganar seus estrategistas.

– Não posso aprender tudo isso tão rápido assim – disse Godliman.

– Claro que não. – Terry abriu uma janela para renovar um pouco o ar. – Para funcionar, o sistema tem que ser total. Se houver um número substancial de agentes aqui, a informação deles vai contradizer a dos agentes duplos e a *Abwehr* vai perceber.

– Isso parece bastante excitante – Godliman falou. O cachimbo dele apagara.

Terry sorriu pela primeira vez naquele dia.

– O pessoal aqui vai lhe dizer que o serviço é dureza, muitas horas, alta tensão, frustração, mas de fato é excitante. – Ele olhou o relógio. – Agora quero que você conheça um jovem muito brilhante de minha equipe. Vou levá-lo à sala dele.

Eles saíram da sala, subiram alguns degraus e andaram por alguns corredores.

– O nome dele é Frederick Bloggs e ele fica aborrecido se você achar o nome engraçado – Terry continuou. – Nós o roubamos da Scotland Yard. Ele era inspetor de uma Divisão Especial. Se você precisar de braços e pernas, use os dele. Você terá um cargo acima do dele, mas não deve dar muita importância a isso; aqui ninguém liga. Acho que nem preciso lhe dizer isso.

Eles entraram numa pequena sala vazia que dava para uma parede em branco. Não havia tapete. Havia a foto de uma bela moça pendurada na parede, e um par de algemas no cabide.

Terry os apresentou:

– Frederick Bloggs, Percival Godliman. Eu os deixarei à vontade.

O homem sentado atrás da mesa era louro, atarracado e baixo – ele devia ter a altura mínima para ingressar na polícia, Godliman pensou. A gravata era berrante, mas ele tinha uma fisionomia agradável e simpática, além de um sorriso cativante. Seu aperto de mão era forte.

Ele disse:

– Sabe, Percy, eu já estava saindo para almoçar. Por que você não vem comigo? Minha mulher faz uma lingüiça com batatas fritas maravilhosa. – Ele tinha o sotaque dos bairros pobres de Londres.

Lingüiça com batatas fritas não era a comida preferida de Godliman, mas ele foi almoçar com Frederick. Eles andaram até Trafalgar Square e tomaram um ônibus para Hoxton.

– Eu me casei com uma garota sensacional, mas ela não sabe cozinhar bem. Todo dia como lingüiça com batatas fritas – Bloggs disse.

A região leste de Londres ainda tinha muita fumaça devido aos ataques aéreos da noite anterior. Eles cruzaram com grupos de bombeiros e voluntários que jogavam cascalho sobre as cinzas e retiravam os escombros das ruas. Viram um velho retirando um valioso rádio de uma casa semidestruída.

Godliman puxou conversa:

– Quer dizer que vamos apanhar espiões juntos?

– Vamos tentar, Percy.

A casa de Bloggs tinha três quartos, exatamente como as demais casas daquela rua. O pequeno jardim da frente estava sendo usado para plantar verduras. A Sra. Bloggs era a bela moça da fotografia na parede da sala de Frederick. Ela parecia cansada. Bloggs disse:

– Ela dirige uma ambulância durante os ataques, não é, querida? – Ele tinha orgulho dela. Seu nome era Christine.

– Sempre quando volto para casa, pela manhã, imagino se a casa ainda está aqui – ela disse.

– Veja bem que ela se preocupa com a casa, e não comigo – Bloggs brincou.

Godliman apanhou uma medalha que estava dentro de um estojo, sobre a cornija da lareira:

– Como você conseguiu isso?

Christine respondeu:

– Ele tirou a espingarda de um sujeito que estava roubando uma agência dos correios.

– Vocês formam um belo casal – Godliman disse.

– Você é casado, Percy? – Bloggs perguntou.

– Sou viúvo.

– Sinto muito.

– Minha mulher morreu de tuberculose em 1930. Nunca tivemos filhos.

– Nós não vamos ter por enquanto – Bloggs disse. – Pelo menos enquanto o mundo estiver desse jeito.

– Fred! Ele não está interessado nisso. – E foi para a cozinha.

Sentaram-se a uma mesa quadrada, no meio da sala, para almoçar. O casal e aquela cena doméstica o emocionaram e ele começou a pensar em sua Eleanor. Aquilo era raro: ele estivera imune aos sentimentos por anos a fio. Talvez as emoções estivessem despertando outra vez. A guerra fazia coisas engraçadas.

A comida de Christine era realmente horrível. As lingüiças estavam queimadas. Bloggs colocou ketchup e Godliman, satisfeito, fez o mesmo.

QUANDO ELES VOLTARAM para Whitehall, Bloggs mostrou a Godliman o arquivo de agentes inimigos não-identificados que ainda deviam estar agindo na Inglaterra.

Havia três fontes de informação sobre essas pessoas. A primeira eram os registros de entrada do Ministério do Interior. O controle de passaportes era há muito tempo uma arma do Serviço Secreto Militar, e havia uma lista – que ia até a última guerra mundial – dos estrangeiros que haviam entrado no país e continuavam lá sem outro registro qualquer, tais como óbito ou naturalização. Quando estourou a guerra, todos haviam comparecido perante os tribunais, que os classificaram em três grupos. A princípio, somente os estrangeiros da classe "A" eram postos sob custódia; mas, por volta de julho de 1940, depois de alguns boatos divulgados pelos jornais, as classes "B" e "C" foram tiradas de circulação. Havia um pequeno número de imigrantes que não pôde ser localizado, e isso era um indício de que eram espiões.

Os documentos dessas pessoas estavam no arquivo de Bloggs.

A segunda fonte eram as transmissões feitas. A Seção C do MI8 decodificava as ondas transmitidas toda noite, gravava tudo que não tinha certeza que fosse nosso e passava para a Escola de Códigos e Criptogramas do Governo. Essa equipe, que recentemente havia se transferido da Berkeley Street, em Londres, para uma casa do interior, em Bletchley Park, não era na verdade uma escola, mas um grupo de campeões de xadrez, músicos, matemáticos e aficionados de palavras cruzadas trabalhando dentro do princípio segundo o qual, se um homem pode criar um código, outro homem pode decifrá-lo. Mensagens enviadas do Reino Unido e que não eram atribuídas a nenhum dos Serviços eram tidas como de espiões.

As mensagens decodificadas estavam no arquivo de Bloggs.

Finalmente, havia os agentes duplos; mas o valor deles era mais teórico do que prático. As mensagens da *Abwehr* advertiam sobre a chegada de diversos agentes e forneciam o nome de um agente no país – Sra. Matilda Krafft, de Bournemouth, que enviara dinheiro para Snow pelo correio e que mais tarde fora encarcerada na prisão de Holloway. Mas os agentes duplos não haviam sido capazes de revelar a identidade ou o endereço dos espiões profissionais mais procurados por um serviço secreto. Ninguém duvidava da existência dessas pessoas. Elas eram pessoas-chave: alguém, por exemplo, havia trazido o transmissor de Snow da Alemanha e o deixado no vestiário de Victoria Station para que ele o pegasse. Mas a *Abwehr* e os próprios espiões eram muito cautelosos, para não serem apanhados pelos espiões duplos.

Contudo, as pistas de localização estavam no arquivo de Bloggs.

Outras fontes de informação estavam sendo desenvolvidas: os especialistas estavam estudando o aperfeiçoamento dos métodos de triangulação (os transmissores); e o MI6 estava tentando reconstruir as redes dos agentes da Europa que tinham caído em poder dos exércitos de Hitler.

Qualquer mínima informação que houvesse estava no arquivo de Bloggs.

– Isso às vezes é irritante – ele disse a Godliman. – Olhe só isso.

Tirou do arquivo uma grande mensagem interceptada sobre planos ingleses de uma força expedicionária para a Finlândia.

– Pegamos isso no início do ano. A informação é perfeita. Tentaram localizar quem estava transmitindo, mas ele interrompeu no meio sem motivo algum. Talvez tenha sido interceptado. Voltou pouco depois, mas saiu do ar novamente e nossos rapazes não tiveram tempo de apanhá-lo.

Godliman disse:

– O que é isso, "Saudações a Willi"?

– Ah! isso é importante – disse Bloggs. Ele demonstrava entusiasmo. – Isso aqui é um pedaço de outra mensagem, bem recente. Olhe, "Saudações a Willi". Dessa vez há uma resposta. O destinatário é "Die Nadel".

– A Agulha.

– Esse sujeito é um profissional. Olhe esta mensagem: concisa, econômica, mas detalhada e objetiva.

Godliman estudou os fragmentos da segunda mensagem.

– Parece ser sobre os efeitos do bombardeio.

– Ele logicamente andou pela região leste. Um profissional, um profissional.

– O que mais sabemos sobre Die Nadel?

A expressão de vivacidade de repente desapareceu do rosto de Bloggs.

– Só isso, infelizmente.

– Seu codinome é Die Nadel, ele assina "Saudações a Willi" e tem boas informações; e é só isso?

– Infelizmente.

Godliman sentou-se à ponta da mesa e seus olhos alcançaram a paisagem lá fora. Na parede do prédio vizinho, embaixo do peitoril da janela, ele viu o ninho de um martinete.

– Com base nisso, que chances temos de apanhá-lo?

Bloggs deu de ombros.

 – Com base nisso, não temos chance alguma.

5

É para um lugar como esse que a palavra "desolado" foi inventada.

A ilha tem a forma de um J rochoso surgindo sombriamente do Mar do Norte. Ela aparece no mapa como a metade de cima de uma bengala quebrada; paralela ao Equador, mas para o norte, bem para o norte; sua parte curva volta-se para Aberdeen; sua parte acidentada, quebrada, aponta ameaçadoramente para a distante Dinamarca. Tem cerca de 15 quilômetros de extensão.

Em torno da maior parte de sua costa, os penhascos surgem abruptamente do mar gelado sem a delicadeza de uma praia. Irritadas com essa grosseria, as ondas batem nas rochas com uma raiva impotente; um ataque de mau humor de dez mil anos que a ilha ignora com impunidade.

Na curva do J, o mar é mais manso, porque ali é recebido com mais cortesia. As marés lançaram sobre aquele ponto tanta areia e algas marinhas, pedaços de madeira e pedrinhas e conchas que agora existe, entre o pé do rochedo e a água, algo que se parece com terra seca, uma prainha.

No verão, a vegetação do alto do rochedo joga um punhado de sementes sobre a praia, da mesma forma que o homem rico atira alguns trocados aos pobres. Se o inverno for suave e a primavera chegar cedo, algumas sementes ganham raízes, que, no entanto, nunca agüentam o suficiente para florescer e lançar as próprias sementes, de forma que a praia sobrevive dos restos espalhados por sua extensão.

Na terra mesmo, na terra propriamente dita, protegida do mar pelos rochedos, o verde cresce e se multiplica.

A vegetação é quase toda de um tipo de grama que só serve mesmo para alimentar umas poucas e magras ovelhas, mas resistente o bastante para segurar a terra à rocha. Há algumas moitas, todas cheias de espinhos, que servem de toca para os coelhos; e um grupo de bravas coníferas na escarpa de sotavento, no lado leste.

O ponto mais alto é dominado pela urze. Quase todos os anos o homem – sim, há um homem aqui – põe fogo na urze para que a grama cresça e as ovelhas possam pastar também nesse local; mas depois de poucos anos a urze cresce de novo, Deus sabe de onde, e afasta as ovelhas até que o homem a queime novamente.

Os coelhos vivem aqui porque nasceram aqui; as ovelhas estão aqui porque foram trazidas; e o homem está aqui para tomar conta das ovelhas; mas as aves vivem aqui porque gostam do lugar. Há centenas de milhares delas: os passarinhos de pernas compridas cantando *pip pip pip* à medida que voam para o alto e *pi-pi-pi-pi* quando mergulham como um Spitfire atacando um Messerschmidt, vindo da direção do sol; rei-das-codornizes, que o homem pouco via mas que sabia que estava lá por causa do barulho que fazia à noite; corvos e gralhas e inúmeras gaivotas; e um par de águias douradas nas quais o homem atira quando as vê, pois ele *sabe* – digam o que disserem os naturalistas e especialistas de Edimburgo – que elas matam ovelhas e não comem só as que já morreram.

O visitante mais constante da ilha é o vento. Ele vem geralmente do nordeste, de lugares *realmente* frios onde há fiordes e geleiras e icebergs; traz sempre consigo um restinho indesejável de neve e chuva e uma neblina muito, muito fria; às vezes, chega sozinho com seus uivos para infernizar, arrancando as moitas, revirando as árvores e açoitando o violento oceano num ataque de raiva espumante. É incansável esse vento; e esse é seu erro. Se ele viesse de vez em quando, poderia pegar a ilha de surpresa e fazer algum estrago de verdade; mas como ele está quase sempre aqui, a ilha aprendeu a conviver com ele. As plantas afundam suas raízes e os coelhos se escondem nas moitas e as árvores crescem curvadas a favor do vento e os ninhos das aves ficam em lugares abrigados, e a casa do homem é forte e rasteira, feita com a habilidade de quem conhece esse vento há muito tempo.

Essa casa é feita de grandes pedras e coberta com ardósia azulada, da cor do mar. Tem pequenas janelas, portas bem justapostas e uma chaminé nos fundos. Ela fica no alto da colina, no lado leste da ilha, perto da parte quebrada do pedaço da bengala. Ela coroa a colina, encarando o vento e a chuva, não como um desafio, mas para que o homem possa ver as ovelhas.

Há outra casa, bem semelhante, localizada no extremo oposto da ilha, cerca de 16 quilômetros dali, perto da prainha; mas não mora ninguém lá. Houve uma vez outro homem. Ele pensava que poderia derrotar a ilha; pensava que podia plantar aveia e batatas e criar algumas vacas. Lutou durante três anos contra o vento, o frio e o solo antes de admitir que estava errado. Quando ele partiu, ninguém quis ficar com a casa.

Este lugar é difícil. Apenas os mais duros sobrevivem aqui: rochas ásperas, pasto natural, ovelhas resistentes, aves selvagens, casas rudes e homens fortes.

É para um lugar como esse que a palavra "desolado" foi inventada.

– O NOME É Ilha das Tormentas – disse Alfred Rose. – Acho que vocês vão gostar de lá.

David e Lucy Rose sentaram-se na proa do barquinho de pesca e olharam através do ar agitado. Era um típico dia de novembro, frio e com vento, embora estivesse claro e a atmosfera, seca. Um sol enfraquecido reluzia nas pequenas ondas.

– Eu a comprei em 1936 – papai Rose continuou –, quando pensávamos que haveria uma revolução e precisaríamos de algum lugar para nos esconder da classe trabalhadora. É o lugar certo para a convalescença.

Lucy achou que ele estava sendo exagerado, mas tinha de admitir que era um local encantador: arejado, natural e fresco. Tinha sentido essa mudança. Eles tinham de deixar seus pais e encarar a vida de casados; não fazia sentido ir para uma cidade que estava para ser bombardeada e na qual ninguém poderia ajudá-los; foi então que o pai de David revelou que possuía uma ilha fora da costa da Escócia, e que ela parecia um sonho.

– Tenho ovelhas também – papai Rose disse. – Os tosquiadores vêm do continente na primavera e a lã dá quase o suficiente para pagar o salário de Tom McAvity. O velho Tom é o pastor.

– Quantos anos ele tem? – Lucy quis saber.

– Meu Deus, ele deve ter... uns 70.

– Acho que ele é um excêntrico. – O bote entrou na baía e Lucy viu duas pequenas figuras no quebra-mar: um homem e um cachorro.

– Excêntrico? Você também seria se vivesse sozinha há vinte anos. Ele conversa com o cachorro.

Lucy virou-se para o homem que conduzia o bote.

– Quantas vezes o senhor vem aqui?

– Uma vez por quinzena, moça. Trago as compras de Tom, que não são muitas, e a correspondência, que é mais escassa ainda. A senhora me dá sua listinha segunda-feira sim, segunda-feira não, e o que puder ser comprado em Aberdeen eu trago.

Ele desligou o motor e jogou uma corda para Tom. O cachorro latiu e correu em volta dele, agitado. Lucy colocou um pé na amurada do bote e pulou para o quebra-mar.

Tom segurou sua mão. Ele tinha o rosto curtido como couro e fumava um largo cachimbo com tampa. Ele era mais baixo que ela, mas tinha o peito largo e parecia bem saudável. Vestia o casaco de tweed mais felpudo que ela já vira e um suéter de tricô, que devia ter sido feito, quem sabe, por uma irmã mais velha que morasse em algum lugar, um boné xadrez e botas do exército. O nariz dele era largo, vermelho e cheio de veias.

– Prazer em vê-la – ele disse polidamente, como se ela fosse apenas uma visitante de rotina e não o primeiro rosto humano que via depois de 14 dias.

– Tá aqui Tom – disse o homem do barco. Ele pegou duas caixas de papelão. – Não tem ovos dessa vez, mas tem uma carta de Devon.

– Deve ser da minha sobrinha.

Lucy pensou: está explicado o suéter.

David ainda estava no barco. O homem do barco estava atrás dele e perguntou:

– Está pronto?

Tom e papai Rose inclinaram-se no bote para ajudar, e os três puseram David em sua cadeira de rodas, em cima do quebra-mar.

– Se eu não for agora, terei que esperar 15 dias pelo próximo ônibus – papai Rose disse com um sorriso. – A casa foi feita lá em cima num lugar bem gostoso, vocês verão. Tudo de vocês está lá. Tom mostrará todas as coisas. – Ele beijou Lucy, abraçou David e cumprimentou Tom.

– Aproveitem esses meses para descansar e ficar juntos, ajustem-se de vez e depois voltem; há tarefas importantes na guerra para ambos.

Eles não voltariam, Lucy sabia; não antes que a guerra terminasse: mas ela ainda não havia falado sobre isso com ninguém.

Papai voltou para o barco. Ele manobrou num pequeno círculo. Lucy acenou até que desaparecesse no promontório.

Tom empurrou a cadeira de rodas e Lucy pegou suas compras. Entre o quebra-mar e o topo do penhasco, havia uma subida longa, íngreme, estreita, erguendo-se por sobre a praia como uma ponte. Lucy teria dificuldade em levar a cadeira de David até lá em cima, mas Tom empurrava sem nenhuma demonstração de esforço.

O chalé era perfeito.

Era pequeno, cinzento e protegido do vento por uma pequena inclinação do solo. Os portais haviam sido pintados recentemente, e uma roseira florescia ao lado da porta. Da chaminé, saíam anéis de fumaça, que eram desmanchados pela brisa. As pequenas janelas debruçavam-se sobre a baía.

– Adorei isso aqui! – disse Lucy.

O interior estava limpo e tinha sido arejado e pintado, e havia tapetes grossos espalhados pelo chão de pedra. Havia quatro cômodos: na parte de baixo, uma cozinha reformada e uma sala de estar com uma lareira de pedra; no andar de cima, dois quartos. Um lado da casa fora cuidadosamente modelado para receber encanamento novo, com um banheiro em cima e uma extensão da cozinha embaixo.

Tom disse:

– Tem um negócio no celeiro que eu quero mostrar a vocês.

 Mas aquilo era um barracão, e não um celeiro. Ficava

escondido atrás da casa, e lá dentro estava um jipe novinho em folha.

– O Sr. Rose diz que foi especialmente adaptado para o jovem Sr. Rose dirigir – Tom explicou. – É hidramático, e o freio e o acelerador são manuais. Foi isso que ele disse. – Parecia estar repetindo as palavras feito um papagaio, como se mal conhecesse embreagem, acelerador e freio.

– Não é formidável, David? – Lucy perguntou.

– Maravilhoso. Mas aonde vou com isso?

– Vocês são sempre bem-vindos para me visitar. Fumar um cachimbo e tomar um pouco de uísque. É bom ter vizinhos de novo.

– Obrigada – disse Lucy.

– Esse aqui é o gerador – Tom falou, virando-se e mostrando. – Tenho um igualzinho. Vocês põem a gasolina aqui. Ele produz corrente alternada.

– Isso não é comum. Geradores pequenos geralmente produzem corrente contínua – David argumentou.

– É... Eu realmente não sei a diferença, mas disseram que esse é mais seguro.

– É verdade. Um choque desse aqui jogaria você longe, mas a corrente contínua mataria.

Eles voltaram para casa.

– Bem, vocês vão querer se instalar e eu tenho as ovelhas para cuidar. Então, bom dia. Ah! Já ia me esquecendo: em caso de emergência, posso falar com o continente através do rádio.

David surpreendeu-se:

– Você tem um transmissor?

– Sim – Tom respondeu orgulhosamente. – Sou vigia de aviões inimigos da Real Unidade de Observação.

– Já localizou algum? – David quis saber.

Lucy lançou um olhar de desaprovação pelo tom sarcástico da voz de David, mas parece que Tom não reparou.

– Ainda não – ele respondeu.

– Ótimo.

Depois que ele saiu, Lucy comentou:

– Ele só quer dar a sua colaboração.

– Há muitos de nós querendo dar a *nossa* colaboração. – David disse irritado. E aí estava o problema. Ela esqueceu o assunto e levou seu marido aleijado para a casa nova.

QUANDO DISSERAM a Lucy para ir ver a psicóloga do hospital, ela pensou logo que David tivera alguma lesão no cérebro. Mas não era verdade.

– Tudo que ele sofreu na cabeça foi uma contusão feia na têmpora esquerda – a psicóloga informou. E continuou: – Contudo, a perda das duas pernas provoca um trauma, e não se pode prever como isso vai afetá-lo. Ele queria muito ser piloto?

Lucy refletiu.

– Ele estava apreensivo, mas acho que ele queria muito isso, apesar de tudo.

– Bem, ele precisará de toda a confiança e apoio que você puder lhe dar. E paciência também: algo que podemos adiantar é que ele ficará sensível e mal-humorado durante algum tempo. Ele precisa de amor e descanso.

Mas durante os primeiros meses na ilha ele não parecia querer nenhum dos dois. Ele não queria sexo, talvez porque estivesse esperando que seus ferimentos ficassem totalmente cicatrizados. Mas também não descansou. Dedicou-se à criação de ovelhas, correndo a ilha com seu jipe e a cadeira de rodas no banco de trás. Construiu grades ao longo das partes mais perigosas do penhasco, atirou nas águias, ajudou Tom a treinar outro cachorro quando Betsy começou a dar sinais de cegueira, e queimou a urze; e na primavera passava as noites fora, cuidando dos carneirinhos. Um dia, ele derrubou um grande pinheiro velho perto da casa de Tom e passou uma quinzena descascando-o e cortando-o em pedaços fáceis de carregar e levando-os para a lareira da casa. Ele sentia prazer em executar trabalhos manuais pesados. Aprendeu a manter-se na cadeira de modo seguro enquanto manejava o machado ou o martelo. Exercitava-se durante horas com um par de halteres quando Tom não tinha nenhum serviço que ele pudesse fazer. Os músculos do braço e das costas ficaram grotescamente desenvolvidos, como os dos homens que vencem concursos de modelagem física.

Ele não queria serviços como lavar pratos, cozinhar ou limpar a casa.

Lucy não se sentia insatisfeita. Estivera receosa de que ele pudesse ficar sentado o dia inteiro perto da lareira pensando na vida. O modo como ele trabalhava era francamente preocupante porque era muito obsessivo, mas pelo menos não estava vegetando.

Ela contou-lhe sobre o bebê no Natal.

De manhã, ela lhe deu uma serra com motor à gasolina e ele deu a ela um corte de seda. Tom veio para a ceia, e eles comeram um ganso selvagem que ele havia caçado. David levou o pastor no jipe até a sua casa depois do chá e, quando voltou, Lucy abriu uma garrafa de *brandy*.

Então ela disse:

– Tenho outro presente para você, mas não poderá abri-lo até maio.

Ele riu.

– Mas que diabo é isso? Você bebeu muito *brandy* enquanto eu saí?

– Estou esperando um bebê.

Ele a encarou, e o riso sumiu do seu rosto.

– Meu Deus, era só o que faltava!

– David!

– Pelo amor de Deus... Quando é que aconteceu?

– Não é muito difícil de adivinhar, é? – ela disse ironicamente. – Deve ter sido uma semana antes do casamento. É um milagre que tenha sobrevivido ao desastre.

– Você foi ao médico?

– Não.

– Então como tem certeza?

– David, não enche. Eu sei porque minha menstruação não veio, a ponta dos seios dói e eu vomito de manhã e minha cintura aumentou dez centímetros. Se você pelo menos *olhasse* para mim, teria certeza.

– Está certo.

– O que há com você? Você devia estar contente!

– Ah!, claro. Talvez nasça um menino e então poderei levá-lo para passear e jogar futebol, e ele vai querer ser um herói da guerra como o pai, um aleijado de merda!

– Oh, David, David – ela disse ternamente. Ela ajoelhou-se em frente à cadeira de rodas. – David, não fale assim. Ele vai respeitá-lo. Ele vai confiar em você, porque você recomeçou sua vida e porque faz o trabalho de dois homens, sentado em sua cadeira, e porque você convive com sua incapacidade com coragem e disposição.

– Não banque a boazinha – ele disse rispidamente. – Você fala como um padre piegas.

Ela levantou-se.

– Bem, não fique aí como se a culpa fosse minha. Os homens também podem tomar precauções, você sabe.

– Não se pode ser cuidadoso com caminhões invisíveis no meio do blecaute.

Aquilo era uma desculpa boba e os dois sabiam disso, e então Lucy não disse nada. A idéia do Natal parecia completamente sem sentido: os pedaços de papel colorido nas paredes, a arvorezinha no canto e os restos do ganso na cozinha esperando para ser jogados no lixo – nada disso tinha a ver com ela. Começou a pensar no que estava fazendo numa ilha isolada com um homem que parecia não amá-la, esperando um filho que ele não queria. Por que ela não podia – por que não? Bem, ela podia... Então se conscientizou de que não tinha para onde ir, não tinha nada mais a fazer na vida do que ser a Sra. David Rose.

Finalmente, David disse:

– Vou dormir.

Ele mesmo empurrou a cadeira até o saguão e saiu sozinho dela, subindo a escadaria sentado de costas. Ela o ouviu se arrastando no andar de cima, ouviu a cama estalar quando ele se jogou, ouviu as roupas dele baterem contra a parede quando se despiu, então ouviu os últimos gemidos quando ele se deitou e puxou o cobertor.

E mesmo assim ela não chorou.

Olhou para a garrafa de *brandy* e pensou: se eu beber tudo e tomar um banho, talvez não esteja grávida amanhã cedo.

Ela pensou muito sobre isso até que chegou à conclusão de que a vida sem David e a ilha e o bebê seria ainda pior, porque seria vazia.

Então não chorou, e não bebeu o *brandy*, e não deixou a ilha; em lugar disso, subiu as escadas e deitou-se, e manteve-se acordada ao lado de seu marido, que dormia, ouvindo o vento e tentando não pensar, até que as gaivotas começaram a fazer ruído e um amanhecer chuvoso chegou ao Mar do Norte derramando sobre a cama uma claridade fria, triste, prateada, e então finalmente ela pegou no sono.

Uma espécie de paz envolveu-a na primavera, como se todos os perigos tivessem sido adiados até que o bebê nascesse. Quando a neve derreteu em fevereiro, ela plantou flores e verduras no pedacinho de terra entre a porta da cozinha e o celeiro, sem acreditar muito que fosse nascer alguma coisa. Limpou a casa inteirinha e disse a David que, se ele quisesse ver tudo limpo de novo antes de agosto, ele mesmo teria que limpar. Ela escreveu à sua mãe e fez muito tricô, e encomendou pelo correio algumas fraldas. Sugeriram que fosse ter o bebê em casa, mas ela sabia que se fosse jamais voltaria. Saía para longos passeios pelo ancoradouro com um livro sobre pássaros debaixo do braço, até que começou a se sentir muito pesada para ir muito longe. Guardou a garrafa de *brandy* num armário que David nunca usava e sempre que se sentia deprimida olhava a garrafa e lembrava-se do que quase havia perdido.

Três semanas antes de o bebê nascer, ela foi de bote a Aberdeen. David e Tom acenaram do pequeno cais. O mar estava tão agitado que tanto Lucy quanto o dono do bote estavam temendo que ela desse à luz antes de eles chegarem ao continente. Ela foi para o hospital de Aberdeen e quatro semanas depois voltou com o bebê no mesmo barco.

David não entendia nada sobre isso. Ele provavelmente pensava que as mulheres davam à luz de modo tão fácil quanto as ovelhas. Ele não pensava nas dores das contrações e aquele terrível, impossível estiramento, e o estado depois do parto, as enfermeiras mandonas, sabichonas, que não queriam que você *tocasse* no seu filho porque você não era ágil e eficiente e treinada e *esterilizada* como elas; David só a tinha visto sair grávida e voltar com um menino bonito, saudável, enrolado num pano branco e disse:

– O nome dele será Jonathan.

Eles puseram ainda o nome de Alfred por causa do pai de David, e Malcolm por causa do pai de Lucy, e Thomas pelo velho Tom, mas só chamavam o menino de Jo, já que ele era pequeno demais para Jonathan, por extenso Jonathan Alfred Malcolm Thomas Rose. David aprendeu a dar mamadeira, a fazê-lo arrotar e a trocar as fraldas, e às vezes ainda o embalava no colo, mas seu interesse pelo menino era distante, sem envolvimento. Ele tinha uma desculpa para não se aproximar: não era por ele, mas por Lucy. Tom era mais chegado ao menino do que David. Lucy não o deixava fumar perto do bebê, e o velho colocava seu grande cachimbo de tampa no bolso durante horas e brincava com o pequeno Jo, ou ficava admirando o menino mexer os pezinhos e ajudava Lucy a dar banho nele. Lucy insinuou discretamente que ele estava se esquecendo das ovelhas. Tom disse que elas não precisavam que ele as ficasse olhando pastar – preferia ver Jo mamar. Ele esculpiu um chocalho e encheu com seixos pequeninos, e ficou maravilhado quando Jo o segurou e sacudiu, sozinho, sem que ninguém ensinasse.

E Lucy e David continuavam sem ter relações sexuais.

Primeiro foram os ferimentos dele, depois ela ficou grávida, e depois estava de resguardo; mas agora não havia mais desculpas.

Uma noite ela disse:

– Estou pronta agora.

– O que você quer dizer?

– Depois do bebê. Meu corpo está normal. Estou pronta.

– Estou vendo. Isso é bom – e virou-se.

Ela fazia questão de ir deitar-se junto dele para que ele a visse nua, mas ele sempre virava de costas.

Quando eles se deitavam, antes de pegar no sono, ela

se mexia e deixava a mão, ou a coxa, ou o seio esfregar nele, um convite casual e óbvio. Não havia reação alguma.

Lucy tinha certeza de que não havia nada de errado com ela. Ela não era ninfomaníaca: não queria sexo simplesmente; queria sexo com David. E tinha certeza de que, se houvesse na ilha outro homem com menos de 70 anos, ela não ficaria tentada. Ela não era uma prostituta sedenta de sexo; apenas uma esposa sedenta de amor.

A revelação veio numa daquelas noites em que os dois estavam deitados, um de costas para o outro, acordados, ouvindo o vento lá fora e os ruídos de Jo no outro quarto. Lucy achou que naquela noite ou ele fazia ou desistia e dizia por quê; ela pensou que ele queria esconder o problema até que ela o forçasse; e achou que era melhor forçar agora do que continuar naquela incompreensão miserável.

Ela enfiou o braço entre as coxas dele e abriu a boca para falar – e quase gritou ao descobrir que ele estava excitado. Então ele podia! E queria – ou por que então? – E a mão dela se fechou triunfalmente em torno da evidência do desejo dele e ela se aproximou e suspirou:

– David...

Ele disse:

– Ah, pelo amor de Deus! – Ele segurou-a pelo punho e empurrou a mão dela e virou-se.

Mas dessa vez ela não aceitaria sua recusa calada. Ela disse:

– Por que não, David?

– Jesus Cristo! – Ele levantou o cobertor, arrastou-se para o chão, agarrou o edredon com uma das mãos e arrastou-se até a porta.

Lucy sentou-se na cama e gritou:

– Por que não?

Jo começou a chorar.

David ergueu as pernas vazias da calça do seu pijama, apontou para a pele branca marcada de seus cotos e disse:

– É por isso! É por isso!

Ele deslizou até o andar de baixo e foi dormir no sofá, e Lucy foi ao outro quarto ver Jo.

Levou muito tempo para que ele se acalmasse e dormisse, talvez porque ela mesma estava precisando ser confortada. O bebê sentiu as lágrimas no rosto da mãe e ela pensou se ele tinha idéia do que significavam: será que as lágrimas eram a primeira coisa que um bebê compreendia? Ela não conseguia cantar para ele, nem podia dizer com sinceridade no ouvidinho dele que as coisas estavam bem; então o abraçou bem juntinho dela e o embalou, e, quando *ele* a aliviou com seu calor e sua proximidade, dormiu nos braços dela.

Ela o colocou no berço e ficou olhando para ele por algum tempo. Não havia por que voltar para a cama. Ouviu o ronco de David na sala de estar – ele precisava tomar pílulas fortes, pois de outra maneira as antigas dores o deixavam acordado. Lucy precisava afastar-se imediatamente dele, onde não pudesse vê-lo nem ouvi-lo, onde ele não pudesse encontrá-la por algumas poucas horas, mesmo se quisesse. Ela vestiu uma calça, o suéter, um casacão, calçou as botas e desceu as escadas, e mergulhou na noite.

Havia uma neblina úmida e penetrante, típica da ilha. Levantou a gola do casaco, pensou em voltar e apanhar o cachecol e resolveu que não. Andou em volta do quintal, sentindo prazer em receber no pescoço o frio do nevoeiro, o pequeno incômodo exterior fazendo-a esquecer do sofrimento maior, interno.

Ela alcançou o alto do penhasco e desceu cuidadosamente o precipício estreito, colocando seus pés com muito cuidado nas bordas escorregadias. Quando chegou ao sopé, pulou na areia e foi até o mar.

O vento e a água continuavam sua perpétua discussão, o vento soprando para provocar as ondas, e o mar chiando e espumando quando batia na areia, os dois condenados a brigar eternamente porque nenhum podia ficar calmo na presença do outro, mas não tinham outro lugar para onde ir.

Lucy caminhou pela areia grossa, deixando sua mente se concentrar no barulho e na atmosfera, até que a praia acabou numa ponta em que a água encontrava a rocha, quando então ela se virou e caminhou de volta. Andou pela praia a noite toda. Quando já ia amanhecer, teve um pensamento repentino: aquilo era o modo de ele ser forte.

Na situação em que estavam, o pensamento não ajudou muito, com seu significado encerrado no punho firmemente fechado. Mas ela pensou naquilo por algum tempo, e o punho se abriu revelando o que parecia uma pequena pérola de sabedoria na palma: talvez a frieza de David com ela fosse mais uma demonstração, como cortar árvores, e despir-se sozinho, e dirigir o jipe, e levantar halteres, e vir morar numa fria ilha deserta no Mar do Norte...

O que ele tinha dito? "... um herói da guerra como o pai, um aleijado de merda..." Ele tinha de provar algo, algo que soaria de forma banal se fosse formulado em palavras; algo que ele teria feito como um piloto de combate, mas que agora tinha de fazer com árvores e cercas e halteres e uma cadeira de rodas. Não o deixaram fazer o teste e ele queria poder dizer: "Eu passaria de qualquer modo, vejam só como sou capaz de sofrer."

Era cruel e desesperadamente injusto: ele tivera a coragem, sofrera os ferimentos, mas não podia sentir nenhum orgulho disso. Se tivesse perdido as pernas no combate com um Messerschmidt, a cadeira de rodas seria como uma medalha, um distintivo de coragem. Mas agora, por toda a sua vida, ele teria de dizer: "Foi durante a guerra – mas não, nunca entrei em ação, foi um acidente automobilístico. Treinei e ia lutar, no dia seguinte, eu tinha visto meu *papagaio*, ele era lindo, eu *teria sido* valente, eu sei..."

Sim, era seu modo de ser forte. E talvez ela também pudesse ser forte. Ela tinha de encontrar meios de remendar sua vida de modo a prosseguir. David já fora bom, delicado e amoroso, e ela agora tinha de aprender a esperar pacientemente enquanto ele lutava para se tornar o homem completo que fora. Ela podia encontrar novas esperanças, novas coisas para se dedicar. Outras mulheres encontraram forças para lutar em situações semelhantes, com as casas destruídas e os maridos em campos de concentração.

Ela pegou um seixo, levou o braço para trás e jogou-o no mar com toda a força. Não viu nem o ouviu cair: podia ter começado uma viagem sem-fim, em órbita terrestre como um satélite nas histórias espaciais.

– Eu também posso ser forte! – gritou.

Então voltou-se e subiu o despenhadeiro de volta a casa. Estava quase na hora da primeira mamada de Jo.

6

Parecia uma mansão; e por um lado era realmente: uma casa grande, em terreno próprio, na verdejante cidade de Wohldorf, um pouco ao norte de Hamburgo. Podia ter sido a casa de um proprietário de mina, ou de um importador de sucesso, ou de um industrial. Mas, na verdade, era propriedade da *Abwehr*.

Devia sua sorte ao clima – não aqui, mas três quilômetros a sudoeste, em Berlim, onde as condições atmosféricas eram inadequadas para comunicações por rádio com a Inglaterra.

Era uma mansão de apenas um andar. Abaixo desse andar, havia dois abrigos enormes, de concreto, e muitos milhões de marcos em equipamentos de rádio. O sistema eletrônico fora adquirido pelo Major Werner Trautmann, que fizera um ótimo trabalho. Cada hall tinha vinte pequenos centros de escuta à prova de som, ocupados por operadores de rádio capazes de reconhecer um espião pelo modo como ele transmite a mensagem, de maneira tão fácil quanto você reconhece a caligrafia de sua mãe numa carta.

O equipamento de recepção fora construído com muita qualidade, pois os transmissores que estavam enviando as mensagens haviam sido idealizados visando mais ao tamanho reduzido do que à potência. Muitos deles eram aparelhos construídos dentro de malas, conhecidos como *Klamotten*, desenvolvidos pela Telefunken para o Almirante Wilhelm Canaris, chefe da *Abwehr*.

Nessa noite, as ondas estavam relativamente tranqüilas e todos puderam perceber quando Die Nadel enviou sua mensagem. A mensagem foi captada por um dos operadores mais velhos. Ele deu sinal de que estava na escuta, transcreveu-a rapidamente, tirou a folha com a mensagem e foi diretamente para o telefone. Fez a transmissão pela linha direta para o quartel-general da *Abwehr* no Sophien Terrace, em Hamburgo, e depois voltou para a sua cabine para fumar.

Ofereceu cigarros aos mais jovens, na outra cabine, e dois deles ficaram alguns minutos debruçados e fumando.

O mais jovem disse:

– Nada?

O mais velho bateu com os ombros:

– Há sempre *alguma coisa* quando ele chama. Mas não muito dessa vez. A Luftwaffe errou a catedral de St. Paul novamente.

– Não há resposta para ele?

– Acho que ele não espera respostas. Ele é auto-suficiente, esse filho-da-puta. Sempre foi. Eu o treinei nas transmissões, vocês sabem; e, assim que acabei de ensinar, ele já achava que sabia mais do que eu.

O mais jovem estava cheio de pavor.

– Você já *encontrou* Die Nadel?

– Claro – disse o mais antigo, batendo a cinza do cigarro.

– Como ele é?

– Como companheiro de bebida, ele é tão divertido como um peixe morto. Acho que ele gosta de mulheres, de um modo discreto, mas para beber com os companheiros... bem, esqueça. De qualquer maneira, ele é nosso melhor agente.

– É mesmo?

– Sem dúvida. Alguns acham até que ele é o melhor espião de todos os tempos. Contam que ele passou cinco anos trabalhando no NKVD*, na Rússia, e acabou como um dos auxiliares de Stalin de maior confiança... Não sei se isso é verdade, mas é o tipo de coisa que ele faria. Um profissional de verdade. E o Führer sabe disso.

– Hitler o conhece?

O mais velho assentiu.

*NKVD: Polícia Secreta da União Soviética. (*N. do E.*)

– Houve uma época em que ele queria ver todas as mensagens de Die Nadel. Não sei se ele ainda faz isso. Mas Die Nadel não dá a mínima para isso. Nada impressiona aquele homem. Sabe como é? Ele olha todo mundo do mesmo modo: como se fosse matá-lo se você fizer um movimento errado.

– Ainda bem que não o treinei.

– Ele aprendeu rápido.

– Bom aluno?

– O melhor. Ele trabalhava 24 horas nisso e então, quando aprendeu tudo, nem me dava bom-dia. Ele custa a se lembrar que tem que saudar Canaris. Ele sempre assina: "Saudações a Willi." É assim que respeita a hierarquia.

Eles acabaram de fumar, jogaram os cigarros no chão e apagaram com o pé. Então o mais velho pegou os tocos de cigarros e os colocou dentro de um envelope porque, na realidade, não era permitido fumar no abrigo antiaéreo. Os receptores continuavam em silêncio.

– É, ele não vai usar mesmo seu codinome. Von Braun deu-lhe o nome mas ele nunca gostou. Ele nunca gostou de Von Braun também. Vocês se lembram daquela vez? Não, vocês ainda não haviam se incorporado. Braun disse a Nadel para ir para o campo de pouso em Farnborough, Kent. A mensagem voltou, rápida como um relâmpago: "Não há campo de pouso em Farnborough, Kent. Existe um em Farnborough, Hampshire. Felizmente, a geografia da Luftwaffe é melhor que a sua, seu idiota." Assim mesmo.

– Acho que é compreensível. Quando cometemos erros, colocamos a vida deles em risco.

O mais velho fechou o cenho. Era ele quem emitia as conclusões, não gostava que o público interviesse com opiniões próprias.

– Talvez – disse mal-humorado.

O mais jovem voltou à sua atitude de curioso.

– Por que ele não gosta de seu codinome?

– Ele diz que todo nome tem um significado, e que um codinome com significado pode entregar um homem.

Von Braun não deu atenção.

– Um significado? A Agulha? O que isso significa?

Mas naquele instante o rádio do mais velho começou a chiar e ele foi logo para a sua cabine; e o mais jovem nunca descobriu o significado.

Parte II

7

A mensagem aborreceu Faber, porque o obrigava a lidar com coisas que ele vinha evitando.

Hamburgo mandou confirmar se a mensagem fora recebida por ele. Ele deu seu sinal e, em lugar do usual "Confirmado – prossiga", eles enviaram "Faça encontro um".

Ele confirmou a ordem, transmitiu sua mensagem e guardou o transmissor na maleta. Depois, então, deixou Erith Marshes em sua bicicleta – seu disfarce era de observador de aves – e tomou a estrada para Blackheath. Enquanto pedalava para o seu minúsculo apartamento de dois cômodos, ia pensando se deveria cumprir a missão.

Ele tinha dois motivos para desobedecer: um, profissional, e outro, pessoal.

O motivo profissional era que "encontro um" era um antigo código criado por Canaris pelos idos de 1937. Significava que ele ia para a porta de uma determinada loja entre Leicester Square e Piccadilly Circus para encontrar outro agente. Os dois agentes se reconheceriam pelo fato de que ambos estariam segurando uma Bíblia. Então havia uma senha:

– Qual o capítulo de hoje?

– Primeiro Livro dos Reis, Capítulo 13.

Então, se eles tivessem certeza de que não havia ninguém os seguindo, concordariam que o capítulo era "muito inspirado". Um deles diria então:

– Acho que ainda não li esse capítulo.

A porta da loja poderia não estar mais lá, mas não era isso que preocupava Faber. Ele achava que provavelmente Canaris tinha dado o código à maioria dos idiotas amadores que haviam atravessado o canal em 1940 e caído nas malhas do MI5. Faber sabia que eles tinham sido capturados porque os enforcamentos foram divulgados, sem dúvida para tranqüilizar a população de que algo estava sendo feito contra a Quinta Coluna. Certamente eles haviam revelado os segredos antes de morrer e agora provavelmente os ingleses sabiam do velho código do encontro. Se eles tivessem captado a mensagem de Hamburgo, a porta daquela loja devia estar agora cheia de jovens ingleses polidos segurando Bíblias e dizendo "muito inspirado" com sotaque alemão.

A *Abwehr* tinha desperdiçado muito profissionalismo naqueles dias em que a invasão parecia tão iminente. Desde então, Faber não confiava mais em Hamburgo. Ele não dizia a eles onde morava, recusava-se a se comunicar com outros agentes deles na Inglaterra, variava a freqüência que usava para as transmissões, pouco se importando se interrompia a mensagem de alguém.

Se ele tivesse obedecido sempre a seus superiores, não estaria vivo.

Em Woolwich, Faber encontrou muitos ciclistas, entre eles várias mulheres, quando os operários deixavam a fábrica de munições no final do expediente. O alegre cansaço dessas pessoas lembrava a Faber o motivo pessoal para desobedecer: ele achava que seu lado estava perdendo a guerra.

Eles certamente não estavam ganhando. Os russos e os americanos haviam se unido, a África estava perdida, os italianos haviam cedido; os Aliados deveriam invadir a França este ano, 1944.

Faber não queria arriscar sua vida por nada.

 Ele chegou em casa e guardou sua bicicleta. Enquanto

lavava o rosto, sentiu que, contra toda a lógica, *queria* ir ao encontro.

Era um risco tolo, por uma causa perdida, mas ele estava com vontade de ir. E o único motivo era que ele estava indescritivelmente entediado. A rotina das transmissões, observar aves, o chá na pensão: havia quatro anos desde que ele fizera alguma coisa um pouco mais ativa. Parecia que ele estava envolvido em algo sem risco, que o tornara ansioso porque ficava imaginando perigos invisíveis. Ele ficava contente quando descobria uma ameaça e tomava providências para neutralizá-la.

Sim, ele iria ao encontro. Mas não do modo como eles esperavam.

AINDA HAVIA muita gente na região ocidental de Londres, apesar da guerra; Faber pensou se acontecia o mesmo em Berlim. Comprou uma Bíblia na livraria de Hatchard, em Piccadilly, e a escondeu no bolso interno do casaco. Estava um dia de temperatura agradável, úmido, com uma chuvinha insistente, e Faber carregava um guarda-chuva.

Este encontro era marcado entre 9 e 10 horas ou entre 17 e 18 horas, e o acertado era ir até lá todo dia até que a outra parte se identificasse. Se não houvesse nenhum contato depois de cinco dias consecutivos, ia-se lá durante mais 15 dias, em dias alternados. Depois disso, desistia-se.

Faber chegou a Leicester Square às 9h10. O contato estava lá, na porta da tabacaria, com uma Bíblia de capa preta debaixo do braço, fingindo proteger-se da chuva. Faber olhou-o de relance e passou por ele rapidamente, de cabeça baixa. O homem era muito jovem, tinha bigode louro e boa aparência. Usava paletó preto tipo jaquetão, impermeável, estava lendo o *Daily Express* e mascava chiclete. Era desconhecido.

Quando Faber passou pela segunda vez pelo outro lado da rua, viu que havia alguém seguindo o agente. Um homem baixo e forte, usando uma capa e chapéu de feltro típico dos policiais ingleses em trajes civis, estava em pé logo na entrada de um prédio público, olhando pela porta de vidro o espião na porta da loja.

Havia duas possibilidades. Se o agente não sabia que havia sido seguido, Faber tinha apenas de tirá-lo dali e despistar o policial. Contudo, a alternativa é que o agente fora capturado, e o homem que estava na porta da loja era um substituto, e nesse caso nem ele nem o policial podiam ver o rosto de Faber.

Faber supôs a pior das duas alternativas, e então pensou num modo de enfrentar a situação.

Havia uma cabine telefônica ali perto. Faber entrou na cabine e abriu a Bíblia na página do capítulo citado no código. Ele guardara o número da página de cabeça. Achou o Primeiro Livro dos Reis, Capítulo 13, rasgou a folha e escreveu na margem: "Vá até a cabine telefônica na praça."

Circulou pelas ruas que ficam por trás da National Gallery até encontrar um menino, de 10 ou 12 anos, sentado num degrau jogando pedras numa poça d'água.

Faber disse:

– Conhece a tabacaria, lá na praça?

O menino respondeu:

– Conheço.

– Você gosta de chiclete?

– Gosto.

Faber deu a ele a página da Bíblia.

– Há um homem na porta da tabacaria. Se você entregar isso a ele, ele vai lhe dar chicletes.

– Tudo bem – o menino disse. E levantou-se. – Esse cara é ianque?

– É.

O menino saiu correndo. Faber o seguiu. Quando o garoto se aproximou do agente, Faber entrou no edifício em frente. O policial ainda estava lá, tomando conta através do vidro. Faber parou do lado de fora da porta de vidro, obstruindo a visão do que se passava do outro lado da rua, e abriu o guarda-chuva. Viu o agente entregar alguma coisa ao menino e sair. Ele concluiu o estratagema com o guarda-chuva, e saiu em direção contrária à que o agente tinha ido. Olhou por cima dos ombros para ver o policial correr para a rua, à procura do agente desaparecido.

Faber parou na primeira cabine telefônica e discou o número daquela cabine em que recortara a folha da Bíblia. Demorou um instante para completar a ligação. Finalmente, uma voz grave disse:

– Alô.

Faber disse:

– Qual o capítulo de hoje?

– Primeiro Livro dos Reis, Capítulo 13.

– Muito inspirado.

– É mesmo, não é?

O estúpido não tinha a menor idéia daquilo em que se havia envolvido, pensou Faber. Em voz alta, ele disse:

– E então?

– Preciso ver você.

– É impossível.

– Mas preciso! – Havia um tom quase de desespero na voz dele, Faber pensou. – A mensagem vem de gente muito graúda, você entende?

Faber pensou em ceder.

– Está bem, então. Eu o encontrarei daqui a uma semana sob os arcos da Euston Station, às 9 horas.

– Não pode ser antes?

Faber desligou e saiu da cabine. Andando depressa, ele contornou duas esquinas e localizou a cabine de telefone onde estava o agente. Ele viu o agente andar em direção a Piccadilly. Não havia sinal do policial. Faber o seguiu.

O homem entrou na estação subterrânea de Piccadilly Circus e comprou um bilhete para Stockwell. Faber logo teve a idéia de que poderia chegar lá de um modo mais rápido. Saiu da estação, caminhou rapidamente até Leicester Square e pegou um trem da linha norte. O agente teria de trocar de trem em Waterloo, enquanto o trem de Faber não fazia conexão; então, Faber chegaria a Stockwell primeiro ou, na pior das hipóteses, os dois chegariam no mesmo trem.

De fato, Faber teve de esperar do lado de fora da estação de Stockwell durante 25 minutos até que o agente aparecesse. Faber novamente o seguiu. Ele entrou num bar.

Não havia absolutamente nada por perto onde alguém pudesse ficar por algum tempo: não havia vitrines para se olhar, nem bancos para sentar ou parques para se andar, nem paradas de ônibus ou pontos de táxi ou edifícios públicos. Era um subúrbio vazio, monótono. Faber teve de andar na rua para lá e para cá, sempre olhando como se fosse a algum lugar, caminhando até não poder mais ser visto do bar e então voltando pelo outro lado, enquanto o agente sentava-se no bar confortável e aquecido, bebendo chá e comendo torradas.

Ele saiu depois de meia hora. Faber seguiu-o por diversas ruas residenciais. O agente sabia para onde estava indo, mas não tinha pressa: ele caminhava como um homem que voltava para casa e não tinha mais nada a fazer pelo restante do dia. Não olhou para trás, e Faber pensou: outro amador.

Finalmente, ele entrou numa casa – uma pensão pobre, anônima, imperceptível, tipo de casa usada pelos espiões em toda parte. Havia uma janela saindo do telhado: devia ser o quarto do agente, alto, para melhor recepção de rádio.

Faber passou pela casa, observando o outro lado da rua. Sim – era lá. Um movimento por trás da janela de um andar, a aparição momentânea de um paletó e uma gravata e um rosto que desaparece: a vigilância estava aqui também. O agente deve ter ido para o encontro da véspera e fora seguido pelo MI5 quando voltava para casa – a menos, logicamente, que ele fosse do MI5.

Faber virou na esquina e desceu pela rua paralela, contando as casas. Quase em frente ao lugar em que o agente entrara, estava o esqueleto de duas casas destruídas por bombas. Ótimo!

Enquanto voltava para a estação, ele sentiu-se animado. Seu passo estava mais acelerado, o coração batia mais rápido e ele olhava à sua volta de forma interessada. Isso era bom. O jogo continuava.

ELE SE VESTIU de preto naquela noite: gorro de lã, suéter de gola rulê debaixo de um casaco curto de couro, largo, calça com a boca estreita, sapatos com sola de borracha; tudo preto. Ele estava quase invisível, pois Londres, também, estava em blecaute.

Pedalou pelas ruas tranqüilas, com as luzes reduzidas, evitando as ruas principais. Já passava da meia-noite, e não encontrou ninguém. Deixou a bicicleta a cerca de 400 metros do lugar aonde ia, prendendo-a na cerca de um bar.

Não foi à casa do agente, mas às ruínas das casas na outra rua. Caminhou com muito cuidado no meio do cascalho do jardim da frente, entrou pela porta escancarada e foi até os fundos da casa. Estava muito escuro. As nuvens baixas encobriam a lua e as estrelas. Faber tinha de andar lentamente, tateando.

Ele chegou ao fim do jardim, pulou a cerca e atravessou outros dois jardins. Numa das casas, um cachorro latiu.

O jardim da pensão estava abandonado. Faber foi até um pé de amoras e tropeçou. Os espinhos o arranharam no rosto. Desviou-se de um varal – ali havia luz suficiente para que ele enxergasse.

Localizou a janela da cozinha e retirou do bolso uma ferramenta com uma lâmina de ponta fina. A massa em volta do vidro era velha e quebradiça e já estava soltando em alguns pontos. Depois de vinte minutos de trabalho em completo silêncio, ele tirou a vidraça da armação e colocou-a lentamente sobre a grama. Acendeu a lanterna e iluminou toda a armação para se certificar de que não havia nenhum obstáculo que pudesse fazer barulho, e então pulou a janela.

A casa, em total escuridão, recendia a peixe cozido e desinfetante. Faber destrancou a porta de trás – precaução para uma fuga rápida – antes de chegar ao hall. Piscou a lanterna rapidamente. Viu então o hall fechado, a mesa meio curva que ele precisou contornar, diversos casacos no cabide e uma escadaria, atapetada, à direita.

Ele subiu as escadas silenciosamente.

Já estava na metade da escada para o segundo andar quando viu claridade debaixo da porta. Em seguida, ouviu alguém ter um acesso de tosse e depois o barulho da descarga do banheiro. Faber deu dois passos largos e alcançou a porta, mantendo-se colado à parede.

A luz inundou o chão quando a porta se abriu. Ele puxou o estilete de dentro da manga. Um homem velho saiu do banheiro e cruzou o hall, deixando a luz acesa. Na porta de seu quarto, ele pigarreou, virou-se e voltou.

Ele deveria me ver, Faber pensou. Sua mão apertou mais ainda o cabo do punhal. O velho, meio adormecido, só olhava para baixo. Ele olhou para cima quando encontrou o interruptor, e Faber quase o matou nessa hora – mas o homem tateava em busca da tomada, e Faber percebeu que ele estava tão adormecido que era praticamente um sonâmbulo.

A luz foi desligada, o velho arrastou-se para a cama de novo e Faber voltou a respirar.

Havia só uma porta no segundo lance da escadaria. Faber tentou abri-la cuidadosamente. Estava trancada.

Ele apanhou outra ferramenta no bolso do casaco. O barulho da água entrando na cisterna encobriu o ruído que fazia arrombando a fechadura. Ele abriu a porta e escutou.

Ouviu uma respiração regular, profunda. Entrou. O som vinha do lado oposto do quarto. Ele não via nada. Atravessou o quarto, completamente escuro, bem devagar, parando a cada passo, até chegar onde estava a cama.

A lanterna estava na mão esquerda e o estilete dentro da manga, enquanto a mão direita estava livre. Ele acendeu a lanterna e apertou de forma violenta o pescoço do homem que estava dormindo.

Os olhos do agente abriram-se rapidamente, cheios de horror, mas ele não podia dizer nada. Faber se sentou sobre o peito do homem. E então murmurou:

– Primeiro Livro dos Reis, Capítulo 13 – e afrouxou um pouco a pressão sobre o pescoço do outro.

– Você! – O agente disse. Ele olhou para o facho de luz, procurando ver o rosto de Faber. Esfregou o lugar onde Faber havia apertado.

– Fique quieto! – Com a mão direita, iluminou os olhos do agente e, enquanto isso, puxou o estilete.

– Não vai me deixar levantar?

– Gosto mais de você na cama, onde você não pode fazer mais nenhum estrago.

– Estrago? Mais estragos?

– Você estava sendo vigiado em Leicester Square, deixou-me segui-lo até aqui e eles estão de olho nessa casa. Devo confiar em você?

– Meu Deus, desculpe.

– Por que mandaram você?

– A mensagem tinha de ser entregue pessoalmente. As ordens vieram diretamente do Führer. – O agente calou-se.

– Bem, que ordens?

– Preciso me certificar de que é você mesmo.

– Como pode certificar-se?

– Tenho que ver seu rosto.

Faber hesitou, mas depois iluminou o próprio rosto rapidamente.

– Satisfeito?

– Die Nadel – o homem disse com alívio.

– E quem é você?

– Major Friedrich Kaldor, às suas ordens, senhor.

– Então eu é que devo chamá-lo de senhor.

– Não, senhor. O senhor foi promovido duas vezes. Agora o senhor é tenente-coronel.

– Eles não têm mais nada que fazer em Hamburgo?

– O senhor não gostou?

– Eu gostaria de voltar para lá e botar o Major Von Braun para limpar as latrinas.

– Posso levantar, senhor?

– Claro que não. Digamos que o Major Kaldor está mofando na penitenciária de Wandsworth e que você é um substituto esperando apenas para dar um sinal a seus amigos na casa em frente.

– Muito bem.

– Então, que ordens são essas vindas diretamente de Hitler?

– Bem, senhor, o Reich acredita que haverá uma invasão da França este ano.

– Ótimo, ótimo. Continue.

– Eles acreditam que o General Patton está reunindo o Primeiro Grupamento do Exército dos Estados Unidos na região da Inglaterra conhecida como East Anglia. Se esse grupamento for a força de invasão, acontece então que eles vão atacar pelo Pas de Calais.*

– Isso faz sentido. Mas não vi nenhum sinal desse grupamento de Patton.

– Há algumas dúvidas nos círculos mais elevados de Berlim. O astrólogo do Führer...

– O quê?

– É verdade, senhor. Ele tem um astrólogo que diz a ele para defender a Normandia.

– Meu Deus! As coisas estão tão ruins assim por lá?

– Ele também aceita uma porção de conselhos materialistas. Eu pessoalmente acho que ele usa o astrólogo como uma desculpa quando pensa que os generais estão errados mas não pode ir contra seus argumentos.

Faber suspirou. Ele tinha medo de notícias assim.

– Prossiga.

– Sua atribuição é verificar esse grupamento de Patton: número de soldados, artilharia, apoio aéreo...

– Sei muito bem avaliar um grupamento, obrigado.

– É claro. – Ele calou-se. – Fui instruído a enfatizar a importância da missão, senhor.

---

*Pas de Calais é uma das 26 regiões administrativas da França. Situa-se no norte da França, também conhecida como Nord-Pas de Calais. (*N. do E.*)

– E você já fez isso. Diga-me: as coisas estão ruins em Berlim?

O agente hesitou e disse:

– Não, senhor. O moral está elevado, a produção de munições aumenta todo mês, o povo cospe quando passam os aviões de bombardeio da RAF...

– Não importa – Faber o interrompeu. – Posso obter toda a propaganda com meu receptor.

O jovem calou-se.

– Você tem mais alguma coisa a me dizer? Oficialmente, quero dizer.

– Sim. Durante a sua missão, o senhor terá um esquema especial de fuga.

– Eles acham mesmo que isso é importante – Faber disse.

– O senhor encontrará um submarino no Mar do Norte, dez milhas a leste de uma cidade chamada Aberdeen. Basta chamá-lo em sua freqüência normal de transmissão e ele virá à tona. Assim que o senhor ou eu comunicar a Hamburgo que as ordens lhe foram passadas, o esquema estará pronto. Haverá um barco lá toda segunda e sexta às 18 horas, e ele vai esperar até as 6 horas.

– Aberdeen é uma cidade grande. Você tem uma referência precisa?

– Sim. – O agente deu as coordenadas e Faber guardou-as mentalmente.

– É tudo, major?

– Sim, senhor.

– O que você pretende fazer com os cavalheiros do MI5 na casa em frente?

O agente encolheu os ombros:

– Vou ter que escapar deles.

 Faber pensou: isso não é bom.

– Quais são as suas ordens depois de me encontrar? Você tem um esquema de fuga?

– Não. Devo ir a um lugar chamado Weymouth e roubar um barco para voltar à França.

Aquilo, absolutamente, não era um plano. Então Faber pensou: Canaris sabia o que iria acontecer. Muito bem.

– E se você for capturado pelos ingleses e torturado?

– Tenho uma pílula de suicídio.

– E você a usará?

– Certamente.

Faber olhou-o.

– É. Acho que devia mesmo – disse.

Faber colocou a mão esquerda sobre o peito do agente e fez força, como que para se levantar da cama. Dessa forma, ele podia saber onde acabavam as costelas e começava a barriga. Meteu a ponta do estilete logo abaixo das costelas e perfurou até o coração.

Os olhos do agente abriram-se num instante de terror. Um grito brotou em sua garganta mas não chegou a sair. Seu corpo agitou-se. Faber empurrou o estilete um pouco mais. Os olhos fecharam-se e o corpo caiu, sem vida.

– Você viu meu rosto.

8

– Acho que perdemos o controle – disse Percival Godliman.

Frederick Bloggs assentiu, e acrescentou:

– A culpa é minha.

Ele parecia cansado, Godliman pensou. Estava com aquela aparência há cerca de um ano, desde a noite em que arrastaram os restos de sua esposa dos escombros de sua casa em Hoxton, que fora bombardeada.

– Não estou interessado em saber de quem é a culpa – Godliman disse de maneira enérgica. – A verdade é que aconteceu alguma coisa em Leicester Square naqueles poucos segundos em que você perdeu Blondie de vista.

– Você acha que o contato foi feito?

– Possivelmente.

– Quando o encontramos em Stockwell, pensei que ele havia desistido do encontro aquele dia.

– Se fosse isso, ele teria aparecido para o encontro ontem e hoje. – Godliman brincava com palitos de fósforo sobre a mesa; isso o ajudava a pensar e tinha virado um hábito. – Nenhum movimento na casa?

– Nada. Ele já está lá dentro há 48 horas. – Bloggs insistiu: – A culpa é minha.

– Não seja chato, meu velho – Godliman disse. – Foi decisão minha deixá-lo solto, porque assim ele poderia nos levar a outra pessoa; e ainda acho que foi uma decisão acertada.

Bloggs estava imóvel, seu rosto sem expressão, as mãos enfiadas nos bolsos da capa.

– Se o contato foi feito, não devemos demorar muito para apanhar Blondie e descobrir qual era a missão.

– Dessa forma, perdemos as chances que temos de seguir Blondie até uma pessoa realmente perigosa.

– Você é quem sabe.

Godliman havia desenhado uma igreja com os fósforos. Olhou para ela um instante, então tirou uma moeda do bolso e jogou para o alto.

 – Coroa – ele disse. – Dê mais 24 horas a ele.

O DONO DA PENSÃO era um republicano irlandês de meia-idade de Lisdoonvarna, County Clare, que nutria uma esperança secreta de que os alemães ganhassem a guerra e libertassem para sempre a Ilha Esmeralda da opressão inglesa. Ele percorreu a velha casa, mancando em seu passo artrítico, recolhendo os aluguéis semanais, pensando como seria bom se os aluguéis pudessem ser corrigidos para os preços reais de mercado. Ele não era rico – tinha apenas duas casas, esta e outra menor, onde morava. Estava sempre mal-humorado.

No primeiro andar ele bateu à porta do quarto do velho. Esse inquilino sempre gostava de vê-lo. Provavelmente gostava de ver qualquer pessoa. Ele disse:

– Olá, Sr. Riley. Quer um pouco de chá?

– Não tenho tempo hoje.

– Está bem. – O velho apanhou o dinheiro. – Espero que o senhor tenha visto a janela da cozinha.

– Não, não fui lá dentro.

– Ah! Sim. Bem, tem uma parte sem vidro. Eu tapei com um pedaço de pano, mas está entrando uma corrente de ar, é claro.

– Quem quebrou? – o senhorio perguntou.

– Engraçado, mas não está quebrado. O vidro está lá na grama. Acho que a massa estava velha e soltou. Eu mesmo conserto se o senhor me arranjar um pouco de massa.

Seu estúpido, o proprietário pensou. E em voz alta disse:

– Acho que você não pensou que pode ter sido arrombada.

O velho ficou atônito.

– Não pensei nisso.

– Ninguém deu falta de nada?

– Ninguém me disse nada.

– O proprietário encaminhou-se para a porta.

– Está bem. Vou dar uma olhada quando descer.

O velho o acompanhou até o hall.

– Acho que o cara aí de cima não está – ele disse. – Não ouço barulho há uns dois dias.

O proprietário fungou.

– Ele tem cozinhado no quarto?

– Não sei dizer, Sr. Riley.

Os dois subiram. O velho disse:

– Ele está muito quieto, se é que está aí.

– O que ele estiver cozinhando vai ter que parar. Está cheirando muito mal.

O proprietário bateu à porta. Ninguém respondeu. Ele abriu e entrou, e o velho o acompanhou.

– MUITO BEM, muito bem – o velho sargento disse de modo enfático. – Acho que você tem um cadáver.

Ele parou na porta, examinando o quarto.

– Você tocou em alguma coisa, patrício?

– Não – o proprietário respondeu. – E o meu nome é Riley.

O policial não ligou.

– Não morreu há muito tempo. Já vi outros que fediam mais. – Seus olhos percorreram o quarto, vendo a velha cômoda, a maleta na mesa baixinha, o pequeno tapete, as cortinas imundas e a cama amarrotada no canto. Não havia sinais de luta.

Ele se encaminhou para a cama. O rosto do jovem tinha uma expressão tranqüila, suas mãos estavam cruzadas sobre o peito.

– Eu diria que foi ataque cardíaco, se ele não fosse tão jovem.

Não havia nenhum vidro vazio de cápsulas para dormir que pudesse indicar suicídio. Ele pegou a carteira de couro que estava na parte de cima do peito e olhou o que ela continha. Havia carteira de identidade, cupom de racionamento e alguns papéis com anotações.

– Documentos em ordem, e ele não foi roubado.

– Ele só está aqui há uma semana mais ou menos – o proprietário arriscou. – Não sei muito sobre ele. Ele veio do norte do País de Gales para trabalhar numa fábrica.

O sargento comentou:

– Se ele fosse tão saudável como aparenta, estaria no Exército. – E abriu a maleta que estava sobre a mesa. – Pelos diabos, o que é isso?

O proprietário e o velho entraram no quarto. O proprietário disse:

– É um rádio.

Ao mesmo tempo, o velho dizia:

– Ele está sangrando.

– Não toque nesse corpo! – o sargento disse.

– Ele foi apunhalado na barriga – o velho insistiu.

O sargento, de maneira decidida, retirou uma das mãos do peito e viu uma mancha de sangue coagulado.

– Ele *estava* sangrando – disse. – Onde fica o telefone mais próximo?

– Na quinta casa, no início da rua – o proprietário respondeu.

– Fechem este quarto e afastem-se daqui até eu voltar.

O sargento saiu da pensão e bateu à porta da casa que tinha telefone. Uma mulher atendeu.

– Bom dia, senhora. Posso usar seu telefone?

– Entre. – Ela mostrou-lhe o aparelho, que ficava no hall. – O que houve?

– Uma pessoa morreu na pensão que fica ali adiante – disse enquanto discava.

– Assassinado? – ela perguntou com os olhos arregalados.

– Deixo isso para os especialistas. Alô? Quer chamar o Superintendente Jones, por favor? Aqui é Canter. – Ele olhou para a mulher. – Posso pedir-lhe para sair um minuto enquanto falo com meu chefe?

Ela saiu, frustrada.

– Alô, superintendente? Esse cara foi morto com uma faca e tinha um rádio.

– Quer repetir o endereço, sargento?

O sargento Canter repetiu.

– Sim, era esse que eles estavam vigiando. É coisa do MI5, sargento. Vá ao número 42 e diga ao pessoal o que você encontrou. Vou falar com o chefe deles. Você pode deixar o caso.

Canter agradeceu à mulher e atravessou a rua. Ele estava impressionado: este era seu segundo assassinato em 31 anos como policial, e esse caso envolvia espionagem! Ele ainda podia ser inspetor.

Bateu à porta do número 42. A porta abriu-se e dois homens atenderam.

O sargento Canter perguntou:

– São vocês os agentes secretos do MI5?

BLOGGS CHEGOU com um homem da Divisão Especial, Detetive Inspetor Harris, que ele conhecera na Scotland Yard quando havia trabalhado lá. Canter mostrou o corpo aos dois.

Eles ficaram parados por um instante, olhando a expressão tranqüila com o bigode louro.

– O codinome é Blondie – Bloggs disse ao outro. – Acreditamos que ele chegou de pára-quedas duas semanas atrás. Captamos uma mensagem de rádio para outro agente combinando o encontro. Conhecíamos o código, e então pudemos vigiar o encontro. Esperávamos que Blondie nos levasse ao agente residente, um tipo muito mais perigoso.

– O que aconteceu aqui?

– Foi eliminado, ao que parece.

Harris olhou o ferimento no peito do agente.

– Estilete?

– Alguma coisa do gênero. Um trabalho muito meticuloso. Debaixo das costelas e direto no coração. Rápido.

– Há maneiras piores de morrer.

O sargento Canter disse:

– O senhor gostaria de ver o método de entrada?

Ele levou os dois até a cozinha. Viram a janela e o vidro, sem um pedaço quebrado, sobre a grama.

Canter disse:

– Além disso, a fechadura da porta do quarto foi arrombada.

Os dois sentaram-se à mesa da cozinha e Canter preparou chá. Bloggs disse:

– Isso aconteceu na noite seguinte ao dia em que o perdi em Leicester Square. Eu falhei.

Harris disse:

– Ninguém é perfeito.

Eles tomaram o chá em silêncio durante algum tempo.

– Como vão as coisas? Você não aparece na Scotland Yard – Harris perguntou.

– Falta de tempo.

– Como vai Christine?

– Morta num bombardeio.

Os olhos de Harris arregalaram-se.

– Coitado de você!

– E com você? Tudo bem?

– Perdi meu irmão no Norte da África. Você chegou a conhecer Johnny?

– Não.

– Ele era um menino. Gastava tanto em bebedeiras que nunca poderia ter dinheiro para se casar, o que foi até bom, já que as coisas acabaram desse modo.

– Quase todo mundo já perdeu parentes.

– Se puder, vá jantar conosco no domingo.

– Obrigado, mas agora trabalho aos domingos.

– Bem, quando você quiser, então – Harris disse.

Um detetive botou a cabeça na porta e falou a Harris:

– Podemos começar a recolher as provas?

Harris olhou para Bloggs.

– Eu terminei – Bloggs disse.

– Muito bem, filho, vá em frente – Harris disse ao detetive.

– Suponha que ele tenha feito o contato depois que o perdi e o agente residente tenha vindo até aqui. O residente deve ter suspeitado de uma armadilha. Isso explicaria a entrada pela janela e o arrombamento da fechadura – Bloggs deduziu.

– Se é assim, o filho-da-puta é um demônio desconfiado – Harris comentou.

– Talvez seja por isso que nunca conseguimos agarrá-lo. De qualquer modo, ele foi ao quarto de Blondie e o acordou. Agora ele sabe que não é uma armadilha, certo?

– Certo.

– Então por que ele matou Blondie?

– Talvez tenham brigado.

– Não há sinal de luta.

Harris cerrou o cenho, com o olhar perdido no fundo da xícara.

– Talvez ele tenha percebido que Blondie estava sendo vigiado e ficou com medo de que pegássemos o cara e o fizéssemos falar.

– Se é assim, o filho-da-puta é bastante cruel – disse Bloggs.

– Talvez seja por isso que nunca conseguimos agarrá-lo.

– ENTRE. SENTE-SE. Acabei de receber um chamado do MI6. Canaris foi despedido.

Bloggs entrou, sentou-se. E perguntou:

– E essa notícia é boa ou má?

– Muito má – disse Godliman. – Aconteceu no pior momento possível.

– Posso saber por quê?

Godliman olhou-o de forma penetrante e então disse:

– Acho que você precisa saber. Neste momento temos quarenta agentes duplos enviando mensagens falsas para Hamburgo sobre os planos aliados para a invasão da França.

Bloggs soltou um assovio.

– Não sabia que era coisa tão importante. Acho que os agentes duplos dizem que vamos atacar por Cherbourg, mas na verdade é pelo Pas de Calais, ou vice-versa.

– É mais ou menos isso. Aparentemente, não preciso saber os detalhes. De qualquer maneira, não me contaram mesmo. Contudo, o plano está em perigo. Conhecíamos Canaris; sabíamos que o tínhamos enganado; podíamos ter continuado a enganá-lo. Um novo chefe pode desconfiar dos agentes de seu antecessor. E tem mais: tivemos algumas deserções do outro lado, pessoas que podem trair o pessoal da *Abwehr* aqui, se é que já não foram traídos. Esta é outra razão para que os alemães comecem a suspeitar de nossos agentes duplos.

"E também há a possibilidade de vazamento. Literalmente milhares de pessoas agora sabem sobre o sistema que montamos. Há agentes duplos na Islândia, Canadá e

Ceilão. Montamos um sistema idêntico de agentes duplos no Oriente Médio.

"E cometemos um tremendo engano no ano passado ao repatriar um alemão chamado Erich Carl. Mais tarde, ficamos sabendo que ele era um agente da *Abwehr* – um agente de verdade – e que, enquanto esteve na Ilha de Man, deve ter sabido sobre dois agentes duplos chamados Mutt e Jeff, e possivelmente sobre um terceiro chamado Tate.

"Estamos na corda bamba. Se um agente decente da *Abwehr* na Inglaterra souber de Fortaleza, codinome para o plano que enganará os alemães, toda a estratégia corre perigo. Para falar a verdade, poderíamos perder a porra da guerra.

Bloggs conteve um sorriso: lembrava-se do tempo em que o Professor Godliman não sabia o significado daquelas palavras.

O professor prosseguiu:

– O Comitê dos Vinte deixou bem claro. Querem que eu me certifique de que não há nenhum agente decente na *Abwehr* na Inglaterra.

– Na semana passada podíamos estar certos de que não havia – Bloggs disse.

– Agora sabemos que há pelo menos um.

– E deixamos que ele escapasse de nossas mãos.

– O jeito agora é encontrá-lo de novo.

– Eu não sei – Bloggs disse secamente. – Não sabemos em que parte do país ele está operando, não temos a menor idéia de sua aparência. Ele é esperto demais para ser localizado por triangulação enquanto faz suas transmissões; se não fosse assim, já o teríamos apanhado há muito tempo. Não sabemos nem mesmo seu codinome. Então por onde começar?

 – Crimes misteriosos – Godliman disse. – Veja: um

espião é forçado a transgredir as leis. Falsifica documentos, rouba gasolina e munição, evita lugares onde haja revistas, tira fotos e, quando as pessoas o perturbam, ele as mata. A polícia descobre alguns desses crimes, se o espião age durante algum tempo. Se pesquisarmos os crimes misteriosos desde o início da guerra, acharemos vestígios.

– Você não acha que muitos crimes são misteriosos? – Bloggs interrogou, incrédulo. – Os arquivos dariam para encher o Albert Hall.

Godliman encolheu os ombros.

– Então limitaremos a pesquisa a Londres e começaremos com os assassinatos.

ELES ENCONTRARAM o que procuravam logo no primeiro dia.

Quem achou, casualmente, foi Godliman, e no início não deu muita importância.

Era o arquivo do assassinato da Sra. Una Garden, em Highgate, em 1940. Seu pescoço fora perfurado e ela havia sido molestada sexualmente, embora não tivesse sido violentada. Fora encontrada num quarto de sua casa, onde alugava quartos, com uma considerável percentagem de álcool em sua corrente sanguínea. O quadro era bastante claro: ela tivera um encontro com um inquilino da casa, ele quis avançar mais do que ela desejava, discutiram, ele a matou e o assassinato neutralizara sua libido. Mas a polícia nunca conseguiu encontrar o inquilino.

Godliman quase não levara o caso em consideração: espiões não se envolvem em ataques sexuais. Mas ele era um homem meticuloso com arquivos, e examinou cada palavra e, conseqüentemente, descobriu que a Sra. Garden recebera golpes de estilete nas costas, além do golpe fatal no pescoço.

Godliman e Bloggs estavam sentados a uma mesa de

madeira, um em frente ao outro, na sala de arquivos da antiga Scotland Yard. Godliman levantou o papel e disse:

– Acho que é esse.

– O estilete – Blogggs disse.

Os dois assinaram o livro de retirada de documentos e caminharam até o Ministério da Guerra, que não ficava longe. Na sala de Godliman, havia sobre a mesa uma mensagem decodificada. Ele a leu casualmente e então socou a mesa, agitado:

– É ele.

Bloggs leu:

– Ordens recebidas. Saudações a Willi.

– Lembra-se dele? – Godliman perguntou. – Die Nadel?

– Sim – Bloggs respondeu, hesitante. – A Agulha. Mas não há muita informação aqui.

– Pense, pense! Um estilete é como uma agulha. É o mesmo homem: o assassinato da Sra. Garden, todas aquelas mensagens em 1940 que não pudemos descobrir, o encontro com Blondie...

– É possível – Bloggs olhava pensativo.

– Posso provar – Godliman disse. – Lembra-se da mensagem sobre a Finlândia que você me mostrou no primeiro dia que trabalhei aqui? Aquela que foi interrompida?

– Sim. – Bloggs foi ao arquivo procurá-la.

– Se a minha memória não falha, a data da mensagem é a mesma data do assassinato... e aposto que a hora da morte coincide com a hora da interrupção.

Bloggs achou a mensagem no arquivo.

– Os dois horários coincidem.

– Pronto!

– Ele opera em Londres há pelo menos cinco anos, e nós ainda não conseguimos agarrá-lo – Bloggs pensou em voz alta. – Não será fácil apanhá-lo.

Godliman repentinamente pareceu cruel.

– Ele pode ser esperto, mas não é tão esperto quanto eu – disse em tom ríspido. – Vou esmagar os ovos dele.

Bloggs soltou uma gargalhada.

– Meu Deus, você mudou, professor.

– Você percebeu que essa foi a primeira vez que você riu depois de um ano? – Godliman disse.

9

O barco que levava os suprimentos contornou o promontório e entrou na baía da Ilha das Tormentas sob um céu azul. Havia duas mulheres a bordo: uma era a mulher do dono do barco – ele fora convocado para a guerra e agora ela fazia as viagens – e a outra era a mãe de Lucy.

Ela desceu do bote trajando um conjunto de viagem – casaquinho e uma saia que batia acima do joelho. Lucy abraçou-a com força.

– Mãe! Que surpresa!

– Mas eu lhe escrevi.

A carta estava junto com a correspondência, no barco – ela se esquecera de que as cartas só chegavam a cada 15 dias na Ilha das Tormentas.

– Esse é meu neto? É um garotão!

O pequeno Jo, com quase 3 anos, encabulou-se e se escondeu atrás da saia da mãe. Ele tinha os cabelos pretos, era bonito e alto para a sua idade.

A mãe de Lucy disse:

– Não parece com o pai?

– Parece – Lucy respondeu. Seu tom tinha uma pontinha de discordância. – Você deve estar se congelando, vamos lá para dentro. Onde você achou essa saia?

Elas pegaram as encomendas e começaram a subir. A mãe ia falando enquanto subiam.

– É a moda, querida. Economiza pano. Mas no continente não está tão frio. Que vento! Acho que não tem problema deixar minha mala lá embaixo... não tem ninguém para roubá-la! Jane está namorando um soldado americano – branco, graças a Deus. Ele é de um lugar chamado Milwaukee e não masca chiclete. Não é ótimo? Agora só tenho quatro filhas para casar. Seu pai é capitão na Guarda Interna, já lhe contei? Ele passa metade da noite patrulhando os locais onde os pára-quedistas alemães costumam pular. O armazém do tio Stephen foi bombardeado, não sei o que ele vai fazer, é um Ato de Guerra ou qualquer coisa...

– Não se apresse, mamãe. Você vai ter 14 dias para me contar as novidades – Lucy disse sorrindo.

Elas chegaram a casa. A mãe de Lucy disse:

– Não é encantadora? – Entraram. – Acho simplesmente encantadora.

Lucy sentou a mãe à mesa da cozinha e preparou um chá.

– Tom vai buscar sua mala lá embaixo. Daqui a pouco, ele chega para o almoço.

– O pastor?

– Sim.

– Ele arranja coisas para David fazer, então?

Lucy sorriu.

 – É bem ao contrário. Estou certa de que ele mesmo

contará tudo a você. Mas afinal você ainda não me disse por que veio.

– Querida, há muito tempo eu não via você. Sei que não devemos fazer viagens desnecessárias, mas uma vez depois de quatro anos não é extravagância, não é mesmo?

Elas escutaram o ruído do jipe, e pouco depois David empurrava sua cadeira cozinha adentro. Ele beijou a sogra e apresentou Tom.

Lucy disse:

– Tom, hoje você paga o almoço trazendo a mala de mamãe lá de baixo. Ela trouxe suas compras.

David estava aquecendo as mãos no fogão.

– Está frio hoje.

A mãe de Lucy perguntou:

– Você está mesmo levando a sério a criação de ovelhas?

– O rebanho está duas vezes maior do que há três anos – David lhe disse. – Meu pai nunca levou esta ilha a sério. Eu já cerquei mais de nove quilômetros da encosta, aumentei o pasto e introduzi métodos modernos de criação. Não temos apenas mais ovelhas: mas cada animal nos dá mais alimento e mais lã.

A mãe de Lucy arriscou:

– Suponho que Tom faça o trabalho braçal e você dê as ordens.

David soltou uma gargalhada.

– Parceiros iguais, mãe.

Os dois estavam com fome e comeram muitas batatas. A mãe de Lucy elogiou os modos de Jo à mesa. Depois, David acendeu um cigarro e Tom encheu seu cachimbo.

A mãe de Lucy disse:

– O que quero mesmo saber é quando você me dará mais netos. – E deu um sorriso.

Caiu, então, um longo silêncio.

– BEM, ACHO FORMIDÁVEL a maneira como David luta – disse a mãe de Lucy.

– É – Lucy respondeu e novamente deixou escapar uma ponta de desaprovação.

Estavam andando pelo alto do penhasco. O vento havia diminuído no terceiro dia da visita da mãe de Lucy e era agradável andar ao ar livre. Levaram Jo, vestido com um suéter de pescador e um casaco de peles. Elas pararam no alto de uma elevação para observar David, Tom e o cachorro reunindo as ovelhas. Lucy percebeu no rosto da mãe uma ansiedade que ela tentava esconder. Decidiu então satisfazer a curiosidade dela.

– Ele não me ama – ela disse.

A mãe olhou para ver se Jo estava por perto.

– Estou certa de que não é tão ruim assim, querida. Cada homem mostra seu amor de maneira diferen...

– Mãe, não somos marido e mulher, de verdade, desde que nos casamos.

– Mas... – Ela apontou Jo com um meneio de cabeça.

– Foi uma semana antes do casamento.

– Querida! – Ela ficou chocada. – Foi... você sabe... o acidente?

– Sim, mas não como você pensa. Não há nada físico. Ele simplesmente... não quer. – Lucy estava chorando, as lágrimas rolando pelas faces queimadas pelo vento.

– Vocês já conversaram sobre isso?

– Tentei, mãe. O que posso fazer?

– Talvez com o tempo...

– Já faz quase quatro anos!

Calaram-se por um momento. Começaram a caminhar através das urzes, sob o sol fraco da tarde. Jo afugentou as gaivotas. A mãe de Lucy continuou:

– Quase larguei seu pai, uma vez.

Dessa vez, foi Lucy quem ficou chocada.

– Quando?

– Foi logo depois que Jane nasceu. Nós não estávamos em boa situação naquela época, você sabe. Seu pai ainda trabalhava com o pai dele, e houve uma queda. Eu estava grávida pela terceira vez em três anos, e pareceu que uma vida de ter filhos e controlar as despesas era a única coisa que eu tinha... e mais nada para aliviar a monotonia. Então descobri que ele estava se encontrando com uma antiga paixão, Brenda Simmonds, você nunca soube dela, ela foi para Basingstoke. De repente, perguntei a mim mesma o que estava fazendo para ter isso, e não achei uma resposta sensata.

Lucy tinha uma vaga, esparsa lembrança daqueles dias: seu avô com o bigode branco; o pai, uma edição mais esbelta; as refeições da família na cozinha da fazenda; muitas risadas, sol e animais. Mesmo naquela época, o casamento de seus pais parecia representar um sólido contentamento, uma convivência feliz.

– E por que não? Por que não o largou, quero dizer – ela perguntou.

– Ah!, as pessoas não se separavam naquela época. Não havia tantos divórcios, e a mulher não conseguiria um emprego.

– Hoje as mulheres trabalham em todos os setores.

– Trabalhavam na última guerra, mas tudo mudou depois, com o desemprego. Acho que vai acontecer o mesmo agora. Os homens costumam conseguir o que querem, você sabe, de modo geral.

– E você está contente por ter ficado. – Não era uma pergunta.

– Pessoas da minha idade não devem falar sobre a vida. Mas a *minha* vida foi uma questão de arranjo, e o mesmo acontece com a maioria das mulheres que conheço. A persistência parece sempre um sacrifício, mas normalmente não é. De qualquer modo, não vou dar alguns conselhos a você. Você não os aceitaria e, se os aceitasse, ia me culpar por seus problemas.

– Mãe! – Lucy disse com um sorriso.

Ela disse:

– Vamos voltar. Acho que andamos demais por hoje.

CERTA NOITE, na cozinha, Lucy disse a David:

– Gostaria que mamãe ficasse mais duas semanas, se ela puder.

A mãe de Lucy estava no andar de cima fazendo Jo dormir, contando-lhe uma história.

– Quinze dias não são suficientes para você dissecar minha personalidade?

– Não seja bobo, David.

Ele empurrou a cadeira de rodas até a poltrona.

– Vai querer me dizer que vocês não falam a meu respeito?

– Claro que falamos de você, você é meu marido.

– O que você conta a ela?

– Por que você está tão preocupado? – Lucy perguntou, com um tom de malícia. – Por que está tão envergonhado?

– Vocês que se danem, não tenho nada do que me envergonhe. Mas ninguém gosta que duas fofoqueiras falem de sua vida.

– Não fazemos fofoca de você.

– O que falam, então?

– Você está tão irritante!

– Responda à minha pergunta.

– Eu digo que quero deixar você, e ela tenta me convencer do contrário.

Ele virou a cadeira rapidamente e saiu.

– Diga a ela para não se preocupar comigo.

– O que você quer dizer com isso?

Ele parou.

– Não preciso de ninguém, entendeu? Posso viver sozinho. Sou auto-suficiente.

– E quanto a mim? – ela perguntou tranqüilamente. – Talvez precise de alguém.

– Para quê?

– Para me amar.

A mãe de Lucy chegou e percebeu o clima da conversa.

– Ele dormiu – disse. – Dormiu antes que a Cinderela saísse para o baile. Acho que vou guardar algumas coisas, para não deixar tudo para amanhã. – E saiu.

– Você acha que algum dia as coisas vão mudar, David? – Lucy perguntou.

– Não sei o que você quer dizer.

– Será que nós vamos ser... como éramos antes do casamento?

– Minhas pernas não vão crescer de novo, se é isso que você quer saber.

– Meu Deus! Você não sabe que isso não tem importância? Quero apenas ser amada.

David deu de ombros.

– O problema é seu. – E saiu antes que ela começasse a chorar.

A MÃE DE LUCY não ficou outra quinzena. Lucy a acompanhou, no dia seguinte, até a praia. Estava chovendo forte e as duas usavam casacos impermeáveis. Ambas ficaram caladas esperando o barco chegar, vendo a chuva abrir pequenas crateras no mar. A mãe de Lucy segurava o pequeno Jo.

– As coisas vão melhorar no seu devido tempo, você verá – ela disse. – Quatro anos não são nada num casamento.

– Não acredito que ele mude, mas não posso fazer nada a não ser esperar. Tem o Jo, a guerra e o problema de David. Como posso deixá-lo? – Lucy disse.

O barco chegou e Lucy trocou sua mãe por três caixas de compras e cinco cartas. O mar estava agitado. A mãe de Lucy acomodou-se no barco. Acenaram para ela até o barco sumir, depois do promontório. Lucy sentiu-se muito só.

Jo começou a chorar.

– Não quero que a vovó vá embora!

– Nem eu – Lucy disse.

10

Godliman e Bloggs caminhavam lado a lado pela calçada de uma rua comercial londrina atingida pelos bombardeios. Formavam um par desigual: o professor, com a postura caída, de óculos redondos e com cachimbo, sem olhar por onde andava com seu passo curto e apressado; e o jovem ereto, louro e decidido, com sua capa de detetive e o chapéu melodramático: uma caricatura precisando da legenda.

Godliman estava dizendo:

– Acho que Die Nadel tem costas quentes.

– Por quê?

– A única explicação para ele ser tão insubordinado e ficar impune. Veja isso: "Saudações a Willi." Deve ser para Canaris.

– Você acha que ele era o homem de confiança de Canaris?

– É o homem de confiança de alguém, talvez de alguém mais poderoso que Canaris.

– Essas pessoas com costas quentes geralmente têm essas amizades desde o tempo de escola, ou da universidade. Veja isso.

Eles estavam em frente a uma loja onde havia um grande vão no local em que, anteriormente, existira uma vitrine. Um cartaz manuscrito e pendurado dizia: "Mais aberta do que nunca."

Bloggs riu, e disse:

– Vi um cartaz na porta de uma delegacia que tinha sido bombardeada: "Seja bonzinho. Continuamos funcionando."

– Isso já virou uma forma de arte.

Eles continuaram a andar.

– E se Die Nadel estudou com algum figurão da Wehrmacht? – Bloggs disse.

– As pessoas sempre tiram fotografias na escola. Midwinter, no porão de Kensington, aquela casa onde o MI6 costumava operar antes da guerra, tem centenas de fotos de oficiais alemães: fotos de colégio, na missa, em desfiles, cumprimentando Adolf, fotos de jornais, dc todos os tipos.

– Entendo – Bloggs disse. – Se você estiver certo e se Die Nadel tiver passado pelo equivalente alemão de Eton e Sandhurst, então nós temos uma foto dele.

– Quase certo. Espiões têm horror a máquinas fotográficas. Mas eles só se tornam espiões quando ficam adultos. Então é um Die Nadel jovem que vamos encontrar nos arquivos de Midwinter.

Contornaram uma grande cratera aberta à porta de uma barbearia. A loja estava intacta, mas o tradicional mastro listrado de vermelho e branco estava no chão, aos pedaços. Havia um cartaz na janela: "Escapamos por pouco – entre e arrisque também."

Bloggs perguntou:

– Como vamos reconhecê-lo? Ninguém jamais o viu.

– Sim, já o viram. Na pensão da Sra. Garden, em Highgate, eles o conhecem muito bem.

O PRÉDIO VITORIANO ficava numa colina, de onde se via Londres ao longe. Era todo em tijolinhos vermelhos, e Bloggs pensou com raiva em todos os estragos que Hitler estava causando à cidade. A casa era alta; um bom lugar para se fazerem transmissões. Die Nadel devia morar no andar do alto. Bloggs imaginava que segredos o espião teria transmitido para Hamburgo daquele lugar nas escuras noites de 1940. As coordenadas de fábricas de aviões e siderúrgicas, detalhes das defesas costeiras, boatos políticos, máscaras contra gases, abrigos antiaéreos e sacos de areia, o moral dos ingleses, relato dos estragos causados pelos bombardeios. Muito bem, vocês conseguiram finalmente levar Christine Bloggs... Melhor não pensar nisso...

Quem abriu a porta foi um homem vestindo paletó preto e calça riscadinha.

– Bom dia. Sou o Inspetor Bloggs, da Scotland Yard. Gostaria de falar com o dono da casa, por favor.

Bloggs percebeu um pouco de medo no olhar do homem, e então uma jovem apareceu na porta e disse:

– Entre, por favor.

O hall cheirava a cera. Bloggs pendurou a capa e o chapéu no cabide. O homem sumiu e a jovem levou Bloggs até a sala de estar. O ambiente era muito bem mobiliado, num estilo rico, saudosista. Havia garrafas de uísque, gim e xerez num carrinho: todas fechadas. A moça sentou-se numa poltrona estampada e cruzou as pernas.

Bloggs perguntou:

– Por que aquele homem está tão assustado com a presença de um policial?

– Meu sogro é judeu alemão. Chegou aqui em 1935, fugindo de Hitler, e em 1940 vocês o colocaram num campo de concentração. A mulher dele suicidou-se angustiada. E ele já estava sendo libertado da Ilha de Man. Ele recebeu uma carta do rei desculpando-se pelos inconvenientes por que passara.

– Não temos campos de concentração. – Bloggs disse.

– Nós os inventamos. Na África do Sul. Não sabia? Falamos muito da nossa história mas esquecemos algumas partes. Somos muito bons para não ver os fatos desagradáveis a nosso respeito.

– Talvez seja melhor assim.

– O quê?

– Em 1939 não quisemos ver que não podíamos vencer uma guerra contra a Alemanha, e olhe o que aconteceu.

– Isso é o que meu sogro diz. Ele não é tão cético quanto eu. O que podemos fazer para ajudar a Scotland Yard?

Bloggs estava gostando da conversa, e foi com relutância que voltou a pensar no serviço.

– É sobre um assassinato que houve aqui quatro anos atrás.

– Tanto tempo!

– Descobrimos algumas pistas novas.

– Eu sei do caso. A antiga proprietária foi morta por um inquilino. Meu marido comprou a casa do testamenteiro. Ela não tinha herdeiros.

– Eu gostaria de encontrar as outras pessoas que moravam aqui na época. Os outros inquilinos.

– Entendo. – A hostilidade desaparecera e sua expressão inteligente demonstrou o esforço que fazia para juntar as lembranças que tinha.

– Quando chegamos aqui, havia três pessoas que já moravam na casa antes do assassinato: um oficial reformado da Marinha, um vendedor e um jovem de Yorkshire. O rapaz alistou-se no Exército e ainda nos escreve. O vendedor foi recrutado para servir e morreu no mar. Sei disso porque duas das cinco esposas dele entraram em contato conosco! O comandante ainda está aqui.

– Ainda aqui! – Aquilo era muita sorte. – Gostaria de vê-lo, por favor.

– Certamente. – Ela levantou-se. – Ele está muito velho. Vou levá-lo a seu quarto.

Subiram a escadaria atapetada até o primeiro andar.

– Enquanto o senhor conversa com ele, vou ler a última carta do rapaz que foi para o Exército. – Bateu à porta. Era mais do que a sua própria senhoria teria feito, Bloggs pensou – ela disse.

Uma voz lá de dentro respondeu:

– Está aberta. – E Bloggs entrou.

O oficial estava sentado numa cadeira perto da janela com um cobertor sobre os joelhos. Tinha pouco cabelo, o bigode era grisalho, a pele estava enrugada num rosto que outrora devia ter sido robusto. O quarto era a casa de um homem que vivia de recordações: havia quadros de navios, um sextante e um telescópio, e uma foto dele, ainda jovem, a bordo do HMS *Winchester*.

– Veja isso – ele disse, sem se virar. – Diga-me por que aquele sujeito não está na Marinha.

Bloggs chegou à janela. Um furgão de padaria, puxado a cavalo, estava parado junto ao meio-fio. O cavalo, velho, comia sua ração enquanto as pessoas faziam compras. Aquele "sujeito" era uma mulher de cabelos louros curtos vestindo uma calça comprida. Tinha um busto maravilhoso. Bloggs riu.

– É uma mulher usando calça comprida – ele explicou.

– É verdade, veja só! – o comandante virou-se. – Hoje em dia, fica difícil saber. Mulheres de calças!

Bloggs apresentou-se.

– Reabrimos o caso de um assassinato cometido aqui em 1940. Acredito que o senhor vivia aqui na mesma época que o principal suspeito, um certo Henry Faber.

– É mesmo! No que posso ajudá-lo?

– O senhor se lembra de Faber?

– Perfeitamente. Um sujeito alto, cabelos pretos, boa conversa, tranqüilo. Usava sempre roupas velhas e, se você é do tipo que julga pela aparência, pode se enganar com ele. Não tinha nada contra ele, não me incomodaria de conhecê-lo um pouco mais, mas ele não queria. Acho que ele tinha a sua idade.

Bloggs conteve um sorriso: estava acostumado às pessoas acharem que ele era mais velho só porque era detetive.

O oficial continuou:

– Estou certo de que não foi ele, o senhor entende. Entendo um pouco sobre o caráter das pessoas, não se pode comandar um navio sem aprender isso e, se aquele homem é um maníaco sexual, eu sou Hermann Goering.

Subitamente, Bloggs fez uma relação entre a mulher com a calça comprida e o erro quanto à sua idade, e sentiu-se um pouco desanimado. Ele disse:

– O senhor sabe, deve sempre pedir para ver a identificação do policial.

O oficial ficou levemente surpreso.

– Está certo, então deixe-me ver a sua.

Bloggs abriu a carteira e dobrou-a, deixando à mostra a foto de Christine.

– Aqui está.

O oficial olhou-a por um instante e então disse:

– Muito parecido.

Bloggs suspirou. O velho era quase cego.

Ele levantou-se.

– É tudo por enquanto – disse. – Obrigado.

– Disponha. Se eu puder fazer alguma coisa para ajudar... Não sou muito útil à Inglaterra agora. É preciso ser inútil para não ser aceito pela Guarda Interna.

– Até logo! – Bloggs saiu.

A moça estava no andar de baixo, no hall. Ela mostrou uma carta a Bloggs.

– O endereço é uma caixa postal nas Forças Armadas – ela disse. – Mas não há dúvida de que o senhor o encontrará.

– Você sabia que o comandante não ajudaria, não é?

– Eu achava que não. Mas uma visita sempre o alegra muito. – Ela abriu a porta.

Seguindo um impulso, Bloggs disse:

– Quer jantar comigo?

Sua expressão fechou-se.

– Meu marido ainda está na Ilha de Man.

– Desculpe... Pensei...

– Está bem. Estou lisonjeada.

– Eu queria convencê-la de que não somos a Gestapo.

– Eu sei que não são. Acontece que uma mulher sozinha torna-se áspera.

– Perdi minha mulher num bombardeio – Bloggs disse.

– Então o senhor sabe o que é odiar.

– Sim – Bloggs respondeu. – Sei o que é odiar. – Desceu a escada. A porta fechou-se atrás dele. Começava a chover.

ESTAVA CHOVENDO. Bloggs estava atrasado. Ele estivera examinando um material novo com Godliman. Agora estava correndo para que pudesse ficar pelo menos meia hora com Christine antes que ela saísse para o serviço na ambulância. Estava escuro e o ataque já havia começado. O que Christine via durante a noite era tão terrível que ela parara de contar a ele sobre o seu serviço.

Bloggs estava orgulhoso dela, orgulhoso. As pessoas com quem ela trabalhava diziam que ela era melhor do que dois homens juntos: ela cortava Londres no escuro, dirigindo como um veterano, fazendo curvas em duas rodas, assoviando e contando anedotas enquanto a cidade queimava. Destemida, assim é que a chamavam. Bloggs sabia da verdade: ela ficava aterrorizada, mas não demonstrava. Ele sabia porque via seus olhos de manhã cedo, quando ele levantava e ela ia dormir; quando a vigília dela terminava e tudo serenava por algumas horas. Ele sabia que não era destemor, mas coragem, e ficava orgulhoso.

Chovia bastante quando ele desceu do ônibus. Abaixou a aba do chapéu e suspendeu o colarinho. Num quiosque comprou cigarros para Christine: ela começara a fumar recentemente, como muitas outras mulheres. O vendedor só vendia cinco por causa do racionamento. Ele os guardou numa cigarreira de baquelita da Woolworth.

Um guarda o fez parar e pediu sua carteira de identidade: mais dois minutos perdidos. Uma ambulância, como a que Christine dirigia, passou por ele: um caminhão de frutas pintado de cinza, requisitado para aquele serviço.

Ele começou a ficar nervoso quando se aproximava de casa. As explosões pareciam cada vez mais próximas, e ele ouvia os aviões perfeitamente. O East End teria outra noite de terror: ele dormiria no abrigo. Havia um bem perto e ele apertou o passo. Jantaria no abrigo também.

Ele entrou na rua onde morava, viu as ambulâncias e as mangueiras dos bombeiros e começou a correr.

A bomba caiu na calçada. Perto de sua casa, talvez. Meu Jesus, nos proteja, não...

A bomba caiu bem em cima do telhado e a casa estava completamente destruída. Ele correu para o meio da multidão de vizinhos, voluntários, bombeiros.

– Minha mulher está bem? Ela está aqui fora? *Está lá dentro?*

Um bombeiro olhou-o com pena.

– Ninguém saiu lá de dentro, companheiro.

Um grupo estava fazendo buscas no meio dos escombros. De repente, um deles gritou:

– Aqui!

Então ele disse:

– Santo Deus, é a Destemida Bloggs!

Frederick foi até o local de onde o homem gritara. Christine estava sob um bloco de tijolos. O rosto estava à mostra: os olhos fechados.

Um homem da equipe gritou:

– O guindaste! Rápido com isso!

Christine soltou um gemido e mexeu-se.

Bloggs exclamou:

– Ela está viva! – Ajoelhou-se ao lado dela e pôs as mãos debaixo das pedras.

O homem da equipe de resgate disse:

 – Você não conseguirá levantar isso, filho.

O bloco de tijolos mexeu-se.

O homem gritou:

– Caramba! Você vai se matar – e abaixou-se para ajudá-lo.

Quando conseguiram levantar o bloco pouco mais de meio metro, os dois puseram os ombros por baixo. O peso agora não estava mais sobre Christine. Um terceiro homem veio ajudar, e mais outro. Todos juntos levantaram mais ainda.

– Vou tirá-la de lá – Bloggs disse.

Ele se meteu debaixo do bloco e segurou a esposa nos braços.

Alguém gritou:

– Está *fodido* se aquilo cair.

Bloggs levantou-se com Christine bem junto a seu peito. Assim que Bloggs ficou de pé e afastou-se, os homens deixaram o bloco cair novamente. Caiu de novo com estrondo; quando Bloggs percebeu que *aquilo* tinha caído em cima de Christine, entendeu que ela iria morrer.

Ele a levou para a ambulância, que saiu na mesma hora. Ela abriu os olhos, antes de morrer, e disse:

– Você vai ter de ganhar a guerra sem mim, garoto.

Mais de um ano depois, enquanto ele descia de Highgate para o centro de Londres, com a chuva misturando-se às lágrimas novamente, viu que a mulher na casa do espião tinha dito uma grande verdade: ele sabia o que é odiar.

Na guerra, os meninos se transformam em homens, e os homens tornam-se soldados, e os soldados são promovidos; e é por isso que Billy Parkin, de 18 anos, que deveria ter começado como aprendiz no curtume do pai em Scarborough, estava no Exército – que acreditava que ele tivesse 21 anos – e fora promovido a sargento, recebendo a tarefa de conduzir seu pelotão avançado através de uma quente e seca floresta até uma empoeirada aldeia italiana caiada de branco.

Os italianos haviam se rendido mas os alemães não, e eram os alemães que estavam defendendo a Itália contra a invasão combinada anglo-americana. Os Aliados estavam se dirigindo para Roma, e para o pelotão do sargento Parkin era uma longa caminhada.

Eles saíram da floresta no alto de uma colina e deitaram-se no chão para observar a aldeia lá embaixo. Parkin tirou o binóculo e disse:

– *Merda!* O que eu não daria por uma xícara de chá.

Ele bebia, fumava, andava com mulheres e sua linguagem era igual à de qualquer soldado em qualquer lugar. Ele já não ia mais às sessões de reza.

Algumas dessas aldeias tinham defesas; outras, não. Parkin achou que era uma tática de segurança: não se sabe quais têm defesas, então o certo é fazer a aproximação cautelosamente, e cautela toma tempo.

A encosta da colina era quase lisa – apenas umas pequenas moitas – e a aldeia começava logo no sopé. Havia algumas poucas casas brancas, um rio com uma ponte de madeira e depois mais casas em torno de uma praça com o prédio da prefeitura e a torre do sino. Havia uma boa visão da torre para a ponte: se o inimigo estivesse lá, estaria na prefeitura. Algumas pessoas trabalhavam nos campos dos arredores: sabe Deus quem são. Podiam ser cidadãos inocentes ou pertencerem a uma série de facções: fascistas, corsos, guerrilheiros, comunistas... ou até alemães. Não se sabia de que lado eles estavam até começar o tiroteio.

Parkin disse:

– Muito bem, cabo.

O cabo Watkins voltou para a floresta e apareceu, cinco minutos depois, na estrada de terra que cortava a aldeia, usando um chapéu de civil e um cobertor imundo em cima do uniforme. Ele cambaleava, não andava, e sobre os seus ombros levava uma trouxa que podia ser qualquer coisa, desde um molho de cebolas a um coelho morto. Chegou ao ponto mais próximo da aldeia e desapareceu na escuridão de uma cabana.

Depois de um instante, reapareceu. Em pé junto à parede, num ponto em que não podia ser visto da aldeia, olhou em direção ao pelotão no alto da colina e acenou: um, dois, três.

O pelotão arrastou-se colina abaixo até a aldeia.

Watkins disse:

– Todas as casas vazias, sargento.

Parkin assentiu. Isso não significava nada.

Eles caminharam em direção às casas na margem do rio. Parkin disse:

– Sua vez, Sorriso. Nade aí no Mississippi.

O soldado "Sorriso" Hudson colocou seu equipamento num local limpo, tirou o capacete, as botas e o uniforme e entrou no pequeno rio. Apareceu do outro lado, subiu a margem e desapareceu entre as casas. Dessa vez, houve uma espera mais demorada: uma área maior para inspecionar. Finalmente, Hudson caminhou pela ponte, de volta.

– Se estão aí, estão escondidos – comentou.

Ele apanhou suas coisas e o pelotão atravessou a ponte, dirigindo-se para a aldeia. Eles seguiam pelos cantos das ruas quando estavam se aproximando da praça. Alguns homens chutavam as portas à medida que iam caminhando. Não havia ninguém.

Pararam quando chegaram à praça. Parkin apontou a prefeitura com a cabeça.

– Você foi lá, Sorriso?

– Sim, senhor.

– Parece que a aldeia é nossa, então.

– Sim, senhor.

Parkin deu um passo à frente para começar a atravessar a praça, mas aí então o fogo começou. Estampidos de rifles, e choveu bala de toda parte. Alguém gritou. Parkin estava correndo, fugindo, abaixando-se. Watkins, em frente a ele, gritou de dor e segurou sua perna: Parkin o apanhou. Uma bala ricocheteou em seu capacete. Ele correu para a casa mais próxima, chutou a porta e caiu lá dentro.

O tiroteio parou. Parkin deu uma olhada lá fora. Um homem estava ferido na praça: Hudson. Justiça cruel. Hudson mexeu-se e um único tiro foi disparado. Ele ficou imóvel.

– Filhos-da-puta – Parkin disse.

Watkins estava mexendo na perna e xingando.

– A bala ainda está aí? – Parkin perguntou.

Watkins soltou um grito.

– Ai! – depois sorriu e mostrou alguma coisa na mão. – Agora não há mais nada.

Parkin olhou para fora outra vez.

– Eles estão na torre do sino – disse. – Você não pensou que estivessem todos aí, não é? Não podem ser muitos.

– Mas, mesmo assim, ainda podem atirar.

– Claro. Eles nos têm presos. – Parkin franziu o rosto. – Temos fogos de artifício?

– Temos.

– Deixe eu dar uma olhada. – Parkin abriu a mochila de Watkins e retirou a dinamite. – Aqui. Ponha um detonador de dez segundos.

Os outros estavam numa casa do outro lado da rua. Parkin gritou.

– Ei!

Um rosto apareceu na porta.

– Vou jogar um tomate. Quando eu gritar, abram fogo.

– Certo.

Parkin acendeu um cigarro. Watkins estendeu-lhe a dinamite. Parkin gritou:

– Fogo!

Ele acendeu o detonador com o cigarro, foi até a rua, levou o braço bem atrás e jogou a bomba na torre do sino. Voltou para dentro da casa, ouvindo os disparos de seus homens. Uma bala acertou a porta e ele sentiu um estilhaço bater em seu queixo. Ouviu a dinamite explodir.

Antes que olhasse o resultado, alguém do lado de fora gritou:

– Na mosca!

Parkin saiu. A velha torre do sino estava destruída. O carrilhão ainda soava, e uma nuvem de poeira pairava sobre as ruínas.

Watkins perguntou:

– O senhor joga cricket? Foi um bom arremesso.

Parkin foi até o centro da praça. Parecia haver pedaços suficientes para fazer cerca de três alemães. Ele disse:

– A torre já não estava muito firme mesmo. Provavelmente tivesse caído se todos nós espirrássemos ao mesmo tempo. – Ele virou-se. – Mais um dia, mais um dólar. – Era uma frase que os ianques usavam.

– Sargento! Rádio. – Era o operador de telecomunicações.

Parkin voltou-se e segurou o aparelho.

– Sargento Parkin.

– Major Roberts. Você está exonerado de suas atividades a partir deste momento, sargento.

– Por quê? – O primeiro pensamento de Parkin foi que haviam descoberto sua verdadeira idade.

– As altas patentes querem você em Londres. Não me pergunte o motivo porque não sei. Passe o comando de seu pelotão e regresse. Um carro irá encontrá-lo na estrada.

– Sim, senhor.

– As ordens dizem ainda que de nenhum modo deve arriscar sua vida. Entendeu bem?

Parkin deu um sorriso, pensando na torre do sino e na dinamite.

– Entendi.

– Está certo. Pode ir. Felizardo!

TODOS TINHAM DITO que era um garoto, mas eles o haviam conhecido antes de ele se alistar no Exército, Bloggs pensou. Não tinha dúvida de que ele agora era um homem. Andava com confiança e graça, olhava de maneira firme e era respeitoso diante dos oficiais superiores sem ficar constrangido. Bloggs sabia que ele estava mentindo sobre a idade, não por causa de seus modos ou aspecto, mas por causa dos gestos discretos que fazia quando se abordava esse assunto – gestos que Bloggs, um interrogador experiente, viu que não eram habituais.

Ele achou engraçado quando lhe disseram que o queriam para ver fotos. Agora, no terceiro dia no empoeirado porão do Sr. Midwinter, em Kensington, a graça havia passado e o que havia era tédio. O que mais o irritava era não poder fumar.

Era pior para Bloggs, que tinha de sentar e observá-lo.

Em determinado momento, Parkin disse:

– Não iam me chamar na Itália para ajudar num caso de assassinato ocorrido há quatro anos e que poderia esperar até depois da guerra. Além disso, essas fotos são quase todas de oficiais alemães. Se esse é o tipo do caso em que devo ficar calado, é melhor me dizerem.

– É o tipo de caso em que você deve ficar calado – Bloggs disse.

Parkin voltou a ver as fotos.

Eram todas velhas, pardas e desbotadas. Muitas eram tiradas de livros, revistas e jornais. Às vezes, Parkin pegava a lupa que o Sr. Midwinter atenciosamente tinha providenciado, para ver com mais detalhe algum rosto no meio de um grupo; e, a cada vez que isso acontecia, o coração de Bloggs disparava, voltando depois ao ritmo normal quando Parkin deixava a lupa de lado e passava para outra foto.

Eles iam a um bar ali perto na hora do almoço. A cerveja, por causa da guerra, era fraca, mas Bloggs achava melhor limitar o jovem Parkin a beber só dois copos – por conta dele, ele beberia um barril inteiro.

– O Sr. Faber era um tipo sossegado – Parkin disse. – Vocês não pensaram nisso. Vejam só: a dona da casa não tinha má aparência. E ela estava querendo... Pensando bem, acho que eu poderia ter dormido com ela se soubesse como fazer isso. Naquela época eu tinha apenas... 18 anos.

Eles comiam pão e queijo, e Parkin ainda colocava cebola em conserva. Quando voltavam, paravam do lado de fora enquanto Parkin fumava outro cigarro.

– Pensem bem – ele disse. – Ele era um sujeito alto, de boa aparência, falava bem. Pensávamos que ele não era nada por causa de suas roupas pobres, porque ele andava de bicicleta e não tinha dinheiro. Acho que foi um jeito sutil de se disfarçar. – Suas sobrancelhas se ergueram de modo interrogativo.

– É... pode ser – Bloggs disse.

Aquela tarde, Parkin não achou um, mas três retratos de Faber.

Em um deles tinha só 9 anos.

E o Sr. Midwinter tinha o negativo.

HEINRICH RUDOLPH Hans von Müller-Güder ("Vamos chamá-lo só de Faber", disse Godliman com um sorriso.) nascera em 26 de maio de 1900, num lugar chamado Oln, na Prússia Ocidental. A família do pai era proprietária de terras na região há gerações. O pai dele era o segundo filho da família; Heinrich também. Todo filho depois do primogênito era oficial do Exército. Sua mãe, filha de um oficial do Segundo Reich, nascera e fora criada para ser esposa de um aristocrata, e de fato assim aconteceu.

Aos 13 anos, ele foi para a escola de cadetes de Karlsruhe, em Baden; dois anos mais tarde, foi transferido para a escola Gross-Lichterfelde, de maior prestígio, perto de Berlim. Ambas eram rígidas instituições disciplinares onde a mente dos alunos era aperfeiçoada com varas, banhos frios e comida de má qualidade. Contudo, Heinrich aprendeu a falar inglês e francês, estudou História e foi aprovado no Reifeprüfung com as mais altas notas desde a virada do século. Havia apenas três outros destaques em sua vida acadêmica: num inverno muito frio ele se rebelou contra a autoridade a ponto de fugir e caminhar, no meio da noite, cerca de 240 quilômetros até a casa de sua tia; quebrou o braço do seu instrutor de luta livre; e foi açoitado por insubordinação.

Serviu, durante pouco tempo, como cadete na zona neutra de Friedrichsfeld, perto de Wesel, em 1920; fez treinamento de oficial na Escola de Guerra de Metz, em 1921, e recebeu a patente de segundo-tenente em 1922.

("Como é a frase que você usou?", Godliman perguntou a Bloggs. "O equivalente alemão de Eton e Sandhurst.")

Logo nos primeiros anos seguintes, fez pequenas viagens a serviço em diversos lugares, como quem está sendo preparado para o Estado-Maior. Ele continuou a se distinguir como atleta, especializando-se em corridas de longa distância. Não fez amizades muito íntimas, jamais casou e recusou-se a ingressar no Partido Nacional-Socialista. Sua promoção a primeiro-tenente foi um pouco retardada devido a um vago incidente envolvendo a gravidez da filha de um tenente-coronel do Ministério da Defesa, mas finalmente chegou em 1928. Seu hábito de falar com os oficiais superiores de igual para igual veio a ser perdoável por se tratar de um jovem oficial promissor e de um aristocrata prussiano.

No fim da década de 1920, o Almirante Wilhelm Canaris tornou-se amigo do tio de Heinrich, Otto, irmão mais velho de seu pai, e passou muitos dias na propriedade da família, em Oln. Em 1931, Adolf Hitler, que ainda não era chanceler da Alemanha, também freqüentava a casa.

Em 1933, Heinrich foi promovido a capitão, e foi a Berlim para tarefas não determinadas. A última foto é dessa época.

A partir de então, segundo informações publicadas, ele parece ter deixado de existir.

– Podemos deduzir o restante – disse Percival Godliman. – A *Abwehr* o treina em transmissões de mensagens, códigos, elaboração de mapas, arrombamento, chantagem, sabotagem e assassinato sem alarde. Ele vem para Londres por volta de 1937 com tempo suficiente para se estabelecer com um sólido disfarce de identidade, talvez dois. Seu instinto solitário é desenvolvido profundamente pelo jogo da espionagem. Quando a guerra estoura, ele se acha com licença de matar. – Olhou para a foto sobre a sua mesa. – É um sujeito bonito.

Era uma foto da equipe de corrida do 10º Batalhão Jaeger de Hanover. Faber estava no meio, erguendo uma taça. Tinha a testa alta, os cabelos curtos; o queixo longo e a boca contornada por um pequeno bigode.

Godliman passou a foto para Billy Parkin.

– Ele mudou muito?

– Ele parece um pouco mais velho, mas pode ser seu... disfarce. – Parkin estudou a foto detidamente. – Os cabelos estão mais compridos, e não usa mais o bigode. – Ele passou a foto. – Mas é ele sim.

– Há mais dois itens no arquivo, ambos simples conjeturas – Godliman disse. – Primeiro, dizem que ele pode ter ido para a espionagem em 1933; esta é a norma quando os dados de um oficial deixam de ser publicados sem nenhuma razão aparente. O segundo é um rumor, não confirmado por qualquer fonte de confiança, de que passou alguns anos como conselheiro confidencial de Stalin, usando o nome de Vasily Zankov.

– É incrível – Bloggs disse. – Não acredito.

Godliman deu de ombros.

– *Alguém* persuadiu Stalin a executar a nata do seu corpo de oficiais nos anos em que Hitler subiu ao poder.

Bloggs balançou a cabeça e mudou de assunto.

– E agora, o que vamos fazer?

Godliman refletiu.

– Vamos conseguir a transferência do sargento Parkin para o nosso serviço. Ele é o único homem que conhecemos que de fato viu Die Nadel. Além disso, ele sabe demais para corrermos o risco de colocá-lo na linha de frente: ele poderia ser capturado e interrogado, e levar tudo por água abaixo. Depois vamos fazer uma boa reprodução dessa foto, com o cabelo maior e sem bigode: retoques feitos por um artista. Aí então podemos distribuir cópias.

– Vamos iniciar uma campanha de divulgação? – Bloggs perguntou hesitante.

– Não. Por enquanto, vamos devagar. Se colocarmos tudo nos jornais, ele vai saber e acabará desaparecendo. Mande as fotos apenas para as forças policiais.

– É tudo?

– Acho que sim. A não ser que você tenha outras idéias.

Parkin pigarreou.

– Senhor...

– Sim.

– Eu realmente gostaria de voltar à minha unidade. Não sou do tipo burocrata, o senhor entende?

– Não estamos lhe oferecendo opção, sargento. Nessa altura do conflito, uma aldeia italiana a mais ou a menos não faz diferença. Mas esse homem, Faber, pode nos fazer perder a guerra. Como os americanos dizem, não estou brincando.

11

Faber tinha ido pescar.

Ele estava esticado no convés de um barco aproveitando o sol da primavera, descendo o canal lentamente. Uma das mãos segurava o leme, descuidado, enquanto a outra descansava no caniço, cuja linha estava na água, por trás do barco.

Não pescara nada ainda.

Além de pescar, ele também observava as aves. Tanto

por interesse (na verdade, estava até aprendendo muito sobre as malditas aves) quanto como desculpa para andar com o binóculo. Naquele mesmo dia, pela manhã, ele vira um alcião.

O pessoal do estaleiro de Norwich adorou alugar o barco a ele por 15 dias. Os negócios iam mal: eles só tinham dois barcos agora, e um deles não era usado desde Dunquerque. Faber regateou o preço, maquinalmente. No fim, eles ainda lhe deram uma caixa com comida enlatada.

Ele havia comprado iscas numa loja ali perto; o equipamento de pesca, ele trouxe de Londres. Eles comentaram ainda que iria fazer tempo bom e lhe desejaram boa pescaria. Ninguém pediu para ver sua carteira de identidade.

Até então, tudo bem.

A dificuldade ainda ia começar. Porque avaliar a força de um grupamento era difícil. Primeiro seria preciso encontrá-lo.

Nos tempos de paz, o Exército colocava placas nas estradas para facilitar. Agora, eles tiravam as suas e todas as demais placas.

Uma solução simples seria pegar um carro e seguir o primeiro veículo militar até onde ele fosse. Contudo, Faber não tinha carro; era praticamente impossível para um civil alugar um; e, mesmo que conseguisse, não teria gasolina. Além disso, um civil dirigindo no interior do país, seguindo caminhões e observando campos do Exército, estava sujeito a ser preso.

Daí o barco.

Alguns anos atrás, antes que se tornasse ilegal vender mapas, Faber descobrira que a Inglaterra tinha uma vasta bacia hidrográfica no seu interior. A bacia original fora aumentada no século XIX por diversos canais. Em algumas áreas, havia tantas vias aquáticas quanto estradas. Norfolk era uma dessas áreas.

O barco apresentava muitas vantagens. Na estrada, um homem se dirigia a determinado lugar: num rio, estava apenas andando de barco. Dormir num estacionamento de carros chamava a atenção: dormir num barco ancorado era normal. O rio era um local isolado. E onde já se ouviu falar de bloqueio num rio?

Havia algumas desvantagens. Os campos de pouso e os acampamentos tinham que ficar próximos às estradas, mas eles não eram escolhidos tendo em vista o acesso por rios. Faber tinha que fazer suas explorações à noite, deixando o barco ancorado e caminhando sob o luar, marchas exaustivas de 60 quilômetros nas quais poderia deixar de ver o que estava procurando por causa da escuridão ou simplesmente porque não teria tempo suficiente para vasculhar cada quilômetro.

Quando voltava, algumas horas antes do amanhecer, dormia até o meio-dia e continuava a viajar, parando ocasionalmente para observar o panorama do alto de uma colina. Em algumas barragens, fazendas isoladas e biroscas à beira do rio, ele conversava com as pessoas, torcendo para ouvir algo sobre a presença militar. Até então, não encontrara nada.

Começou a pensar se estava na área certa. Tentou se colocar no lugar do General Patton, pensando: se eu estivesse planejando invadir a França pelo leste do Sena, partindo de uma base no leste da Inglaterra, onde me colocaria? Norfolk, era óbvio: uma grande área isolada, com lugares apropriados para campos de pouso, perto do mar, para uma saída rápida. E o Golfo de Wash era o lugar lógico para reunir uma esquadra. Contudo, suas conjeturas podiam estar erradas por motivos desconhecidos para ele. Logo, teria de pensar numa rápida mudança de área: talvez as regiões alagadas de Fens.

Uma barragem surgiu à frente e ele recolheu as velas para diminuir a marcha. Entrou com suavidade na barragem e bateu levemente contra as comportas. A casa do homem que tomava conta da barragem ficava na margem. Faber levou as mãos em torno da boca e gritou. E sentou-se para esperar. Uma coisa que aprendera é que o pessoal que trabalha em barragens não deve ser apressado. Além do mais, era hora do chá, e nessa hora o homem não viria mesmo.

Uma mulher apareceu na porta da casa e acenou. Faber respondeu-lhe o aceno, pulou na margem, amarrou o barco e entrou na casa. O homem estava sentado despojadamente à mesa da cozinha. Ele perguntou.

– Não está com pressa, está?

Faber sorriu.

– Nem um pouco.

– Dê uma xícara de chá a ele, Mavis.

– Não, obrigado – Faber recusou polidamente.

– Não tem problema, acabamos de fazer uma chaleira.

– Obrigado. – Faber sentou-se. A pequena cozinha era arejada e limpa, e o chá foi servido numa bela xícara de porcelana.

– Pescando? – o homem perguntou.

– Pescando e observando as aves – Faber explicou. – Estou pensando em amarrar logo o barco e passar uns dias em terra.

– Oh! Melhor ficar do outro lado do canal. Este lado é área reservada.

– É mesmo? Não sabia que havia terras do Exército por aqui.

– Sim, há. Elas começam a um quilômetro daqui mais ou menos. Mas se são do Exército eu não sei, não me disseram.

– Bem, acho que a gente não precisa saber – Faber disse.

– É. Tome o chá que depois eu abro a comporta. Obrigado por ter me deixado acabar o chá.

Eles saíram, Faber foi para o barco e desamarrou-o. As comportas que estavam atrás dele fecharam-se e então o homem abriu as eclusas. O barco começou a baixar com o nível da água, na barragem, e o homem abriu as comportas da frente.

Faber abriu as velas e foi embora. O homem acenou.

Parou novamente cerca de 6 quilômetros mais adiante e amarrou o barco a uma frondosa árvore na margem. Enquanto esperava a noite cair, preparou sua refeição: lingüiça enlatada, biscoito e água mineral. Vestiu suas roupas pretas, colocou na maleta de ombro o binóculo, a câmera e uma edição de *Rare Birds of East Anglia*, colocou a bússola no bolso e pegou a lanterna. Estava pronto.

Apagou o lampião de campanha, fechou a porta da cabine e saltou para a margem. Iluminando a bússola com a lanterna, adentrou no bosque que margeava o canal.

Andou na direção sul por uns 500 metros aproximadamente até chegar a uma cerca. Tinha quase 2 metros de altura, e arame farpado por cima. Ele voltou para o bosque e subiu numa árvore alta.

Havia poucas nuvens espalhadas no céu. A lua despontava muito de leve. Além da cerca, havia uma área livre, uma leve inclinação. Faber já fizera trabalhos como este anteriormente, em Biggin Hill, Aldershot, e em muitas áreas militares em todo o sul da Inglaterra. Havia dois tipos de vigilância: uma patrulha móvel ao longo da cerca, e sentinelas nas instalações.

As duas podiam ser vencidas com paciência e calma.

Faber desceu da árvore e voltou para junto da cerca. Escondeu-se atrás de uma árvore e sentou para esperar.

Ele precisava saber quando a patrulha móvel passava por aquele ponto. Se não viesse até o amanhecer, ele voltaria na noite seguinte. Se ele tivesse sorte, ela passaria logo. Pelo tamanho que a área parecia ter, ele achou que a patrulha fazia apenas uma volta completa por noite.

Estava com sorte. Pouco depois das 22 horas, ouviu passos, e três homens passaram marchando pelo lado de dentro da cerca.

Cinco minutos depois, Faber pulou a cerca.

Ele ia em direção ao sul: quando todas as direções são iguais, a linha reta é sempre melhor. Não usava a lanterna. Sempre que podia, mantinha-se perto das sebes e das árvores, e evitava os lugares altos, onde poderia ficar à mostra se a lua repentinamente surgisse por inteiro. O lugar parecia um quadro abstrato em preto, cinza e prateado. O chão era um pouco encharcado, como se houvesse pântanos por perto. Uma raposa cortou seu caminho, rápida como um galgo, graciosa como um gato.

Eram 23h30 quando ele encontrou a primeira indicação de atividade militar – e uma estranha indicação, por sinal.

A lua surgiu e ele pôde ver, a uns 400 metros de distância, uma fileira de construções de um andar só, dispostas com a precisão de barracas do Exército. Ele se abaixou imediatamente, mas estava ainda em dúvida sobre a realidade do que havia aparentemente visto, pois não havia luzes nem ruídos.

 Ficou abaixado uns dez minutos, para dar oportunidade

ao surgimento de alguma explicação, mas não aconteceu nada, a não ser um texugo que passou por ele, olhou-o e fugiu.

Faber rastejou, avançando mais um pouco.

Quando se aproximou, viu que as barracas não estavam apenas desocupadas, mas inacabadas. A maioria não passava de um teto escorado por vigas. Algumas tinham uma parede.

Um súbito ruído o imobilizou: a risada de um homem. Ele ficou quieto, ouvindo. Um fósforo acendeu-se e logo apagou, deixando dois pontos incandescentes numa das barracas. Guardas.

Faber apalpou o estilete na manga e começou a rastejar novamente na direção oposta às sentinelas.

As barracas semi-acabadas não tinham piso nem alicerces. Não havia veículos de obras por perto, carrinhos de mão, misturadores de concreto, pás, pilhas de tijolos. Uma trilha enlameada saía do campo cortando toda a área, mas a grama estava crescendo: não devia ter sido muito usada recentemente.

Era como se alguém tivesse decidido trazer dez mil homens para aquele lugar, e então mudado de idéia depois de iniciada a construção.

Contudo, havia algo sobre o lugar que não se enquadrava nessa explicação.

Faber andou por ali, cautelosamente, atento para o caso de as sentinelas resolverem fazer uma inspeção. Havia alguns veículos militares no centro do acampamento. Eram velhos e enferrujados e haviam sido depenados – nenhum deles tinha mais motor ou qualquer outro componente. Se iam desmontar veículos obsoletos, por que não aproveitar as carrocerias?

As barracas que tinham parede estavam na parte externa das filas de barracas, e tinham paredes só de um lado. Mais parecia um cenário de cinema do que uma construção.

Faber achou que tinha visto tudo que podia naquele lugar. Então, caminhou para o lado leste do campo, abaixou-se e engatinhou até que estivesse escondido atrás das sebes. Quinhentos metros mais adiante, perto de uma elevação, olhou para trás. Agora elas pareciam barracas de verdade.

Uma idéia começou a se formar em sua mente. Ele não se apressou.

A terra era relativamente plana, a não ser por algumas pequenas elevações. Havia algumas partes com árvores e arbustos, das quais Faber se aproveitava. Ele teve que se desviar de um lago – um espelho prateado sob o luar. Ouviu o pio de uma coruja, olhou naquela direção e viu ao longe um celeiro.

Oito quilômetros mais à frente, ele viu o campo de pouso.

Havia mais aviões ali do que ele supunha que a Real Força Aérea possuísse. Havia Pathfinders para as bombas incendiárias, Lancasters e os B-17s americanos para começar os bombardeios, Hurricanes e Spitfires e Mosquitos para reconhecimento e ataque: aviões suficientes para uma invasão.

Todos eles tinham os trens de aterrissagem enterrados no chão, e estavam com a barriga encostada na lama.

Mais uma vez, não havia luzes nem ruídos.

Faber agiu do mesmo jeito, rastejando na direção dos aviões até localizar os guardas. Entre os aviões, havia uma pequena cabana. Uma luz muito fraca estava acesa lá dentro. Dois homens, talvez três.

À medida que Faber se aproximava dos aviões, eles pareciam se tornar achatados, como se tivessem sido amassados.

Chegou perto do mais próximo e tocou-o, perplexo. Era uma peça de madeira compensada de meia polegada recortada no molde do Spitfire, coberto com camuflagem e preso com cordas ao chão.

Os outros aviões também eram assim.

Havia mais de mil.

Faber levantou-se, observando a cabana com o canto dos olhos, pronto para se abaixar ao menor sinal de movimento. Andou por todo o falso campo, vendo os aviões de ataque e de bombardeio – todos de mentira – ligando esses aviões às barracas de cinema, perplexo diante das implicações do que acabara de descobrir.

Ele sabia que se continuasse a vasculhar encontraria outros campos como esse, e barracas semiconstruídas. Se fosse até o Golfo de Wash, encontraria uma esquadra de destróieres e navios de transporte feitos de compensado.

Era uma ultrajante, cara, meticulosa, grande farsa.

É claro que não enganaria um observador por muito tempo. Mas não se destinava a enganar os observadores em terra.

Era para ser vista do alto.

Mesmo um avião de reconhecimento voando baixo e equipado com câmeras modernas e filmes especiais tiraria fotos que sem dúvida alguma mostrariam uma enorme concentração de homens e veículos.

Não é de admirar que o Estado-Maior estivesse prevendo uma invasão pelo leste do Sena.

Deveria haver outros elementos na fraude, ele pensou. Os ingleses deveriam se referir ao grupamento norte-americano nas mensagens, utilizando códigos que eles sabiam que seriam decifrados. Haveria informações de espionagem falsas enviadas por intermédio da mala diplomática espanhola para Hamburgo. As possibilidades eram inúmeras.

Os ingleses tiveram quatro anos para se equipar para essa invasão. A maior parte do exército alemão estava lutando na frente russa. Depois que os Aliados conseguissem uma entrada em território francês, ninguém os deteria. A única chance dos alemães era apanhá-los nas praias e destruí-los quando descessem das embarcações.

Se eles estivessem esperando no lugar errado, perderiam essa chance.

A estratégia estava clara agora. Era simples, e devastadora.

Faber tinha que comunicar a Hamburgo.

Ele pensou se iriam acreditar nele.

A estratégia de guerra raramente era alterada pela palavra de um homem. Sua posição era elevada, mas seria *tão* elevada assim?

Aquele idiota do Von Braun nunca acreditaria nele. O sujeito odiava Faber há anos e não perderia a oportunidade de desacreditá-lo. Canaris, Von Roenne... ele não confiava em nenhum deles.

E havia outro ponto: o rádio. Ele não poderia transmitir esse tipo de informação pelo rádio... há dias ele vinha sentindo que o código utilizado não era mais seguro. Se os ingleses descobrissem que seu segredo tinha ido para o espaço...

Ele precisava de provas, e tinha que levá-las para Berlim.

Ele precisava de fotos.

Ele tiraria fotografias desse gigantesco exército de mentira, então iria para a Escócia encontrar o submarino, e entregaria as fotos ao Führer pessoalmente. Não podia fazer mais.

Para fotografar, era preciso luz. Teria que esperar até amanhecer. Um pouco atrás havia um barracão velho: ele poderia passar o restante da noite lá.

Olhou a bússola e partiu. O barracão era mais distante do que ele imaginava, e para chegar lá levou uma hora. Era uma velha construção de madeira, com furos no telhado. Os ratos tinham desaparecido há muito tempo por falta de comida, mas havia morcegos no palheiro.

Faber deitou-se no chão mas não conseguiu dormir só de pensar que ele seria capaz agora de alterar o curso da maior guerra da História.

O DIA IA CLAREAR às 5h21. Às 4h20, Faber deixou o barracão.

Embora não tivesse dormido, as duas horas de repouso descansaram seu corpo e esfriaram sua cabeça, e agora ele estava bem-disposto. Um vento de oeste estava empurrando as nuvens; embora a lua já tivesse sumido, ainda havia estrelas.

Seu cálculo de tempo foi bom. O céu estava bem claro quando ele chegou ao "campo de pouso".

As sentinelas ainda estavam na cabana. Se ele tivesse sorte, elas estariam dormindo: Faber sabia por experiência própria que o mais difícil era ficar acordado nas últimas horas.

E, se elas aparecessem, seria obrigado a matá-las.

Escolheu o local e carregou a Leica com um filme Agfa de 35mm de alta velocidade com 36 poses. Torceu para que o filme não tivesse estragado, pois estava guardado em sua maleta desde antes da guerra: atualmente, filmes não eram vendidos na Inglaterra. Devia estar bom, porque ele o guardou em sua maleta longe da claridade e do calor.

Começou a fotografar quando a borda vermelha do sol despontou no horizonte, Bateu uma série de diferentes ângulos e de várias distâncias, terminando com um *close-up* de um dos aviões de mentira: as fotos mostrariam tanto a ilusão quanto a realidade.

Quando bateu a última, com o canto dos olhos percebeu movimento. Ele se abaixou e rastejou para debaixo de um Mosquito. Um soldado saiu da cabana, andou um pouco e urinou no chão. Espreguiçou-se, bocejou e acendeu um cigarro. Passou os olhos pelo campo, encolheu-se por causa do frio e voltou para a cabana.

Faber levantou-se e correu.

Quinhentos metros adiante, olhou para trás. Já não podia ver o campo de pouso. Virou-se para oeste, onde estavam as barracas.

Isso seria mais que um simples golpe de espionagem. Hitler estava acostumado a ter opiniões muito próprias. O homem que trouxesse a prova de que, uma vez mais, o Führer estava certo e os especialistas, errados, podia esperar por mais do que um tapinha nas costas. Faber sabia que Hitler já o tinha como o melhor agente da *Abwehr*: com essa vitória, ele provavelmente tomaria o lugar de Canaris.

Se conseguisse chegar a Berlim.

Apertou o passo, correndo 20 metros, andando outros 20, correndo de novo, e chegou às barracas por volta das 6h30. O dia estava bem claro agora, e ele não podia se aproximar muito, porque as sentinelas não estavam numa cabana, mas numa das barracas sem parede, com uma boa visão do que se passava à sua frente. Ele se deitou por trás das sebes e tirou as fotos de longe. Fotos comuns mostrariam apenas as barracas, mas boas ampliações revelariam os detalhes da farsa.

Quando voltou para o barco, já tinha batido trinta fotos. Novamente correu, pois agora estava bastante comprometido: um homem vestido de preto com uma maleta de equipamentos pendurada no ombro correndo pelos campos de uma área reservada.

Atingiu a cerca uma hora depois, não tendo visto nada a não ser gansos selvagens. Quando pulou a cerca, sentiu uma descarga de tensão. Do lado de dentro, a balança da suspeita pesava contra ele; do lado de fora, estava a seu favor. Ele podia voltar a seu papel de observador de aves, pescador, marinheiro. O risco maior tinha passado.

Entrou no bosque, recuperou a respiração e deixou toda a tensão da noite de trabalho escapar-lhe. Navegaria alguns quilômetros antes de ancorar novamente para dormir.

Chegou ao canal. Estava terminado. O barco estava bem ali sob o sol da manhã. Assim que estivesse em movimento, ele poderia fazer chá e então...

Um homem uniformizado saiu da cabine do barco e disse:

– Muito bem, muito bem. E quem é você?

Faber ficou parado, deixando que o frio na espinha passasse e os velhos instintos lhe socorressem. O intruso usava o uniforme de capitão da Guarda Interna. Ele tinha um pistola no coldre com a aba abotoada. Era alto e magro, mas parecia estar com quase 60 anos. Os cabelos brancos apareciam sob o quepe. Não fez nenhum movimento para apanhar a pistola. Faber havia reparado em cada detalhe quando disse:

– Você está no meu barco, então acho que eu é que devo perguntar quem é você.

– Capitão Stephen Langham, Guarda Interna.

– James Baker. – Faber permaneceu na margem do rio. Um capitão não faz patrulha sozinho.

– E o que você está fazendo?

– Estou de folga.

– Onde esteve?

– Observando aves.

– Antes do amanhecer? Fique com ele coberto, Watson.

Um jovem com uniforme de sarja apareceu à sua esquerda com uma espingarda na mão. Faber olhou em volta. Havia outro homem à sua direita e um quarto atrás.

O capitão perguntou:

– De que lado ele veio, cabo?

A resposta veio do alto de um carvalho.

– Da área reservada, senhor.

Faber estava medindo a desvantagem. Quatro contra um – até o cabo descer da árvore. Eles tinham apenas duas armas: a espingarda e a pistola do capitão. E eram amadores. O barco ajudaria também.

Ele perguntou:

– Área reservada? Tudo que eu vi foi um pedaço da cerca. Olhe, vocês querem apontar essa arma para lá? Ela pode disparar.

O capitão disse:

– Ninguém vai observar aves no escuro.

– Se nos escondemos enquanto está escuro, quando as aves acordam já estamos no lugar certo, bem escondidos. É como se faz. Agora veja bem, a Guarda Interna é bastante patriótica e aberta e tudo mais, mas não vamos levar isso longe demais, certo? Vocês não têm apenas que verificar meus documentos e fazer um relatório?

O capitão estava com um ar de dúvida.

– O que há nessa maleta?

– Binóculo, uma câmera e um livro. – Faber levou a mão à maleta.

– Não, você não – o capitão disse. – Veja o que há nela, Watson.

Aí estava: o erro de um amador.

– Mãos para cima – Watson disse.

Faber levantou as mãos acima da cabeça, sua mão direita perto da manga do braço esquerdo do casaco. Imaginou os próximos poucos segundos: não deveria haver disparos.

Watson aproximou-se pelo lado esquerdo de Faber, apontando a espingarda para ele, e abriu a tampa da maleta. Faber puxou o estilete da manga, penetrou na guarda de Watson e cravou o punhal em seu pescoço até o cabo. Com a outra mão, Faber tirou a espingarda do rapaz.

Os outros dois soldados na margem foram em direção a ele, e o cabo começou a descer da árvore.

Faber tirou o estilete do pescoço de Watson enquanto ele caía no chão. O capitão estava tentando desabotoar o coldre. Faber pulou dentro do barco. Ele balançou, deixando o capitão sem firmeza. Faber golpeou-o, mas o homem estava muito longe para uma facada certeira. A ponta pegou na lapela do uniforme e depois feriu-o no queixo. Ele tirou a mão do coldre para colocá-la no ferimento.

Faber virou-se para olhar para a margem. Um dos soldados pulou. Faber avançou um passo e esticou seu braço direito de forma bem firme. O soldado projetou-se sobre a lâmina de 20 centímetros.

O impacto abalou Faber, e ele largou o cabo do estilete.

O soldado caiu em cima da arma, Faber ajoelhou-se: não havia tempo de apanhar o estilete, pois o capitão estava abrindo o coldre. Faber pulou sobre ele, as mãos procurando o rosto do oficial. A arma saiu do coldre. Os polegares de Faber entraram nos olhos do capitão, que gritou de dor ao tentar puxar os braços de Faber.

Houve uma pancada surda quando o quarto homem pulou no barco. Faber virou-se e deixou o capitão, que não poderia enxergar e disparar sua pistola. O quarto homem segurava um cassetete. Ele deu um golpe firme. Faber pulou para a direita para que não pegasse na cabeça, atingindo o ombro esquerdo. O braço esquerdo ficou paralisado por um instante. Ele deu uma cutilada no pescoço do homem com a mão direita, uma pancada vigorosa, certeira. Surpreendentemente, o homem sobreviveu e levantou o cassetete para um segundo golpe. Faber aproximou-se. Ele voltou a sentir o braço esquerdo, que começou a doer muito. Segurou o rosto do soldado com as duas mãos, empurrou, torceu e empurrou novamente. Houve um estalo forte quando o pescoço quebrou. Ao mesmo tempo, o cassetete desceu e acertou a cabeça de Faber. Ele rolou, tonto.

O capitão voou sobre ele, ainda cambaleante. Faber o empurrou. Seu quepe voou quando ele tropeçou na amurada e caiu dentro do canal, com estardalhaço.

O cabo saltou do carvalho de uma altura de um metro. Faber apanhou o estilete no corpo do soldado e pulou para a margem. Watson ainda estava vivo, mas não ia durar muito: o sangue estava jorrando do ferimento no pescoço.

Faber e o cabo se encararam. O cabo tinha uma arma.

Ele estava apavorado. Nos poucos segundos que levara para descer da árvore, o estranho havia matado três companheiros e jogado o quarto no canal. Seus olhos irradiavam horror.

Faber olhou para a arma. Era *velha* – parecia uma peça de museu. Se o cabo tivesse alguma confiança nela, já teria atirado.

O cabo avançou um passo, e Faber percebeu que ele estava protegendo a perna direita – talvez a tivesse machucado quando pulou da árvore. Faber andou para o lado, obrigando o cabo a colocar o peso sobre a perna machucada quando ele se virou para mantê-lo sob a mira. Faber enfiou o bico do sapato debaixo de uma pedra e jogou-a para o alto. Os olhos do cabo seguiram a pedra e Faber mexeu-se.

O cabo puxou o gatilho e não aconteceu nada. A velha arma estava emperrada. Mesmo que ele tivesse atirado, não teria acertado Faber. Seus olhos acompanharam a pedra, ele bambeou por causa da perna direita e Faber mexeu-se.

Faber matou-o com um golpe no pescoço.

Só restava o capitão.

Faber olhou para vê-lo saindo da água e subindo na margem, do outro lado. Ele achou uma pedra e jogou na cabeça do capitão, mesmo assim ele conseguiu subir na margem e correu.

Faber correu para a margem, mergulhou, nadou umas poucas braçadas e chegou ao outro lado. O capitão estava um pouco à frente, correndo; mas ele era velho. Faber o perseguiu e correu até poder ouvir sua respiração agoniada, entrecortada. O capitão diminuiu a velocidade e caiu em cima de uma moita.

Faber chegou perto e virou-o.

O capitão disse:

– Você é um... demônio.

– Você viu meu rosto – Faber disse, e matou-o.

12

O avião de transporte trimotor Ju-52 com suásticas nas asas fez uma parada em meio à chuva, em Rastenburg, na floresta da Prússia Oriental. Um homem pequeno de feições grossas – nariz achatado, a boca enorme e orelhas grandes – saltou e caminhou rapidamente pelo asfalto até um Mercedes que estava ali esperando.

Quando o carro entrou na úmida e densa floresta, o Marechal-de-campo Erwin Rommel tirou seu quepe e passou a mão agitada pelos cabelos ralos. Dentro de poucas semanas, ele sabia, outro homem estaria fazendo essa rota com uma bomba em sua pasta – uma bomba destinada ao próprio Führer. Enquanto isso, a luta precisava continuar para que o novo líder da Alemanha – que podia ser ele mesmo, Rommel – pudesse negociar com os Aliados de uma posição forte.

Ao fim de 25 quilômetros, o carro chegou a Wolfschanze, o Covil dos Lobos, atual quartel-general de Hitler e do círculo de generais cada vez mais fechado e neurótico que o cercava.

Uma garoa intermitente e pingos de chuva caídos das altas coníferas misturavam-se. Na porta do gabinete pessoal de Hitler, Rommel colocou o quepe e desceu do carro. O Oberführer Rattenhuber, chefe da escolta da SS, sem dizer nada, estendeu a mão para apanhar a pistola de Rommel.

A reunião estava marcada para o bunker subterrâneo, um abrigo de concreto sem ar, frio, úmido. Rommel desceu a escadaria e entrou. Já havia umas 12 pessoas mais ou menos, esperando para a reunião do meio-dia: Himmler,

Goering, von Ribbentrop, Keitel. Rommel acenou com a cabeça, cumprimentando-os, e sentou numa cadeira dura para esperar.

Todos se levantaram quando Hitler entrou. Ele usava uma túnica cinza e calça preta, e estava ficando mais curvado, Rommel reparou. Ele foi direto para o fundo do subterrâneo, onde um grande mapa do noroeste da Europa estava pregado no concreto. Ele parecia cansado e nervoso. Falou sem rodeios.

– Haverá uma invasão aliada da Europa. Ocorrerá ainda este ano. Vai partir da Inglaterra, com tropas inglesas e americanas. Vão desembarcar na França. Vamos destruí-los nas praias. Dessa vez, não há tempo para discussões.

Ele olhou ao redor, como que desafiando seu Estado-Maior a contradizê-lo. Houve silêncio. Rommel tremia. O subterrâneo era tão frio quanto a morte.

– A pergunta é: onde eles vão desembarcar? Von Roenne, seu relato.

O Coronel Alexis von Roenne, que assumira na prática o lugar de Canaris, ficou de pé. Um simples capitão quando a guerra estourou, ele havia se distinguido com um esplêndido relatório sobre a fraqueza do Exército francês – um relatório que foi tido como decisivo para a vitória alemã. Ele se tornara chefe do departamento de espionagem do Exército em 1942, e aquele departamento absorvera a *Abwehr* com a queda de Canaris. Rommel ouvira dizer que ele era orgulhoso e desabrido, mas competente.

– Nossa informação é extensa, mas de forma alguma completa. O codinome da operação de invasão dos Aliados é Chefe Supremo. A concentração de tropas na Inglaterra está como mostrarei – Roenne disse.

Ele pegou uma régua e atravessou o salão até o mapa.

– Primeiro: ao longo da costa sul. Segundo: aqui no distrito de nome East Anglia. Terceiro: na Escócia. A concentração de East Anglia é *de longe* a maior. Concluímos que a invasão será em três pontos. Primeiro: um ataque diversionista na Normandia. Segundo: o ataque principal, pelo Estreito de Dover até a costa de Calais. Terceiro: uma invasão de flanco, partindo da Escócia pelo Mar do Norte até a Noruega. Todas as fontes de espionagem sustentam esse prognóstico. – Ele sentou-se.

Hitler perguntou:

– Algum comentário?

Rommel, que era comandante do Grupamento B do Exército, que controlava a costa norte da França, disse:

– Posso relatar um sinal de confirmação: o Pas de Calais recebeu de longe a maior quantidade de bombas.

– Que fontes de espionagem sustentam seu prognóstico, von Roenne? – Goering disse.

Roenne levantou-se novamente.

– São três: reconhecimento aéreo, escuta das mensagens transmitidas pelo inimigo e os relatos dos agentes. – Sentou-se.

Hitler cruzou as mãos de modo protetor por sobre seus órgãos genitais, um tique nervoso que demonstrava que ele iria falar.

– Vou dizer-lhes – ele começou – como eu pensaria se fosse Winston Churchill. Tenho duas opções: a leste do Sena, ou a oeste do Sena. A leste há uma vantagem: é mais perto. Mas nas guerras modernas só há duas distâncias – *dentro* do alcance dos bombardeiros ou *fora* do alcance deles. *Ambas* estão ao alcance dos bombardeiros. Portanto, a distância não é problema.

"No oeste há um grande porto – Cherbourg –, mas no leste não há nenhum. E o que é mais importante: o leste é mais bem guarnecido do que o oeste. O inimigo também tem aviões de reconhecimento.

"Então, eu escolheria o oeste. E o que faria então? Tentaria fazer com que os alemães pensassem o contrário! Eu enviaria dois bombardeiros para o Pas de Calais para cada um que fosse para a Normandia. Eu tentaria destruir todas as pontes sobre o Sena. Transmitiria mensagens falsas, enviaria relatos de espionagem para enganar, colocaria minhas tropas numa arrumação falsa. Eu enganaria tolos como Rommel e von Roenne. Esperaria enganar até o próprio Führer!

Goering foi o primeiro a falar depois de um longo silêncio.

– Meu Führer, acho que o senhor elogiou Churchill, imaginando-o tão engenhoso quanto o senhor.

Houve uma perceptível quebra de tensão no desconfortável subterrâneo. Goering dissera a coisa certa, expressando seu desacordo em forma de um elogio. Os demais o seguiram, cada um expondo o caso de maneira mais enérgica: os Aliados escolheriam a travessia marítima mais curta; desembarcando na costa mais próxima, os aviões que dessem cobertura ao ataque poderiam se reabastecer e voltar em menos tempo; o Sudeste era o melhor local para a operação, com muitos estuários e portos; era improvável que *todos* os relatos de espionagem estivessem unanimamente errados.

Hitler ouviu calado durante cerca de meia hora, depois pediu silêncio com a mão. Ele pegou umas folhas amarelas que estavam sobre a mesa e sacudiu-as.

– Em 1941 – disse – publiquei minhas normas de *Construção de Defesas Costeiras*, nas quais eu previa que o desembarque dos Aliados aconteceria nas costas da Normandia e na Bretanha, onde as excelentes enseadas serviriam como cabeças-de-praia ideais. Era o que minha intuição me dizia, e é o que me diz agora! – E um pouco de espuma apareceu no lábio inferior do Führer.

Von Roenne respondeu. (Ele tem mais coragem do que eu, Rommel pensou.)

– Meu Führer, nossa investigação continua, de forma bem natural, e há certa linha de trabalho que o senhor precisa conhecer. Enviei há poucas semanas um emissário à Inglaterra para fazer contato com o agente conhecido como Die Nadel.

Os olhos de Hitler brilharam.

– Ah! Conheço o homem. Continue.

– As ordens de Die Nadel eram para que ele avaliasse o poderio do Primeiro Grupamento do Exército dos Estados Unidos, sob o comando do General Patton, em East Anglia. Se ele achar que é exagero, devemos certamente reconsiderar nosso prognóstico. Se, contudo, ele achar que o grupamento é grande como supomos, é quase certo que Calais seja o alvo.

Goering olhou para von Roenne.

– Quem é este Nadel?

Hitler respondeu à pergunta.

– O único agente decente que Canaris já recrutou... porque ele o recrutou por ordem minha – disse. – Conheço sua família, um pilar do Reich. Fortes, leais, altivos alemães. E Die Nadel... um homem brilhante, brilhante! Eu vejo todos os seus relatórios. Ele está em Londres desde antes de os ingleses começarem a guerra. Antes disso, na Rússia...

Von Roenne interrompeu:

– Meu Führer...

Hitler olhou-o, mas parece que percebeu que o chefe da espionagem estava certo ao interrompê-lo.

– Sim?

Von Roenne perguntou, para testá-lo:

– Então o senhor aceitará o relatório de Die Nadel?

Hitler assentiu.

– Esse homem vai descobrir a verdade.

Parte III

13

Faber encostou-se numa árvore, tremendo, e vomitou.

Então pensou se deveria enterrar os cinco homens mortos.

Levaria de trinta a sessenta minutos, calculou, dependendo de como ele enterrasse os corpos. Durante esse tempo, ele poderia ser apanhado.

Tinha de pesar esse risco contra as preciosas horas que ganharia com a demora na descoberta das mortes. Dariam falta dos cinco homens dentro de pouco tempo: por volta das 9 horas, começaria a busca. Sabendo que eles estavam numa patrulha de rotina, o trajeto deles era conhecido. A primeira providência seria mandar alguém fazer o mesmo trajeto. Se os corpos fossem deixados como estavam, ele os veria e daria o alarme. De outro modo, ele voltaria e uma grande busca seria montada, com cães e policiais vasculhando as moitas. Poderiam levar um dia inteiro para descobrir os corpos. A essa hora, Faber estaria em Londres. Era importante que ele estivesse fora dali antes que soubessem que estavam procurando um assassino. Decidiu arriscar mais uma hora.

Ele nadou para o outro lado novamente, com o velho capitão nos ombros. Jogou-o de qualquer jeito atrás de um arbusto. Tirou os dois corpos de dentro do barco e colocou-os em cima do corpo do capitão, formando uma pilha. Depois jogou Watson e o cabo por cima.

Ele não tinha pá e precisava de uma cova bem funda. Encontrou no interior do bosque um local apropriado. O solo ali era um pouco esburacado, o que já era uma vantagem. Ele apanhou uma panela no barco e começou a cavar.

Nos primeiros centímetros havia apenas folhas secas, e foi fácil cavar. Mas depois ele atingiu o barro, e seu trabalho ficou difícil. Em meia hora, havia conseguido cavar apenas uns 50 centímetros. Teria que ser assim mesmo.

Ele carregou os corpos até a cova, um a um, e então os atirou. Depois tirou sua roupa, suja e ensangüentada, e jogou-a por cima. Tapou o buraco com a terra escavada e com uma camada de folhas dos arbustos ali de perto. Era o suficiente para enganar uma inspeção inicial, superficial.

Ele jogou terra no lugar, perto da margem, em que havia derramado sangue de Watson. Havia sangue no barco também, onde o soldado que pulara tinha tombado. Faber encontrou um pedaço de pano e esfregou o convés.

Depois, trocou de roupa e partiu.

Ele não pescara nem observara passarinhos: não havia tempo para requintes em seu disfarce. Em vez disso, correu a toda pressa para abrir a maior distância possível entre ele e a cova. Tinha de sair do rio e pegar o meio de transporte mais rápido possível. Pensou, enquanto navegava, na vantagem relativa de pegar um trem ou roubar um carro. O carro era mais rápido, se pudesse encontrar um para roubar; mas a procura por ele começaria imediatamente, mesmo que o roubo não fosse associado ao sumiço da patrulha da Guarda Interna. Encontrar uma estação ferroviária levaria muito tempo, mas parecia mais seguro: se tivesse cuidado, ficaria longe das suspeitas a maior parte do dia.

Ele pensou o que fazer com o barco. O ideal seria afundá-lo, mas podia ser visto fazendo isso. Se o deixasse em algum cais, ou simplesmente o amarrasse em alguma parte ao longo do canal, a polícia ligaria esse fato aos assassinatos mais rapidamente; e isso serviria para indicar que direção ele tomou. Adiou a decisão.

Infelizmente, não tinha certeza de onde estava. Seu mapa da bacia hidrográfica da Inglaterra indicava todas as pontes, portos e barragens; mas não mostrava as linhas férreas. Ele calculou que devia estar uma hora ou duas de distância, andando, de alguma cidadezinha, mas uma cidadezinha não significava uma estação.

No fim das contas, a sorte resolveu dois problemas de uma só vez: o canal passava por debaixo de uma ponte da linha férrea.

Ele apanhou a bússola, tirou o filme da máquina, pegou a carteira e o estilete. Todas as suas outras coisas iriam embora com o barco.

As margens, dos dois lados, eram sombreadas por árvores e não havia estrada por perto. Ele enrolou as velas, desarmou a base do mastro, e deitou-o no interior do barco. Depois retirou as amarras do batoque da quilha e pulou para a margem, segurando a corda.

Enchendo-se de água lentamente, o barco flutuou por sob a ponte. Faber puxou a corda para manter o barco na posição correta, sob o arco de tijolos, enquanto afundava. A popa desapareceu primeiro, a proa a seguir, e finalmente a água do canal cobriu a cabine do barco. Algumas bolhas, e mais nada. A silhueta do barco estava escondida de um olhar casual pela sombra da ponte. Faber largou a corda.

A ferrovia corria de nordeste para sudoeste. Faber subiu pela margem do canal e andou na direção sudoeste, que era a direção de Londres. A ferrovia tinha duas linhas, provavelmente um ramal rural. Talvez houvesse poucos trens, mas deviam parar em todas as estações.

Ele caminhava sob o sol forte e o esforço o deixara com calor. Quando tirara a roupa ensangüentada, vestiu um paletó tipo jaquetão e uma calça grossa de flanela. Agora tirou o paletó e jogou-o nos ombros.

Depois de quarenta minutos, ouviu ao longe um tic-tic-tic-tic-tic, e escondeu-se atrás de uma moita. Uma velha locomotiva ia lentamente para o lado nordeste soltando grandes rolos de fumaça e rebocando um trem de carvão. Se viesse outro na direção oposta, ele poderia pular. Será que devia? Isso o pouparia de uma longa caminhada. Por outro lado, ele ficaria todo sujo e podia ter problemas para desembarcar sem ser visto. Não. Seria mais seguro caminhar.

A linha do trem cortava o campo reta como uma flecha. Faber passou por uma fazenda, que estava sendo arada por um trator. O fazendeiro acenou-lhe sem interromper o serviço. Ele estava muito longe para ver bem o rosto de Faber.

Tinha andado uns 15 quilômetros quando viu uma estação à frente. Estava a cerca de um quilômetro de distância, e tudo que ele conseguia ver era o alto das plataformas e uma porção de sinais. Deixou a margem da ferrovia e foi pelo campo, sempre perto das árvores, até encontrar uma estrada.

Dez minutos depois, ele chegava à cidade. Não havia nada lá que indicasse o nome do lugar. Agora que a ameaça de invasão havia se transformado em memória, os postes e nomes dos lugares estavam sendo recolocados, mas esta cidadezinha não havia adotado isso ainda.

Havia uma agência de correio, uma mercearia e um bar chamado O Touro. Uma mulher com um carrinho de bebê deu-lhe um simpático "Bom dia!" quando ele passou pelo Monumento de Guerra. A pequena estação repousava sob o sol. Faber foi até lá e entrou.

Um quadro de horário estava pregado no quadro de avisos. Faber parou em frente a ele. Por trás da janelinha do guichê, uma voz disse:

– Eu não me guiaria por isso, se fosse você. É a maior obra de ficção desde *The Forsyte Saga*.

Faber sabia que o horário estaria desatualizado, mas precisava saber se os trens iam para Londres. Iam. Ele perguntou:

– Sabe quando parte o próximo trem para Liverpool Street?

O vendedor de bilhete riu, com sarcasmo.

– Alguma hora hoje, se você tiver sorte.

– Vou comprar a passagem mesmo assim. Uma, por favor.

– São 5,4 xelins. Dizem que os trens italianos andam no horário – o vendedor disse.

– Agora não – Faber respondeu. – De qualquer modo, prefiro ter trens ruins e a nossa política.

O homem lançou-lhe um olhar nervoso.

– Você está certo, é claro. Quer esperar no Touro? Dá para escutar o trem, ou, se não der, mando chamá-lo.

Faber não queria que mais pessoas vissem seu rosto.

– Não, obrigado. Eu só iria gastar dinheiro.

Pegou sua passagem e foi para a plataforma.

O vendedor o seguiu alguns minutos depois e sentou-se no banco a seu lado, no sol.

– Está com pressa?

Faber balançou a cabeça.

– Eu saí do emprego hoje. Levantei tarde, discuti com o patrão e o caminhão que me deu carona enguiçou.

– Que dia, hein! Bem. – O homem olhou para o seu relógio. – Ele subiu na hora hoje de manhã, e o que sobe tem que descer, é o que dizem. Você vai dar sorte. – E voltou a seu posto.

Faber estava com sorte. O trem chegou vinte minutos depois. Estava cheio de agricultores, famílias, homens de negócio e soldados. Faber encontrou um lugar perto da janela. Quando o trem começou a se arrastar novamente, ele pegou um jornal de dois dias, pediu uma caneta emprestada e fez palavras cruzadas. Estava orgulhoso de sua capacidade de fazer palavras cruzadas em inglês: era o teste mais difícil de fluência numa língua estrangeira. Depois de algum tempo, o balanço do trem fez com que ele pegasse no sono, um sono leve, e ele sonhou.

ERA UM SONHO CONHECIDO, o sonho de sua chegada a Londres.

Ele vinha da França com um passaporte belga que dizia ser ele Jan van Gelder, um representante da Philips (o que explicaria o estojo com o rádio se o pessoal da alfândega o abrisse). Seu inglês já era fluente mas ainda não coloquial. A alfândega não o incomodou: ele era um aliado. Havia tomado o trem para Londres. Naqueles dias, havia muitos lugares nos vagões, e era possível fazer uma refeição. Faber jantou rosbife e empadão de carne. A comida o agradou. Ele tinha conversado com um estudante de História de Cardiff sobre a situação política da Europa. O sonho parecia realidade até que o trem parou em Waterloo. Então virou um pesadelo.

Os problemas começaram na roleta. Como todos os sonhos, aquele tinha seu desenvolvimento ilógico. O documento que examinaram não fora seu passaporte falsificado, mas o bilhete do trem, perfeitamente legítimo.

– Essa passagem é da *Abwehr* – apontou o bilheteiro.

– Não é não – Faber disse, com um sotaque alemão

absurdamente pesado. O que houve com aquelas leves consoantes inglesas? Elas não saíam. – Eu *gekauft* a passagem em Dover. – Droga, agora estou perdido.

Mas o bilheteiro, que se transformara num policial londrino de capacete e tudo, pareceu não perceber o súbito lapso em alemão. Ele sorriu de modo polido e disse:

– Eu só quero ver sua *Klamotte*, senhor.

A estação estava cheia de gente. Faber pensou que, se pudesse se misturar à multidão, poderia escapar. Ele colocou o estojo do rádio no chão e correu, misturando-se às pessoas. Subitamente, lembrou-se que havia deixado a calça no trem e que havia suásticas em suas meias. Ele precisava comprar uma calça na primeira loja, antes que as pessoas vissem que o fugitivo sem calça usava meias nazistas. Então alguém na multidão disse: "Já vi seu rosto antes", e deu-lhe uma rasteira e ele caiu com toda a força no chão do carro de trem onde adormecera.

ELE PISCOU OS OLHOS e bocejou, olhando em volta. Estava com dor de cabeça. Por um instante, sentiu alívio ao perceber que tudo aquilo fora um sonho, e então ele achou graça do ridículo dos símbolos – meias com suásticas, pelo amor de Deus!

Um homem de macacão, a seu lado, disse:

– Você dormiu bastante.

Faber olhou para ele. Ele estava com medo de ter falado durante o sono e ter-se entregado.

– Tive um sonho horrível – ele disse.

O homem não disse nada.

Estava escurecendo. Ele realmente dormira por muito tempo. A luz do vagão foi acesa, repentinamente, uma única lâmpada, e alguém fechou as cortinas. Os rostos das pessoas ficaram pálidos, sem contornos.

O operário voltou a falar:

– Você perdeu a agitação – ele disse a Faber.

Faber franziu as sobrancelhas.

– O que aconteceu? – Era impossível que ele pudesse ter dormido durante algum tipo de revista policial.

– Um trem dos ianques passou por nós. Seguia a uns 10 quilômetros por hora, um negro o conduzia, tocando o sino, com um maldito limpa-trilhos gigantesco na frente! Até parecia o Velho Oeste.

Faber sorriu e voltou a seu sonho. Na verdade, sua chegada a Londres fora sem incidentes. Ele se hospedara num hotel, primeiramente usando o disfarce belga. Em uma semana, ele visitara diversos cemitérios do país, anotando os nomes de homens de sua idade, inscritos nas lápides, e pedira três segundas vias de certidão de nascimento. Então encontrou alojamento e procurou empregos modestos, usando referências falsas de uma empresa imaginária em Manchester. Ele havia até conseguido registro eleitoral em Highgate antes da guerra. Votara nos conservadores. Quando foi decretado o racionamento, os cupons eram entregues por intermédio dos donos das casas a todas as pessoas que pernoitavam naquelas residências. Faber planejou passar uma parte da noite em três casas diferentes e assim conseguir os papéis para as suas três identidades. Ele queimou o passaporte belga – na improvável possibilidade de que ele precisasse de um passaporte, poderia conseguir três ingleses.

O trem parou e, pelo barulho que as pessoas faziam do lado de fora, achou que deviam ter chegado. Quando desceu, percebeu que estava com fome e sede. Sua última refeição tinha sido lingüiça enlatada, biscoito e água mineral, um dia antes. Ele passou pela roleta e viu o bar da estação. Estava lotado, a maioria soldados dormindo ou tentando dormir nas mesas. Faber pediu uma xícara de chá e um sanduíche de queijo.

– A comida é só para os militares – disse a mulher do outro lado do balcão.

– Só o chá, então.

– Tem a xícara?

Faber ficou surpreso.

– Não, não tenho.

– Nem nós, companheiro.

Faber saiu aborrecido. Pensou em ir jantar no Great Eastern Hotel, mas aquilo ia lhe tomar tempo. Ele encontrou um bar e tomou dois copos de cerveja de baixa fermentação, comprou batatas fritas numa outra loja e comeu na calçada em seu saco de jornal. As batatas deram-lhe a sensação de saciedade.

Agora, ele precisava achar uma loja de filmes e arrombá-la.

Ele queria revelar o filme, para ter certeza de que as fotos tinham saído. Não queria se arriscar a voltar à Alemanha com um rolo de filme estragado, inútil. Se as fotos não estivessem boas, ele precisaria roubar mais filme e voltar. Era desagradável ter que pensar nisso.

Devia haver uma loja independente, que não fosse filial de uma cadeia que revelava os filmes numa central. Devia ficar numa área em que as pessoas do lugar pudessem ter câmeras (ou tivessem comprado antes da guerra). A parte leste de Londres, onde ficava a estação de Liverpool Street, não era boa. Ele decidiu ir a Bloomsbury.

As ruas, iluminadas pela lua, estavam quietas. As sirenes não tinham tocado até então. Dois policiais militares o pararam em Chancery Lane e pediram a carteira de identidade. Faber fingiu estar um pouco bêbado e eles não lhe perguntaram o que fazia na rua.

Encontrou a loja que estava procurando no lado norte de Southampton Row. Havia um anúncio da Kodak na vitrine. Surpreendentemente, a loja estava aberta. Ele entrou.

Um homem meio curvado, nervoso, com pouco cabelo e de óculos, chegou por trás do balcão, vestindo um casaco branco.

– Só estamos abertos para receitas médicas.

– Está bem. Só quero saber se o senhor revela fotos.

– Sim, se o senhor voltar amanhã...

– O senhor revela aqui mesmo? – Faber perguntou: – Preciso delas com urgência, o senhor sabe.

– Sim, volte amanhã...

– Posso apanhar as fotos no mesmo dia? Meu irmão está de licença, e queria levar algumas de volta...

– Vinte e quatro horas é o mínimo que fazemos. Volte amanhã.

– Obrigado, voltarei – Faber mentiu. Quando estava saindo, percebeu que a loja devia fechar dentro de dez minutos. Ele atravessou a rua e ficou esperando, oculto nas sombras.

Exatamente às 21 horas, o homem saiu, fechando a loja e descendo a rua. Faber seguiu na direção oposta e dobrou duas esquinas.

Parecia não haver acesso pelos fundos da loja. Isso era mau: ele não queria entrar pela frente porque um guarda podia ver a porta aberta enquanto estivesse lá dentro. Andou pela rua paralela, procurando outro meio. Aparentemente não havia jeito. Contudo, deveria haver um espaço nos fundos, porque as duas ruas eram muito distantes para que as casas fossem geminadas na parte detrás.

Finalmente, ele passou por uma grande casa com uma placa identificando-a como dormitório de um colégio das proximidades. A porta da frente estava aberta. Faber entrou e caminhou rapidamente até a cozinha. Uma moça estava sentada à mesa, tomando café e lendo um livro.

– Verificação do blecaute – ele murmurou.

Ela assentiu e continuou a ler. Faber saiu pela porta dos fundos.

Ele atravessou o pátio, tropeçando num monte de latas velhas jogadas no caminho, e encontrou uma porta que dava para a outra casa. Em segundos, estava nos fundos da loja de filmes. Aquela entrada obviamente nunca era usada. Ele subiu em alguns pneus e sobre um colchão e forçou a porta com o ombro. A madeira podre cedeu com facilidade e ele entrou.

Achou o quarto escuro e fechou-se lá dentro. A tomada ligava a luz vermelha, no teto. O lugar era muito bem equipado, com as garrafas de revelador e fixador bem rotuladas, um ampliador e uma secadora.

Faber trabalhou rápida mas cuidadosamente, acertando a temperatura dos tanques, agitando o revelador para que o filme ficasse por igual, cronometrando o processo num grande relógio elétrico de parede.

Os negativos estavam perfeitos.

Faber deixou-os secar, depois colocou-os no ampliador e fez uma série completa de fotos 10x8cm. Ele sentiu orgulho quando viu as imagens aparecendo lentamente no revelador – Deus, ele fizera um bom serviço!

Agora tinha uma decisão mais importante a tomar.

O problema estava em sua cabeça o dia inteiro, e agora que as fotos estavam reveladas, ele era obrigado a encarar a situação.

E se ele não conseguisse voltar com elas?

A viagem que ele teria de fazer era, no mínimo, perigosa. Ele tinha confiança em sua capacidade de chegar ao ponto de encontro apesar das restrições a viagens e da segurança costeira;

mas não podia garantir que o submarino estaria lá; ou que conseguiria voltar pelo Mar do Norte. Na verdade, podia ser que ele saísse dali e fosse atropelado por um ônibus.

A possibilidade de que, uma vez descoberto o maior segredo da guerra, ele pudesse morrer e o segredo morrer com ele era horrível de imaginar.

Ele precisava ter um estratagema; um segundo método que garantisse que a farsa dos Aliados chegaria a *Abwehr*. E isso significava escrever para Hamburgo.

Não havia, logicamente, nenhum serviço postal entre a Inglaterra e a Alemanha. A correspondência tinha que ir através de países neutros. Toda essa correspondência era, certamente, censurada. Ele podia escrever em código mas não adiantaria: teria de mandar as fotos, pois eram as evidências que contavam.

Havia uma rota, mas muito antiga. Na embaixada portuguesa, em Londres, havia um funcionário, simpático aos alemães por motivos políticos e também porque era bem subornável, que passaria as mensagens pela mala diplomática para a embaixada alemã em Lisboa. Essa rota começara em 1939, e Faber nunca a utilizara a não ser para uma prova de comunicação que Canaris tinha pedido.

Teria que usá-la.

Faber sentiu uma raiva irracional. Ele *odiava* depositar sua confiança nos outros. Essa rota podia não estar mais aberta, ou podia ser insegura; e, nesse caso, os ingleses podiam saber que ele descobrira seu segredo.

Era uma regra fundamental de espionagem que as partes não deveriam saber que segredos seus haviam sido descobertos; porque, se soubessem, o valor das descobertas era anulado. Contudo, nesse caso não era assim; o que os ingleses poderiam fazer? Eles ainda tinham o problema de conquistar a França.

A mente de Faber estava decidida. A balança de argumentos favoreceu, sem sombra de dúvida, a confiar seu segredo ao contato da embaixada portuguesa.

Contra todos os seus instintos, ele sentou-se para escrever uma carta.

14

Frederick Bloggs havia passado uma tarde horrível no interior do país.

Quando cinco esposas desesperadas chamaram a delegacia de polícia local para comunicar que seus maridos não tinham voltado para casa, um policial do interior queimou toda a sua reduzida massa encefálica e concluiu que uma patrulha inteira da Guarda Interna havia desaparecido. Ele estava seguro de que eles tinham apenas se perdido – eram todos surdos, malucos ou decrépitos, caso contrário teriam ido para o Exército –, mas, apesar disso, notificou o quartel central, só por desencargo de consciência. O sargento que apanhou a mensagem na sala de comunicações percebeu logo que os homens estavam patrulhando uma área militar particularmente sensível, e comunicou seu inspetor, que notificou a Scotland Yard, que enviou um homem da Divisão Especial para o local e notificou o MI5, que enviou Bloggs.

O homem da Divisão Especial era Harris, que estivera no assassinato de Stockwell. Ele e Bloggs encontraram-se no trem, que era puxado por uma das locomotivas do Velho

Oeste enviada à Inglaterra pelos americanos por causa da falta de trens. Harris refez o convite para o jantar de domingo, e Bloggs disse-lhe novamente que trabalhava quase sempre aos domingos.

Quando desceram do trem, eles pegaram bicicletas emprestadas para seguirem pela margem do canal até encontrarem o grupo de resgate. Harris, dez anos mais velho que Bloggs e vinte quilos mais pesado, achou o exercício cansativo.

Eles encontraram uma parte do grupo de resgate sob uma ponte da linha férrea. Harris ficou grato pela oportunidade de parar de pedalar.

– O que encontraram? Corpos?

– Não, um barco – disse um policial.

– Quem são vocês?

Eles se apresentaram. Um policial só com as roupas de baixo estava descendo para examinar a embarcação. Voltou com um batoque na mão.

Bloggs olhou para Harris.

– Afundado de propósito?

– É o que parece. – Harris voltou-se para o mergulhador. – Achou mais alguma coisa?

– Ele não está lá há muito tempo, está em boas condições e o mastro foi retirado, e não quebrado.

– Há um mundo de informações depois de um minuto debaixo d'água – disse Harris.

– Sou marinheiro de fim de semana.

Harris e Bloggs pegaram as bicicletas e partiram.

Quando encontraram o restante do grupo de resgate, os corpos haviam sido encontrados.

– Assassinados, os cinco – disse o inspetor uniformizado, chefe da equipe. – Capitão Langham, Cabo Lee e soldados Watson, Dayton e Forbes. O pescoço de Dayton foi quebrado, os demais foram mortos com uma espécie de faca. O corpo de Langham esteve no canal. Achamos todos juntos dentro de uma cova rasa. Assassinato sanguinário. – Ele estava abatido.

Harris olhou bem para os cinco corpos, postos em linha.

– Já vi golpes como estes antes, Fred – ele disse.

Bloggs se aproximou.

– Jesus, é ele.

Harris balançou a cabeça.

– Estilete.

O inspetor perguntou, espantado:

– Sabem quem fez isso?

– Podemos adivinhar – Harris disse. – Achamos que ele já matou duas outras vezes antes. Se for o mesmo homem, sabemos *quem* ele é, mas não *onde* ele está.

Os olhos do inspetor se apertaram.

– O que há com a área reservada aqui perto, e a Divisão Especial e o MI5 chegando tão rapidamente aqui? Há algo mais sobre esse caso que eu deva saber?

Harris respondeu:

– Só que você deve manter tudo sob controle até que seu chefe tenha falado com o nosso pessoal.

– Está bem.

– Não encontrou mais nada, inspetor? – Bloggs perguntou.

– Ainda estamos vasculhando a área, ampliando as áreas de busca; mas até agora nada. Havia algumas roupas na cova. – Ele apontou.

Bloggs segurou-as cautelosamente: calça preta, suéter preto, um casaco curto, de couro preto, no estilo da RAF.

– Roupas para trabalho noturno – disse Harris.

– De um homem alto – Bloggs acrescentou.

– Qual a altura dele?

– Mais de 1,80 metro.

– Passaram pelos homens que encontraram o barco afundado? – perguntou o inspetor.

– Sim – Bloggs respondeu franzindo o rosto. – Onde fica a barragem mais próxima?

– Seis quilômetros rio acima.

– Se nosso homem estava num barco, o homem da barragem deve tê-lo visto, não é?

– Sim – o inspetor concordou.

– É melhor falarmos com ele. – E voltou para a sua bicicleta.

– Mais seis quilômetros? – Harris lamentou-se.

– Queime um pouco daqueles jantares de domingo – Bloggs respondeu.

Eles percorreram os 6 quilômetros em aproximadamente uma hora porque aquele chão não era para rodas, mas para cavalos, e havia muitas pedras soltas e raízes de árvores.

O homem da barragem estava sentado do lado de fora de sua pequena casa, fumando cachimbo e aproveitando o ar ameno da tarde. Era um homem de meia-idade, falava devagar e movia-se mais lentamente ainda. Ele olhou os dois ciclistas com uma expressão divertida.

Bloggs falou, porque Harris estava sem fôlego.

– Somos oficiais da polícia – disse.

– E daí? – disse o homem. – Por que essa agitação? – Ele parecia tão nervoso quanto um gato perto do fogo.

Bloggs apanhou a foto de Die Nadel na carteira e mostrou-a ao homem.

– Já o viu antes?

O homem colocou a fotografia no colo enquanto levava o fósforo aceso até o cachimbo. Então estudou bem a foto por um instante e devolveu-a.

– Então? – Harris perguntou.

– É. – O homem balançou a cabeça lentamente. – Ele esteve aqui ontem a essa hora mais ou menos. Entrou para tomar uma xícara de chá. Bom sujeito. O que ele fez, acendeu uma lâmpada depois do blecaute?

Bloggs sentou-se pesadamente.

– Isso diz tudo – disse.

Harris pensou em voz alta:

– Ele amarra o barco lá embaixo e entra na área reservada depois de escurecer. – Ele falou baixo, e o homem da barragem não pôde ouvir. – Quando volta, a Guarda Interna vê seu barco, ele trata deles, navega até a linha férrea, afunda o barco e... pula num trem?

Bloggs disse ao homem da barragem:

– A linha de trem que cruza o canal alguns quilômetros à frente... vai para onde?

– Londres.

– Merda – observou Bloggs.

BLOGGS VOLTOU para o Ministério da Guerra, em Whitehall, à meia-noite. Godliman e Parkin estavam lá, à sua espera. Bloggs confirmou:

– É ele mesmo – e contou-lhes a história.

Parkin estava entusiasmado, Godliman parecia apenas tenso. Quando Bloggs terminou, Godliman disse:

– Então agora ele voltou a Londres e nós estamos outra vez procurando uma agulha no palheiro.

Ele estava brincando com os fósforos, formando um desenho com eles sobre a mesa.

– Sabe, toda vez que olho aquela foto, tenho a sensação de que já vi esse filho-da-mãe.

– Ótimo, pense! – Bloggs disse. – Onde?

Godliman sacudiu a cabeça.

– Deve ter sido só uma vez, em algum lugar estranho. É como um rosto que eu vi numa audiência ou num coquetel. Uma olhadela rápida, um encontro casual... quando eu me lembrar, provavelmente já não adiantará mais.

– O que há naquela área? – Parkin perguntou.

– Não sei, o que significa que é provavelmente algo muito importante – Godliman disse.

Houve um silêncio. Parkin acendeu um cigarro com um fósforo de Godliman. Bloggs voltou-se.

– Podíamos mandar imprimir um milhão de cópias dessa foto, dar uma para cada policial, chefe dos ARP,* membros da Guarda Interna, militares, cabineiros de ferrovia; colar nos tapumes e publicar nos jornais...

Godliman balançou a cabeça.

– Muito arriscado. E se ele já contou a Hamburgo sobre o que viu? Se fizermos muito estardalhaço sobre o homem, eles vão saber que a informação é boa. Estaríamos dando crédito a ele.

– Precisamos fazer alguma coisa.

– Certo. Vamos distribuir suas fotos entre os oficiais da polícia. Vamos dar sua descrição à imprensa e dizer que ele é só um assassino. Podemos dar os detalhes dos crimes de Highgate e Stockwell, sem dizer que a segurança nacional está envolvida.

– O que vocês dizem é que podemos lutar com uma das mãos amarradas às costas – Parkin disse.

– Por enquanto é só.

– Vou começar com a Yard – Bloggs disse. E pegou o telefone.

---

*ARP: abreviatura, em inglês, para Prevenção contra Ataques Aéreos. (*N. do T.*)

Godliman olhou seu relógio.

– Não há muito mais que possamos fazer esta noite, mas não estou com vontade de ir para casa. Não vou dormir.

Parkin levantou-se.

– Nesse caso, vou procurar uma chaleira e fazer chá. – E saiu. Os fósforos na mesa de Godliman formavam o desenho de um cavalo e de uma carruagem. Ele tirou uma perna do cavalo e acendeu seu cachimbo com ela.

– Você já saiu com alguém, Fred? – perguntou casualmente.

– Não.

– Desde que...?

– Não.

Godliman soltou uma baforada do cachimbo.

– Toda tristeza precisa acabar, você sabe.

Bloggs não disse nada.

Godliman continuou:

– Talvez eu não devesse falar com você dessa maneira. Mas sei como se sente, eu também passei por isso. A única diferença era que eu não tinha a quem culpar.

– Você não se casou de novo – Bloggs disse sem olhar para Godliman.

– Não. E não quero que você cometa o mesmo erro. Quando se fica mais velho, viver sozinho é muito deprimente.

– Eu já lhe falei que a chamavam de Destemida Bloggs?

– Sim, já falou.

Bloggs olhou para Godliman finalmente.

– Diga, onde vou encontrar outra mulher como ela?

– E precisa ser uma heroína?

– Depois de Christine, sim.

– A Inglaterra está cheia de heróis, Fred.

Naquele instante, o Coronel Terry entrou.

– Ah, tio Andrew... – Godliman disse.

Terry interrompeu-o:

– Não se levante. Isso é importante. Ouça com atenção, porque preciso passar isso para você depressa. Bloggs, você também precisa saber. Quem quer que tenha assassinado aqueles cinco homens da Guarda Interna já conhece nosso mais vital segredo. Primeiro: nossa força de invasão para a Europa vai desembarcar na Normandia. Segundo: os alemães acreditam que vai desembarcar em Calais. Terceiro: um dos mais importantes aspectos dessa contra-informação é um grande grupamento de mentira, chamado Primeiro Grupamento do Exército dos Estados Unidos, com base na área reservada que aqueles homens estavam patrulhando. Aquela área contém imitação de barracas, aviões de papelão, tanques de borracha: uma grande divisão de brinquedos que parece verdadeira aos observadores nos aviões de reconhecimento que estamos deixando sobrevoar aquela área.

Bloggs perguntou:

– Como tem tanta certeza de que o espião descobriu?

Terry foi até a porta.

– Entre, Rodrigues.

Um homem alto, de boa aparência, com cabelos pretos e um nariz comprido entrou na sala.

– O senhor Rodrigues é o nosso homem na embaixada portuguesa. Conte-lhes o que aconteceu, Rodrigues – Terry disse.

O homem estava perto da porta, segurando o chapéu.

– Um táxi chegou à embaixada, mas o passageiro não saltou. O motorista veio até a porta com um envelope endereçado a Francisco. O porteiro chamou-me, seguindo as instruções que recebera, e eu peguei o envelope. Deu tempo de anotar o número do carro.

– Já mandei seguir o motorista – Terry disse. – Está ótimo, Rodrigues, é melhor você voltar agora. E obrigado.

O português alto deixou a sala. Terry entregou a Godliman um grande envelope amarelo endereçado a Manuel Francisco. Godliman abriu-o – ele já tinha sido descolado – e puxou outro envelope onde havia uma série de letras sem sentido – possivelmente um código.

Dentro do segundo envelope, havia várias folhas de papel manuscritas e uma série de fotos 10x8cm. Godliman examinou a carta.

– Parece um código simples – comentou.

– Não precisa ler a carta – Terry disse, impaciente. – Veja as fotos.

Godliman obedeceu. Havia cerca de trinta fotos, e ele olhou cada uma antes de falar. Depois as passou a Bloggs e disse:

– É uma catástrofe.

Bloggs passou os olhos nas fotos e colocou-as sobre a mesa.

– Isso não é nada. Ele ainda tem os negativos, *e está indo para algum lugar com eles.*

Os três sentaram-se quietos na pequena sala, como num quadro. A única luz vinha de um abajur sobre a mesa de Godliman. Com as paredes claras, a janela escura por causa do blecaute, os poucos móveis e o tapete gasto do Serviço Civil, eles podiam estar em qualquer lugar do mundo.

– Vou ter que contar a Churchill – disse Terry.

O telefone tocou e o coronel atendeu.

– Sim. Bom. Traga-o agora mesmo, por favor. Mas, antes, pergunte onde ele levou o passageiro. O quê? Mesmo? Obrigado, venha logo. – Desligou. – O táxi levou nosso homem para o Hospital do University College.

– Talvez tenha se ferido na luta com a Guarda Interna – Bloggs disse.

– Onde fica esse hospital? – Terry perguntou.

– Fica a cinco minutos da Euston Station, a pé – Godliman disse. – Os trens de Euston partem para Holyhead, Liverpool, Glasgow... lugares onde se pode apanhar um barco para a Irlanda.

– De Liverpool para Belfast – Bloggs disse. – Depois de carro até o litoral, seguindo até o Eire, e um submarino na costa atlântica. Ele não arriscaria a viagem Holyhead-Dublin por causa do controle de passaportes, e não haveria problema em ir a Glasgow por Liverpool.

– Fred, é melhor você ir para a estação e mostrar a foto de Faber por lá. Veja se alguém se lembra dele embarcando. Eu vou ligar para a estação e avisar que você está chegando e ao mesmo tempo saber que trens partiram depois de 22h30 – Godliman disse.

Bloggs pegou o chapéu e a capa.

– Estou indo.

Godliman pegou o telefone.

– Isso, vamos em frente.

AINDA HAVIA MUITA GENTE na Euston Station. Embora em tempos normais a estação fechasse à meia-noite, os atrasos durante a guerra eram tantos que o último trem geralmente nunca partia antes de o primeiro trem da manhã chegar. A estação era uma mistura de bagagens e pessoas dormindo.

Bloggs mostrou a foto a três policiais da estação. Nenhum deles reconheceu aquele rosto. Tentou dez carregadores: nada. Foi a todos os locais onde se recolhiam as passagens. Um dos guardas comentou:

– Nós olhamos os bilhetes, não as fisionomias. Ele tentou com alguns passageiros, mas sem êxito. Finalmente, foi até a bilheteria e mostrou a foto a cada um dos vendedores.

Um vendedor muito gordo, careca, com uma dentadura postiça mal colocada, reconheceu o rosto.

– Eu faço um jogo – disse a Bloggs. – Tento descobrir alguma coisa no passageiro que me diga por que ele está pegando o trem. Por exemplo, ele pode estar de gravata preta para ir a um enterro, botas sujas mostram que um fazendeiro está voltando para casa; ou o nome de alguma instituição gravada na roupa, ou uma marca branca no dedo de uma mulher porque ela tirou a aliança... entende? É um trabalho cansativo... não que eu esteja reclamando.

– O que você reparou nesse cara? – Bloggs interrompeu-o.

– Nada. Foi isso, vê – eu não consegui decifrar. Era como se ele estivesse tentando passar despercebido, entende o que quero dizer?

– Entendo. – Bloggs fez uma pausa. – Agora quero que você pense com muito cuidado. Para onde ele foi, você consegue lembrar?

– Sim – respondeu o vendedor gordo. – Inverness.

– NÃO QUER DIZER que esteja indo para lá – disse Godliman. – Ele é um profissional, sabe que podemos fazer perguntas nas estações ferroviárias. Espero que ele automaticamente compre uma passagem para o lugar errado. – Olhou o relógio. – Deve ter pego o trem de 23h45. Esse trem agora deve estar em Stafford. Verifiquei com a ferrovia, e confirmaram com o sinaleiro – ele disse, explicando. – Vão parar o trem antes de Crewe. Tenho um avião à espera para levar vocês dois a Stoke-on-Trent.

– Parkin, você vai pegar o trem quando ele parar, antes de Crewe. Você estará vestido como fiscal e vai conferir todas as passagens, e todos os rostos, naquele trem. Quando encontrar Faber, fique perto dele.

– Bloggs, você fica esperando na roleta de Crewe, só para o caso de Faber resolver saltar lá. Mas ele não vai. Você então embarca no trem, e será o primeiro a descer em Liverpool, e lá vai esperar na plataforma até Parkin e Faber desembarcarem. Metade da polícia local vai lhe dar apoio.

– Está tudo muito bem se ele não me reconhecer – Parkin disse. – E se ele lembrar do meu rosto de Highgate?

Godliman abriu uma gaveta da mesa, apanhou uma pistola e entregou a Parkin.

– Se ele o reconhecer, mate o filho-da-mãe.

Parkin guardou a arma sem dizer nada.

– Espero que vocês dois tenham entendido bem a importância disso tudo. Se não apanharmos esse homem, a invasão da Europa terá que ser adiada... possivelmente por um ano. Nesse ano, a balança da guerra pode pesar contra nós. A hora é essa – disse Godliman.

– Disseram quanto falta para o Dia D? – Bloggs perguntou.

– Tudo que sei é que é uma questão de semanas.

– Será em junho, então – deduziu Parkin.

– Merda!

– Sem comentário – disse Godliman, encerrando o assunto.

O telefone tocou e Godliman atendeu. Depois de um instante, ele se voltou para os outros.

– O carro de vocês chegou.

Bloggs e Parkin levantaram-se.

– Esperem um minuto.

Os dois ficaram perto da porta, olhando o professor. Ele estava dizendo:

– Sim, senhor. Certamente. Eu falo. Até logo!

Bloggs não conhecia ninguém que Godliman chamasse de senhor. Ele perguntou:

– Quem era?

– Churchill.

– O que ele queria? – Parkin perguntou, impressionado.

– Deseja boa sorte a vocês e adeus.

15

O vagão estava escuro como um breu. Faber pensava nas brincadeiras que as pessoas faziam: "Tire a mão do meu joelho. Não, você não; você." Os ingleses faziam piada com qualquer coisa. As ferrovias agora estavam piores do que nunca, mas ninguém reclamava mais porque era por um motivo justo. Faber preferia a escuridão: era anônima.

Tinham cantado, mais cedo. Três marinheiros no corredor começaram e o vagão inteiro os acompanhou. Tinham cantado "Be Like the Kettle and Sing", "There'll Always Be an England" (seguidas de "Glasgow Belongs to Me" e "Land of My Fathers", para um equilíbrio étnico), e muito apropriadamente "Don't Get Around Much Any More."

Havia soado um aviso de ataque aéreo, e o trem reduzira a marcha para 50 quilômetros por hora. Eles deveriam se deitar no chão, mas logicamente não havia lugar para todos.

Ouviu-se uma voz feminina dizer:

– Meu Deus, estou com medo.

– Você está segura, menina, eles não podem acertar num alvo em movimento – outra voz anônima tentou acalmá-la.

Então todos riram e ninguém mais ficou assustado. Alguém abriu uma valise e distribuiu sanduíches.

Um dos marinheiros quis jogar cartas.

– Como podemos jogar cartas no escuro?

– Passe a mão nas pontas. Todas as cartas do Harry são marcadas.

O trem parou inexplicavelmente por volta das 4 horas. Uma voz educada – a da pessoa que distribuiu os sanduíches, Faber pensou – e disse:

– Acho que ainda estamos perto de Crewe.

– Conhecendo as estradas de ferro, podemos estar em qualquer lugar, de Bolton a Bournemouth – disse uma voz de homem com sotaque do povo.

O trem deu um solavanco e começou a andar, e todos se alegraram. Onde, Faber pensou, estaria o típico inglês com sua fria reserva e sua fleuma? Aqui não estava.

Poucos minutos depois, ouviram uma voz no corredor.

– As passagens, por favor.

Faber notou o sotaque de Yorkshire: eles estavam no Norte agora. Procurou a passagem no bolso.

Estava sentado no canto, perto da porta, de modo que podia ver o corredor. O fiscal estava iluminando as passagens com uma lanterna. Faber viu a silhueta do homem. Pareceu-lhe vagamente familiar.

Ele se acomodou em seu lugar para esperar. Lembrou-se do pesadelo: "É uma passagem da *Abwehr*" – e sorriu.

Mas logo franziu a testa. O trem pára inexplicavelmente; pouco depois um fiscal começa a pedir as passagens; o rosto do inspetor é vagamente familiar... Podia não ser nada, mas Faber ficava atento a coisas que *podiam* não ser nada. Ele olhou novamente para o corredor, mas o homem havia entrado numa cabine.

O trem parou rapidamente – a estação era Crewe, segundo opinaram na cabine de Faber – e andou novamente.

Ele conseguiu olhar outra vez para o rosto do fiscal, e agora se lembrou. A pensão de Highgate! O rapaz de Yorkshire que queria se alistar no Exército!

Faber olhou-o detidamente. Sua lanterna iluminava o rosto de todos os passageiros. Ele não olhava só para as passagens.

Não, Faber, disse consigo, não tire conclusões precipitadas. Como poderiam tê-lo descoberto? Não podiam saber que trem tomara, terem achado uma das poucas pessoas que o conheciam e colocá-lo no trem vestido de fiscal em tão pouco tempo. Era inacreditável!

Parkin, era esse seu nome. Billy Parkin. De algum modo, ele parecia um pouco mais velho agora. Estava se aproximando.

Deve ser um sósia – talvez um irmão mais velho. *Tinha* de ser coincidência.

Parkin entrou na cabine ao lado da de Faber. Não havia tempo.

Faber pensou no pior, e preparou-se para enfrentá-lo.

Levantou-se, deixou a cabine e seguiu pelo corredor abrindo caminho entre malas e sacolas e pessoas, até o toalete. Estava vazio. Ele entrou e trancou a porta.

Estava apenas ganhando tempo – os fiscais não verificam toaletes. Ele se sentou e pensou como sair daquela situação. O trem aumentara a velocidade e corria muito para que ele pudesse pular. Além disso, alguém podia vê-lo saltando e, se realmente o estivessem procurando, parariam o trem.

– As passagens, por favor.

Parkin estava se aproximando novamente.

Faber teve uma idéia. A junção dos vagões era um espaço pequeno, fechado como um fole entre os vagões e fechado com portas dos dois lados por causa do barulho e do vento. Ele saiu do toalete, foi até o final do vagão, abriu a porta e enfiou-se naquela passagem. Fechou a porta atrás de si.

Estava congelando de frio, e o barulho era terrível. Faber sentou-se no chão e curvou-se, fingindo dormir. Só um homem morto poderia dormir ali, mas as pessoas faziam coisas estranhas nos trens naqueles dias. Procurou não pensar no frio.

A porta abriu-se atrás dele.

– A passagem, por favor.

Ele não ligou. Ouviu a porta fechar.

– Levante, Bela Adormecida. – A voz era inconfundível.

Faber fingiu procurar, então levantou-se, ainda de costas para Parkin. Quando se virou o estilete estava em sua mão. Ele empurrou Parkin de encontro à porta, encostou a ponta da faca em seu pescoço e disse:

– Fique quieto ou eu o mato.

Com a mão esquerda, ele apanhou a lanterna de Parkin e iluminou o rosto do jovem. Parkin não parecia tão amedrontado quanto deveria estar.

– Muito bem, muito bem. Billy Parkin, que queria alistar-se no Exército, e acabou na estrada de ferro. É sempre um uniforme.

– É você!

– Você sabe muito bem que sou eu, jovem Billy Parkin. Você estava procurando por mim. Por quê? – Ele fazia tudo para parecer mau.

– Não sei por que eu o estaria procurando. Não sou um policial.

 Faber sacudiu a faca de modo ameaçador.

– Pare de mentir para mim.

– Verdade, Sr. Faber. Deixe-me ir, prometo que não direi a ninguém que o vi.

Faber começou a ficar em dúvida. Ou Parkin estava dizendo a verdade ou ele estava representando tão bem quanto ele próprio.

O corpo de Parkin moveu-se, sua mão direita mexendo-se no escuro. Faber segurou seu pulso com mão firme. Parkin lutou por um instante, mas Faber deixou a ponta do estilete penetrar um pouco no pescoço de Parkin e ele ficou imóvel. Faber meteu a mão no bolso que Parkin estava procurando. E apanhou uma pistola.

– Fiscais não andam armados – disse. – Com quem está você, Parkin?

– Todos nós portamos armas agora. Há muitos crimes nos trens por causa da escuridão.

Parkin mentia de maneira corajosa e insistente. Faber achou que ameaças não eram suficientes para soltar sua língua.

Seu movimento foi brusco, rápido e certeiro. A lâmina do estilete avançou com sua mão fechada. A ponta penetrou no olho esquerdo de Parkin um centímetro e saiu de novo.

A mão de Faber tapou a boca de Parkin. O grito surdo de agonia foi abafado pelo barulho do trem.

A mão de Parkin cobriu seu olho vazado.

– Salve o outro olho, Parkin. Com quem você está?

– Espionagem Militar, oh Deus, não repita isso!

– Quem? Menzies? Mastermann?

– Oh, meu Deus, é Godliman, Percy Godliman!

– Godliman! – Faber conhecia o nome, mas não era hora de procurar detalhes na memória. – O que eles têm?

– Uma foto... eu procurei você nos arquivos.

– Que foto? *Que foto?*

– Uma equipe de corrida... correndo... com uma taça... no Exército.

Faber lembrava-se. Cristo, onde eles haviam conseguido aquilo? Era seu pesadelo: *eles tinham uma foto.* As pessoas conheceriam seu rosto. Seu *rosto.*

Ele aproximou a faca do olho direito de Parkin.

– Como você sabia onde eu estava?

– Não faça isso, por favor! Um agente na embaixada portuguesa interceptou sua carta... anotou o número do táxi... perguntamos na Euston Station... por favor, não o outro olho! – Ele tapou os dois olhos com a mão.

– Qual é o plano? Onde está a cilada?

– Glasgow. Estão esperando você em Glasgow. O trem será evacuado lá.

Faber abaixou a faca até a altura da barriga de Parkin. Para distraí-lo, ele perguntou:

– Quantos homens? – E então empurrou o estilete com toda a força para dentro e para cima, até o coração.

O olho de Parkin arregalou-se de horror, e ele não morreu. Era a desvantagem da maneira preferida de Faber matar. Normalmente, o impacto da faca era suficiente para fazer o coração parar. Mas, se o coração fosse forte, nem sempre funcionava. Além disso, os cirurgiões às vezes enfiavam uma agulha hipodérmica no coração para injetar adrenalina. Se o coração continuasse a bombear, o movimento formaria um buraco em torno da lâmina, do qual o sangue jorraria. Também era fatal, porém mais demorado.

Finalmente, o corpo de Parkin caiu. Faber segurou-o contra a parede por um instante, pensando. Houve algo – uma ponta de coragem, a sombra de um sorriso – antes que ele morresse. Isso significava alguma coisa. Essas coisas sempre significavam.

Ele deixou o corpo cair no chão, e então colocou-o numa posição como se estivesse dormindo, com os ferimentos escondidos. Chutou o quepe para um canto. Limpou o estilete na calça de Parkin, e removeu o líquido ocular das mãos. Tinha sido um serviço sujo.

Colocou a faca dentro da manga e abriu a porta do vagão. Ele abriu caminho até a sua cabine, no escuro.

Quando sentou, o homem do sotaque disse:

– O senhor demorou, tem fila?

Faber disse:

– Deve ter sido alguma coisa que eu comi.

– Provavelmente um sanduíche aqui no trem – o homem disse, rindo.

Faber estava pensando em Godliman. Ele conhecia o nome – ele tinha até uma vaga idéia dele: meia-idade, óculos, cachimbo e uma expressão ausente, de professor. Era isso – ele era professor.

Estava lembrando. Em seus dois primeiros anos em Londres, Faber tinha pouco que fazer. A guerra ainda não havia começado e muita gente não acreditava que começasse. (Faber não estava entre os otimistas.) Ele pôde fazer um trabalho útil – verificou e reviu, na maior parte do tempo, mapas antigos da *Abwehr*, e relatórios gerais baseados nas próprias observações e nas leituras que fazia dos jornais – mas não durante muito tempo. Para preencher o tempo, melhorar o inglês e praticar o seu disfarce, ele foi visitar alguns lugares.

Seu objetivo ao visitar a Catedral de Canterbury havia sido inocente, embora tivesse comprado uma foto com a vista aérea da cidade e da catedral, que enviou à Luftwaffe

– o que não adiantou muito: eles passaram o ano de 1942 quase inteiro errando a mira. Faber gastou um dia para ver a construção: lendo as antigas iniciais gravadas nas paredes, distinguindo os diferentes estilos de arquitetura, lendo o livro-guia linha por linha enquanto percorria lentamente todos os lugares.

Ele estivera na arcada sul do altar, olhando a série de arcos, quando percebeu outra figura absorta a seu lado, um senhor.

– Fascinante, não é? – o homem disse.

Faber perguntou a que ele se referia.

– Aquele arco gótico no meio dos arcos redondos. Não há razão para isso – aquela parte logicamente não foi reconstruída. Por algum motivo, alguém mexeu naquele ali. Eu fico pensando por quê.

Faber viu o que ele tinha mostrado. O altar era em estilo românico; a nave, gótica; contudo, no altar havia um arco gótico perdido.

– Talvez – ele disse – os monges tenham pedido para ver como ficaria um arco gótico e o arquiteto tenha feito esse para mostrar a eles.

O velho o olhou.

– Que magnífica conjetura! Certamente a razão é essa. O senhor é historiador?

Faber riu.

– Não, apenas um escriturário, mas de vez em quando leio livros sobre História.

– As pessoas conseguem doutorados por opiniões inspiradas como essa!

– O senhor é? Um historiador, quero dizer.

– Sim, para pagar meus pecados. – Ele estendeu a mão. – Percy Godliman.

Seria possível, Faber pensava enquanto o trem corria por Lancashire, que a figura inexpressiva com terno de tweed pudesse ser o homem que tinha descoberto sua identidade? Os espiões geralmente alegam que são servidores civis, ou qualquer coisa assim: não historiadores – aquela mentira podia ser descoberta facilmente. Contudo, havia boatos de que a espionagem militar fora reforçada com um certo número de acadêmicos. Faber os imaginara jovens, capazes, agressivos e belicosos, além de espertos. Godliman era esperto, mas não tinha as outras qualidades. A menos que tivesse mudado.

Faber o vira uma outra vez, embora não tivesse falado com ele nesta ocasião. Depois do rápido encontro na catedral, ele soube de uma palestra pública sobre Henrique II proferida pelo Professor Godliman em sua faculdade. Faber foi até lá, por curiosidade. A apresentação fora erudita, animada e convincente. Godliman era ainda uma figura cômica, remexendo-se atrás da mesa de onde falava, entusiasmando-se com o assunto; mas estava claro que sua mente era afiada como uma faca.

Então aquele era o homem que tinha descoberto quem era Die Nadel.

Jesus Cristo, um *amador*.

Bem, ele cometia erros de amador. Mandar Billy Parkin fora um: Faber havia reconhecido o rapaz. Godliman devia ter mandado alguém que Faber não conhecesse. Parkin tinha mais possibilidade de reconhecê-lo, mas não tinha chance alguma de sair vivo do encontro.

O trem fez uma parada e uma voz fraca do lado de fora anunciou que era Liverpool. Faber irritou-se: ele devia aproveitar o tempo planejando seus próximos passos em vez de ficar pensando em Percival Godliman.

Estavam esperando em Glasgow, Parkin dissera antes de morrer. Por que Glasgow? A investigação em Euston fez com que soubessem que ele ia para Inverness. E, se suspeitassem que Inverness era um disfarce, teriam levantado a hipótese de que ele estava indo para Liverpool, pois este era o ponto mais próximo para apanhar um barco irlandês.

Faber odiava decisões precipitadas.

Ele tinha que saltar do trem, de qualquer maneira.

Levantou-se, abriu a porta e foi para a roleta.

Ele ainda pensou em outra coisa. O que tinha feito os olhos de Billy Parkin brilharem antes de ele morrer? Não era ódio, não era medo, não era dor – embora estivesse sentindo tudo isso. Era mais parecido com... triunfo.

Faber olhou adiante, além do bilheteiro, e entendeu.

Esperando do outro lado, com chapéu e capa, estava o jovem policial louro de Leicester Square.

Parkin, morrendo em agonia, humilhado, e à traição, havia enganado Faber no fim das contas. Esta era a armadilha.

O homem de capa ainda não havia percebido Faber no meio da multidão. Faber virou-se e voltou para o trem. Uma vez lá dentro, empurrou a cortina e olhou para fora. O policial estava observando os rostos na multidão. Ele não tinha visto o homem que voltara ao trem.

Faber viu os passageiros passando pelos portões até que a plataforma ficou vazia. O homem louro falou insistentemente com o bilheteiro, que balançou a cabeça negativamente. O homem parecia insistir. Depois, acenou para alguém que Faber não podia ver. Um oficial da polícia apareceu e falou com o bilheteiro. Os policiais da plataforma juntaram-se ao grupo, seguidos por um homem em trajes civis que provavelmente era um funcionário de chefia da ferrovia.

O maquinista e o foguista saltaram da locomotiva e foram até a roleta. Houve novos acenos de mão e meneios de cabeça.

Finalmente, os homens da ferrovia deram com os ombros, viraram-se, voltaram os olhos para o alto, todos os gestos significando obediência. O louro e o oficial chamaram outros policiais e encaminharam-se determinados para a plataforma.

Iriam vasculhar o trem.

Todos os empregados da ferrovia, inclusive o maquinista e seu companheiro, sumiram na direção oposta, logicamente para tomar chá e comer sanduíches enquanto os lunáticos tentavam vasculhar um trem superlotado. Isso deu uma idéia a Faber.

Ele abriu a porta e pulou pelo outro lado do trem, oposto à plataforma. Escondido dos policiais pelos vagões, ele correu ao longo dos trilhos, tropeçando nos dormentes e escorregando no cascalho, até a locomotiva.

DEVIA HAVER MÁS NOTÍCIAS, logicamente. No momento em que ele percebeu que Billy Parkin não ia descer do trem, Frederick Bloggs sentiu que Die Nadel havia escapado novamente. Enquanto os policiais uniformizados entravam no trem, em duplas, para inspecionar os vagões, Bloggs pensou em diversos motivos para Parkin não ter aparecido; e todas as possibilidades eram desanimadoras.

Ele levantou a gola da capa e caminhou pela plataforma aberta. Ele queria muito agarrar Die Nadel: não só pela invasão – embora aquele fosse motivo suficiente, só Deus sabe –, mas por Percival Godliman, e pelos cinco homens da Guarda Interna, e por Christine.

Ele olhou o relógio: 4 horas. Logo ia amanhecer. Bloggs

tinha ficado acordado a noite inteira, e não havia comido desde o café-da-manhã do dia anterior, mas até agora tinha se mantido só com adrenalina. A falha da cilada – ele tinha quase certeza de que *tinha* falhado – esgotou sua energia. A fome e o cansaço o pegaram. Ele tinha que fazer um grande esforço para não ficar sonhando com comida e uma cama bem confortável.

– Senhor! – Um policial estava descendo de um vagão e acenando para ele. – Senhor!

Bloggs andou em sua direção, e então começou a correr.

– O que você encontrou?

– Deve ser o seu homem, Parkin.

Bloggs subiu no vagão.

– O que você quer dizer com deve ser?

– É melhor o senhor olhar. – O policial abriu a porta de comunicação entre os dois vagões e acendeu a lanterna.

Era Parkin; Bloggs reconheceu pelo uniforme de fiscal. Ele estava dobrado, jogado no chão. Bloggs apanhou a lanterna do policial, ajoelhou-se ao lado de Parkin e virou-o.

Ele viu o rosto de Parkin, virou-se rapidamente e disse:

– Oh, meu Deus!

– Quer dizer que este é Parkin? – o policial perguntou.

Bloggs assentiu. Ele levantou-se lentamente, sem olhar de novo para o corpo.

– Vamos falar com todos deste vagão e com os do outro – disse. – Qualquer pessoa que tenha visto ou ouvido algo diferente será detida para interrogação posterior. Não que vá adiantar: o assassino já deve ter pulado do trem antes que ele chegasse aqui.

Bloggs voltou para a plataforma. Todos haviam concluído sua busca e estavam reunidos. Ele escolheu seis deles para ajudá-lo no interrogatório.

O inspetor disse:

– Então o seu bandido pulou?

– Acho que sim – Bloggs concordou. – Procuraram em todos os toaletes e entre as cargas?

– Sim, e procuramos por cima e por baixo do trem, na locomotiva e no carro de carvão também.

Um passageiro desceu do trem e se aproximou de Bloggs e do inspetor. Era um homem baixo, com o peito doente e má respiração.

– Com licença.

– Pois não, senhor – o inspetor atendeu.

– Eu estava pensando, vocês estão procurando alguém?

– Por que pergunta?

– Porque, se estão, pensei, seria um sujeito alto?

O inspetor insistiu:

– Por que pergunta?

Bloggs interrompeu, impaciente:

– Sim, um homem alto. Vamos, fale.

– Bem, é só que um homem alto pulou pelo outro lado do trem.

– Quando?

– Um minuto ou dois depois que o trem chegou à estação. Ele subiu e então desceu pelo outro lado. Pulou nos trilhos. Ele não tinha bagagem, sabe, o que é algo estranho, e aí eu pensei...

– Droga! – resmungou o inspetor.

– Ele deve ter descoberto a armadilha – Bloggs concluiu. – Mas como? Ele não me conhece e seus homens estavam escondidos.

– Alguma coisa fez com que ele suspeitasse.

– Então ele atravessou a linha para a outra plataforma e foi embora. Será que ele foi visto?

O inspetor balançou os ombros.

– Não por muita gente. E, se foi visto, ele pode simplesmente dizer que estava muito impaciente para esperar a fila da roleta.

– A outra roleta não estava sob vigilância?

– Não pensei nisso.

– Nem eu.

– Bem, podemos procurar aqui pelas redondezas e mais tarde inspecionar diversos locais na cidade e logicamente vamos ficar de olho no barco...

– Sim, por favor, faça isso – Bloggs disse.

Mas intimamente ele sabia que Faber não seria encontrado.

FALTAVA MAIS DE UMA HORA para o trem começar a andar. Faber estava com cãibra na perna esquerda e com o nariz sujo de poeira. Ele ouviu o maquinista voltar e ouviu fragmentos de conversas sobre um corpo encontrado no trem. Houve um ruído metálico quando o foguista jogou o carvão, e depois um chiado seguido de fumaça, o barulho de pistões, um solavanco e uma fumaceira quando o trem pôs-se em movimento. Foi com alívio que Faber saiu daquela posição e então soltou um espirro abafado. Depois sentiu-se melhor.

Ele estava na parte traseira do vagão de carvão, bem enterrado ali, num lugar que um homem para descobri-lo teria que cavar durante dez minutos com toda a força. Como ele esperava, a busca da polícia naquele vagão não passou de um olhar demorado e nada mais.

Ele pensou se já devia se arriscar a levantar-se. Podia ter clareado: daria para vê-lo de uma ponte sobre a ferrovia? Ele achou que não. Sua pele agora estava completamente preta e num trem em movimento na tênue luz do amanhecer ele passaria apenas como uma coisa qualquer num fundo escuro. Sim, ele podia tentar. Lenta e cuidadosamente, foi saindo do seu túmulo de carvão.

Respirou bem fundo o ar frio. O carvão era retirado do vagão por um pequeno furo na parte dianteira do carro. Mais tarde, talvez, o foguista tivesse que entrar no vagão, quando a altura do carvão tivesse diminuído. Faber estava seguro por enquanto.

Quando clareou mais, ele se olhou. Estava coberto, da cabeça aos pés, de poeira de carvão, como um mineiro saindo da mina. De alguma maneira, ele tinha que se lavar e trocar de roupa.

Deu uma olhada para o lado. O trem ainda estava nos subúrbios, passando por fábricas, depósitos e filas de pequenas casas encardidas. Tinha que pensar em seu próximo passo.

Seu plano original era saltar do trem em Glasgow e pegar outro para Dundee e ir pela costa leste até Aberdeen. Ainda era possível desembarcar em Glasgow. Ele não podia desembarcar na estação, logicamente, mas podia pula antes ou logo depois. Contudo, havia riscos nas duas opções. O trem deveria parar em estações intermediárias entre Liverpool e Glasgow e numa dessas paradas Faber podia ser localizado. Não, ele precisava saltar logo do trem e encontrar outro meio de transporte.

O local ideal seria um trecho deserto fora da cidade ou um lugarejo. Teria que ser deserto, pois ele não podia ser visto saltando do carro de carvão; mas teria que ser bem perto de casas, para que pudesse roubar roupas e um carro. E teria que ser um trecho em aclive, para que o trem estivesse com a velocidade reduzida o suficiente para ele pular.

Agora, a velocidade era de cerca de 60 quilômetros por hora. Faber voltou a deitar-se no carvão para esperar. Ele não podia ficar observando o lugar por onde passava, com medo de ser visto. Resolveu que só olharia quando o trem diminuísse a marcha. Fora isso, ficaria quieto.

Alguns minutos depois, ele começou a pegar no sono, apesar do desconforto da cama. Levantou-se e apoiou-se nos cotovelos, porque, se ele dormisse, cairia e seria acordado pelo impacto.

O trem estava aumentando a velocidade. Entre Londres e Liverpool, ele parecia estar mais parado do que em movimento; e agora passava pelos campos a uma grande velocidade. Para completar seu desconforto, começou a chover; uma garoa fria e insistente que penetrava em sua roupa e parecia congelar a pele. Havia outra razão para saltar do trem: ele poderia morrer antes de chegar a Glasgow por ficar exposto ao frio!

Depois de meia hora de alta velocidade, ele começou a pensar na possibilidade de matar o maquinista e os outros e parar o trem. Uma cabine de sinalização salvou-lhes a vida. O trem reduziu a marcha repentinamente, quando os freios foram acionados. Ele desacelerava por estágios: Faber achou que nos trilhos havia alguma marca indicando os limites de velocidade. Olhou para fora. Estavam numa zona rural novamente. Pôde ver o motivo da diminuição da marcha – estavam se aproximando de um cruzamento e o sinal estava fechado para eles.

Faber ficou no vagão enquanto o trem permaneceu parado. Depois de cinco minutos, começou a andar novamente. Faber subiu na lateral do vagão, ficou lá um instante e depois pulou.

Ele caiu no acostamento e ficou ali, de rosto para baixo, no chão recoberto de ervas. Quando já não podia mais ouvir o trem, pôs-se de pé. O único sinal de civilização por perto era a cabine de sinalização, uma construção de madeira com dois andares e largas janelas na sala de controle, em cima, e uma escada externa e uma porta no andar inferior. Do outro lado, passava uma estrada de cascalho.

Faber caminhou em círculo para chegar à cabine por trás, onde não havia janelas. Ele entrou por uma porta ao rés-do-chão e encontrou o que estava querendo: uma privada, uma pia e um casaco pendurado.

Tirou sua roupa molhada, lavou as mãos e o rosto e esfregou todo o corpo de forma vigorosa com uma toalha suja. A pequena lata contendo o negativo das fotos ainda estava amarrada a seu peito. Ele vestiu as roupas novamente, mas trocou o paletó molhado pela capa do sinaleiro.

Tudo que ele precisava agora era transporte. O sinaleiro deveria ter algum por ali. Faber saiu e encontrou uma bicicleta acorrentada a uma grade do outro lado da casa. Arrombou o pequeno cadeado com a lâmina de seu estilete. Partindo numa linha reta da parte de trás da cabine de sinalização, empurrou a bicicleta até que não pudesse mais ser visto da cabine. Contornou até encontrar a estrada, subiu na bicicleta, e foi-se.

16

Percival Godliman tinha levado uma pequena cama de campanha de casa. Ele deitava na sua sala, vestido de calça e camisa, tentando em vão dormir. Não sofria de insônia havia quase quarenta anos, desde que fizera os exames finais na universidade. Ele trocaria de bom grado as ansiedades daqueles dias pelas preocupações que o mantinham acordado agora.

Era um homem diferente, então; não apenas mais jovem, mas também um pouco menos... preocupado. Tinha sido extrovertido, agressivo, ambicioso: pretendia se dedicar à política. Não era estudioso – tinha razões para ficar ansioso com os exames.

Suas duas paixões desencontradas naqueles tempos eram os discursos e os salões de baile. Ele havia falado com distinção na Oxford Union e fora fotografado pelo *The Tatler* valsando com as debutantes. Não era um grande entendido em mulheres: gostava de sexo com a mulher que amasse, não porque acreditasse em algum grandioso princípio que pregasse isso, mas porque era o que sentia.

E também havia permanecido virgem até encontrar Eleanor, que não era uma das debutantes, mas uma brilhante matemática formada, com graça e entusiasmo, e com o pai morrendo de uma doença nos pulmões depois de quarenta anos trabalhando como mineiro. O jovem Percival a tinha levado para conhecer seus pais. Seu pai era governador do Condado, e a casa pareceu uma mansão para Eleanor, mas ela não havia ficado nem um pouco intimidada; e, quando a mãe de Percival foi vergonhosamente arrogante com ela num ponto, Eleanor reagiu com tanta sutileza que ele a amou mais ainda.

Ele fez o mestrado e então depois da Grande Guerra lecionou numa escola pública e disputou três eleições suplementares. Os dois ficaram desapontados quando descobriram que não podiam ter filhos; mas eles se amavam muito, e eram felizes, e a morte dela foi a pior tragédia que

Godliman jamais sofreu. Seu interesse pelo mundo atual acabou e ele refugiou-se na Idade Média.

Isso fez com que ele e Bloggs se aproximassem, essa perda comum. A guerra devolveu Godliman à vida; renasceram nele aquelas características de vivacidade, agressão e fervor que haviam feito dele um grande orador e professor, e a esperança do Partido Liberal. Ele desejava que algo na vida de Bloggs o livrasse de uma vida de amargura e introversão.

Enquanto estava nos pensamentos de Godliman, Bloggs telefonou de Liverpool para dizer que Die Nadel havia escapado da armadilha e que Parkin fora assassinado.

Godliman, sentado na ponta da cama de campanha para falar ao telefone, fechou os olhos, desesperado.

– Eu devia ter colocado você no trem – ele balbuciou.

– Obrigado! – Bloggs disse.

– Só porque ele não conhece seu rosto.

– Acho que conhece – Bloggs argumentou. – Suspeitamos que ele percebeu a cilada, e o meu rosto foi o único que ele viu quando desceu do trem.

– Mas onde ele pode ter visto você? Oh! Não, certamente... não foi em Leicester Square?

– Não vejo como, mas pode... nós sempre parecemos subestimá-lo.

– Eu preferiria que ele estivesse do nosso lado – Godliman resmungou. – Você colocou gente vigiando a estação de barcos?

– Sim.

– Ele não vai pegar o barco, logicamente... é muito óbvio. É mais provável que ele roube um bote. Por outro lado, ele pode ter seguido para Inverness.

– Eu deixei a polícia de lá de sobreaviso.

– Bom. Mas olhe, não acho que possamos fazer qualquer previsão acerca do destino dele. Vamos ficar prontos para o que acontecer.

– Certo.

Godliman levantou-se, pegou o telefone e começou a andar sobre o tapete.

– Também não tome como certo que foi ele que pulou pelo outro lado do trem. Parta da premissa de que ele saltou antes, em Liverpool, ou depois de lá. – O cérebro de Godliman estava funcionando a todo vapor, ordenando alternativas e possibilidades. – Deixe-me falar com o superintendente-chefe.

– Ele está aqui.

Houve uma pausa, e depois outra voz disse:

– Aqui é o Superintendente-chefe Anthony.

Godliman perguntou:

– O senhor concorda comigo que nosso homem saltou do trem em algum lugar nessa área?

– Parece provável que sim.

– Bom. Agora a primeira coisa de que ele precisa é transporte. Então quero que o senhor consiga detalhes de todos os carros, botes, bicicletas ou montarias roubadas dentro de 100 quilômetros quadrados de Liverpool durante as próximas 24 horas. Mantenha-me informado, mas passe as informações a Bloggs e trabalhe junto com ele no acompanhamento das pistas.

– Sim, senhor.

– Fique atento a outros crimes que podem ser cometidos por um fugitivo: roubo de comida ou roupas, assaltos inexplicados, irregularidades na carteira de identidade, entre outros.

– Certo.

– Agora, Sr. Anthony, o senhor sabe que esse homem é mais que um assassino?

– Presumo que sim, em razão de seu envolvimento. Contudo, não sei de detalhes.

– Nem saberá. Basta dizer que este é um assunto de segurança nacional tão grave que o primeiro-ministro está em contato permanente com meu gabinete.

– Entendo. Ah, o Sr. Bloggs gostaria de falar com o senhor.

Bloggs voltou.

– Lembrou-se de como você o conheceu?

– Sim, mas isso não tem importância, acho. Eu o encontrei por acaso na Catedral de Canterbury e conversamos sobre arquitetura. Isso só nos diz que ele é inteligente. Ele fez algumas observações interessantes, segundo me lembro.

– Sabíamos que ele é inteligente.

– Sabemos bem até demais.

O Superintendente-chefe Anthony era um rude membro da classe média com um sotaque de Liverpool cuidadosamente dissimulado. Ele não sabia se devia se irritar pela maneira como o MI5 tinha-lhe dado as ordens ou se devia ficar emocionado pela oportunidade de salvar a Inglaterra com seu próprio pessoal.

Bloggs compreendeu a divisão interna do homem – ele sempre encontrava esse tipo de reação quando trabalhava com forças policiais do interior – e sabia como virar a balança a seu favor. Ele disse:

– Estou grato por sua ajuda, superintendente-chefe. Essas coisas não passam despercebidas em Whitehall.

– Cumprimos apenas nossa obrigação – Anthony disse. Ele não sabia se deveria tratar Bloggs de senhor.

– Mas existe uma grande diferença entre ajuda de má vontade e auxílio de boa vontade.

– Sim. Bem, ainda vai levar algum tempo até pegarmos o rastro desse homem novamente. Quer descansar um pouco?

– Sim – Bloggs respondeu agradecido. – Se tiver uma cadeira por aí em algum canto...

– Fique aqui – Anthony disse, mostrando sua sala. – Estarei aqui na sala de operações. Eu o acordarei assim que conseguirmos alguma coisa. Fique à vontade.

Anthony saiu, e Bloggs foi para uma espreguiçadeira e sentou-se já de olhos fechados. Imediatamente viu Godliman, como que projetado atrás de suas pálpebras como um filme, dizendo: "Tem que haver um fim para esse sentimento de perda... Não quero que você cometa o mesmo erro." Bloggs percebeu então que não queria que a guerra acabasse, pois isso faria com que enfrentasse problemas como o que Godliman havia levantado. A guerra tornava a vida simples, pois ele sabia por que odiava o inimigo e sabia o suficiente sobre isso. Depois... o pensamento de outra mulher parecia desleal, não apenas para com Christine, mas, de algum modo também, para com a Inglaterra.

Ele bocejou e afundou-se na cadeira, seus pensamentos tornando-se confusos à medida que o sono ia chegando. Se Christine tivesse morrido antes da guerra, ele teria visto um novo casamento de maneira diferente. Sempre gostou muito dela e sempre a respeitou muito, logicamente; mas, depois que ela começou a trabalhar na ambulância, o respeito transformara-se em admiração incondicional e em amor. E então eles tinham algo de especial, algo que eles sabiam que outros casais não

 tinham. Agora, mais de um ano depois, seria fácil para

Bloggs encontrar outra mulher que ele respeitasse e de quem gostasse, mas ele sabia que nunca seria o suficiente. Um casamento medíocre com uma mulher qualquer faria sempre com que ele se lembrasse de que havia possuído o ideal.

Ele se mexeu na cadeira, tentando afastar os pensamentos para poder dormir. A Inglaterra estava cheia de heróis, Godliman tinha dito. Se Die Nadel escapasse, a Inglaterra estaria cheia de escravos. Em primeiro lugar, os assuntos mais urgentes...

Alguém o sacudiu. Ele estava num sono bem profundo, sonhando que estava numa sala com Die Nadel mas que não podia agarrá-lo porque Die Nadel o tinha cegado com o estilete. Quando acordou, ainda pensou que estivesse cego porque não podia ver quem o chamava, até que percebeu que simplesmente seus olhos estavam fechados. Abriu os olhos e viu a enorme figura uniformizada do Superintendente-chefe Anthony em frente a ele.

Bloggs ajeitou-se na cadeira e esfregou os olhos.

– Alguma coisa? – perguntou.

– Muitas coisas – Anthony disse. – O problema é saber quais delas são importantes. Aqui está seu desjejum. – Ele colocou uma xícara de chá e um biscoito sobre a mesa e sentou-se do outro lado.

Bloggs levantou-se da espreguiçadeira e puxou uma cadeira para junto da mesa. Provou o chá. Estava fraco e muito doce.

– Vamos lá – disse.

Anthony passou-lhe cinco ou seis pedaços de papel.

Bloggs comentou:

– Não me diga que esses são os únicos crimes na sua área...

– Claro que não – Anthony respondeu. – Não estamos preocupados com bebedeiras, brigas domésticas, violações do blecaute, problemas de trânsito ou crimes nos quais já foram feitas as detenções.

– Desculpe – Bloggs disse. – Ainda estou acordando. Deixe-me ler isso.

Houve três arrombamentos de casas. Em dois deles, objetos de valor haviam sido levados – jóias num deles, casacos de peles no outro.

– Ele pode roubar coisas de valor só para nos tirar da pista. Marque esses no mapa, certo? Eles podem dar uma idéia. – Devolveu os dois pedaços de papel a Anthony. O terceiro arrombamento fora apenas anotado mas não havia detalhes. Anthony marcou o local no mapa – Bloggs disse.

Numa Secretaria de Alimentação em Manchester, haviam sido roubados diversos cupons de racionamento.

– Ele não precisa de cupons, precisa de comida. – E colocou aquele papel de lado. Havia um roubo de bicicleta perto de Preston e um estupro em Birkenhead. – Não acredito que ele seja um tarado, mas marque esta também – Bloggs disse.

O roubo de bicicleta e o terceiro arrombamento de casa eram bem próximos. Bloggs perguntou:

– A cabine de sinalização de onde foi roubada a bicicleta... fica na linha principal?

– Sim, acho que fica – Anthony respondeu.

– Suponha que Faber estivesse escondido naquele trem e de alguma maneira o tenhamos deixado escapar. A cabine de sinalização seria a primeira parada do trem depois de Liverpool?

– Pode ser.

 Bloggs olhou o papel.

– Uma capa foi roubada e um casaco molhado foi deixado em seu lugar.

Anthony balançou os ombros.

– Pode significar alguma coisa.

– Nenhum carro roubado? – Bloggs perguntou secamente.

– Nem botes nem montarias – Anthony respondeu. – Não há muitos carros roubados atualmente. Carro é fácil arranjar; o que roubam agora é gasolina.

– Eu tinha certeza de que ele ia roubar um carro em Liverpool – Bloggs disse. Ele bateu no joelho, desanimado. – Uma bicicleta não ia adiantar muito para ele, certamente.

– Acho que devemos acompanhar essa pista, de qualquer maneira – Anthony insistiu. – É a melhor que temos.

– Está certo. Mas, enquanto isso, verifique novamente os arrombamentos para ver se foram levadas comida ou roupa. Às vezes, as pessoas não notam isso de imediato. Mostre a foto de Faber para a vítima de estupro, também. E continue a checar todos os crimes. Pode me arranjar condução para Preston?

– Vou arrumar um carro – Anthony disse.

– Quanto tempo vai levar para obter os detalhes desse terceiro arrombamento?

– Devem estar interrogando as vítimas agora – Anthony respondeu. – Quando o senhor tiver chegado à cabine de sinalização, já terei todos os dados.

– Não os deixe se demorar – Bloggs apanhou a capa. – Eu me comunico quando chegar lá.

– ANTHONY? AQUI É BLOGGS. Estou na cabine de sinalização.

– Não perca tempo aí. O terceiro arrombamento... era o seu homem.

– Tem certeza?

– A menos que haja dois sujeitos por aí assustando as pessoas com um estilete.

– Quem?

– Duas senhoras que moravam sozinhas num velho chalé.

– Meu Deus! Estão mortas?

– A não ser que tenham morrido de agitação.

– Hã?

– Venha para cá. Verá o que quero dizer.

– Já estou indo.

ERA O TIPO DE CHALÉ freqüentemente habitado por duas senhoras sozinhas. Era pequeno, quadrado e velho, e ao redor da porta crescia uma roseira silvestre fertilizada com centenas de folhas usadas de chá. Fileiras de pés de verduras brotavam ordenadamente num jardim fronteiriço à casa, com uma cerca bem tratada. Havia cortinas nas cores vermelho e branco nas janelas de chumbo e o portão rangia. A porta da frente fora pintada com esmero por um amador e a aldrava tinha sido feita com um freio de cavalo.

Quando Bloggs bateu à porta foi recebido por uma octogenária com uma espingarda.

– Bom dia. Sou da polícia.

– Não, você não é não – ela disse. – Já estiveram aqui. Agora vá embora antes que eu estoure seus miolos.

Bloggs olhou-a. Tinha menos que 1,50 metro, com cabelos brancos amarrados num coque coroando um rosto pálido, enrugado. Suas mãos eram finas e com aspecto frágil, mas ela segurava firmemente a arma. O bolso do avental estava cheio de pregadores de roupa. Bloggs olhou os pés dela e reparou que estava calçando botas de homem. Ele disse:

– A polícia que esteve aqui era local. Sou da Scotland Yard.

– Como vou saber? – ela perguntou.

Bloggs voltou-se e chamou o motorista. O policial saltou e veio até o portão. Bloggs perguntou à senhora:

– O uniforme basta para convencê-la?

– Está bem – ela respondeu e abriu caminho para que ele entrasse.

Ele adentrou num cômodo de teto rebaixado com piso de ladrilhos. O lugar estava cheio de móveis pesados e velhos e todos os tampos eram decorados com ornamentos de cerâmica e vidro. Uma pequena fogueira estava acesa na lareira. O aposento recendia a alfazema e gatos.

Outra senhora levantou-se da cadeira. Era como a primeira, mas quase duas vezes maior. Dois gatos pularam do seu colo quando ela se levantou.

– Olá, sou Emma Parton, minha irmã é Jessie. Não se preocupe com essa espingarda... não está carregada, graças a Deus. Jessie dramatiza tudo. Não quer sentar? Você parece tão jovem para ser um policial. Estou surpresa com o fato de que a Scotland Yard esteja interessada em nosso pequeno roubo. Chegou de Londres hoje pela manhã? Faça um pouco de chá para o rapaz, Jessie.

Bloggs sentou-se.

– Se estivermos certos quanto à identidade do ladrão, ele é um fugitivo da justiça – ele disse.

– Eu lhe disse! – Jessie comentou. – Podíamos ter sido mortas a sangue-frio.

– Não seja tola – Emma respondeu. Voltou-se para Bloggs. – Era um homem bonito.

– Diga-me o que aconteceu.

– Bem, eu tinha ido lá atrás – Emma começou. – Estava no galinheiro procurando ovos. Jessie estava na cozinha...

– Ele me assustou – Jessie interrompeu. – Não tive tempo de apanhar minha arma.

– Você vê muitos filmes de cáuboi – Emma censurou-a.

– São melhores que seus filmes de amor. Só lágrimas e beijos...

Bloggs tirou a foto de Faber da carteira.

– Era esse homem?

Jessie examinou bem:

– Sim.

– Vocês são espertos, hein? – Emma admirou-se.

– Se fôssemos espertos, nós já o teríamos apanhado – Bloggs disse. – O que ele fez?

– Ele encostou uma faca no meu pescoço e disse: "Um simples movimento e eu corto sua goela." E ele estava falando sério.

– Oh, Jessie, você me disse que ele falou: "Não vou machucá-la se fizer o que digo."

– Qualquer coisa assim, Emma!

– O que ele queria?

– Comida, banho, roupa seca e um carro. Bem, demos a ele os ovos, logicamente. Encontramos algumas roupas que foram do falecido marido de Jessie, Norman...

– A senhora poderia descrevê-las?

– Sim. Um paletó azul, macacão azul, uma camisa de xadrez. E levou o carro do pobre Norman. Não sei como poderemos ir ao cinema sem ele. São nosso único vício, você sabe... os filmes.

 – Que tipo de carro?

– Um Morris. Norman comprou em 1924. Tem nos servido bem, aquele carro.

– Mas ele não tomou banho quente!

– Bem – Emma continuou – tive de lhe explicar que duas senhoras morando sozinhas não podem ter um homem tomando banho na cozinha... – ela enrubesceu.

– Você preferia ter sua garganta cortada a ver um homem de cuecas, não é, sua grande tonta? – Jessie implicou.

– O que ele disse quando a senhora recusou?

– Ele riu – Emma respondeu. – Mas acho que entendeu nossa situação.

– Acho que a senhora é muito corajosa.

– Eu não acho, tenho certeza.

– Então, ele partiu daqui num Morris 1924, vestindo macacão e paletó azuis. Que horas eram?

– Cerca de 9h30.

Bloggs distraidamente acariciou um gato. Ele piscou e ronronou.

– Havia muita gasolina no carro?

– Uns dez litros... mas ele levou nossos cupons.

Um pensamento tomou conta de Bloggs.

– Como as senhoras conseguem rações de gasolina?

– Fins agrícolas – Emma disse em tom defensivo. Ela enrubesceu.

Jessie soltou um suspiro.

– Estamos isoladas, e somos idosas. Logicamente fomos qualificadas.

– Sempre vamos fazer compras à mesma hora do cinema – Emma acrescentou. – Não desperdiçamos gasolina.

Bloggs sorriu e levantou a mão.

– Está certo, não se preocupem. O racionamento não faz parte do meu departamento mesmo. Qual a velocidade máxima do carro?

– Nunca passamos dos 50 quilômetros por hora – disse Emma.

Bloggs olhou o relógio.

– Mesmo a essa velocidade, ele pode estar a uma distância de 120 quilômetros agora. – Levantou-se. – Preciso passar os detalhes para Liverpool. As senhoras não têm telefone, têm?

– Não.

– Que tipo de Morris é?

– Cowley. Norman costumava chamá-lo de Bullnose.

– E a cor?

– Cinza.

– Placa?

– MLN 29.

Bloggs anotou tudo.

Emma perguntou:

– Será que vamos reaver nosso carro?

– Espero que sim, mas pode não estar em boas condições. Quando alguém está dirigindo um carro roubado geralmente não toma muito cuidado. – Ele se encaminhou para a porta.

– Espero que o apanhe – disse Emma.

Jessie olhou-o sair. Ela ainda estava segurando a espingarda. Na porta, ela segurou o braço de Bloggs e perguntou bem baixinho:

– Diga-me... o que ele é? Um fugitivo? Assassino? Um tarado?

Bloggs olhou-a. Seus pequenos olhos verdes cintilavam de curiosidade. Ela acreditaria em qualquer coisa que ele dissesse. Ele abaixou a cabeça para cochichar em seu ouvido.

– Não conte a ninguém – sussurrou –, mas ele é um espião alemão.

17

Faber atravessou a Ponte Sark e entrou na Escócia pouco depois do meio-dia. Passou pela Sark Toll Bar House, uma construção baixa com uma tabuleta anunciando que aquela era a primeira casa da Escócia, e um cartaz sobre a porta com algumas inscrições sobre casamentos, que ele não conseguiu ler. Uns 400 quilômetros mais adiante ele entendeu, quando entrou na aldeia de Gretna: sabia que aquele era o lugar onde os fugitivos vinham se casar.

As estradas ainda estavam um pouco molhadas por causa da chuva, mas o sol as secava rapidamente. Os postes de iluminação e as placas com os nomes das ruas haviam sido recolocados depois que reduziram as precauções contra a invasão, e Faber percorreu uma série de vilas na planície: Kirkpatrick, Kirtlebridge, Ecclefechan. O campo aberto era agradável, com os verdes pântanos brilhando ao sol.

Ele parou para abastecer em Carlisle. A atendente do posto de gasolina, uma mulher de meia-idade com um avental engordurado, não fizera nenhuma pergunta difícil. Faber encheu o tanque e a reserva, presa no estribo do carro.

Ele estava muito satisfeito com o carro – modelo pequeno, de dois lugares. Ainda fazia 80 quilômetros por hora, apesar de não ser novo. O motor de quatro cilindros com válvulas laterais de 1548cc trabalhava macio e sem dar sinal de cansaço enquanto Faber subia e descia as colinas da Escócia. O banco estofado de couro era confortável. Ele apertou a buzina para que uma ovelha saísse do caminho.

Passou pela pequena cidade de Lockerbie – com o seu mercado –, atravessou o Rio Annan pela pitoresca Ponte Johnstone e começou a subir o Beattock Summit. Percebeu que estava usando cada vez mais a caixa de câmbio de três marchas.

Ele decidiu não pegar o caminho mais curto para Aberdeen, via Edimburgo e pela estrada da costa. A maior parte da costa leste da Escócia – os dois lados do estuário do Forth – era área reservada. Os visitantes não podiam se aproximar numa faixa de 16 quilômetros de terra. Logicamente, as autoridades não podiam vigiar atentamente uma orla tão extensa. Contudo, era menos provável que fizessem Faber parar enquanto se mantivesse fora da zona de segurança.

Ele teria que penetrar nela em algum momento – quanto mais tarde melhor do que agora – e começou a pensar na história que contaria se fosse interrogado. Há dois anos, andar de carro não era mais tão comum por causa do racionamento de gasolina, e as pessoas que tinham carros para viagens indispensáveis estavam sujeitas a ser processadas por saírem da rota por motivos pessoais. Faber tinha lido sobre um famoso empresário que fora preso por usar gasolina, conseguida para fins agrícolas, no transporte de atores de um teatro para o Hotel Savoy. A propaganda insistia em dizer ao povo que um bombardeiro Lancaster precisava de 9 mil litros de gasolina para chegar ao Ruhr. Nada agradaria mais a Faber do que gastar gasolina, que de outra maneira seria usada para bombardear sua terra, em circunstâncias normais; mas, se o fizessem parar agora, com a informação que tinha amarrada ao peito, e o prendessem por violação do racionamento, seria uma ironia insuportável.

Era difícil. A maioria do tráfego era militar, mas ele não tinha documentos militares. Ele não podia argumentar que estava entregando suprimentos essenciais porque não tinha nada importante no carro. Refletiu mais um pouco. Quem viajava nesses dias? Marinheiros de folga, oficiais, algumas poucas pessoas em férias, profissionais especialistas... Era isso. Ele seria um engenheiro, um especialista em algum campo esotérico como óleos de alta temperatura para caixas de câmbio, indo resolver o problema de uma fábrica em Inverness. Se lhe perguntassem que fábrica, diria que era confidencial. (Seu destino fictício tinha que ser bem distante do verdadeiro, para que ele nunca fosse interrogado por alguém que soubesse por certo que não havia tal fábrica.) Ele duvidava que um engenheiro-consultor vestisse macacões como o que ele havia roubado das duas irmãs – mas tudo era possível durante a guerra.

Com o esquema planejado, ele se sentiu seguro para enfrentar uma eventual revista. O risco de alguém fazê-lo parar porque estava procurando especificamente Henry Faber, o espião fugitivo, era outro problema. Eles tinham aquela foto...

Conheciam seu rosto. Seu rosto!

... e em pouco tempo teriam a descrição do carro em que estava viajando. Não pensou que ergueriam barreiras nas estradas, já que não sabiam para onde estava indo; mas tinha certeza de que todo policial do país estaria à procura do Morris Cowley Bullnose, placa MLN 29.

Se ele fosse localizado numa zona rural, não seria capturado imediatamente, pois os policiais do interior tinham bicicletas, e não automóveis. Mas os policiais telefonariam para as suas bases e os carros estariam atrás de Faber em poucos minutos. Se ele visse um policial, decidira, deixaria este carro, roubaria outro e se desviaria de sua rota inicialmente planejada. Contudo, com essas planícies escocesas de pouca população, era possível chegar a Aberdeen sem cruzar com nenhum policial. Nas cidades seria diferente. Lá o perigo de ser perseguido por um carro da polícia era grande. Seria improvável que ele conseguisse escapar: seu carro era antigo e relativamente lento, e os policiais eram geralmente bons motoristas. Sua melhor opção talvez fosse sair do carro e tentar se perder entre as pessoas ou numa rua afastada. Ele pensava sempre em abandonar o carro e roubar outro quando entrava numa cidade. O problema é que estaria deixando uma pista para o MI5 seguir. Talvez a melhor solução fosse fazer um ajuste em sua rota: ele entraria nas cidades mas tentaria usar somente as ruas afastadas. Olhou o relógio. Chegaria a Glasgow mais ou menos no crepúsculo e depois disso se beneficiaria da escuridão.

Bem, não era satisfatório, mas a única maneira de ficar totalmente seguro era não ser um espião.

Quando chegou ao alto do Beattock Summit – a 300 metros de altitude –, começou a chover. Faber desceu e levantou a capota de lona. O ar estava pesadamente quente. Faber olhou para cima. O céu havia se coberto de nuvens rapidamente. Trovões e relâmpagos não iriam demorar.

Enquanto dirigia, começou a descobrir os defeitos do pequeno carro. O vento e a chuva penetravam em diversos pontos pelo teto de lona e o pequeno limpador pegando só

 a metade de cima do pára-brisa deixava como que um

pequeno túnel para se ver a estrada à frente. À medida que o terreno se tornava mais íngreme, o motor parecia ter o som de uma serra dentada. Não era surpresa: o carro de vinte anos estava sendo bastante forçado.

A chuva passou. A tempestade que ameaçara não veio, mas o céu continuava escuro e o ar, rarefeito.

Faber passou por Crawford, aninhada entre verdes colinas; Abington, uma igreja e um posto dos correios na margem esquerda do Rio Clyde, e Lesmahagow, no fim de um brejo de urzes.

Cerca de meia hora depois, ele chegou aos arredores de Glasgow. Assim que entrou na área construída, desviou-se da estrada principal para o norte, com a intenção de contornar a cidade. Passou por uma série de pequenas estradas, cruzando as artérias no lado leste da cidade até chegar a Cumbernauld Road, onde tomou a direção do leste novamente e deixou a cidade para trás.

Fora mais rápido do que ele esperava. A sorte continuava a seu lado.

Ele estava na Estrada A80, passando por fábricas, minas e fazendas. Mais nomes de lugares escoceses passavam por sua mente: Millerston, Stepps, Muirhead, Mollinburn, Condorrat.

Sua sorte acabou entre Cumbernauld e Stirling.

Ele estava acelerando numa longa reta da estrada, numa pequena descida, margeada de campos dos dois lados. Quando o marcador do velocímetro chegou a 70 quilômetros houve um súbito barulho no motor; um barulho pesado, como o som de uma corrente batendo numa roda de metal. Ele reduziu a marcha para 50 quilômetros, mas o barulho não diminuiu. Certamente alguma peça grande e importante da máquina tinha quebrado. Faber ouvia com atenção. Era o rolamento da transmissão quebrado ou um furo num terminal do motor. Provavelmente não era algo tão simples como um carburador entupido ou uma vela suja; nada que pudesse ser consertado fora de uma oficina.

Ele saltou e olhou sob o capô. Parecia haver óleo por toda parte, mas por outro lado não conseguia ter nenhuma idéia de qual era o problema. Sentou-se ao volante novamente e saiu. Havia uma perda de força, mas o carro ainda podia andar.

Quatro quilômetros mais adiante, começou a sair fumaça do radiador. Faber sentiu que o carro em breve pararia de vez. Procurou um lugar onde pudesse desfazer-se dele.

Encontrou um caminho de terra saindo da estrada principal, possivelmente se dirigindo a uma fazenda. A cem metros da estrada, a estradinha fazia uma curva atrás de um pé de amoras. Faber parou o carro junto à árvore e desligou o motor. A fumaça aos poucos diminuiu. Ele saltou e fechou a porta. Pensou em Emma e Jessie, que teriam muita dificuldade para consertar o carro antes do final da guerra.

Voltou para a estrada principal. De lá, o carro não podia ser visto. Levaria um dia ou mesmo dois para que o carro abandonado levantasse suspeita. Aí então, Faber pensou, deveria estar em Berlim.

Ele começou a andar. Mais cedo ou mais tarde, encontraria uma cidade onde poderia roubar outro carro. Estava indo bem: fazia menos de 24 horas que deixara Londres e ainda tinha um dia inteiro antes que o submarino chegasse ao encontro às 18 horas do dia seguinte.

O sol tinha se posto há muito tempo, e a escuridão caiu subitamente. Faber mal podia enxergar. Felizmente, havia uma faixa branca pintada no meio da pista – uma segurança necessária depois do blecaute – e ele podia acompanhá-la. Devido ao silêncio da noite, ele ouviria um carro se aproximando com tempo de sobra.

De fato, apenas um carro passou por ele. Ele escutou seu motor roncando a distância e saiu da estrada alguns metros para não ser visto até que ele passasse. Era um carro grande, um Vauxhall Ten, Faber deduziu, e seguia em alta velocidade. Ele o deixou passar e então se levantou e voltou a andar. Vinte minutos depois, ele o viu novamente, parado no acostamento. Ele teria tomado um desvio pelo mato se tivesse notado o carro a tempo, mas suas luzes estavam apagadas e o motor desligado e quase se chocou com ele, na escuridão.

Antes que pudesse pensar no que fazer, uma lanterna, cuja luz vinha de sob o capô, foi acesa em sua direção, e uma voz perguntou:

– Alguém aí?

Faber andou sob o facho de luz e disse:

– Algum problema?

– E como!

A lanterna foi abaixada e, quando Faber se aproximou, pôde ver, pelo reflexo da luz, o rosto de um homem de meia-idade com bigode e vestindo um paletó tipo jaquetão. Na outra mão, o homem segurava um pouco indeciso um grande alicate; parecia não saber o que fazer com aquela lanterna.

Faber verificou o motor.

– Qual é o problema?

– Perdeu a força – o homem respondeu, pronunciando as palavras pela metade. – Uma hora ele desenvolvia bem, depois começava a falhar. Acho que não sou um mecânico muito bom. – Ele virou a lanterna para Faber novamente. – Você é? – perguntou esperançoso.

– Não exatamente – Faber disse –, mas sei quando um fio está desligado. – Ele pegou a lanterna da mão do homem, abaixou-se sobre o motor e ligou um fio solto novamente na cabeça do cilindro. – Tente agora.

O homem entrou no carro e girou a chave.

– Perfeito! – gritou em meio ao ronco do motor. – Você é um gênio! Entre.

Chegou a pensar que Faber poderia ser uma armadilha elaborada pelo MI5, mas rejeitou a idéia: na improvável possibilidade de que soubessem onde ele estava, por que agir tão suavemente? Eles poderiam tranqüilamente enviar vinte policiais e dois carros blindados para agarrá-lo.

Entrou no carro.

O motorista arrancou e passou as marchas rapidamente até o carro desenvolver uma boa velocidade. Faber acomodou-se.

– A propósito, sou Richard Porter – o motorista se apresentou.

Faber pensou rapidamente que identidade levava na carteira.

– James Baker.

– Prazer. Devo ter passado por você lá atrás na estrada... não o vi.

Faber sentiu que o homem estava se desculpando por não tê-lo visto – todos davam carona desde o corte da gasolina.

– Não tem problema – Faber disse. – É provável que eu estivesse fora da estrada, atrás de alguma árvore, satisfazendo uma necessidade. Eu ouvi um carro sim.

– Vem de longe? – Porter ofereceu um charuto.

– Não, obrigado, não fumo – Faber disse. – Sim, venho de Londres.

– Veio de carona o tempo todo?

– Não, meu carro quebrou em Edimburgo. Aparentemente, precisa de uma peça sobressalente que não há em estoque, e então tive de deixá-lo numa garagem.

– Que azar! Bem, vou para Aberdeen. Posso deixá-lo em qualquer parte do caminho.

Faber pensou rápido. Estava com sorte. Fechou os olhos e imaginou o mapa da Escócia.

– É maravilhoso – disse. – Vou para Banff. Aberdeen já é meio caminho andado. Mas estava pensando em pegar a estrada de contorno porque não tirei meu passe... Aberdeen não é área reservada?

– Só o porto – Porter respondeu. – De qualquer maneira, não precisa se preocupar com esse tipo de coisa enquanto estiver em meu carro. Sou juiz de paz e membro do Comitê de Observação. E então?

Faber sorriu, protegido pela escuridão. Era seu dia de sorte.

– Obrigado – ele disse.

Decidiu mudar o assunto da conversa.

– Expediente integral? Ser um magistrado, quero dizer.

Porter acendeu o charuto e soltou uma baforada.

– Na verdade, não. Estou meio aposentado. Eu era procurador até que descobriram que meu coração estava fraco.

– Ah! – Faber tentou colocar um pouco de simpatia na voz.

– Espero que não se importe com a fumaça. – Porter balançou o grande charuto.

– Nem um pouco.

– O que o traz a Banff?

– Sou engenheiro. Há um problema numa fábrica... na verdade, o trabalho é meio sigiloso.

Porter levantou a mão.

– Não diga mais nada. Compreendo.

Houve silêncio por um instante. O carro ia passando por diversas cidades. Porter obviamente conhecia a estrada muito bem, para dirigir tão depressa com o blecaute. O grande carro ia devorando os quilômetros. Sua marcha era soporífera. Faber bocejou.

– Poxa, você deve estar cansado – Porter disse. – Que tonto eu sou. Não precisa fazer cerimônia, pode tirar um cochilo.

– Obrigado – Faber disse. – Vou dormir sim. – E fechou os olhos.

O movimento do carro era como o balanço do trem, e Faber teve outra vez o pesadelo do desembarque, só que dessa vez fora um pouco diferente. Em lugar de jantar no trem e discutir política com outro passageiro, ele foi obrigado por alguma razão desconhecida a viajar no carro de carvão, sentado sobre o estojo do rádio e encostado na dura lateral de ferro do vagão. Quando o trem chegou a Waterloo, todos – inclusive os passageiros que desembarcavam – tinham uma pequena cópia da fotografia de Faber na equipe de corrida; e todos se olhavam, comparando seus rostos com o rosto na foto. Na roleta, o bilheteiro pegou no seu ombro e disse: "Você é o homem da foto, não é?" Faber ficou mudo. Tudo que ele fez foi olhar para a foto e lembrar como havia corrido para ganhar aquela taça. Deus, como ele tinha corrido: ele havia conseguido uma diferença logo no início, começou sua última investida alguns metros antes do que planejara e nos últimos 500 metros ele queria morrer – e agora, talvez morresse por causa daquela foto na mão do bilheteiro... O bilheteiro estava dizendo: "Acorde! Acorde!" e subitamente Faber estava novamente no Vauxhall Ten, de Richard Porter, e era Porter quem lhe dizia para acordar.

Sua mão direita estava indo para a manga esquerda, onde o estilete estava embainhado, quando se lembrou de que até onde Porter sabia, James Baker era uma inocente carona. Então sua mão caiu e ele relaxou.

– Você acorda como um soldado – Porter disse num tom divertido. – Aqui é Aberdeen.

Faber percebeu que "soldado" tinha sido pronunciado pela metade, e lembrou-se de que Porter era um magistrado e, a rigor, da polícia. Olhou para o homem à luz do dia: Porter tinha o rosto avermelhado e um bigode grande e sua capa cor-de-caramelo parecia cara. Ele era poderoso e influente em sua cidade, Faber pensou. Se ele desaparecesse, seria percebido quase que imediatamente. Decidiu não matá-lo.

– Bom dia – disse ele.

Olhou para fora, pela janela, para a cidade de granito. Estavam passando lentamente pela rua principal com lojas dos dois lados. Havia muitos trabalhadores por ali, todos andando na mesma direção: pescadores, Faber supôs. Parecia um lugar frio e sujeito a ventos.

Porter perguntou:

– Você gostaria de fazer a barba e tomar um pouco de café antes de continuar sua viagem? Você é bem-vindo à minha casa.

– O senhor é muito gentil...

– Até que não. Se não fosse por você, eu ainda estaria na Estrada A80, em Stirling, esperando uma oficina abrir.

– ... mas não aceito, obrigado. Vou continuar a viagem.

Porter não insistiu, e Faber suspeitou de que ele estivesse aliviado por ver que o convite não fora aceito.

– Nesse caso, deixo você em George Street. É o começo da Rodovia A96 e vai direto a Banff. – Pouco depois, ele parou o carro numa esquina. – Pronto, é aqui.

Faber abriu a porta.

– Obrigado pela carona.

– Foi um prazer. – Porter estendeu a mão. – Boa sorte!

Faber saiu e fechou a porta, e o carro partiu. Ele não tinha o que temer de Porter, pensou; o homem iria para casa e dormiria o dia inteiro, e quando percebesse que tinha ajudado um fugitivo, seria tarde demais para fazer alguma coisa.

Ele olhou até o Vauxhall desaparecer, então atravessou a estrada e entrou na rua promissoramente chamada Market Street. Pouco depois achou as docas e, seguindo o olfato, chegou ao mercado de peixes. Sentiu-se seguramente anônimo no mercado alvoroçado, barulhento, fedorento, onde todos estavam vestidos com roupas de trabalho como ele. Peixe fresco e blasfêmias animadas cortavam o ar. Faber achou difícil entender o sotaque cortante, gutural. Numa barraca ele comprou chá quente, forte, numa caneca cortada pela metade, e um pão largo em forma de rosca com um pedaço de queijo branco.

Sentou-se num barril para comer e pensar. Essa noite seria a hora de roubar um bote. Era irritante ter que esperar o dia todo; e ainda tinha o problema de se esconder durante as próximas 12 horas; mas ele estava muito perto agora para se arriscar, e roubar um bote em plena luz do dia era muito mais arriscado.

Ele acabou de comer e levantou-se. Ainda levaria duas horas até que o restante da cidade despertasse. Aproveitaria esse tempo para escolher um bom esconderijo.

Caminhou pelas docas e viu o porto. A vigilância era mínima, e encontrou diversos lugares onde se esconder. Foi até a praia e percorreu os 3 quilômetros de areia. Lá no final, dois iates estavam amarrados na foz do Rio Don. Eles serviriam muito bem para as necessidades de Faber, mas não deviam ter combustível.

Algumas nuvens encobriam o raiar do sol. O ar tornou-se quente e carregado novamente. Alguns poucos turistas determinados saíram dos hotéis que davam de frente para a praia e sentaram-se resolutos para esperar o sol aparecer. Faber duvidou que conseguissem ver o sol naquele dia.

A praia podia ser um bom local para se esconder. A polícia iria inspecionar a estação ferroviária e a estação de ônibus, mas jamais montaria um esquema de busca na cidade inteira. Poderia procurar em alguns hotéis e pensões. Era improvável que se aproximassem de todos na praia. Ele resolveu passar o dia numa espreguiçadeira.

Comprou jornal numa das barracas e alugou uma cadeira. Tirou o paletó e jogou por cima do macacão. E tirou a camisa.

Ele veria um policial, se algum se aproximasse, bem antes que ele chegasse ao local onde estava sentado. Haveria tempo de sobra para sair da praia e sumir pelas ruas.

Começou a ler o jornal. Havia uma nova ofensiva aliada na Itália, o jornal anunciava com alegria. Faber era cético. Anzio tinha sido uma matança. O jornal era mal impresso e não tinha fotos. Ele leu que a polícia estava à procura de Henry Faber, que havia assassinado duas pessoas em Londres com um estilete...

Uma mulher em traje de banho passou, olhando para ele com insistência. Seu coração acelerou. Mas então compreendeu que ela estava querendo puxar conversa. Por um momento, teve vontade de falar com ela. Já fazia tanto tempo... Ele balançou a cabeça mentalmente. Paciência, paciência. No dia seguinte, estaria em casa.

Era um pequeno barco de pesca, com 50 ou 60 pés de comprimento e largo, com motor interno. A antena indicava ter um rádio potente. Quase todo o convés era feito de escotilhas sobre o pequeno porão. A cabine ficava atrás e dava apenas para dois homens em pé, mais o painel de controle e os instrumentos. O casco era construído com pranchas superpostas e recentemente fora calafetado, e a pintura parecia fresca.

Outros dois barcos no cais também serviriam, mas Faber tinha ficado no flutuante e viu a tripulação amarrá-lo e reabastecer antes de ir embora.

Ele deixou passar algum tempo, então foi até a ponta do cais e pulou dentro do barco. Chamava-se *Marie II.* O leme estava preso com cadeado. Ele se sentou no chão da pequena cabine, para não ser visto, e levou dez minutos arrombando o cadeado. Estava escurecendo mais cedo por causa das nuvens que encobriam o céu.

Quando soltou o leme, levantou a pequena âncora, pulou outra vez para o flutuante e desamarrou o barco. Voltou à cabine, virou a chave de combustível e apertou o botão de ignição. O motor roncou e morreu. Ele tentou novamente. Dessa vez, virou e pegou. Ele começou a manobrar o barco.

Olhou as outras embarcações e descobriu o canal de saída do porto, indicado por bóias. Ele achava que somente os barcos de grande calado realmente precisavam passar pelo canal, mas ele não viu nada de mal em ser cauteloso.

Uma vez fora do cais, sentiu uma brisa constante, e torceu para que aquilo não fosse um sinal de que o tempo ia mudar. O mar estava surpreendentemente agitado, e o pequeno barco mantinha-se firme, levado pelas ondas. Faber aumentou a velocidade ao máximo, consultou a bússola no painel e traçou uma rota. Ele encontrou alguns mapas numa gaveta sob o leme. Pareciam antigos e pouco manuseados: não havia dúvida de que o timoneiro conhecia aquelas águas muito bem e não precisaria de mapas. Faber conferiu o mapa de referência que ele havia memorizado aquela noite em Stockwell, traçou um curso mais exato e manteve o leme naquela posição.

As janelas da cabine estavam cobertas de água. Faber não sabia dizer se era chuva ou espuma. O vento estava batendo com força nas ondas. Ele colocou a cabeça um pouco fora da cabine e ficou com o rosto todo molhado.

Ligou o rádio, que chiou por um momento, e depois soltou uns estalidos. Ele mexeu no sintonizador de freqüências, passando pelas faixas de onda, e pegou uma mensagem com um pouco de interferência. O aparelho estava funcionando bem. Ele mudou para a freqüência do submarino e então desligou – era muito cedo para fazer contato.

As ondas aumentavam à medida que ele entrava em águas mais profundas. Agora, o barco corcoveava como um cavalo a cada onda, então balançava por um instante no alto antes de mergulhar de forma enjoativa entre outras ondas. Faber olhou pelas janelas da cabine mas nao viu nada. A noite havia caído e ele não podia ver absolutamente nada. Ele se sentiu um pouco enjoado.

A cada vez que procurava se convencer de que as ondas não poderiam aumentar, uma outra maior ainda jogava o barco para o céu. Elas começaram a ficar mais freqüentes, e então o barco estava sempre com a proa apontada para o céu ou virada para o mar. Em determinado momento, entre uma onda e outra, o barco foi subitamente iluminado, de forma tão intensa como se fosse dia, pela luz de um relâmpago. Faber viu uma montanha de água verde se projetar sobre a proa e inundar o convés e a cabine em que ele estava. Ele não sabia se o grande estrondo que ouviu um segundo depois era um trovão ou o barulho do casco do barco se partindo. Desesperadamente, ele procurou um salva-vidas na cabine. Não havia nenhum.

Os relâmpagos se sucederam então. Faber segurou o leme e encostou-se contra a parede da cabine para se manter em pé. Não havia como manusear os instrumentos agora – o barco iria para onde o mar o jogasse.

Ele tentava se convencer de que o barco devia ter sido construído para resistir a essas imprevisíveis tempestades de verão. Mas não conseguia. Pescadores experientes provavelmente teriam visto sinal de tempestade e evitariam deixar a costa, sabendo que o barco não resistiria à tormenta.

Ele não tinha idéia de onde estava agora. Podia estar quase de volta a Aberdeen, ou podia estar no lugar de seu encontro. Sentou-se no chão da cabine e ligou o rádio. O balanço e o estremecimento dificultavam a operação. Ele mexia no dial e não conseguia captar nada. Aumentou o volume ao máximo: ainda assim, não ouviu nada. A antena devia ter se quebrado do suporte, no teto da cabine.

 Ele colocou o botão na posição Transmitir e repetiu a

simples mensagem "Fale, por favor" diversas vezes; então deixou o aparelho na posição Receber. Ele quase não tinha esperança de que sua mensagem tivesse sido transmitida.

Desligou o motor para poupar combustível. Teria que esperar a tempestade passar – se conseguisse sobreviver – e então encontrar um modo de consertar a antena. Precisaria do combustível.

O barco foi para o lado, levado pela onda seguinte, e Faber viu que precisava deixar o motor ligado para poder enfrentar as ondas de frente. Ele apertou a ignição, mas não aconteceu nada. Tentou várias vezes, e desistiu amaldiçoando a bobagem que fizera ao desligar o motor.

O barco desviou-se tanto para o lado que Faber caiu e bateu com a cabeça no leme. Ele ficou caído no chão, esperando que a qualquer minuto o barco virasse. Outra onda bateu em cheio na cabine, e dessa vez o vidro das janelas se quebrou. Subitamente, ele foi coberto pela água. Certo de que o barco ia afundar, levantou-se com dificuldade e ficou acima da água novamente. Todas as janelas estavam quebradas, mas, mesmo assim, o barco continuava flutuando. Ele chutou a porta para abri-la e a água escoou. Segurou-se firme ao leme para evitar ser arrastado para o mar.

Inacreditavelmente, a tempestade estava piorando. Um dos últimos pensamentos coerentes de Faber foi que aquelas águas provavelmente não viam uma tempestade assim há mais de um século. Então toda a sua concentração e vontade se voltaram para o problema de manter o leme seguro. Ele deveria ter-se amarrado a ele. Mas agora não podia ir apanhar um pedaço de corda. Ele perdeu a noção de espaço enquanto o barco subia e rolava pelas ondas como numa colina. Os fortes ventos e muitos litros de água lutaram para empurrá-lo de onde estava. Seus pés escorregavam a todo instante no chão e nas paredes molhadas, e os músculos dos braços já estavam doendo. Ele aspirava ar quando via sua cabeça acima da água, mas o restante do tempo segurava a respiração. Muitas vezes, esteve perto de desmaiar. Teve uma vaga noção de que o teto da cabine havia desaparecido.

Ele via o mar rapidamente, como se fosse um pesadelo, quando caía algum raio. Surpreendia-se ao ver onde a água estava: acima, abaixo, subindo ao lado dele, ou completamente fora de sua visão. Espantado, descobriu que não podia sentir as mãos e olhou para ver se elas ainda estavam segurando o leme, congeladas, com a rigidez dos mortos. Havia um contínuo zunido em seu ouvido, indistinguível, da tempestade e do mar.

A força dos pensamentos inteligíveis foi pouco a pouco desaparecendo. Em algo que era menos que uma alucinação e mais que um sonho, ele viu a mulher que olhou para ele na praia. Ela andava incessantemente em sua direção sobre o instável convés do barco de pesca com o seu maiô bem justo ao corpo, aproximando-se cada vez mais, porém sem nunca chegar. Ele sabia que, quando ela estivesse bem perto, retiraria suas mãos dormentes do leme e as estenderia para ela, mas ele ficava dizendo "Ainda não, ainda não", enquanto ela andava, sorria e balançava os quadris. Ele ficava tentado a deixar o leme e ir ao encontro dela, mas algo no fundo de sua mente dizia-lhe que, se ele se mexesse, nunca a alcançaria, então ele esperava e olhava e sorria para ela algumas vezes e mesmo quando fechava os olhos continuava a vê-la.

Sua noção da realidade agora era meio vaga. Sua mente flutuava, o mar e o barco desaparecendo primeiro, depois a mulher sumindo até que ele despertasse e visse que, por incrível que parecesse, ainda estava em pé, ainda segurava o leme, ainda estava vivo; então por um instante ele se forçava a ficar consciente, mas finalmente o cansaço sobrevinha novamente.

Num de seus últimos momentos de lucidez, percebeu que as ondas iam numa direção, levando o barco com elas. Relampejou novamente e ele viu de um lado um grande obstáculo escuro, uma onda incrivelmente gigantesca – não, não era uma onda, era um rochedo... A sensação de que ele estava próximo de chegar em terra foi turvada pelo medo de ser jogado contra o rochedo e ser esmagado. Num gesto estúpido, ele apertou a ignição, depois rapidamente voltou com a mão para o leme; mas não conseguiu mais segurá-lo.

Outra onda levantou o barco e jogou-o para baixo como um brinquedo velho. Quando se sentiu no ar, ainda segurando o leme com uma das mãos, Faber viu a ponta de uma pedra parecida com um estilete saindo de entre as ondas. Parecia certo que ia contra o barco. Mas o casco do pequeno barco roçou na ponta da rocha e seguiu adiante.

As enormes ondas continuavam quebrando. A onda seguinte foi forte demais. O barco bateu na água de forma tão violenta que o ruído cortou a noite como uma explosão. Faber sabia que o barco se acabara.

A água se afastou e ele viu que o casco havia rachado porque chegara em terra firme. Notou, surpreso, a existência de uma praia iluminada por um relâmpago. O mar levantou o pequeno barco da areia quando a água bateu no convés novamente, jogando Faber no chão. Mas ele tinha visto tudo como se fosse dia naquele momento. A praia era estreita, e as ondas batiam de encontro ao rochedo. Mas havia um quebra-mar, à sua direita, e uma espécie de ponte do quebra-mar no alto do rochedo. Ele sabia que, se deixasse o barco para ir até a praia, a próxima onda o afogaria ou esmagaria sua cabeça como um ovo contra o rochedo. Mas, se pudesse chegar ao quebra-mar, em meio às ondas, poderia subir na ponte e ficar fora do alcance da água.

Ele ainda podia sobreviver.

A próxima onda abriu o convés como se a madeira fosse uma casca de banana. O barco ruiu sob os olhos de Faber, que foi sugado pela água. Ele se levantou, suas pernas bambas, e começou a correr, já na parte rasa, até o quebra-mar. Correr aqueles poucos metros foi o mais difícil. Ele *queria* tropeçar para que pudesse descansar na água e morrer; mas manteve-se em pé, como ficou na vez em que venceu a corrida de 5 mil metros, até bater num dos pilares do quebra-mar. Estendeu as mãos e agarrou-se num dos lados do cais, desejando voltar a senti-las por alguns segundos; e levantou seu corpo até que o queixo estivesse acima da ponta do cais; depois jogou as pernas e rolou.

A água o alcançou quando ele ficou de joelhos. Ele se jogou para a frente. A onda o arrastou alguns metros e depois lançou-o brutalmente contra um dos mourões de madeira do quebra-mar. Ele engoliu água e viu estrelas. Quando o peso saiu de suas costas, ele reuniu forças para se mover. Mas não conseguiu. Ele se sentiu implacavelmente puxado para trás. Uma súbita raiva apoderou-se dele. Ele não seria derrotado, não agora! Ele gritou sua raiva à tempestade e ao mar e aos ingleses e a Percival Godliman, e subitamente ele estava de pé e correndo, correndo, para longe do mar e subindo uma encosta, correndo com os olhos fechados e a boca aberta, com raiva no coração e desejando que seus pulmões estourassem e seus ossos quebrassem; lembrando vagamente que uma vez ele apelara para a sua raiva e quase morrera; correndo sem saber para onde estava indo, mas sabendo que não pararia até perder a cabeça.

A encosta era grande e íngreme. Um homem forte podia correr até lá em cima, se estivesse treinado e descansado. Um atleta olímpico, se estivesse cansado, iria até a metade. Um homem normal de 40 anos subiria uns 2 metros.

Faber foi até o alto.

A 1 metro do fim da encosta, ele teve um pequeno ataque no coração e perdeu a consciência, mas suas pernas ainda deram alguns passos antes que ele caísse na relva molhada.

Ele jamais soube quanto tempo ficou estirado lá. Quando abriu os olhos, a tempestade ainda continuava, mas o dia tinha raiado e ele podia ver, a alguns metros, um pequeno chalé que parecia habitado.

Ele se ajoelhou e começou a rastejar o longo caminho até a porta da frente.

18

O U-505 girava num círculo monótono, seus potentes motores diesel trabalhando lentamente à medida que ele ia abrindo caminho nas profundezas como um tubarão cinza, desdentado. O Capitão-de-corveta Werner Heer, seu comandante, estava tomando café de preparo instantâneo e tentando não fumar outro cigarro. Fora um dia longo. Ele não gostava de sua missão, pois era um homem de combate e não havia nenhum combate a travar; e ele não gostava do oficial da *Abwehr* com olhos azuis maliciosos que não era um convidado bem-vindo a bordo do submarino.

O homem da espionagem, Major Wohl, sentava-se em frente ao capitão. O homem nunca parecia cansado, o miserável. Aqueles olhos azuis viam tudo, observavam tudo, mas nunca mudavam de expressão. Seu uniforme nunca se amarrotava, apesar dos rigores da vida submarina; e ele acendia um cigarro a cada vinte minutos e fumava até quase a ponta. Heer poderia tê-lo impedido de fumar, só assim faria cumprir o regulamento e evitaria que Wohl se divertisse com o tabaco, mas o próprio Heer era um grande viciado.

Ele nunca gostou do pessoal da espionagem, porque sempre teve a impressão de que o estavam espionando. Nem gostava de trabalhar com a *Abwehr*. Sua embarcação fora feita para combate, e não para esconder-se pela costa inglesa esperando apanhar agentes secretos. Parecia a ele loucura completa colocar em risco um maquinismo de combate de grande valor, para não mencionar a tripulação experiente, por causa de um homem que podia até não aparecer.

Ele esvaziou a xícara de café e fez uma careta.

– Droga de café – disse. – Tem um gosto horrível.

O olhar inexpressivo de Wohl caiu sobre ele por um instante e depois retirou-se. Não disse nada.

Heer mexeu-se em seu assento, impaciente. Na ponte de um navio ele teria andado para lá e para cá, mas os homens num submarino aprendem a controlar movimentos desnecessários. Ele disse:

– Seu homem não virá com esse tempo, você sabe.

Wohl olhou para o relógio.

– Vamos esperar até as 6 horas – disse calmamente.

Não era uma ordem, pois Wohl não podia dar ordens a Heer; mas a simples resposta já era um insulto a um oficial superior:

– Você que se dane, eu sou o comandante deste submarino!

– Vamos seguir nossas ordens – Wohl disse. – Como o senhor sabe, elas vieram de uma autoridade muito alta.

Heer controlou sua irritação. O jovem presunçoso estava certo, logicamente. Heer cumpriria as ordens. Quando voltassem, ele daria parte de Wohl por insubordinação. Não que fosse adiantar muito: 15 anos na Marinha ensinaram a Heer que o pessoal da chefia fazia as próprias leis.

Ele disse:

– Se o seu homem for estúpido o suficiente para se arriscar com um tempo desse, certamente não é um marinheiro para conseguir sobreviver.

A única resposta de Wohl foi o mesmo olhar vazio.

Heer chamou o operador de rádio:

– Weissman?

– Nada, senhor.

– Tenho o desagradável pressentimento de que os murmúrios que ouvimos há pouco eram dele – disse Wohl.

– Se eram, ele estava muito longe do local do encontro, senhor – o operador de rádio respondeu. – Para mim, parecia mais um raio.

Heer acrescentou:

– Se não era ele, não era ele. Se era ele, agora ele se afogou. – Seu tom de voz era complacente.

– O senhor não conhece o homem – Wohl afirmou, com um resquício de emoção em sua voz.

Heer calou-se. O barulho do motor mudou um pouco, e pareceu-lhe ter ouvido um pequeno ruído. Se aquilo aumentasse na viagem de volta, ele mandaria verificar no porto. Mandaria fazer a inspeção de qualquer maneira, para não ter que fazer outra viagem terrível com o Major Wohl.

Um marinheiro entrou no compartimento.

– Café, senhor?

Heer balançou a cabeça.

– Se eu beber mais, vou mijar café.

– Eu quero, por favor. – E puxou um cigarro – Wohl disse.

Aquilo fez Heer olhar para o relógio. Eram 6h10. O perspicaz Major Wohl havia atrasado seu cigarro das 6 horas para manter o submarino lá alguns minutos a mais.

– Acerte o curso para voltarmos – Heer ordenou.

– Um momento – Wohl disse. – Acho que devemos dar uma olhada na superfície antes de partirmos.

– Não seja tolo – Ele sabia que estava em terreno seguro agora. – Já pensou no temporal que está desabando lá em cima? Não íamos poder abrir a escotilha e o periscópio só vai nos mostrar alguns metros à frente.

– Como o senhor pode saber como está a tempestade aqui dessa profundeza?

– Experiência – Heer respondeu-lhe.

– Então pelo menos envie uma mensagem para a base dizendo que nosso homem não apareceu. Eles podem nos mandar ficar aqui.

Heer soltou um suspiro de exasperação.

– Não é possível conseguir contato por rádio daqui, não com a base – ele disse.

A calma de Wohl finalmente havia terminado.

– Comandante Heer, recomendo ao senhor de maneira enérgica que vá até a superfície e envie mensagem por rádio para a base antes de deixar esse local. O homem que vamos apanhar tem informações vitais para o Reich. O próprio Führer está esperando o relatório dele.

Heer encarou-o.

– Obrigado por me deixar saber a sua opinião, Major – ele disse. Virou-se. – Os dois a toda velocidade! – ele gritou.

O som dos dois motores diesel aumentou e o submarino começou a ganhar velocidade.

Parte IV

19

Quando Lucy acordou, a tempestade que caíra na noite anterior ainda estava forte. Ela inclinou-se até a ponta da cama, movendo-se com cuidado para não perturbar David, e apanhou seu relógio de pulso no chão. Já passava das 6 horas. O vento uivava sobre o telhado. David podia dormir mais: hoje não poderia fazer muita coisa.

Ela ficou pensando se teriam perdido alguma telha durante a noite. Precisava verificar o sótão. Mas teria que esperar até que David acordasse; caso contrário, ele ficaria zangado por ela não lhe ter pedido para fazer isso.

Ela saiu da cama. Estava muito frio. A temperatura quente dos últimos poucos dias fora uma imitação de verão, a preparação para a tempestade. Agora estava tão frio como se fosse novembro. Ela tirou a camisola de flanela pela cabeça e imediatamente vestiu as roupas de baixo, a calça e um suéter. David encolheu-se. Ele havia se virado mas não estava acordado.

Ela atravessou o pequeno saguão e olhou para o quarto de Jo. O menino, com 3 anos, tinha passado gradualmente do berço para a cama e freqüentemente caía durante a noite, mas sem acordar. Nessa manhã ele estava na cama, dormindo virado para cima e com a boca aberta. Lucy sorriu. Ele ficava maravilhoso dormindo.

Desceu cuidadosamente, pensando por um instante se não havia acordado cedo demais. Talvez Jo tivesse feito algum barulho ou talvez tivesse sido a tempestade.

Ajoelhou-se em frente à lareira, empurrando as mangas do suéter para cima, e começou a fazer fogo. Enquanto ela limpava a grelha, assoviou uma canção que tinha ouvido no rádio, "Is You Is Or Is You Ain't My Baby"?

Recolheu as cinzas, com a pá maior, para fazer a base do fogo que ia acender. Folhas secas também foram colocadas, madeira e, por cima, carvão. Às vezes, ela usava apenas madeira, mas carvão era melhor com esse tempo. Ela colocou uma folha de jornal sobre o carvão alguns minutos para que a fumaça fosse para a chaminé. Quando tirou o jornal, a madeira estava queimando e o carvão ficando vermelho. Dobrou o papel e colocou-o debaixo do cesto de carvão para usar no dia seguinte.

O fogo logo esquentaria a pequena casa, mas uma xícara de chá bem quente ajudaria enquanto isso. Lucy foi à cozinha e colocou a chaleira no fogareiro elétrico. Colocou duas xícaras na bandeja, apanhou os cigarros de David e um cinzeiro. Preparou o chá, encheu as xícaras e levou a bandeja atravessando o hall até a escada.

Quando colocou o pé no primeiro degrau, ouviu uma batida. Parou, achou que era o vento arrastando alguma coisa e deu outro passo. Ouviu a batida novamente. Era como se alguém estivesse batendo à porta da frente.

Era ridículo, certamente. *Não* havia ninguém para bater à porta da frente – somente Tom, e ele sempre vinha pela porta da cozinha e nunca batia.

Bateram novamente.

Só para satisfazer sua curiosidade, ela desceu as escadas e, equilibrando a bandeja de chá numa das mãos, abriu a porta da frente.

Deixou cair a bandeja, com o susto. O homem caiu no hall, e Lucy soltou um grito.

Ela ficou assustada só por um momento. O estranho caiu no chão, de bruços, sem condição de atacar ninguém. As roupas dele estavam ensopadas e as mãos e o rosto estavam pálidos de frio.

Lucy levantou-se. David arrastou-se escadaria abaixo, perguntando:

– O que é isso? O que é isso?

– Ele – Lucy disse, e apontou para o homem.

David chegou na ponta da escada, vestido de pijama, e arrastou-se até a cadeira de rodas.

– Não vejo motivo para gritar – ele disse. Empurrou a cadeira de rodas para mais perto e observou o homem caído no chão.

– Desculpe. Ele me assustou. – Ela curvou-se e, pegando o homem pelos braços, arrastou-o para a sala de estar. David seguiu-os. Lucy deixou o homem em frente ao fogo.

David olhava pensativamente para o corpo inconsciente.

– Com os diabos! De onde ele terá vindo? – disse.

– Deve ser um marinheiro náufrago.

– Logicamente.

Mas ele estava trajando roupas de operário, e não de marinheiro, Lucy reparou. Ela o observou bem. Era um homem alto, maior que o tapete de 1,80 metro que ficava em frente à lareira, e largo no pescoço e nos ombros. O rosto era robusto e de feições finas, com uma testa alta e o queixo comprido. Devia ser bonito, ela pensou, se não tivesse a cor tão pálida.

O estranho estremeceu e abriu os olhos. De imediato, pareceu terrivelmente assustado, como um menininho acordando em um lugar estranho; mas rapidamente sua expressão mostrou-se descontraída e ele olhou tudo a seu redor com muita atenção, o olhar detendo-se rapidamente em Lucy, David, na janela, na porta, no fogo.

– Devemos tirar essa roupa dele. Apanhe um pijama e um robe, David – Lucy disse.

David empurrou sua cadeira de rodas e Lucy ajoelhou-se ao lado do estranho. Ela tirou as botas e as meias primeiro. Parecia haver uma ponta de prazer nos olhos dele enquanto olhava para Lucy. Mas, quando ela se aproximou do paletó, ele cruzou os braços de maneira defensiva sobre o peito.

– Você vai morrer com pneumonia se ficar com essa roupa – ela disse da forma mais delicada. – Deixe-me tirá-la.

O estranho respondeu:

– Acho que nós dois não nos conhecemos o suficiente... além disso, não fomos apresentados.

Foi a primeira vez que ele falou. Sua voz era tão firme, suas palavras tão formais, que o contraste com sua aparência horrível fez com que Lucy soltasse uma gargalhada.

– Está com medo? – ela perguntou.

– Acho apenas que um homem deve preservar um pouco de mistério. – Ele estava rindo, mas seu sorriso terminou repentinamente e os seus olhos fecharam-se de dor.

David voltou com roupas de dormir limpas sobre o braço.

– Vocês dois parecem já ter se entrosado bem – ele disse.

– Você vai ter que despi-lo – Lucy disse. – Ele não me deixou fazer isso.

– Eu mesmo me troco... se não for muito deselegante de minha parte.

– Vista-se – David disse. Jogou as roupas numa cadeira e saiu com sua cadeira de rodas.

– Vou preparar um pouco mais de chá – Lucy disse, seguindo David. E fechou a porta da sala de estar atrás dela.

Na cozinha, David já estava enchendo a chaleira, com um cigarro aceso pendurado na boca. Lucy foi limpar a porcelana quebrada no hall.

– Há cinco minutos eu não tinha certeza de que o cara estava vivo, e agora ele está se vestindo sozinho.

Lucy estava apanhando o bule.

– Talvez ele estivesse com vergonha.

– A expectativa de ser despido por você certamente causou uma rápida recuperação.

– Não posso acreditar que alguém seja tão envergonhado.

– Sua deficiência nesse aspecto faz com que você subestime essa característica nos outros.

Lucy botou água fervendo no bule.

– Não vamos brigar hoje. Temos algo mais interessante para fazer, para variar. – Ela apanhou a bandeja e foi para a sala de estar.

O estranho estava abotoando o paletó do pijama. Ele virou-lhe as costas quando ela entrou. Ela colocou a bandeja sobre a mesa e serviu o chá. Quando se voltou, ele estava vestindo o robe de David.

– Você é muito gentil – ele disse. Ele a olhava firmemente.

Ele realmente não parecia o tipo envergonhado, Lucy pensou. Contudo, era alguns anos mais velho do que ela – por volta dos 40 anos, talvez. Isso devia explicar tudo. Ele parecia cada vez menos um náufrago.

– Sente perto do fogo – ela lhe disse. E estendeu para ele uma xícara de chá.

– Não sei se vou poder segurar o pires – ele disse. – Meus dedos não estão funcionando. – Ele pegou a xícara das mãos dela, segurando-a entre as duas palmas, e levando-a cuidadosamente aos lábios.

David entrou e ofereceu-lhe um cigarro. Ele não aceitou.

O estranho esvaziou a xícara.

– Onde estou? – perguntou.

David respondeu.

– Este local chama-se Ilha das Tormentas.

O homem demonstrou uma expressão de alívio.

– Pensei que tivesse sido devolvido ao continente.

David virou-o para o fogo para esquentar seus pés descalços.

– Com certeza você foi jogado na baía – ele disse. – Muitas coisas vêm parar ali. Assim que a praia foi formada.

Jo chegou, ainda meio adormecido, puxando um urso de um braço só, tão grande quanto ele. Quando viu o estranho, correu para perto de Lucy e escondeu o rosto.

– Assustei sua menininha – o homem sorriu.

– É menino. Preciso cortar os cabelos dele. – Lucy colocou Jo no colo.

– Desculpe. – Os olhos do estranho fecharam-se novamente e ele mexeu-se na cadeira.

Lucy levantou-se, colocando Jo no sofá.

– Precisamos levar o pobre homem para a cama, David.

– Só um minuto – David disse. E empurrou sua cadeira para mais perto do homem. – Pode haver mais algum sobrevivente? – perguntou.

O homem levantou o rosto.

– Eu estava sozinho – murmurou.

– David... – Lucy começou.

– Mais uma pergunta: você comunicou à guarda costeira sobre o seu curso?

– O que isso interessa? – Lucy perguntou.

– Interessa porque, se comunicou, pode haver homens por aí arriscando suas vidas procurando por ele e nós podemos avisar que ele está salvo.

O homem respondeu lentamente:

– Eu... não... avisei.

– Pronto. Chega – Lucy disse a David. Ela ajoelhou-se perto do homem. – Você pode subir?

Ele balançou a cabeça afirmativamente e ficou em pé, lentamente.

Lucy colocou o braço dele sobre os seus ombros e começou a andar.

– Vou colocá-lo na cama de Jo – ela disse.

Eles subiam um degrau de cada vez, parando depois de cada passo. Quando chegaram ao final da escada, o pouco de cor que o reflexo do fogo havia devolvido ao rosto do homem desapareceu. Lucy levou-o para o quarto menor. Ele arriou na cama.

Lucy arrumou os cobertores sobre ele, agasalhou-o e saiu, fechando a porta com cuidado.

UM GRANDE ALÍVIO tomou conta de Faber. Nos últimos minutos, o esforço de autocontrole fora sobre-humano. Ele caiu mole, vencido e doente.

Depois que a porta da frente foi aberta, ele se permitira desmaiar por um instante. O perigo começara quando a linda moça começou a despi-lo, e ele lembrou-se da lata de filme amarrada ao peito. Aquilo serviu para restituir-lhe os sentidos por um instante. Ele havia temido também que eles chamassem uma ambulância, mas não se falou nisso: talvez a ilha fosse pequena demais para ter um hospital. Pelo menos ele não estava no continente – lá teria sido impossível evitar o relato do náufrago. Contudo, o rumo das perguntas do marido indicava que nenhuma comunicação seria feita imediatamente.

Faber não tinha forças para especular sobre perigos futuros. Ele parecia estar salvo por enquanto, e isso era tudo que ele podia conseguir. Por enquanto, ele estava aquecido, seco e vivo, e a cama era macia.

Virou-se, observando o ambiente: porta, janela, lareira. O hábito da prudência sobrevivia a tudo, menos à própria morte. As paredes eram cor-de-rosa, como se o casal esperasse uma menina. Havia um trenzinho e livros ilustrados no chão. Era um lugar doméstico, seguro; um lar. Ele era um lobo no meio de ovelhas, mas um lobo enfraquecido.

Fechou os olhos. Apesar do cansaço, precisava forçar-se a relaxar, músculo por músculo. Aos poucos, os pensamentos foram deixando sua cabeça e ele adormeceu.

LUCY PROVOU O MINGAU, e acrescentou mais uma pitada de sal. Eles aprenderam a comer mingau de aveia do modo que Tom preparava, à maneira dos escoceses, sem açúcar. Ela nunca mais faria mingau doce, mesmo quando fosse fácil encontrar açúcar, sem racionamento, novamente. É engraçado como nos acostumamos às coisas quando é preciso: pão preto, margarina e mingau salgado.

Serviu o mingau, e a família sentou-se para o desjejum. Jo tomava muito leite. David comia muito nesses dias, sem engordar: era a vida ao ar livre. Ela olhou as mãos dele, sobre a mesa. Estavam grossas, e permanentemente manchadas, as mãos de um trabalhador braçal. Ela também havia observado as mãos do estranho. Seus dedos eram

 compridos, a pele branca sob o sangue pisado e os

machucados. Ele estava desacostumado ao trabalho abrasivo de pilotar um barco.

– Você não vai poder fazer muito hoje. A tempestade parece que vai continuar – Lucy disse.

– Não tem problema – David resmungou. – As ovelhas mesmo assim precisam ser tratadas, com qualquer tempo.

– Onde você vai ficar?

– Lá perto do Tom. Vou de jipe.

Jo perguntou:

– Posso ir?

– Hoje não – Lucy respondeu. – Está muito frio e tudo está molhado.

– Mas eu não gosto do homem.

Lucy sorriu.

– Não seja bobinho. Ele não vai fazer mal algum. Ele está doente demais para se mexer.

– Quem é ele?

– Não sabemos o nome dele. Ele... O barco dele afundou e temos que cuidar dele até que fique bom e possa voltar para o continente. Ele é um homem muito bom.

– É meu tio?

– Só um estranho, Jo. Coma.

Jo pareceu desapontado. Ele encontrara um tio certa vez. Em sua cabecinha, tios eram pessoas que davam doces – o que ele gostava, e dinheiro, com o qual não tinha o que fazer.

David acabou de comer e vestiu sua capa. Era uma capa ampla, com mangas e um corte para a cabeça, e, além dele, cobria quase toda a cadeira de rodas. Colocou um chapéu de tecido oleado na cabeça e o amarrou sob o queixo. Beijou Jo e se despediu de Lucy.

Um minuto ou dois depois, ela ouviu o barulho do jipe

sendo ligado. Foi à janela ver David sair na chuva. Os pneus traseiros derraparam na lama. Ele precisava ter cuidado.

Ela voltou-se para Jo.

– É um cachorro. – Ele estava fazendo um desenho na toalha de mesa com mingau e leite.

Lucy bateu em sua mão, dizendo:

– Que sujeira horrível!

O rosto do menino tomou uma expressão séria, zangada, e Lucy pensou como ele se parecia com o pai. Os dois tinham a mesma pele morena e os cabelos quase negros, e ambos tinham o mesmo modo de reagir quando eram contrariados. Mas Jo ria muito – havia herdado alguma coisa do lado da família de Lucy, graças a Deus.

Jo pensou que ela o estivesse olhando com raiva e disse:

– Desculpe.

Ela o limpou na pia da cozinha, depois retirou a mesa, pensando no estranho que estava no andar de cima. Agora, que o pior passara e ela sabia que o homem não iria morrer, sentia muita curiosidade a respeito dele. Quem era ele? De onde viera? O que estava fazendo no meio da tempestade? Teria família? Por que usava roupa de operário, tinha as mãos de quem fazia serviços leves e um sotaque peculiar? Era excitante.

Ela pensou que, se vivesse em qualquer outro lugar, não teria aceito aquela súbita intromissão tão rapidamente. Ele podia ser, supôs, um desertor, ou um criminoso ou mesmo um prisioneiro de guerra fugitivo. Mas quem vive numa ilha esquece que outros seres humanos podem ser ameaçadores em vez de sociáveis. Era tão bom ver outro rosto que levantar suspeitas parecia ingratidão. Talvez – pensamento desagradável – ela, mais do que qualquer outra pessoa, estivesse pronta para dar boas-vindas a um homem atraente... Não quis pensar mais nisso.

Tola, tola. Ele estava tão cansado e doente que não podia ameaçar ninguém. Mesmo no continente, quem se teria recusado a recolhê-lo, esfarrapado e inconsciente? Quando ele se sentisse melhor, poderiam interrogá-lo, e se o modo como ele chegaria ali não fosse plausível, poderiam passar um rádio da casa de Tom.

Quando ela limpou tudo, subiu para ver como ele estava. Ele dormira virado para a porta e, quando ela entrou, os olhos dele se abriram imediatamente. Novamente houve aquela ponta de medo inicial, momentânea.

– Está tudo bem – Lucy sussurrou. – Só vim ver se você estava bem.

Ele fechou os olhos sem dizer nada.

Ela desceu novamente. Colocou a capa de tecido oleado nela e em Jo e botas de cano alto, e os dois saíram. A chuva continuava a cair e o vento soprava forte. Ela olhou para o telhado. Eles *tinham* perdido algumas telhas. Enfrentando o vento, ela se dirigiu para o alto do penhasco.

Segurava a mão de Jo bem firme – ele podia facilmente ser jogado longe. Dois minutos depois, começou a achar que devia ter ficado em casa. A chuva estava entrando pela gola da capa e pela boca da bota e ela estava ensopada. Jo também devia estar, mas agora que estavam molhados ficariam assim alguns minutos a mais. Lucy queria ir à praia.

Contudo, quando ela chegou ao alto da escarpa, viu que era impossível. O estreito caminho feito de madeira estava escorregadio por causa da chuva e com esse vento ela podia perder o equilíbrio e cair, mergulhando na praia a quase 20 metros de altura. Ela tinha que se contentar em apenas ver.

Era uma vista completa.

Grandes ondas, cada uma do tamanho de uma casa pequena, estavam batendo quase que uma em cima da outra. Atravessando a praia, a onda subia ainda mais sua crista, curvando-se como um ponto de interrogação, e depois arremessando-se contra o sopé do penhasco com raiva. A espuma subia até o alto, fazendo Lucy recuar rapidamente e Jo gritar de alegria. Lucy só podia ouvir o riso do filho porque o segurava nos braços e sua boca estava perto dos ouvidos dela: o barulho do vento e do mar abafava outros sons mais distantes.

Havia algo de terrivelmente emocionante em observar os elementos se agitarem e rugirem em fúria, lá de cima do penhasco, sentindo-se ameaçada e segura ao mesmo tempo, tremendo de frio e transpirando de medo. Era emocionante, e havia poucas emoções na vida de Lucy.

Ela estava quase voltando, preocupada com a saúde de Jo, quando viu o barco.

Não era mais um barco, logicamente; aquilo era impressionante. Tudo que havia restado eram o grande casco e a quilha. Foram jogados nas rochas do penhasco como um punhado de fósforos. Era um barco *grande*, Lucy concluiu. E o estrago que o mar tinha feito era terrível. Era difícil ver dois pedaços de madeira ainda agarrados um no outro.

Como, em nome dos céus, o estranho conseguira sair dali vivo?

Ela estremeceu quando pensou no que aquelas ondas e rochas podiam fazer a um corpo humano. Jo sentiu a mudança no comportamento da mãe e disse em seu ouvido:

– Vamos para casa agora.

Ela virou-se rapidamente e correu ao longo do enlameado caminho, de volta ao chalé.

Quando chegaram, tiraram as capas molhadas, os chapéus e as botas, e os colocaram na cozinha para secar. Lucy subiu e foi ver o estranho novamente. Dessa vez, ele não abriu os olhos. Ele parecia estar dormindo sossegadamente, mas ela teve a impressão de que ele havia acordado e reconhecido seus passos nas escadas e fechado os olhos novamente antes que ela abrisse a porta.

Ela tomou um banho quente. Ela e Jo estavam encharcados. Despiu o menino e o colocou na banheira e então – por impulso – tirou suas roupas e entrou na banheira junto com ele. A temperatura da água estava uma delícia. Ela fechou os olhos e relaxou. Isso também era bom: estar dentro de casa, sentindo-se aquecida enquanto a tempestade batia impotente contra as paredes de pedra.

A vida tornara-se interessante, subitamente. Numa noite apenas, tinham vindo a tempestade, um naufrágio e um homem misterioso; isso depois de três anos de tédio. Ela esperava que o estranho pudesse levantar logo para que pudesse descobrir tudo a seu respeito.

Era hora de começar a preparar alguma coisa para o estranho comer. Tinha peito de carneiro para cozinhar. Ela saiu do banho e enxugou-se suavemente. Jo estava brincando na água. Lucy olhou-se no espelho, examinando as estrias da barriga deixadas pela gravidez. Elas estavam diminuindo, lentamente, mas não iam desaparecer por completo nunca. Bronzear o corpo já ajudaria. Ela sorriu, pensando: mas quem estaria interessado em sua barriga? Ninguém, só ela mesma.

Jo perguntou:

– Posso ficar mais um minuto? – Essa era uma frase que ele usava, "mais um minuto", e podia significar qualquer coisa até metade de um dia.

– Só enquanto acabo de me vestir. – Ela pendurou a toalha e caminhou em direção à porta.

O estranho estava na porta, olhando-a.

Os dois se encararam. Era estranho – Lucy pensou depois – que ela não sentisse um pouco de medo. Era o modo como ele a olhava: não havia ameaça em sua expressão, não havia lascívia, sorriso maldoso, desejo. Ele não olhava para a região genital dela, ou para os seios, mas para o seu rosto – dentro de seus olhos. Ela o olhava também, um pouco abalada mas não embaraçada, com apenas uma parte do cérebro pensando por que não gritou, cobriu-se com as mãos ou fechou a porta.

Os olhos dele diziam algo – talvez ela estivesse imaginando, mas ela sentiu admiração e uma tênue cintilação de humor e uma ponta de tristeza – e então não se falaram nada, ele voltou para o quarto e fechou a porta. Pouco depois, Lucy ouviu o ranger das molas, quando ele sentou na cama.

E sem motivo algum ela sentiu-se terrivelmente culpada.

20

A essa hora, Percival Godliman havia levantado todas as restrições.

Todo policial no Reino Unido tinha uma cópia da fotografia de Faber e cerca da metade deles estava à sua caça em regime de tempo integral. Nas cidades investigavam os hotéis e pensões, estações ferroviárias e terminais de ônibus, cafés e centros comerciais; e as pontes, arcos e lugares bombardeados onde os desocupados se escondem. No interior, procuravam nos celeiros e silos, cabanas vazias e castelos destruídos, moitas e clareiras e campos de plantação. Mostravam a foto a bilheteiros de estações, pessoal dos postos de gasolina, dos barcos de travessia e dos lugares de pedágio. Todos os portos e aeroportos estavam sob vigilância, com a foto pendurada num quadro atrás de todas as mesas de Controle de Passaporte.

A polícia pensava que estava procurando por um assassino.

Os policiais nas ruas sabiam que o homem da foto tinha matado duas pessoas com uma faca, em Londres. Oficiais sabiam um pouco mais: que um dos assassinatos fora um ataque sexual, outro aparentemente sem motivo e um terceiro – que os soldados não deviam saber – era um ataque inexplicado e sanguinário a um soldado no trem Euston-Liverpool. Somente alguns chefes e poucos oficiais da Scotland Yard sabiam que o soldado fora recrutado temporariamente pelo MI5 e que todos os assassinatos estavam ligados à Segurança.

Os jornais também pensavam que era uma investigação rotineira de assassinato. No dia seguinte ao que Godliman liberou os detalhes, muitos jornais publicaram a história nas últimas edições – as primeiras edições enviadas para a Escócia, Irlanda do Norte e País de Gales não traziam o caso, e no dia seguinte publicaram uma versão resumida. A vítima de Stockwell fora identificada como um trabalhador e recebido um nome falso com alguns vagos antecedentes em Londres. A nota para a imprensa de Godliman ligava aquele assassinato à morte da senhora Una Garden, em 1940, mas tinha sido reticente quanto à natureza da ligação. A arma do crime foi anunciada como sendo um estilete.

Os dois jornais de Liverpool souberam logo do corpo no trem e ambos queriam saber se o assassino de Londres era o responsável. Os dois fizeram sindicâncias junto à polícia de Liverpool. Os editores de ambos os jornais receberam telefonemas do chefe de polícia. Nenhum dos dois publicou a notícia.

Um total de 157 homens altos e morenos foram detidos sob a suspeita de serem Faber. Vinte e nove deles provaram que não poderiam ter cometido os assassinatos. Entrevistadores do MI5 conversaram com os 29. Vinte e sete chamaram pais, parentes e vizinhos que afirmaram que eles haviam nascido na Inglaterra e tinham vivido lá durante a década de 1920, quando Faber estava na Alemanha.

Os outros dois foram trazidos para Londres e entrevistados novamente, dessa vez por Godliman. Os dois eram solteiros, moravam sozinhos, sem parentes vivos, levando uma vida sem residência fixa.

O primeiro era um homem bem-vestido, confiante, que reivindicou, sem provas, seu direito de viajar pelo país arranjando empregos ocasionais como trabalhador braçal. Godliman explicou que estava procurando um espião alemão e que – ao contrário da polícia – tinha o poder de encarcerar qualquer um durante o tempo da guerra, e sem perguntas. Além do mais, continuou, não estava interessado em capturar criminosos comuns, e qualquer informação dada a ele no Ministério da Guerra era estritamente confidencial, e não iria adiante.

O prisioneiro prontamente confessou ser um vigarista, e deu os endereços de 19 senhoras de quem ele havia roubado jóias antigas nas últimas três semanas. Godliman entregou-o à polícia.

Ele não sentiu obrigação de ser honesto com um mentiroso profissional.

O último suspeito também não resistiu aos métodos de Godliman. Seu segredo era que ele não era solteiro. Ele tinha uma esposa em Brighton. E em Solihull, Birmingham. E em Colchester, Newbury e Exeter. Todas as cinco puderam apresentar certidão de casamento mais tarde, naquele mesmo dia. O polígamo foi para a cadeia esperar o julgamento.

Godliman dormia em seu gabinete enquanto a caçada continuava.

BRISTOL, TEMPLE MEADS, estação ferroviária:

– Bom dia, senhorita. Quer olhar isso, por favor?

– Ei, garotas, o guarda vai nos mostrar seu retrato instantâneo!

– Não perca tempo. Diga apenas se o viu.

– Oh! Não é bonito? Queria ter visto!

– Não ia querer se soubesse o que ele já fez. Vocês todas podiam dar uma olhada, por favor?

– Nunca vi.

– Também não.

– Nem eu.

– Não.

– Quando apanhá-lo, pergunte se ele quer se encontrar com uma bela garota de Bristol.

– Vocês, garotas... Não sei não... Só porque deram a vocês calças compridas e um emprego de carregador pensam que devem agir como homens...

ESTAÇÃO DE BARCOS de Woolwich:

– Dia horrível, guarda.

– Bom dia, capitão. Acho que é pior em alto-mar.

– Posso ajudá-lo? Ou vai apenas atravessar o rio?

– Quero que o senhor olhe um rosto, capitão.

– Deixe-me colocar meus óculos. Oh, não se preocupe, eu enxergo para conduzir o navio. Preciso dos óculos para perto. Agora sim...

– Bateu algum sino?

– Desculpe, guarda. Não me diz nada.

– Certamente.

– *Bon voyage.*

RUA LEAK, número 35, Londres E1:

– Sargento Riley... que agradável surpresa!

– Cuidado com as palavras, Mabel. Quem está aí?

– São todos convidados respeitáveis. Você me conhece.

– Conheço você, sim. É por isso que estou aqui. Será que algum de seus respeitáveis convidados por acaso estaria em atividade?

– Desde quando você faz recrutamento para o Exército?

– Eu não, Mabel, estou procurando um bandido, e se ele está aqui provavelmente disse a você que está em atividade.

– Olha, Jack, se eu disser que não há ninguém aqui que eu não conheça, você vai embora e pára de me aborrecer?

– Por que devo confiar em você?

– Por causa de 1936.

– Você era mais bonita naquela época, Mabel.

– Você também, Jack.

– Você venceu... Saiba que é um sanguinário. Se o cara aparecer, mande avisar, certo?

– Prometo.

– Não perca nem um minuto, hein.

– Está certo!

– Mabel... ele esfaqueou uma mulher de sua idade. Estou apenas seguindo seus passos.

BILL'S CAFÉ, estrada A30, perto de Bagshot:

– Chá, por favor, Bill. Dois tabletinhos de açúcar.

– Bom dia, guarda Pearson. Dia horrível.

– O que tem naquele prato, Bill, pedras de Portsmouth?

– Pão na manteiga, o senhor sabe.

– Oh! Quero dois, então. Obrigado... Agora vamos lá, rapazes! Qualquer um que não queira ver seu caminhão vasculhado de cima a baixo pode sair imediatamente... É melhor assim. Dêem uma olhada nessa foto, por favor.

– O que o senhor quer com ele, guarda? Andou de bicicleta sem lanternas?

– Esqueça as piadas, Harry, mostre a foto aos outros. Ninguém deu carona a esse homem?

– Eu não.

– Eu também não.

– Não.

– Desculpe, guarda.

– Nunca bati os olhos nele.

– Obrigado, rapazes. Se vocês o virem, avisem. Até a vista.

– Guarda?

– Sim, Bill?

– O senhor não pagou os pãezinhos.

SMETHWICK'S GARAGE, Carlisle:

– Bom dia, moça. Quando tiver um tempinho...

– Já vou atendê-lo, guarda. Deixe-me só acabar de

atender esse cavalheiro... 12,6 xelins, por favor, senhor. Obrigada. Até logo...

– Como vão os negócios?

– Horríveis, como sempre. No que posso ajudá-lo?

– Podemos ir ao escritório um minuto?

– Ah, entre... Pois não...

– Dê uma olhada nessa foto e diga-me se você já botou gasolina para esse homem recentemente.

– Não seria muito difícil. Não temos muito clientes... O senhor sabe, acho que o atendi sim.

– Quando?

– Anteontem pela manhã.

– Tem certeza?

– Bem... ele estava mais velho do que na foto, mas tenho certeza.

– Ele estava dirigindo o quê?

– Um carro cinza. Eu não entendo muito de marcas. Quem trabalha aqui é meu marido, mas agora ele está na Marinha.

– Bem, mas como era? Carro esporte? Limusine?

– Era um modelo antigo, com o teto de lona de suspender. Dois lugares. Esportivo. Tinha um tanque reserva no estribo. Eu enchi também.

– Você lembra que roupa ele estava usando?

– Não lembro bem. Roupas de operário, eu acho.

– Um homem alto?

– É, mais alto que o senhor.

– Bem, acho que é ele! Você tem um telefone aí?

WILLIAM DUNCAN tinha 25 anos, 1,53 metro, pesava 68 quilos e gozava de ótima saúde. Sua vida ao ar livre e a total falta de interesse por tabaco, bebidas, noitadas e por uma vida desregrada mantinham-no assim. Contudo, ele não servia nas Forças Armadas.

Pareceu ser uma criança normal, talvez pouco desenvolvida, até os 8 anos, quando sua mente simplesmente parou de se desenvolver. Não houve nenhum trauma do qual alguém tivesse conhecimento, nenhum problema físico que levasse a essa brusca paralisação. Na verdade, começara alguns anos antes que alguém percebesse que havia algo de errado, pois aos 10 anos ele era somente um pouco atrasado, e aos 12 era apenas pouco inteligente; mas aos 15 anos era obviamente retardado, e aos 18 era conhecido como Willie Bobo.

Seus pais pertenciam a um obscuro grupo religioso fundamentalista cujos membros não podiam se casar com pessoas que não pertencessem à Igreja (o que pode ou não ter tido a ver com a doença de Willie). Eles rezavam por ele, logicamente; mas também o levaram a um especialista em Stirling. O médico, um homem de idade avançada, fez diversos testes e então disse-lhes, por cima dos aros dourados dos óculos de meias lentes, que o rapaz tinha a idade mental de 8 anos e que não se desenvolveria mais. Eles continuaram a rezar por ele, mas desconfiavam que o Senhor tinha feito isso para experimentá-los, e então acreditavam que Willie estava salvo e viram o dia em que o encontrariam novamente no reino da Glória e ele estaria livre de qualquer mal. Enquanto isso, ele precisava de um emprego.

Um rapaz de 8 anos pode cuidar do gado, embora cuidar do gado não fosse um emprego, mas Willie Bobo tornou-se vaqueiro. E foi enquanto tratava do gado que ele viu o carro pela primeira vez.

Ele achou que havia um casal de namorados lá dentro.

Willie sabia como eram os namorados. Quer dizer, sabia que existiam namorados e que eles faziam coisas incontáveis entre si em lugares escuros, como moitas, cinemas e carros; e que não se devia falar com eles. Então ele afastou rapidamente o gado da moita atrás da qual estava parado o Morris Cowley Bullnose 1924 de dois lugares (ele conhecia carros também, como qualquer garoto de 8 anos) e a muito custo tentou não olhar para dentro do carro para não ver o pecado.

Levou seu pequeno rebanho para o estábulo para ordenhar, foi para casa pelo caminho mais complicado, jantou, leu um capítulo do Levítico para o pai – bem alto, com muito cuidado – e foi dormir e sonhar com namorados.

O carro ainda estava lá no dia seguinte à tarde.

Apesar de toda a sua inocência, Willie sabia que os namorados não faziam o que quer que fosse um no outro durante 24 horas sem parar.

Dessa vez, ele foi até o carro e olhou lá para dentro. Estava vazio. O chão sob o carro estava preto e pastoso por causa do óleo. Willie encontrou outra explicação: o carro tinha enguiçado e fora abandonado por seu motorista. Mas não passou por sua cabeça por que havia sido deixado meio escondido atrás da moita.

Quando chegou ao estábulo, ele disse ao fazendeiro o que tinha visto.

– Tem um carro vazio lá perto da estrada principal.

O fazendeiro era um homem grande, com grandes olhos castanho-claros que se contraíram enquanto ele pensava.

– Não havia ninguém por perto?

– Não, e já estava lá ontem.

– Por que então você não me contou ontem?

Willie corou.

– Eu pensei que talvez... fossem namorados.

– Oh! – O fazendeiro percebeu que Willie não estava sendo tímido, mas realmente estava embaraçado. Ele bateu no ombro do rapaz. – Está bem. Vá para casa e deixe que eu cuido disso.

Depois da ordenha, o fazendeiro foi ver de perto. Ocorreu a ele desconfiar por que o carro estava semi-escondido atrás das folhagens. Ele tinha ouvido sobre o assassino do estilete de Londres; e, embora não tenha chegado à conclusão de que o carro tinha sido abandonado pelo assassino, pensou que podia haver uma conexão entre o carro e algum crime ou qualquer coisa assim. Depois do jantar, então, mandou seu filho mais velho à cidade mais próxima, a cavalo, telefonar para a polícia em Stirling.

A polícia chegou antes que seu filho voltasse do posto telefônico. Havia pelo menos 12 policiais, todos grandes consumidores de chá. O fazendeiro e a mulher ficaram acordados metade da noite cuidando deles.

Willie Bobo foi chamado para contar sua história novamente, repetindo que ele tinha visto o carro pela primeira vez na tarde anterior, corando de novo quando explicou que pensara que havia namorados dentro do carro.

Pesando tudo, foi a noite mais excitante da guerra.

ÀQUELA NOITE, Percival Godliman, enfrentando a quarta noite consecutiva no gabinete, foi em casa tomar banho, trocar de roupa e arrumar uma mala.

Ele tinha um apartamento com serviço de hotel em Chelsea. Era pequeno, mas grande o suficiente para um homem solteiro, e era limpo e arrumado, com exceção do escritório, onde a arrumadeira não tinha ordem para entrar e que, em conseqüência disso, estava cheio de livros e papéis. A mobília era toda de antes da guerra, logicamente, mas bem escolhida, e o apartamento tinha um aspecto aconchegante. Havia poltronas de couro e um gramofone na sala de estar, e a cozinha estava entulhada de instrumentos para facilitar o serviço, mas que eram usados a duras penas.

Enquanto a banheira enchia, acendeu um cigarro – ele tinha mudado para cigarros, pois o cachimbo dava muito trabalho – e olhou para o seu objeto de maior valor, uma tela mostrando uma fantástica cena medieval, provavelmente de Hieronymous Bosch. Era uma herança de família e Godliman jamais pensara em vendê-la, mesmo quando precisara de dinheiro, porque gostava dela.

No banho, ele pensou em Barbara Dickens e em seu filho, Peter. Ele não falara a ninguém sobre ela, nem mesmo a Bloggs, embora quase tivesse falado com ele durante a conversa sobre casar-se novamente, mas o Coronel Terry interrompera. Ela era viúva: seu marido morrera logo no início da guerra. Godliman não sabia a idade dela, mas aparentava ter uns 40, o que era pouco para a mãe de um rapaz de 22 anos. Ela trabalhava na tradução das mensagens interceptadas do inimigo, e era brilhante, divertida e muito atraente. Também era rica. Godliman a levara para jantar, três vezes, antes que estourasse a atual crise. Ele pensou que ela talvez estivesse apaixonada por ele.

Ela planejara um encontro entre Godliman e seu filho Peter, que era capitão. Godliman gostou do rapaz. Mas sabia de algo de que nem Barbara nem seu filho tinham conhecimento: Peter iria para a Normandia.

O que era a razão mais forte para apanhar Die Nadel.

Ele saiu do banho e fez uma barba bem demorada, bem caprichada, pensando se estaria apaixonado por ela.

 Ele não tinha certeza de como era o amor para uma pessoa

na sua idade. Não era, certamente, a paixão abrasadora da juventude. Afeto, admiração, ternura e um pouco de excitação duvidosa? Se isso significasse amor, ele a amava.

E ele precisava ter alguém com quem dividir sua vida, agora. Durante anos, ele quisera somente solidão e suas pesquisas. Agora a camaradagem da Espionagem Militar o estava absorvendo: as festas, as sessões que viravam a noite quando alguma coisa acontecia, o espírito de dedicado amadorismo, a frenética busca do prazer de pessoas para quem a morte está sempre tão perto e nunca é prevista – tudo isso tomou conta dele. Iria desaparecer depois da guerra, ele sabia; mas outras coisas permaneceriam: a necessidade de conversar com alguém íntimo sobre as suas desilusões e triunfos, a necessidade de tocar em alguém à noite, a necessidade de dizer: "Ali! Olhe só! Não é bonito?"

A guerra estava matando, oprimindo, frustrando e sendo desagradável, mas ainda havia amigos. Se a paz trouxesse a solidão de volta, Godliman pensou que seria infeliz.

Agora a sensação de roupas limpas e da camisa passada era a maior das luxúrias. Ele colocou mais roupas numa valise, e depois sentou-se para saborear uma dose de uísque antes de voltar ao serviço. O motorista lá fora no Daimler requisitado ao serviço militar podia esperar um pouco mais.

Ele estava preparando o cachimbo quando o telefone tocou. Deixou o cachimbo e acendeu um cigarro.

O telefone dele estava ligado à mesa do Ministério da Guerra. A telefonista disse que o Superintendente-chefe Dalkeith estava ligando de Stirling.

Ele esperou a ligação completar-se e disse:

– Godliman falando.

– Encontramos o seu Morris Cowley – Dalkeith disse sem rodeios.

– Onde?

– Na Estrada A80, ao sul de Stirling.

– Vazio?

– É, e quebrado. Está lá há pelo menos 24 horas. Está alguns metros fora da estrada, escondido atrás de umas folhagens. Um rapaz meio abobado foi quem o achou.

– Há por perto algum terminal de ônibus ou estação de trem que desse para se atingir a pé?

– Não. Godliman resmungou.

– Então é provável que nosso homem tenha andado ou pedido carona depois de abandonar o carro.

– Certo.

– Nesse caso, vocês interrogaram todos por aí...

– Já estamos tentando descobrir se alguém daqui o viu ou deu carona a ele.

– Bom. Deixe-me ver... Enquanto isso vou comunicar à Yard. Obrigado, Dalkeith.

– Vamos manter contato. Até logo, senhor.

Godliman colocou o fone no gancho e foi ao escritório. Sentou-se com um atlas aberto no mapa rodoviário da região norte da Inglaterra. Londres, Liverpool, Carlisle, Stirling... Faber estava indo para o nordeste da Escócia.

Godliman ponderou se devia reconsiderar a teoria de que Faber estava tentando fugir. O melhor caminho para isso era o oeste, pelo Eire, que era neutro. A costa leste da Escócia, contudo, era cena de atividades militares de diversos tipos. Era possível que Faber tivesse coragem de prosseguir seu trabalho, sabendo que o MI5 estava no seu rastro? Era possível, Godliman concluiu – ele sabia que Faber era corajoso –, mas era improvável. Nada que ele descobrisse na Escócia podia ser tão importante quanto a informação de que já dispunha.

Portanto, Faber estava fugindo pela costa leste. Godliman pensou nos métodos de fuga possíveis a um espião: um avião leve, pousando num local deserto; uma viagem solitária pelo Mar do Norte num barco roubado; um encontro com um submarino fora da costa; uma travessia num navio mercante por um país neutro em direção ao Báltico, desembarcando na Suécia e atravessando a fronteira para a Noruega ocupada... havia muitas maneiras.

A Scotland Yard devia ser avisada sobre os últimos fatos. Eles podiam pedir a todas as forças policiais escocesas para tentar encontrar alguém que tivesse apanhado uma carona perto de Stirling. Godliman voltou à sala de estar para dar um telefonema, mas o aparelho tocou antes que ele chegasse lá. Ele atendeu.

– Godliman falando.

– O Sr. Richard Porter está numa ligação de Aberdeen.

– Oh! – Godliman estava esperando Bloggs telefonar de Carlisle. – Ponha-o na linha, por favor. Alô? Godliman falando.

– Ah, aqui é Richard Porter. Faço parte do Comitê de Observação.

– Sim, como posso ajudá-lo?

– Bem, meu caro, realmente isso é muito embaraçoso.

Godliman controlou sua impaciência.

– Continue.

– Esse cara que você está procurando... assassino da faca ou coisa assim. Bem, estou certo de que dei uma carona ao miserável em meu próprio carro.

Godliman segurou o fone com mais força.

– Quando?

– Anteontem à noite. Meu carro enguiçou na Estrada A80 logo depois de Stirling. No meio da noite. Esse sujeito vinha a pé e consertou o carro. Tão naturalmente...

– Onde o deixou?

– Aqui mesmo em Aberdeen. Disse que ia para Banff. O negócio é que dormi quase o dia inteiro, ontem, e então somente hoje à tarde...

– Não se censure, Sr. Porter. Obrigado por telefonar.

– Bem, até logo.

Godliman bateu no gancho e a telefonista do Ministério da Guerra atendeu.

– Ligue com o Sr. Bloggs, meu bem. Ele está em Carlisle.

– Ele está chamando o senhor neste momento.

– Ótimo!

– Alô, Percy. Quais são as novidades?

– Estamos no rastro dele novamente, Fred. Ele abandonou o Morris perto de Stirling e pegou uma carona para Aberdeen.

– Aberdeen!

– Ele deve estar tentando fugir pelo leste.

– Quando ele chegou a Aberdeen?

– Provavelmente ontem de manhã cedo.

– Nesse caso, ele não teve tempo de fugir, a menos que seja muito rápido mesmo. Está caindo a maior tempestade aqui. Começou ontem à noite e ainda continua. Os navios não estão zarpando e certamente é muito difícil aterrissar um avião.

– Ótimo! Vá para lá o mais rápido que puder. Vou acionar a polícia local enquanto isso. Telefone quando chegar a Aberdeen.

21

Quando Faber acordou, era quase noite. Pela janela do quarto, ele pôde ver as últimas faixas cinzentas sendo cobertas pela noite devoradora. A tempestade não havia cessado: a chuva batia no teto e escorria pela calha, e o vento uivava e se agitava sem parar.

Ele acendeu o pequeno abajur ao lado da cama. O esforço o cansou e ele se jogou de novo no travesseiro. Isso o assustou, estar tão fraco. Os que acreditam que força é justiça devem sempre estar fortes, e Faber estava suficientemente consciente para saber as implicações de sua ética. O medo nunca estava longe da superfície de suas emoções: talvez fosse essa a razão por que ainda estivesse vivo. Ele era cronicamente incapaz de se sentir seguro. Sua vaga compreensão de si mesmo lhe dizia que sua insegurança era a razão pela qual escolhera a profissão de espião: o único modo de vida que permitia a ele matar instantaneamente qualquer um que representasse a mais leve ameaça. O medo de ser fraco fazia parte da síndrome que incluía sua obsessiva independência, sua insegurança e seu desdém pelos seus superiores militares.

Ele deitou na cama do menino, no quarto com as paredes pintadas de cor-de-rosa, e analisou seu corpo. Parecia estar machucado em todas as partes, mas aparentemente não tinha nada quebrado. Não se sentia febril: sua constituição havia resistido à infecção dos brônquios apesar da noite que passara no barco. Havia só a fraqueza. Ele suspeitava que era mais que exaustão. Lembrou-se de um momento, quando atingiu o alto da escarpa, quando pensou que ia morrer; e imaginou se havia causado algum dano permanente a si mesmo com aquela última arremetida ladeira acima.

Conferiu seus pertences também. A lata com os negativos das fotos ainda estava amarrada a seu peito, o estilete estava embainhado no braço esquerdo, e seus documentos e dinheiro estavam no bolso do casaco do pijama emprestado.

Ele empurrou as cobertas para o lado e colocou-se numa posição sentada, com os pés no chão. Uma leve vertigem o invadiu e logo passou. Levantou-se. Era importante não se deixar tomar por atitudes psicológicas de invalidez. Vestiu o roupão e foi ao banheiro.

Quando voltou, suas roupas estavam nos pés da cama, lavadas e passadas: roupas de baixo, o macacão e a camisa. Subitamente, ele se lembrou de que se levantara durante a manhã e vira a mulher nua no banheiro: fora uma cena estranha, e não tinha certeza do que significava aquilo. Ela era muito bonita, ele lembrava.

Ele se vestiu lentamente. Gostaria de fazer a barba, mas decidiu pedir permissão a seus hóspedes antes de pegar a lâmina na prateleira do armário: alguns homens eram tão possessivos com seus barbeadores quanto com suas esposas. Contudo, tomou a liberdade de usar o pente de plástico do menino, que achou na gaveta de cima da penteadeira.

Olhou-se no espelho sem vaidade. Ele não era vaidoso. Sabia que algumas mulheres o achavam atraente e outras não, e achava que isso acontecia com a maioria dos homens. Certamente ele já tivera mais mulheres que a maioria dos homens, mas atribuía isso ao seu apetite, e não à sua aparência. Sua intuição dizia-lhe que era apresentável, e isso era tudo que precisava saber.

Satisfeito, deixou o quarto e desceu lentamente a escadaria. Novamente sentiu um pouco de fraqueza; novamente esforçou-se para vencê-la, segurando o corrimão e colocando um pé bem junto do outro até chegar ao final da escada.

Parou do lado de fora da porta da sala de estar, sem ouvir nenhum ruído, e foi para a cozinha. Bateu à porta e entrou. O jovem casal estava sentado à mesa, acabando de jantar.

A mulher levantou-se quando ele entrou.

– Você levantou! – Ela disse. – Está certo de que está se agüentando?

Faber deixou-se conduzir até uma cadeira.

– Obrigado – disse. – Vocês não devem me encorajar a fingir de doente.

– Acho que ainda não se deu conta de que experiência horrível você foi vítima – ela disse. – Quer comer?

– Estou abusando...

– Nada disso. Não seja tolo. Guardei um pouco de sopa quente para você.

– Vocês são tão gentis e nem sei ainda os seus nomes.

– David e Lucy Rose. – Ela colocou sopa numa tigela e colocou-a sobre a mesa em frente a ele. – Corte um pedaço de pão, David, por favor.

– Eu sou Henry Baker. – Faber não sabia por que tinha dito aquilo: ele não tinha documentos com aquele nome. Henry Faber era o homem que a polícia estava procurando, então ele devia ter usado sua identidade de James Baker; mas por alguma razão ele queria que essa mulher o chamasse de Henry, o mais próximo equivalente em inglês a seu verdadeiro nome, Heinrich. Talvez não tivesse problema – ele podia dizer que seu nome era James, mas que sempre fora chamado de Henry.

Tomou um gole de sopa e subitamente sentiu-se vorazmente faminto. Tomou tudo rapidamente e depois comeu o pão. Quando terminou, Lucy riu. Ela ficava encantadora quando ria: sua boca se abria descontraidamente, deixando aparecer seus dentes alvos, e os olhos se apertavam alegremente, nos cantos.

– Mais? – ela ofereceu.

– Muito obrigado.

– Vejo que isso está lhe fazendo bem. A cor está voltando a seu rosto.

Faber percebeu que se sentia fisicamente melhor. Tomou a segunda porção mais lentamente, mais por educação do que porque estivesse satisfeito.

David perguntou:

– Como você saiu com uma tempestade dessa? – Foi a primeira vez que falou.

– Não o aborreça, David.

– Está bem – Faber disse. – Fui tolo, é tudo. Este foi meu primeiro dia de folga desde que a guerra começou, e eu não quis que o tempo o estragasse. Você é pescador?

David sacudiu a cabeça.

– Criador de ovelhas.

– Tem muitos empregados?

– Só um, o velho Tom.

– Suponho que haja outros criadores de ovelhas na ilha.

– Não. Nós moramos deste lado da ilha. Tom mora do outro, e no meio ficam as ovelhas.

Faber balançou a cabeça lentamente. Isso era bom – muito bom. Uma mulher, um aleijado, uma criança e um velho não podiam constituir obstáculo. Ele já se sentia mais forte.

– Como vocês vão ao continente?

– Vem um barco a cada 15 dias. Deve vir segunda-feira agora, mas não virá se a tempestade continuar. Há um transmissor na casa de Tom, mas só podemos usá-lo em casos de emergência. Se eu soubesse que estavam procurando você ou se precisasse de ajuda médica, eu o usaria. Mas, do jeito que as coisas estão, não vejo necessidade. Há um pequeno porém: ninguém pode vir apanhá-lo enquanto a tempestade não passar e, quando isso acontecer, o barco virá de qualquer maneira.

– Claro – Faber ocultou sua satisfação.

O problema de como entrar em contato com o submarino na segunda-feira o perturbava profundamente. Ele tinha visto um aparelho de rádio comum na sala de estar dos Rose, e poderia, em caso de necessidade, transformá-lo num transmissor. Mas o fato de que Tom já tinha um transmissor tornava as coisas mais fáceis.

– Para que Tom precisa de um transmissor?

– Ele é membro da Real Unidade de Observação. Aberdeen foi bombardeada em julho de 1940. Não havia avisos de ataques aéreos. Conseqüentemente, houve cinqüenta vítimas. Foi quando recrutaram Tom. Foi uma boa escolha, a audição dele é melhor que a visão.

– Suponho que os bombardeiros venham da Norucga.

– Acho que sim. Lucy levantou-se.

– Vamos para a sala.

Os dois homens a seguiram. Faber não sentiu mais fraqueza, nem vertigens. Ele segurou a porta da sala de estar para David, que empurrou sua cadeira para bem junto da lareira. Lucy ofereceu conhaque a Faber. Ele não quis. Ela serviu o marido e a si mesma.

Faber recostou-se e estudou o casal. A aparência de Lucy era admirável: tinha o rosto oval, olhos bem grandes de um jeito especial, cor-de-âmbar, e cabelos volumosos, de um tom ruivo bem escuro. Sob o suéter de pescador e a calça de homem, havia a insinuação de um corpo bonito, de formas cheias. Se ela prendesse os cabelos e colocasse meias de seda e um vestido, deveria ficar muito bonita. David também tinha boa aparência – quase bonito, a não ser pela sombra de uma barba negra. Seus cabelos eram quase pretos e a pele parecia de alguém do Mediterrâneo. Seria alto se tivesse as pernas nas proporções dos braços. Faber suspeitava que aqueles braços deviam ter muita força; os músculos haviam se desenvolvido com os anos empurrando a cadeira de lá para cá.

Sim, formavam um casal atraente – mas havia algo de errado entre eles. Faber não era um especialista em casamento, mas sua prática em técnicas de interrogação ensinou-lhe a ler a silenciosa linguagem do corpo – a conhecer, em pequenos gestos, quando alguém estava assustado, confiante, escondendo algo ou mentindo. Lucy e David raramente se entreolhavam e nunca se tocavam. Eles falavam mais com ele do que entre si. Eles se rodeavam como perus tentando manter diante deles alguns metros de território livre. A tensão entre os dois era enorme. Eram como Churchill e Stalin, obrigados temporariamente a lutar lado a lado, dominando uma inimizade profunda. Faber imaginou que terrível trauma havia por trás daquele ódio.

Essa pequena casa aconchegante deve ser uma panela de pressão emocional, apesar dos tapetes e da pintura reluzente, das poltronas estampadas e do fogo aceso e das telas a óleo. Viver sozinhos, apenas com um velho e uma criança e dessa forma... fez com que ele se lembrasse de uma peça a que assistira em Londres, de um americano chamado Tennessee qualquer coisa.

De repente, David virou seu drinque e disse:

– Preciso me esticar, minhas costas estão doendo.

Faber levantou-se.

– Desculpe. Estou fazendo vocês ficarem acordados.
David fez sinal para que ele sentasse.

– Nada disso. Você dormiu o dia inteiro, não vai querer deitar-se. Além disso, Lucy gostaria de conversar, tenho certeza. É que minhas costas estão me maltratando. As costas foram feitas para dividir o peso com as pernas, você entende...

– É melhor você tomar dois comprimidos hoje. – Lucy apanhou uma garrafa da última prateleira da estante, tirou dois tabletes e deu-os ao marido.

Ele os engoliu a seco.

– Bem, boa noite. – Ele empurrou a cadeira de rodas.

– Boa noite, David.

– Boa noite.

Depois de um instante, Faber ouviu David arrastando-se pela escada e imaginou como ele conseguia fazer isso.

Lucy começou a falar, como que para cobrir o ruído que David fazia.

– Onde mora, Baker?

– Por favor, me chame de Henry. Moro em Londres.

– Não vou a Londres há muitos anos. Provavelmente não sobrou muita coisa por lá.

– Está mudada, mas não tanto quanto você imagina. Quando foi lá pela última vez?

– Em 1940 – ela se serviu outra dose de conhaque. – Desde que viemos para cá, só saí da ilha uma vez, e assim mesmo para ter o bebê. Não se pode viajar muito numa época dessa, não é mesmo?

– O que fez vocês virem para cá?

– Hum! – Ela bebeu um pouco do drinque e olhou para o fogo.

– Talvez eu não devesse...

– Tudo bem. Sofremos um acidente no dia do nosso casamento. Foi quando David perdeu as pernas. Ele estava treinando para piloto de combate... nós dois queríamos fugir, eu acho. Acho que foi um erro, mas parecia uma boa idéia na época.

– Isso permitiu que o ressentimento dele ficasse incubado.

Ela lançou-lhe um olhar severo.

– Você é um homem que percebe as coisas.

– É óbvio. – Ele falou com muita calma. – Você não merece essa infelicidade.

Ela piscou muitas vezes.

– Você vê demais.

– Não é difícil. Por que continua, se não dá mais?

– Não sei o que lhe dizer. Você quer lugares-comuns? O juramento do casamento, a criança, a guerra... Se há outra resposta, não sei com que palavras expressá-la.

– Culpa – Faber disse. – Mas você está pensando em deixá-lo, não está?

Ela o encarou, balançando levemente a cabeça, incrédula.

– Como você sabe tanto?

– Você perdeu a arte de dissimular durante esses quatro anos na ilha. Além disso, essas coisas ficam mais fáceis de ver por quem está de fora.

– Você já foi casado?

– Não.

– Por que não? Acho que você devia.

Foi a vez de Faber olhar para o fogo pensativamente. Por que não? Sua resposta – pronta para ele mesmo

– era sua profissão. Mas ele não podia lhe dizer isso, e de qualquer maneira não tinha consistência. Ele disse, subitamente:

– Não acredito que possa amar tanto para chegar a esse ponto.

As palavras saíram sem que ele tivesse pensado em seu significado, e ele pensou se eram verdadeiras. Um momento depois ele se perguntou como Lucy havia penetrado em seu íntimo, quando achou que era ele quem a estava desarmando.

Nenhum dos dois falou por um momento. O fogo estava se extinguindo. Alguns pingos de chuva penetravam pela chaminé e faziam chiar o carvão. A tempestade não deu sinal de cessar. Faber viu-se pensando na última mulher que tivera. Como era seu nome? Gertrude. Fora sete anos antes, mas ele ainda se lembrava dela agora, sob a luz trêmula do fogo: uma alemã de rosto redondo, cabelos louros, olhos verdes, bonitos seios, com os quadris bem largos, pernas gordas, pés feios; do tipo que conversa em trens expressos, um entusiasmo inexaurível, selvagem por sexo... Ela o elogiara, admirando sua mentalidade (ela disse) e adorando seu corpo (ela não tinha necessidade de dizer isso a ele). Ela escrevia letras para músicas populares e leu algumas para ele num apartamento térreo de Berlim: não era uma profissão lucrativa. Ela a viu naquele quarto desarrumado, deitada nua, pedindo a ele que fizesse mais coisas bizarras e eróticas com ela: bater nela, deixá-la acariciá-lo, ficar parado enquanto ela mexia... Ele sacudiu a cabeça para espantar as lembranças. Ele nunca pensara nisso em todos os anos em que havia permanecido celibatário. Essas visões eram perturbadoras. Ele olhou para Lucy.

– Você estava longe – ela disse com um sorriso.

– Lembranças – ele disse. – Essa conversa sobre amor...

– Eu não devia incomodá-lo...

– Você não incomodou.

– Boas lembranças?

– Muito boas. E as suas? Você também estava pensando.

Ela sorriu novamente.

– Eu estava no futuro, não no passado.

– O que você está vendo lá?

Ela ia responder, mas mudou de idéia. Aconteceu duas vezes. Havia marcas de tensão em seus olhos.

– Eu vejo você encontrando outro homem – Faber disse. Enquanto falava, ele pensava: Por que estou fazendo isso? – É um homem mais fraco que David, e menos bonito; mas é pela sua fraqueza que você o ama. É inteligente, mas não é rico; compassivo sem ser sentimental; terno, carinhoso, amoroso. Ele...

O copo de conhaque na mão de Lucy quebrou-se sob a pressão de seus dedos. Os pedaços caíram em seu colo e no tapete, e ela não deu importância. Faber foi até a poltrona em que ela estava e ajoelhou-se em frente a ela. O dedo polegar estava sangrando.

– Você se machucou.

Ela o olhou. Estava chorando.

– Desculpe – ele disse.

O corte era superficial. Ela pegou um lenço no bolso da calça e estancou o sangue. Faber largou a mão dela e começou a apanhar os pedaços do copo quebrado, desejando que a tivesse beijado quando teve oportunidade. Ele colocou os pedaços no parapeito da chaminé.

– Eu não queria perturbá-la – ele disse.

Ela tirou o lenço e olhou para o dedo. Ainda sangrava.

– Um pequeno curativo – ele sugeriu.

– Na cozinha.

Ele encontrou um rolo de esparadrapo e uma tesoura. Encheu uma tigela com água quente e voltou para a sala.

Na sua ausência, ela removeu os sinais de lágrimas do rosto. Ficou quieta, sem se mexer, enquanto ele molhava o dedo dela na água quente, enxugava e colocava um pequeno pedaço do esparadrapo sobre o corte. Durante todo o tempo, ela olhava para o rosto dele, não para as mãos; mas a expressão dela não demonstrava nada.

Ele terminou o curativo e levantou-se logo. Era bobagem: ele tinha ido longe demais. Era hora de se soltar. Ele disse:

– Acho melhor eu ir dormir.

Ela concordou.

– Desculpe...

– Pare de se desculpar – ela disse. – Isso não fica bem para você.

Seu tom era áspero. Ele achou que ela também havia sentido que a situação estava fora de controle.

– Você vai ficar acordada? – ele perguntou.

Ela balançou a cabeça.

– Bem... – Ele caminhou para a porta e abriu para que ela passasse.

Ela evitou seu olhar quando passou. Ele a seguiu no hall e na escada. Quando a viu subir, não pôde deixar de imaginá-la com outras roupas, a cintura mexendo suavemente debaixo de um tecido sedoso, as pernas compridas cobertas com meias no lugar da calça comprida cinza, e sapatos altos em vez dos chinelos.

No alto da escadaria, no pequeno saguão, ela virou-se e disse:

– Boa noite.

– Boa noite, Lucy – ele disse.

Ela o olhou por um instante. Ele estendeu a mão, mas ela anteviu sua intenção e virou-se rapidamente, entrando no quarto e fechando a porta sem se voltar, deixando-o parado com a mão estendida e a boca aberta, imaginando o que se passava na cabeça dela e – o que era mais importante – o que se passava na dele.

22

Bloggs dirigia perigosamente em alta velocidade no meio da noite com um Sunbeam Talbot requisitado e que tinha o motor envenenado. As estradas escocesas, entre montanhas e varridas por ventos, estavam escorregadias com a chuva e, em alguns lugares mais baixos, cobertas de água. A chuva se espalhava em ondas sobre o pára-brisa. Nas partes mais altas e descampadas, o vento ameaçava tirar o carro da estrada e jogá-lo na grama encharcada que a margeava. Por muitas milhas seguidas, Bloggs sentou-se bem junto ao volante, olhando o caminho através da pequena área do vidro que o limpador atingia, esforçando-se para enxergar a estrada onde os faróis tentavam iluminar apesar da chuva. Um pouco ao norte de Edimburgo ele atropelou três coelhos, e sentiu o impacto aflitivo quando os pneus passaram por cima de seus corpos macios e peludos. Ele não diminuiu a velocidade do carro, mas um pouco à frente pensou se normalmente os coelhos saíam à noite.

O esforço deixou-o com dor de cabeça, e sua posição trouxe dor nas costas. Também estava com fome. Abriu a janela para que o vento frio o mantivesse acordado, mas entrou tanta chuva que ele foi obrigado a fechá-la imediatamente. Pensou em Die Nadel, ou Faber ou qualquer outro nome que ele tivesse agora: um jovem sorridente de calção segurando um troféu. Bem, Faber estava vencendo essa corrida. Ele estava 48 horas na frente e tinha a vantagem de que somente ele sabia a rota que devia ser seguida. Bloggs gostaria de um confronto com esse homem se a aposta não fosse tão alta, tão estupidamente alta.

Ele imaginou o que faria se viesse a se encontrar frente a frente com o homem. Eu o mataria imediatamente, pensou, antes que ele me matasse. Faber era um profissional, e não se pode deixar envolver por um tipo assim. A maioria dos espiões era composta de amadores: revolucionários frustrados de direita ou de esquerda, pessoas que queriam o encantamento imaginário da espionagem, homens gananciosos ou mulheres fartas do amor, ou vítimas de extorsão. Os poucos profissionais eram muito perigosos de fato, porque sabiam que os profissionais contra quem se defrontavam não eram homens misericordiosos.

Faltava mais ou menos uma hora ou duas para amanhecer quando Bloggs chegou a Aberdeen. Nunca em sua vida ele deu tanto valor à iluminação das ruas, embora as lâmpadas estivessem camufladas. Ele não tinha idéia de onde ficava a delegacia de polícia e não havia ninguém nas ruas para lhe dar informação, e então percorreu a cidade até encontrar a familiar lâmpada azul (também camuflada).

Parou o carro e foi até o edifício, debaixo de chuva. Ele era esperado. Godliman, agora extremamente graduado, havia telefonado. Bloggs foi levado ao gabinete de Alan

Kincaid, detetive-inspetor-chefe, na faixa de 50 anos. Havia mais outros três oficiais na sala: Bloggs cumprimentou-os e logo esqueceu seus nomes.

– Você veio rápido de Carlisle – disse Kincaid.

– Quase me matei para conseguir isso – Bloggs respondeu. Sentou-se. – Se você puder arranjar um sanduíche...

– Claro. – Kincaid colocou a cabeça para fora da porta e gritou qualquer coisa. – Daqui a pouco está aí – ele disse a Bloggs.

A sala tinha paredes pintadas de creme, chão de tábua corrida e poucos móveis: uma mesa, algumas cadeiras e um móvel para arquivos. Era totalmente sem enfeites: sem quadros, ornamentos, sem toque pessoal de qualquer espécie. Havia uma bandeja com xícaras usadas no chão, e o ar estava impregnado de fumaça. Cheirava como se os homens estivessem trabalhando a noite inteira.

Kincaid tinha um pequeno bigode, poucos cabelos, já grisalhos, e usava óculos. Um homem alto, aparentando inteligência, usando camisa e suspensórios, ele era o tipo de policial que – Bloggs pensava – fazia parte da espinha dorsal da polícia inglesa. Falava com um sotaque local, um sinal de que, como Bloggs, subira respeitando a hierarquia – embora sua idade deixasse claro que essa subida fora mais lenta do que a de Bloggs.

– O que você sabe sobre o caso?

– Pouca coisa – Kincaid respondeu. – Mas seu chefe, Godliman, disse que os assassinatos de Londres são os menores crimes desse homem. Também sabemos de que departamento você é, e então pela lógica concluímos que Faber é um espião muito perigoso.

– Exatamente – Bloggs disse.

Kincaid assentiu.

– O que vocês já providenciaram? – Bloggs perguntou.

Kincaid colocou os pés sobre a mesa.

– Ele chegou aqui há dois dias, certo?

– Certo.

– Verificamos todos os hotéis e pensões, a estação e o terminal de ônibus. Fizemos isso logo, embora até então não soubéssemos que ele tinha vindo para cá. Desnecessário dizer, não conseguimos nada. Estamos investigando de novo, logicamente; mas minha opinião é que provavelmente ele deixou Aberdeen de imediato.

Uma policial entrou com uma xícara de chá e um sanduíche bem grande de queijo. Bloggs agradeceu e o mordeu vorazmente.

Kincaid continuou:

– Colocamos um homem na estação ferroviária antes que o primeiro trem partisse. Outro no terminal de ônibus. Então, se ele deixou a cidade, ou roubou um carro ou pediu carona. Não tivemos notícia de carros roubados, imagino que tenha fugido de carona.

– Droga – Bloggs disse com a boca cheia de pão. Ele deve ter escapado pelo mar.

– Dos barcos que deixaram o porto naquele dia, nenhum era grande o suficiente para que ele pudesse estar escondido lá. Além disso, nenhum deles partiu por causa da tempestade.

– Barcos roubados.

– Não tivemos notícia de nenhum.

Bloggs encolheu os ombros.

– Se não há probabilidade de deixar o porto, os donos não devem ir ao cais. Nesse caso, o roubo de um barco pode não ser percebido até que a tempestade cesse.

Um dos policias na sala disse:

– Esquecemos isso, chefe.

– Esquecemos sim – Kincaid concordou.

– O chefe do porto podia dar uma olhada nos barcos que normalmente ancoram...

– Estou com você – Kincaid disse. Ele já estava discando o número.

– Capitão Douglas? Kincaid. Sim, sei que gente civilizada está dormindo a esta hora. O senhor não ouviu o pior. Quero que o senhor dê um passeio na chuva. Sim, o senhor me ouviu bem...

Os outros dois policiais começaram a rir.

Kincaid tapou o fone com a mão e disse:

– Sabe o que dizem sobre a linguagem dos marinheiros? É verdade.

Voltou a falar no aparelho.

– Dê uma olhada em todos os barcos que regularmente ancoram e anote qualquer um que não esteja em seu lugar habitual. Esqueça aqueles que o senhor sabe que realmente estão fora do porto, dê-me os nomes e endereços, e os números dos telefones, se o senhor tiver, dos proprietários. Sim. Sim, eu sei... Vou preparar um duplo. Está bem, uma garrafa. E um bom-dia também, meu velho. – Desligou.

Bloggs perguntou:

– Ele está com raiva?

– Se eu fosse fazer com meu pau o que ele mandou, nunca mais poderia sentar. – Kincaid ficou sério. – Ele vai levar cerca de meia hora nisso, depois então vamos precisar de umas duas horas para verificar todos os endereços. Vamos verificar, embora eu ainda ache que ele pegou uma carona.

 – Eu também – Bloggs disse.

A porta se abriu e um homem de meia-idade em trajes civis entrou. Kincaid e seus homens levantaram-se e Bloggs os seguiu.

– Bom dia, senhor. Este é o Sr. Bloggs. Sr. Bloggs, Richard Porter – Kincaid disse.

Os dois se cumprimentaram com um aperto de mãos. Porter tinha o rosto vermelho e um bigode cuidadosamente cultivado. Vestia uma capa cor-de-âmbar, transpassada.

– Eu sou o sujeito que deu carona a seu homem até Aberdeen. Muito embaraçoso. – Ele não tinha o sotaque local.

– Muito prazer. – À primeira vista, Porter parecia ser o tipo de idiota que daria carona a um espião por todo o país. Contudo, Bloggs conhecia o tipo: o ar de distraído podia esconder uma mente brilhante. Ele perguntou: – O que fez o senhor achar que o homem que o senhor trouxe era o... assassino do estilete?

– Eu soube do Morris abandonado. Eu o apanhei lá perto.

– O senhor viu a fotografia?

– Sim. É claro que não o vi direito, porque estava escuro durante a maior parte da viagem. Mas eu o vi o suficiente quando estávamos sob o capô e depois, quando chegamos a Aberdeen. Estava amanhecendo então. Se eu tivesse visto a foto, diria que *poderia* ser ele. Mas, tendo em vista o lugar onde o apanhei, tão perto de onde o Morris foi achado, eu digo que *era* ele.

– Concordo – disse Bloggs. Ele pensou um instante, imaginando que informação de utilidade ele poderia conseguir desse homem. – Que impressão Faber lhe causou? – perguntou finalmente.

Porter respondeu prontamente:

– Ele me pareceu cansado, nervoso e determinado, nessa ordem. E também não era escocês.

– Como o senhor descreveria o sotaque dele?

– Indefinido. Não havia traços de alemão em sua voz.. exceto talvez agora, mas pode ser força da imaginação. O sotaque... alguém saído de uma escola pública, peculiar. Constrangido com suas roupas, se é que vocês entendem o que quero dizer. Ele estava usando macacão. Outra coisa que só observei depois.

Kincaid interrompeu-o para oferecer chá. Todos aceitaram. O policial dirigiu-se para a porta.

Bloggs concluiu que Porter era menos tolo do que ele pensara.

– Sobre o que conversaram?

– Oh, não falamos muito.

– Mas ficaram juntos durante algumas horas...

– Ele dormiu a maior parte do tempo. Ele consertou o carro, isso foi apenas uma desculpa, mas não entendo nada de máquinas, e então me contou que seu carro tinha enguiçado em Edimburgo e que estava indo para Banff. Disse que na verdade não queria ir por Aberdeen porque não tinha um passe de Área Reservada. Eu temo que ... eu lhe disse para não se preocupar com aquilo. Disse que interviria por ele se fôssemos parados. Faz com que a gente se sinta um bobo, vocês entendem? Mas senti que lhe devia um favor. Ele me havia tirado de um buraco. Vocês entendem.

– Ninguém está culpando o senhor – Kincaid disse.

Bloggs estava, mas não disse isso. Em vez disso, falou:

– Há muito poucas pessoas que encontraram Faber e podem nos dizer como ele é. O senhor poderia fazer um balanço e dizer como acha que ele é?

– Ele acordou como um soldado – Porter disse. – Ele era cortês e parecia inteligente. Aperto de mão firme. Observo muito os apertos de mão.

– Nada mais? Pense bem.

– Alguma coisa mais sobre quando ele acordou... – O rosto corado de Porter fechou-se. – Sua mão direita foi até o braço esquerdo, assim. – Ele demonstrou.

– Isso já é alguma coisa – Bloggs disse. – Deve ser lá que ele guarda a faca. Uma bainha dentro da manga.

– Nada mais, acho.

– E ele disse que ia para Banff. O que significa que não foi.

– É mesmo?

– Espiões sempre mentem, por princípio. Aposto que o senhor lhe disse para onde estava indo, antes que ele dissesse para onde ia.

– Acho que disse. – Porter assentiu pensativamente. – Bem, bem.

– Ou ele ia mesmo para Aberdeen ou foi para o sul depois que o senhor o deixou. Como ele falou que ia para o norte, provavelmente não foi para lá.

– Esse tipo de dedução pode falhar – disse Kincaid.

– Às vezes falha – Bloggs disse com um sorriso malicioso. – O senhor lhe disse que era um magistrado?

– Sim.

– Foi por isso que ele não o matou.

– O quê? Meu Deus! O que você quer dizer com isso?

– Ele sabia que dariam falta do senhor.

– Meu Deus! – Porter repetiu. Ele ficou pálido. O fato de que ele realmente pudesse ter sido assassinado não lhe havia ocorrido.

A porta abriu-se novamente. Um homem entrou falando:

– Consegui sua informação, e espero que essa merda adiante.

Bloggs deu um sorriso. Esse era, sem dúvida, o chefe do porto: um homem baixinho com cabelos brancos bem curtos, fumando um grande cachimbo e vestindo uma japona com botões metálicos.

– Entre, capitão. Como ficou tão molhado? Não devia sair na chuva – disse Kincaid, com ar de deboche.

– Não *fode* – o capitão respondeu.

Bloggs não tinha certeza se sua raiva era autêntica: só um pouco, a julgar pelos rostos divertidos dos demais.

– Bom dia, capitão – Porter o cumprimentou.

– Bom dia, Vossa Excelência – o capitão respondeu.

– O que conseguiu? – Kincaid perguntou.

O capitão tirou o boné e sacudiu para tirar as gotas de chuva.

– O *Marie II* não está lá – ele disse. – Eu o vi chegar na tarde em que a tempestade começou. E não o vi sair, mas sei que ele não partiria de novo naquele dia. Contudo, parece que saiu.

– Quem é o dono?

– Tom Halfpenny. Eu telefonei para ele. Ele o deixou no ancoradouro naquele dia e não o viu desde então.

– Que tipo de embarcação é? – Blogs perguntou.

– Um pequeno barco de pesca, com 60 pés e proa larga. Barquinho forte, motor interno. Não tinha nenhum modelo especial. Os pescadores daqui não seguem os livros quando constroem seus barcos.

– Deixe-me fazer uma pergunta muito importante – Bloggs disse. – Aquele barco poderia agüentar a tempestade?

O capitão interrompeu o ato de acender seu cachimbo. Após um instante, disse:

– Com um marinheiro muito experimentado no leme, talvez sim. Talvez não.

– Até onde ele poderia ter ido antes de a tempestade começar?

– Não muito longe... algumas milhas. O *Marie II* só foi ancorado no final da tarde.

Bloggs levantou-se, andou em torno de sua cadeira e sentou-se novamente.

– Então onde ele está agora?

– No fundo do mar, com toda probabilidade, o idiota. – A afirmação do capitão não foi dita sem prazer.

Bloggs não podia estar satisfeito com a probabilidade de que Faber estivesse morto. Era inconclusivo demais. Sua insatisfação refletiu-se em seu corpo, e ele se sentiu desassossegado, cansado e frustrado. Ele esfregou o queixo. Precisava barbear-se.

– Acreditarei nisso quando puder ver – ele disse.

– Não verá.

– Guarde suas conjeturas lúgubres – Bloggs disse asperamente. – Quero informação, não pessimismo. – Os outros homens lembraram-se que, a despeito de sua juventude, ele era o oficial mais graduado ali. – Vamos repassar as possibilidades. Primeira: ele deixou Aberdeen por terra e outra pessoa qualquer roubou o *Marie II.* Nesse caso, ele provavelmente chegou a seu destino agora, mas não terá deixado o país por causa da tempestade. Nós já temos todas as outras forças policiais em sua caça, e é tudo que podemos fazer com respeito à hipótese número um.

"Segunda: ele ainda está em Aberdeen. Novamente estamos com essa possibilidade coberta: ainda o estamos procurando.

"Terceira: ele deixou Aberdeen por mar. Acho que concordamos que esta é a opção mais plausível. Vamos esmiuçar isso. A: ele passou para outro barco, provavelmente um submarino, antes que a tempestade começasse. Não achamos que ele tenha tido tempo, mas isso é possível. B: ele encontrou abrigo em alguma parte, ou naufragou em algum lugar perto do continente ou perto de uma ilha. C: ele morreu.

"Se ele pegou um submarino, nós o perdemos. Não há nada mais que possamos fazer. Se ele encontrou abrigo ou naufragou, vamos encontrar provas mais cedo ou mais tarde – ou o *Marie II* ou pedaços dele. Podemos procurar pela costa e vasculhar o mar tão logo a tempestade ofereça condições para que tomemos um avião. Se ele foi para o fundo do oceano, ainda assim encontraremos pedaços do barco flutuando.

"Então temos três rumos a seguir: continuamos as investigações já iniciadas; montamos nova guarda na costa, trabalhando para o norte e para o sul de Aberdeen; e nos preparamos para uma busca aérea sobre o mar assim que a tempestade melhorar.

Bloggs começara a caminhar enquanto falava, pensando com os olhos voltados para os pés. Parou e olhou ao redor.

– Comentários, perguntas, dúvidas?

A hora tardia havia afetado todos eles. O súbito acesso de energia de Bloggs os tirou da letargia. Um inclinou-se para frente, esfregando as mãos; outro amarrou os cadarços do sapato; um terceiro vestiu o paletó. Eles queriam trabalhar. Não havia perguntas.

23

Faber estava acordado. Seu corpo provavelmente precisava de descanso, a despeito do fato de que ele passara o dia na cama; mas sua mente estava agitada, repassando possibilidades, esboçando cenários, pensando em mulheres e em sua casa.

Agora que ele estava perto de fugir, as lembranças de casa se haviam tornado dolorosamente doces. Ele pensava em coisas bobas, como em lingüiças bem grandes para comer em fatias, carros no lado direito da rua, árvores realmente altas e acima de tudo na própria língua – palavras com substância e precisão, consoantes duras e vogais suaves e o verbo no fim da frase, onde devia ficar, finalidade e significado no mesmo clímax lógico.

Pensamentos sobre o clímax trouxeram Gertrude à mente outra vez: seu rosto sob o dele, a maquiagem tirada com os beijos dele, os olhos apertados de prazer abrindo-se para encará-lo com prazer, a boca aberta numa permanente respiração ofegante, dizendo "*Ja, Liebling, ja...*"

Era bobagem. Ele havia levado uma vida de monge durante sete anos, mas Gertrude não tinha razões para fazer o mesmo. Deveria ter tido muitos homens depois de Faber. Podia até ter morrido, bombardeada pela RAF ou assassinada por maníacos porque seu nariz era um pouquinho longo ou atropelada por um carro no blecaute. De qualquer maneira, ela dificilmente se lembraria dele. Provavelmente ele nunca a veria outra vez. Mas ela era um símbolo.

Ele normalmente não se permitia a indulgência de sentimentos. Havia em sua natureza uma camada muito fria e ele cultivava isso, porque o protegia. Agora, contudo, ele estava a um passo do sucesso e sentia-se livre, não para relaxar a vigilância, mas para fantasiar um pouco.

A tempestade seria sua defesa, enquanto continuasse. Ele simplesmente entraria em contato com o submarino na segunda-feira usando o rádio de Tom, e o capitão enviaria um escaler à baía quando o tempo clareasse. Contudo, se a tempestade terminasse antes de segunda-feira, havia uma pequena complicação: o barco de suprimento. David e Lucy naturalmente esperavam que ele tomasse o barco de volta ao continente.

Lucy veio a seus pensamentos em visões vívidas, coloridas, que ele não conseguia controlar. Ele a via com seus olhos cor-de-âmbar observando-o fazer curativo em seu dedo; sua silhueta subindo as escadas em frente a ele vestida com uma roupa larga de homem; seus seios pesados, perfeitamente redondos, quando ela parou despida no banheiro. E, à medida que as visões se transformavam de memória em fantasia, ela debruçou-se sobre o curativo e beijou sua boca, virou-se na escadaria e acolheu-o em seus braços, saiu do banheiro e cobriu os seios com as mãos dele.

Ele virou-se irrequietamente na cama, amaldiçoando a imaginação que lhe trazia sonhos que não o perturbavam desde os dias da escola. Àquele tempo, antes que ele tivesse experimentado a realidade do sexo, havia construído elaboradas tramas sexuais, em que apareciam as mulheres de mais idade com as quais ele convivia diariamente: a formal diretora; a intelectual, esbelta, morena esposa do Professor Nagel; a vendedora da cidade que usava batom vermelho e falava sobre o marido com desprezo. Às vezes, ele reunia as três numa fantasia orgíaca.

Quando, aos 15 anos, ele seduziu a filha de uma empregada no crepúsculo de uma floresta da Prússia Ocidental, abandonou as orgias imaginárias porque elas eram muito melhores do que a desapontadora realidade. O jovem Heinrich fora enganado por isso: onde estava o êxtase ofuscante, a sensação de planar como um pássaro, a mística fusão de dois corpos em um? As fantasias tornaram-se dolorosas, lembrando-o de seu fracasso em torná-las verdadeiras. Mais tarde, logicamente, a realidade melhorou, e Heinrich concebeu a idéia de que o êxtase não vem do prazer de um homem numa mulher, mas do prazer dos dois em cada um. Ele expressara essa opinião a seu irmão mais velho, que pareceu achar isso banal, uma obviedade, e não uma descoberta; e, em breve, Heinrich veria isso por esse mesmo ângulo.

Ele tornou-se um bom amante, finalmente. Achava o sexo interessante, e fisicamente agradável. Nunca foi um grande sedutor, pois a emoção da conquista não era o que ele desejava. Mas era um especialista em dar e receber satisfação sexual, sem a ilusão do especialista de que a técnica é tudo. Para algumas mulheres, ele era um homem altamente desejável, e o fato de que ele não sabia disso servia para torná-lo mais atraente ainda.

Tentou lembrar-se de quantas mulheres já tivera: Anna, Gretchen, Ingrid, a garota americana, aquelas duas prostitutas em Stuttgart... não podia se lembrar de todas, mas não deviam ser mais de vinte.

Nenhuma delas, ele pensava, era tão bonita quanto Lucy. Ele soltou um suspiro exasperado: deixara essa mulher atingi-lo, só porque ele estava tão perto de casa e tinha sido cuidadoso demais por tanto tempo. Estava aborrecido. Isso era indisciplina: não se deve relaxar até que a tarefa esteja concluída e ele ainda não tinha terminado, não completamente.

Havia o problema do barco de suprimentos. Diversas soluções vieram-lhe à cabeça: talvez a mais promissora fosse imobilizar os habitantes da ilha, ir até o barco e mandar o homem da embarcação embora com uma história da carochinha. Ele podia dizer que os estava visitando, tinha vindo em outro barco; que era um parente, ou um observador de aves... qualquer coisa. Era um problema pequeno demais para tomar toda a sua atenção agora. Mais tarde, quando e se o tempo melhorasse, ele pensaria em algo.

Ele não tinha problemas sérios. Uma ilha solitária, a milhas da costa, com quatro habitantes – era um esconderijo ideal. A partir de então, sair da Inglaterra seria tão fácil quanto sair de um cercado de bebê. Quando ele pensou pelo que já passara, nas pessoas que matara – os cinco homens da Guarda Interna, o rapaz de Yorkshire no trem, o mensageiro da *Abwehr* –, achou-se agora numa situação agradável.

Um velho, um aleijado, uma mulher e uma criança... Matá-los seria muito simples.

LUCY TAMBÉM PERMANECIA acordada. Ela estava escutando. Havia muito o que escutar. A tempestade era uma orquestra, a chuva batendo no telhado, o vento uivando nos beirais do chalé, o mar batendo na praia. A velha casa falava, também, estalando nas juntas quando levava pancadas da tempestade. Dentro do quarto havia mais ruídos: a respiração lenta e regular de David ameaçando mas nunca chegando a roncar, pois dormia profundamente sob o efeito da dose dupla de sonífero; e a respiração mais rápida, baixa, de Jo, esticado numa cama de campanha colocada junto à outra parede.

O barulho me deixa acordada, Lucy pensou; depois imediatamente: Quem estou tentando enganar? Sua vigília era causada por Henry, que tinha visto seu corpo nu, e tocara suas mãos delicadamente quando fizera o curativo em seu dedo, e que agora estava deitado numa cama no quarto ao lado, provavelmente dormindo.

Ele não havia falado muito sobre a sua vida, ela pensava: só que não era casado. Ela não sabia onde ele nascera – o sotaque não dava nenhum indício. Não tinha nem falado em que trabalhava, embora ela imaginasse que ele fosse um especialista, talvez dentista ou soldado. Ele não era estúpido o suficiente para ser um procurador, tão inteligente para ser jornalista, e médicos não guardavam seu segredo profissional por mais de cinco minutos. Ele não era rico o bastante para ser advogado, muito retraído para ser ator. Ela apostava que era do Exército.

Ele vivia sozinho?, perguntou-se. Ou com a mãe? Ou com uma mulher? Como se vestia quando não estava pescando? Ela gostaria de vê-lo num terno azul-escuro, com o paletó estilo jaquetão, com um lenço branco no bolso de cima. Ele tem carro? Sim, deveria ter; um tipo diferente e completamente novo. Provavelmente ele dirigia bem depressa.

Esse pensamento trouxe lembranças do carro esporte de David, e ela fechou os olhos, apertando-os bastante para afastar as imagens do pesadelo. Pense em outra coisa, pense em *outra coisa.*

Pensou em Henry novamente, e concluiu algo estranho. Ela queria ir para a cama com ele.

Era uma vontade peculiar; o tipo de desejo que, em seu quadro de valores, afligia os homens mas não as mulheres.

Uma mulher pode encontrar-se com um homem rapidamente e achá-lo atraente, desejar conhecê-lo melhor, pode até começar a se apaixonar por ele; mas não sentia um desejo físico imediato, a menos que fosse... anormal.

Ela disse a si mesma que isso era ridículo; que ela precisava fazer amor com o marido, e não copular com o primeiro homem disponível que aparecesse. Ela disse a si mesma que não era desse tipo.

Não obstante, era agradável especular. David e Jo estavam dormindo: não havia nada que a impedisse de sair da cama, atravessar o saguão, entrar no quarto dele, meter-se na cama junto com ele...

Nada que a impedisse, exceto seu caráter, boa formação e uma educação respeitável.

Se ela fosse fazer isso com alguém, faria com alguém como Henry. Ele seria gentil, e delicado, e atencioso; não a menosprezaria por oferecer-se como uma prostituta do Soho.

Ela virou-se na cama, rindo da própria tolice: pois como ela poderia saber se ele a menosprezaria? Ela o conhecia havia apenas um dia, e ele havia passado a maior parte daquele dia dormindo.

Ainda assim, seria bom tê-lo olhando-a novamente, seu ar de admiração misturado com um pouco de divertimento. Seria bom sentir suas mãos, tocar seu corpo, apertar-se contra o calor de sua pele.

Ela sentiu que seu corpo respondia às imagens da mente. Sentiu ímpeto de tocar seu corpo, mas resistiu, como fazia há quatro anos. Pelo menos não estou frígida, pensou.

Ela mexeu as pernas e suspirou à medida que uma sen-

 sação cálida percorria-lhe o corpo. Já estava passando dos

limites. Era hora de dormir. Não havia simplesmente como ela fazer amor com Henry, ou com outra pessoa qualquer naquela noite.

Com esse pensamento, levantou-se e foi para a porta.

FABER OUVIU RUÍDO de passos no saguão e reagiu automaticamente.

Sua mente afastou instantaneamente os pensamentos lascivos sem conseqüência com os quais se ocupava. Colocou as pernas no chão e livrou-se das cobertas num movimento único, rápido; então silenciosamente atravessou o quarto e colocou-se ao lado da janela, no canto mais escuro, com o estilete na mão.

Ouviu a porta abrir, ouviu o intruso entrar, ouviu a porta fechar novamente. Nesse ponto ele começou a pensar, pois um assassino teria deixado a porta aberta para uma fuga rápida, e ocorreu-lhe que havia um sem-número de razões pelas quais seria impossível um assassino encontrá-lo ali.

Ele afastou o pensamento, pois havia sobrevivido até ali por levar em conta uma chance em mil. O vento acalmou por um instante e ele ouviu alguém respirar, uma respiração tênue, ao lado de sua cama, dando-lhe condições de localizar a posição exata do intruso. Ele pulou.

Ele a tinha na cama, com o rosto virado para baixo, com a faca em sua garganta e o joelho em suas costas, antes que percebesse que o intruso era uma mulher. Logo depois, ele adivinhou sua identidade. Afrouxou o aperto, esticou a mão até a mesa-de-cabeceira e acendeu a luz.

O rosto dela estava pálido sob o fraco facho da luz.

Faber guardou a faca antes que ela a visse. Retirou o peso de cima dela.

– Eu lhe peço mil desculpas – disse.

Ela voltou-se para ele e olhou-o enquanto ele se sentava. Ela começou a rir.

– Pensei que fosse um assaltante.

– E de onde viria um assaltante? – ela disse rindo. A cor voltou novamente a seu rosto.

Ela vestia um velho roupão de flanela, bem largo, que a cobria do pescoço até os tornozelos. Os cabelos ruivos se espalhavam pelo travesseiro de Faber. Seus olhos pareciam muito grandes e os lábios estavam úmidos.

– Você é muito bonita – Faber disse calmamente.

Ela fechou os olhos.

Faber debruçou-se e beijou-a na boca. Seus lábios abriram-se imediatamente, e ela correspondeu ao beijo com ânsia. Com a ponta dos dedos, ele acariciou-a no pescoço, nas orelhas e nos ombros. Ela mexia-se embaixo dele.

Ele desejava beijá-la por muito tempo, para explorar sua boca e saborear sua intimidade; mas ele percebeu que ela não dispunha de tempo para ternura. Ela meteu a mão dentro da calça do pijama e segurou-o. Gemia baixinho e a respiração começou a ficar mais forte.

Ainda beijando-a, Faber alcançou o abajur e desligou-o. Afastou-se dela e retirou o paletó do pijama. Rapidamente, para que ela não percebesse o que ele estava fazendo, puxou a lata de filme presa ao peito, não ligando quando a fita gomada foi arrancada e o machucou. Colocou as fotos debaixo da cama. Também desabotoou a bainha do braço esquerdo e a deixou de lado.

Ele levantou a saia do roupão dela até cintura. Ela não usava nada por baixo.

– Rápido – ela disse. – Rápido.

 Faber uniu seu corpo ao dela.

LUCY NÃO SENTIU a menor sensação de culpa depois. Sentiu-se apenas contente, satisfeita, plena. Ela tivera o que desejava; e estava feliz. Permaneceu quieta, olhos abertos, afagando os pêlos do pescoço de Henry, gostando da sensação que provocavam em sua mão.

Depois de um instante, ela disse:

– Eu estava com uma pressa...

– Não acabou ainda – ele sussurrou.

Ela franziu a testa.

– Você não conseguiu?

– Não. E para você não foi muito bom.

Ela sorriu.

– Não concordo.

Ele acendeu a luz e olhou-a:

– Vamos ver.

Ele escorregou-se na cama, seu peito entre as coxas dela, e beijou-a na barriga. Sua língua lambeu o umbigo dela. Estava muito bom. Então sua cabeça desceu mais ainda. Certamente, ela pensava, ele não quer me beijar *lá.* Mas beijou. E fez mais que beijar. Seus lábios puxavam as macias dobras da pele dela. Ela ficou paralisada quando a língua dele começou a penetrar suas cavidades e depois, quando ele separou os lábios com os dedos, a meter-se dentro dela.

Sua língua impaciente encontrou um local sensível, tão pequeno que ela mesma não sabia de sua existência, tão sensível que, quando ele tocou, era quase doloroso a princípio. Ela esqueceu seu estado de inércia quando foi dominada pela mais penetrante sensação que jamais teve. Incapaz de se conter, ela mexia suas ancas para cima e para baixo, cada vez mais rápido, esfregando sua carne escorregadia na boca dele, queixo, nariz, testa; totalmente absorta em seu prazer. A sensação, crescendo cada vez mais, até que se sentiu completamente tomada pelo prazer e abriu a boca para gritar, e então Henry colocou a mão em seu rosto para acalmá-la; mas o grito saiu sufocado na garganta quando o clímax chegou e continuou, continuou, terminando em algo que parecia uma explosão que a deixou tão extenuada que ela pensou que nunca mais se levantaria.

Sua mente parecia ter-se esvaziado por um instante. Lucy tinha uma vaga noção de que Faber continuava entre as suas pernas, seu rosto áspero da barba contra a maciez de sua coxa, seus lábios mexendo-se delicada e afetuosamente.

Finalmente ela disse:

– Agora *entendo* o que Lawrence diz.

Ele levantou a cabeça.

– Não entendo.

Ela suspirou.

– Eu não imaginava que podia ser assim. Foi maravilhoso.

– *Foi?*

– Oh, Deus, não tenho mais energia...

Ele mudou de posição, ajoelhando-se e ficando sobre o peito dela, e ela entendeu o que ele queria que ela fizesse, e pela segunda vez ela franziu o rosto, assustada: era muito *grande*... mas subitamente ela *quis* fazer isso, ela *precisava* colocá-lo na boca; então ela levantou a cabeça e seus lábios se fecharam em torno dele, e ele soltou um gemido leve.

Ele segurou a cabeça dela, movendo-a para a frente e para trás. Ela olhou para o rosto dele. Ele a olhava com os olhos muito abertos, absorvendo o que ela fazia. Ela imaginava o que faria quando ele... *gozasse*... e resolveu que não ia se incomodar, porque tudo mais fora tão bom com ele que ela sabia que iria gostar daquilo também.

Mas não aconteceu. Quando ela achou que ele estava no ponto de perder o controle, ele parou, mudou de posição, descansou sobre ela e penetrou-a novamente. Dessa vez, foi bem lento e relaxado, como o ritmo do mar na praia; até que ele colocou as mãos sob as ancas dela e agarrou suas nádegas, e ela olhou-o e viu que agora, agora ele estava pronto para perder o autocontrole e deixar-se perder dentro dela. Aquilo a excitou mais que tudo, tanto que, quando ele finalmente dobrou-se, seu rosto fechado numa máscara de dor, e soltou um gemido do fundo do peito, ela enroscou as pernas em torno da cintura dele e abandonou-se em êxtase; e então, depois de tanto tempo, ela ouviu as trombetas e os trovões e o som de pratos que Lawrence prometera.

Ficaram quietos por muito tempo. Lucy sentia-se aquecida, como se estivesse brilhando; nunca se sentira assim durante o tempo que viveu na ilha. Quando a respiração deles diminuiu, ela pôde ouvir a tempestade lá fora. Henry estava pesado em cima dela, mas ela não queria que ele saísse: ela gostava de seu peso e do leve cheiro de suor de sua pele clara. De vez em quando, ela mexia a cabeça para roçar o rosto nos lábios dele.

Ele era o homem perfeito para se ter um caso. Ele sabia mais sobre o corpo dela do que ela mesma. O corpo dele era muito bonito: largo e musculoso nos ombros, delgado na cintura e quadril, com pernas longas e fortes, cabeludas. Ela achou que ele tinha algumas cicatrizes: não tinha certeza. Forte, delicado e bonito: perfeito. Contudo, ela sabia que nunca iria se apaixonar por ele, nunca desejaria fugir com ele e casar-se. Bem dentro dele, ela sentia, havia algo de frio e duro, alguma parte dele que estava comprometida em algum lugar, uma disposição de abandonar as sensações comuns por uma tarefa mais elevada. Ele nunca pertenceria a nenhuma mulher, pois tinha outra suprema lealdade – como a arte de um pintor, a ganância de um negociante, a nação de um patriota, a revolução de um socialista. Lucy tinha de mantê-lo a distância e usá-lo cautelosamente, como uma terapia auxiliar.

Não que ela tivesse tempo para conquistá-lo: ele viajaria em pouco mais que um dia.

Ela se mexeu afinal e imediatamente ele saiu de cima dela e deitou-se de costas. Ela levantou-se firmando-se num cotovelo e olhou para o corpo dele. Sim, ele tinha cicatrizes: uma grande no peito e uma pequena marca como uma estrela – podia ser uma queimadura – no quadril. Ela esfregou o peito dele com a palma da mão.

– Não é muito elegante – ela disse –, mas quero dizer obrigada.

Ele estendeu a mão para tocá-la no rosto e sorriu.

– Você é muito elegante.

– Você não sabe o que fez. Você...

Ele colocou um dedo sobre os seus lábios.

– Sei o que fiz.

Ela mordeu o dedo dele e depois colocou sua mão no seio dela. Ele procurou o bico do seio.

– Por favor, faça de novo – ela disse.

– Não sei se posso – ele respondeu.

Mas fez.

ELA O DEIXOU duas horas depois do amanhecer. Houve um pequeno ruído no outro quarto, e ela pareceu subitamente lembrar-se de que tinha um marido e um filho dentro de casa. Faber queria dizer que isso não importava, que nem ele nem ela tinham o menor motivo para se importar com o que o marido poderia saber ou pensar; mas calou-se e deixou-a ir. Ela o beijou uma vez mais, um beijo bem molhado; então levantou-se, alisou o roupão amarrotado em cima do corpo e saiu na ponta dos pés. Ele a observou ternamente.

Ela tem alguma coisa, ele pensou. Permaneceu deitado de costas e olhando para o teto. Ela era quase ingênua, e muito inexperiente, mas, apesar disso, tinha sido maravilhosa. Eu poderia me apaixonar por ela, ele pensou.

Levantou-se e apanhou a lata de filme e a faca na bainha, debaixo da cama. Ele pensou se devia conservá-los consigo. Podia querer fazer amor com ela durante o dia... Decidiu ficar com a faca – ele se sentiria despido sem ela – e deixar o filme em algum lugar. Colocou-o numa gaveta e escondeu-o com seus documentos e a carteira. Sabia que estava quebrando todas as regras; mas esta certamente seria sua última tarefa, e ele sentia-se com direito de divertir-se com uma mulher. Pouco importava se alguém visse as fotos – o que poderiam fazer?

Esticou-se na cama, depois levantou-se novamente. Anos de treinamento não deixaram que ele corresse riscos. Colocou o filme e seus documentos no bolso do paletó. Agora podia relaxar.

Escutou a voz da criança, depois os passos de Lucy quando ela descia as escadas, depois David arrastando-se até o banheiro. Ele teria de se levantar e tomar o desjejum com a família. Não queria dormir agora de maneira nenhuma.

Ficou olhando a janela toda pontilhada pelas gotas da chuva, observando o furor da tempestade, até ouvir a porta do banheiro se abrir. Então ele vestiu o paletó do pijama e foi se barbear. Usou o aparelho de David, sem permissão.

Isso não parecia problema agora.

24

Erwin Rommel sabia desde o início que ia discutir com Heinz Guderian.

O General Guderian era exatamente o tipo de oficial prussiano aristocrata que Rommel detestava. Ele o conhecia há algum tempo. Ambos, no início de suas carreiras, haviam comandado o Batalhão Goslar Jaeger, e encontraram-se novamente durante a campanha polonesa. Quando Rommel deixou a África, havia recomendado Guderian para sucedê-lo, sabendo que era uma batalha perdida: a manobra fracassou porque àquela altura Guderian não estava nas graças de Hitler e a recomendação fora rejeitada de imediato.

O general era, Rommel sentia, o tipo de homem que colocava um lenço de seda no joelho para proteger o vinco da calça quando se sentava para beber no Herrenklub. Ele era oficial porque seu pai fora oficial e seu avô havia sido rico. Rommel, filho de um professor que fora promovido de tenente-coronel a marechal-de-campo em apenas quatro anos, desprezava a casta militar, da qual nunca fora membro.

Agora ele olhava através da mesa para o general, que estava bebendo o conhaque apropriado aos Rothschilds franceses. Guderian e seu companheiro, o General von Geyr, vieram ao quartel-general de Rommel em La Roche Guyon, no norte da França, para lhe dizer como dispor suas tropas. As reações de Rommel a tais visitas iam da impaciência à raiva. Em seu modo de ver, o Estado-Maior estava lá para fornecer espionagem confiável e suprimentos regulares, e ele sabia por experiência própria na África que era incompetente nas duas funções.

Guderian tinha um bigode louro aparado, e os cantos dos olhos eram pesadamente enrugados, o que dava a impressão de que estava sempre sorrindo. Era alto e elegante, o que não ajudava nada para que o baixo, feio e careca Rommel o aceitasse melhor. Ele parecia tranqüilo, e qualquer general alemão que pudesse se sentir relaxado nesse estágio da guerra certamente era um tolo. A refeição que eles haviam acabado de fazer – carne de vitela daquela região e vinho vindo do Sul – não era desculpa.

Rommel olhou pela janela e viu a chuva pingando das limeiras no pátio enquanto esperava que Guderian começasse sua exposição. Quando finalmente ele falou, ficou claro que o general havia pensado na melhor maneira de abordar o assunto, e decidira abordá-lo pela tangente.

– Na Turquia – começou – a nona e décima divisões inglesas, com o exército turco, estão se agrupando na fronteira com a Grécia. Na Iugoslávia, os guerrilheiros também estão se concentrando. Os franceses da Argélia estão se preparando para invadir a Riviera. Os russos, ao que parece, preparam uma invasão anfíbia na Suécia. Na Itália, os Aliados estão prontos para marchar para Roma.

"Há sinais menores: um general seqüestrado em Creta; um oficial da espionagem assassinado em Lyon; uma torre de radar atacada em Rhodes; um avião sabotado com graxa abrasiva em Atenas; um ataque surpresa em Sagvaag; uma explosão na fábrica de oxigênio em Boulogne-sur-Seine; um trem descarrilado em Ardennes; um depósito de gasolina incendiado em Boussens... eu poderia continuar.

"O quadro é claro. Nos territórios ocupados, a sabotagem está aumentando... e a traição; em nossas fronteiras, em toda parte, vemos preparativos para a invasão. Nenhum de nós duvida de que haverá uma grande ofensiva dos Aliados nesse verão; e podemos igualmente ter certeza de que toda essa escaramuça tem o objetivo de nos confundir quanto ao local de onde virá o ataque.

O general fez uma pausa. A preleção, feita num estilo de mestre-escola, irritava Rommel, e ele aproveitou a oportunidade para interromper.

– É por isso que temos um Estado-Maior: para reunir essas informações, avaliar as atividades do inimigo e planejar seus próximos passos.

Guderian sorriu indulgentemente.

– Devemos também estar atentos às limitações dessa bola de cristal. O senhor tem suas idéias quanto ao local do ataque, suponho. Nós também. Nossa estratégia deve levar em conta a possibilidade de que nossas opiniões estejam erradas.

Rommel agora via aonde os argumentos de Guderian – cheios de rodeios – queriam chegar, e controlou o desejo de manifestar seu desagrado antes que a declaração fosse feita.

– O senhor tem quatro divisões blindadas sob o seu comando – Guderian continuou. – A 2ª divisão Panzer, em Amiens; a 116ª, em Rouen; a 21ª, em Caen; e a 2ª SS, em Toulouse. O General von Geyr já propôs ao senhor que essas divisões fossem agrupadas a uma certa distância da costa, todas juntas, prontas para a retaliação rápida em qualquer ponto. Mas isso é uma questão de estratégia. Não obstante, o senhor não apenas resistiu à sugestão de von Geyr, como, na verdade, deslocou a 21ª para a costa atlântica.

– E as outras três devem ser deslocadas o mais rápido possível – Rommel irrompeu. – Quando sua gente vai entender? *Os Aliados dominam os ares.* Depois que a invasão for iniciada, não haverá mais nenhum movimento de blindados. As operações móveis não são mais possíveis. Se os seus preciosos *panzers* estiverem em Paris quando os Aliados desembarcarem na costa, eles vão *continuar* em Paris, presos pela RAF, até que os Aliados marchem pelo Boulevard St. Michel. Eu *sei*... já fizeram isso comigo. Duas vezes! – Fez uma pausa para respirar. – Reunir nossos blindados como uma reserva móvel é torná-los inúteis. Não haverá contra-ataques. A invasão deve ser enfrentada nas praias, quando estiverem mais vulneráveis, e ser empurrada de volta para o mar.

O sangue fugiu-lhe do rosto quando ele começou a expor sua estratégia de defesa.

– Criei obstáculos submarinos, reforcei as muralhas do Atlântico, espalhei minas, coloquei estacas em todos os campos que poderiam ser utilizados para a aterrissagem de aviões atrás de nossas linhas. Todas as minhas tropas estão empenhadas em cavar defesas nas horas em que não estão treinando.

"Minhas divisões blindadas devem ser deslocadas para a costa. A reserva de tropas deve ser transferida para a França. As 9ª e 10ª divisões SS devem ser trazidas de volta da frente oriental. Nossa estratégia deve consistir em impedir que os Aliados tomem uma cabeça-de-praia, pois depois que eles conseguirem isso a batalha estará perdida... talvez até a guerra.

Guderian inclinou-se sobre a mesa, com os olhos apertados e aquele meio sorriso de raiva.

– O senhor quer que defendamos a costa européia de Tromso, na Noruega, até Roma, passando pela Península Ibérica. Onde vamos conseguir os exércitos?

– Essa pergunta devia ter sido feita em 1938 – Rommel murmurou.

Houve um silêncio constrangedor depois dessa resposta, e foi mais espantoso ainda por ter vindo do notoriamente apolítico Rommel.

Von Geyr quebrou o silêncio.

– Onde o *senhor* acredita que será o ataque, marechal-de-campo?

Rommel refletiu.

– Até há pouco eu estava convencido da teoria Pas de Calais. Contudo, a última vez em que estive com o Führer fiquei impressionado com os argumentos dele em favor da Normandia. Estou também impressionado com seu instinto, e com sua precisão. Por conseguinte, acredito que nossos *panzers* devem se colocar primeiramente ao longo da costa da Normandia, com uma divisão talvez na foz do Somme. Essa opinião é apoiada por forças fora do meu grupo.

Guderian balançou a cabeça solenemente:

– Não, não, não. É arriscado demais.

– Estou preparado para levar esse argumento ao próprio Hitler – Rommel ameaçou.

– Então é o que deve fazer – Guderian disse resignadamente – porque não vou concordar com esse plano, a menos que...

– Bem? – Rommel ficou surpreso com a posição do general, tão mudada.

Guderian mexeu-se em seu lugar, relutante em fazer uma concessão a um antagonista tão teimoso quanto Rommel.

– O senhor deve saber que o Führer está esperando o relatório de um agente extraordinariamente eficiente que está na Inglaterra.

– Eu sei – Rommel assentiu. – Die Nadel.

– Sim. Ele ficou incumbido de verificar o Primeiro Grupamento do Exército dos Estados Unidos sob o comando de Patton. Se ele achar, como tenho certeza de que achará, que o grupamento é grande, forte e está pronto para se deslocar, então continuarei a me opor ao senhor. Contudo, se ele achar que o grupamento é um blefe, uma pequena divisão disfarçada numa força de invasão, então admitirei que o senhor está certo, e terá seus *panzers*. Aceita esse acordo?

Rommel meneou a larga cabeça, afirmativamente.

– Tudo depende de Die Nadel, então.

– Tudo depende de Die Nadel.

Parte V

25

O chalé era terrivelmente pequeno, Lucy percebeu repentinamente. Quando ela foi fazer suas tarefas matinais – acender o fogão, fazer mingau, pôr a mesa, vestir Jo –, as paredes pareciam oprimi-la claustrofobicamente. Afinal, eram apenas quatro cômodos, ligados por um pequeno corredor com a escada; não se podia andar sem esbarrar em alguém. Se quisesse, poderia ouvir o que os outros estavam fazendo: Henry deixando a água correr na pia, David se arrastando escadaria abaixo, Jo batendo no ursinho na sala de estar. Lucy gostaria de ficar algum tempo sozinha antes de encontrar alguém: tempo para deixar os fatos da noite anterior assentarem em sua cabeça, de modo que ela pudesse agir normalmente sem um esforço consciente.

Ela achava que não saberia disfarçar bem. Não era fácil. Ela não tinha experiência anterior. Tentou pensar em outra ocasião de sua vida em que tivesse enganado alguém íntimo, mas não conseguiu. Não que tivesse princípios elevados – o fato de mentir não a perturbava. Simplesmente nunca tivera motivo para desonestidade. Isso significava, ela se perguntou, que havia levado uma vida protegida?

David e Jo sentaram-se à mesa da cozinha e começaram a comer. David estava calado, Jo falava sem parar só pelo prazer de formar palavras. Lucy não queria comer.

– Não vai comer? – David perguntou naturalmente.

– Já comi um pouco. – Pronto, sua primeira mentira. Não tinha ido mal.

A tempestade tornava a claustrofobia pior. A chuva estava tão forte que Lucy mal podia ver o celeiro da janela da cozinha. Sentia-se ainda mais aprisionada quando fazia um grande esforço para abrir a porta ou a janela. O céu encoberto, acinzentado, e a neblina criavam um crepúsculo permanente. No jardim, a água da chuva formava verdadeiros rios entre as plantações de batata, e o canteiro de ervas virara um pequeno tanque. O ninho de pardais sob o beiral do telhado tinha sido carregado, e os pássaros voavam de um lado para outro, assustados.

Lucy ouviu Henry descer as escadas, e sentiu-se melhor. Por algum motivo, tinha certeza de que ele era bom em disfarces.

– Bom dia! – Faber disse cordialmente.

David, sentado na cadeira de rodas, olhou-o e sorriu. Lucy ocupou-se com o fogão. Havia culpa estampada em seu rosto. Faber resmungou intimamente, mas David parece não ter percebido sua expressão. Faber começou a pensar que David era um imbecil.

– Coma alguma coisa, Henry – Lucy pediu.

– Muito obrigado.

– Receio que não possa levá-lo à igreja. Acompanhar os hinos pelo rádio é o máximo que fazemos.

Faber percebeu que era domingo.

– Vocês são praticantes?

– Não – David respondeu. – E você?

– Também não.

– Domingo é um dia como outro qualquer para os fazendeiros – David continuou. – Vou para o outro lado da ilha ver minhas ovelhas. Pode vir, se agüentar.

– Eu gostaria – Faber disse. Isso lhe daria oportunidade de fazer um reconhecimento. Ele precisava saber o caminho para a casa que tinha o transmissor. – Quer que eu dirija?

David olhou-o de forma ríspida.

– Posso dirigir muito bem. – Houve um momento de silêncio pesado. – Com esse tempo, a estrada é só uma lembrança. Estaremos mais seguros comigo ao volante.

– É claro. – Faber começou a comer.

– Não faz diferença para mim – David insistiu. – Não quero que venha se achar que seria muito...

– Realmente eu gostaria de ir.

– Dormiu bem? Não me parece que esteja cansado. Espero que Lucy não o tenha feito ficar acordado até tarde.

Faber queria não olhar para Lucy. Pelo canto dos olhos, ele pôde ver que ela estava corada até a raiz dos cabelos.

– Dormi o dia inteiro ontem – ele disse, tentando olhar David bem dentro dos olhos.

Não adiantou. David estava olhando para a sua esposa. Ela virou as costas. O traço de uma ruga marcou a testa de David, e por um instante seu queixo caiu numa clássica expressão de surpresa.

Faber estava um pouco aborrecido. David seria hostil agora, e o antagonismo era meio caminho para a suspeita. Não era perigoso, mas podia ser desagradável.

O marido recompôs-se imediatamente. Empurrou sua cadeira e saiu da cozinha, foi para a porta dos fundos.

– Vou pegar o jipe no celeiro – murmurou. Apanhou uma capa no cabide e colocou na cabeça, então abriu a porta e saiu.

No pouco tempo em que a porta ficou aberta, a tempestade penetrou na pequena cozinha, deixando o piso molhado e as pessoas geladas. Quando a porta bateu, Lucy sentiu um arrepio e começou a enxugar a água do chão.

Faber estendeu o braço e tocou em seu braço.

– Não – ela disse, virando a cabeça em direção a Jo, como uma advertência.

– Você está sendo boba – Faber disse.

– Acho que ele sabe – ela disse.

– Mas, se você refletir por um instante, realmente não se incomoda se ele souber, não é?

Ela pensou.

– Eu não deveria.

Faber deu de ombros. A buzina do jipe tocou impacientemente do lado de fora. Lucy deu-lhe uma capa e um par de botas.

– Não fale em mim – ela pediu.

Faber vestiu a roupa impermeável e foi para a porta da frente. Lucy acompanhou-o e fechou a porta da cozinha, onde estava Jo.

Com a mão na maçaneta, Faber voltou-se e beijou-a.

Ela beijou-o também, vigorosamente, depois virou-se e foi para a cozinha.

Faber saiu na chuva, pisando na lama, e pulou no jipe ao lado de David. Ele arrancou imediatamente.

O jipe fora especialmente adaptado para que o homem sem pernas o dirigisse. Tinha um acelerador de mão, embreagem automática e uma alça no volante para permitir que o motorista dirigisse com uma das mãos. A cadeira de rodas, dobrada, ficava num lugar apropriado atrás do banco do motorista. Havia uma espingarda presa acima do pára-brisa.

David dirigia bem. Ele estava certo quanto à estrada; não era mais que uma faixa de urzes destruídas pelos pneus do jipe. A água da chuva enchia as partes mais fundas. O carro derrapava na lama. David parecia gostar disso. Havia um cigarro em seus lábios e ele assumiu um incongruente ar de desafio. Talvez esse fosse seu substituto para a aviação.

– O que você faz quando não está pescando? – perguntou equilibrando o cigarro.

– Funcionário público – Faber respondeu.

– Que tipo de trabalho você faz?

– Finanças. Sou apenas uma peça na engrenagem.

– Tesouro, hein?

– Principalmente.

Mesmo essa resposta estúpida não interrompeu o questionário de David.

– Trabalho interessante? – insistiu.

– Razoavelmente. – Faber reuniu forças para inventar uma história. – Eu sei quanto uma peça deve custar, e gasto a maior parte do meu tempo me certificando de que o contribuinte não está sendo sobrecarregado.

– Algum tipo especial de peça?

– Tudo, desde clipes a peças de avião.

– Ah, bem. Todos contribuímos para o esforço de guerra, cada um à sua maneira.

Esta era uma observação ofensiva, e David não tinha obviamente idéia por que Faber não se ofendera.

– Estou velho demais para combater – Faber disse calmamente.

– Foi convocado na primeira?

– Jovem demais.

– Que sorte!

– Sem dúvida.

A trilha ia até perto da ponta do penhasco, mas David não diminuiu. Passou pela cabeça de Faber que ele podia querer matar os dois. Ele segurou-se.

– Estou correndo muito?

– Você conhece a estrada.

– Você parece assustado – David disse.

Faber não deu ouvidos e David diminuiu um pouco, aparentemente satisfeito porque dera uma espécie de demonstração de superioridade.

A ilha era plana e descampada, Faber observou. O chão apresentava algumas pequenas elevações, mas ele não vira nenhuma colina. A vegetação era em sua maioria de ervas, com algumas folhagens e samambaias, mas poucas árvores. Havia pouca proteção. As ovelhas de David Rose devem ser fortes, pensou.

– Você é casado? – David perguntou subitamente.

– Não.

– Homem inteligente.

– Oh, não sei.

– Aposto que você se divertia muito em Londres – David o espreitou com o canto dos olhos.

Faber nunca gostara do modo desdenhoso como certos homens se referiam às mulheres. Ele respondeu rispidamente:

– Acho que você deve ser muito feliz por ter Lucy.

– Você acha?

– Sim.

– Não gosta de variar, então?

Faber pensou: Com os diabos, aonde ele quer chegar?

– Não tive oportunidade de descobrir as vantagens da monogamia.

– Certo.

Faber pensou: *Ele* não sabe onde está chegando. Decidiu não dizer mais nada, já que tudo que ele dissesse seria lenha na fogueira.

– Devo dizer, você não *parece* um contador do governo. Onde está o guarda-chuva enrolado e o chapéu-coco?

 Faber tentou dar um sorriso.

– Você parece muito em forma para um burocrata.

– Eu ando de bicicleta.

– Você deve ser muito forte para ter agüentado aquele naufrágio.

– Obrigado.

– Você também não parece velho demais para estar no Exército.

Faber olhou David.

– Para onde você está indo? – Faber perguntou calmamente.

– Já chegamos – David respondeu.

Faber olhou pelo vidro e viu um chalé muito parecido com o de Lucy, com paredes de pedra, telhado de ardósia e pequenas janelas. Ficava no alto de uma colina, a única que Faber vira na ilha, e mesmo assim não era bem uma colina. A casa tinha uma aparência jovial. O jipe passara perto de um pequeno pinheiro e de alguns abetos. Faber pensou por que o chalé não fora construído ao abrigo das árvores.

Ao lado da casa, havia um espinheiro com flores feias. David parou o carro. Faber observou-o desdobrar a cadeira de rodas e deslocar-se do assento do jipe para a cadeira: ele teria se ofendido com uma oferta de ajuda.

Entraram na casa por uma porta de madeira sem tranca. Foram recebidos no hall por um *collie* preto e branco, um cachorro pequeno de cabeça grande que balançava o rabo mas não latia. A disposição do chalé era idêntica à do chalé de Lucy, mas a atmosfera era diferente: esse lugar era triste, não tinha móveis nem ninguém para mantê-lo limpo.

David dirigiu-se à cozinha. O pastor estava sentado perto de um antigo fogão, esquentando as mãos. Levantou-se.

– Henry, este é Tom MacAvity – David disse.

– É um prazer conhecê-lo – Tom disse formalmente.

Faber apertou-lhe a mão. Ele era um homem baixo, atarracado, com o rosto feito couro curtido. Estava com um boné de pano e fumava um grande cachimbo com tampa. Seu aperto de mão era firme, e a pele de sua mão parecia uma lixa. Faber tinha que se concentrar para entender o que ele dizia. Seu sotaque escocês era bem acentuado.

– Espero não ter vindo atrapalhar – Faber disse. – Só vim para dar um passeio.

David empurrou sua cadeira até a mesa.

– Acho que não podemos fazer muito esta manhã, Tom, só mesmo dar uma olhada em tudo.

– É. Vamos tomar um pouco de chá antes de sair, então.

Tom colocou o chá bem forte em três canecas e misturou um pouco de uísque em cada uma. Os três homens sentaram-se e beberam em silêncio, David fumando um cigarro e Tom limpando cuidadosamente o cachimbo. Faber sentiu que certamente os dois passavam grande parte do tempo juntos dessa forma, fumando e esquentando as mãos sem dizer nada.

Quando terminaram o chá, Tom colocou as canecas dentro da pia de pedra e foram para o jipe. Faber sentou-se atrás. David dirigia devagar agora, e o cachorro, que se chamava Bob, caminhava ao lado, mantendo o ritmo sem esforço aparente. Era óbvio que David conhecia o terreno muito bem, pois dirigia confiante pela grama sem atolar uma só vez no chão pantanoso. As ovelhas pareciam muito tristes. Com a lã encharcada, elas se amontoavam dentro dos buracos ou se aproximavam dos pés de amoras, ou das rampas a sotavento, muito desanimadas para pastar. Mesmo os carneiros estavam desanimados, escondidos debaixo das mães.

Faber estava olhando o cão quando ele parou, ouviu alguma coisa e depois então saiu correndo.

Tom também estava prestando atenção no cão.

– Bob encontrou alguma coisa – disse.

O jipe seguiu o cachorro por alguns metros. Quando eles pararam, Faber pôde ouvir o mar: estavam perto da ponta norte da ilha. O cachorro estava perto de um pequeno buraco. Quando os homens desceram do jipe, puderam ouvir o que o cachorro tinha ouvido: o balido de uma ovelha em apuros. Eles foram até o buraco e olharam lá para dentro.

O animal estava caído de lado, a uns 6 metros de profundidade, precariamente equilibrado à beira de uma pequena plataforma. Uma das patas estava torcida. Tom desceu, pisando com todo o cuidado, e examinou a perna.

– Carne de carneiro logo mais – gritou.

David apanhou a espingarda no jipe e entregou-a a ele. Tom acabou com o sofrimento da ovelha.

– Quer puxar com a corda?

– É... a menos que Henry queira descer e me dar uma ajuda.

– Certamente – Faber disse. Desceu até onde Tom estava. Cada um pegou por uma perna do animal morto e subiram. A capa de Faber agarrou num arbusto espinhento, e ele quase caiu antes de conseguir puxá-la, fazendo barulho.

Colocaram a ovelha no jipe e seguiram. Faber estava bem molhado e percebeu que havia rasgado a capa quase toda nas costas.

– Receio que tenha estragado esta capa – disse.

– Foi por um bom motivo – Tom disse.

Logo eles voltaram para o chalé de Tom. Faber tirou a

capa e o casaco molhado, e Tom colocou o casaco sobre o fogão, para secar. Foram todos para o alpendre – o chalé de Tom não tinha o encanamento moderno que fora colocado na casa de Lucy – e Tom preparou mais chá.

– Essa foi a primeira que perdemos este ano – David comentou.

– É.

– Vamos cercar a fossa nesse verão.

Faber sentiu uma mudança na atmosfera: não era a mesma de duas ou três horas atrás. Sentaram-se, bebendo e fumando como antes, mas David parecia impaciente. Duas vezes, Faber pegou-o olhando para ele, absorto.

Finalmente, disse:

– Vamos deixar você limpar a ovelha, Tom.

– Sim.

David e Faber saíram. Tom não se levantou, mas o cachorro foi até a porta.

Antes de ligar o jipe, David apanhou a espingarda em seu lugar acima do pára-brisa, recarregou-a e colocou-a no lugar.

No caminho para casa, ele passou por outra mudança de comportamento e tornou-se conversador.

– Eu pilotava Spitfires, você sabe. Adoráveis *papagaios*. Quatro metralhadoras em cada asa, Brownings americanas, disparavam 1.260 tiros por minuto. Os alemães preferem canhão, logicamente. O Me109s deles tem apenas duas metralhadoras. Um canhão faz mais estragos, mas as nossas Brownings são mais rápidas e mais precisas.

– É mesmo? – Faber perguntou polidamente.

– Colocaram canhões nos Hurricanes depois, mas foi o Spitfire que venceu a Batalha da Inglaterra.

 Faber achou sua ostentação irritante.

– Quantos aviões inimigos você derrubou?

– Perdi as pernas quando ainda estava em treinamento – David respondeu.

Faber olhou seu rosto: havia uma máscara de raiva contida. David acrescentou:

– Não, não matei nenhum alemão ainda.

Isso era uma prova inconfundível. Faber subitamente ficou bem alerta. Ele não fazia idéia do que David podia ter deduzido ou descoberto, mas não havia dúvida de que o homem sabia de alguma coisa, e não se tratava da noite anterior. Faber virou-se um pouco para poder ver David melhor, apoiou o pé no túnel da transmissão, no piso, e colocou a mão direita levemente sobre o braço esquerdo. Estava esperando o próximo movimento de David.

– Você se interessa por aviões? – David perguntou.

– Não. – A resposta de Faber era desprovida de entusiasmo.

– Isso tornou-se um passatempo nacional, eu acho... reconhecer aviões. Como observar aves. Passam as tardes inteiras deitados de costas olhando para o céu com o telescópio. Pensei que você gostasse.

– Por quê?

– O que disse?

– O que fez você pensar que eu gostasse disso?

– Oh, não sei. – David parou o jipe para acender um cigarro. Eles estavam bem no meio da ilha, a 8 quilômetros do chalé de Tom e a oito da casa de Lucy. David jogou o fósforo no chão.

– Talvez as fotos que caíram do seu bolso...

Enquanto falava, jogou o cigarro aceso no rosto de Faber e esticou o braço para apanhar a espingarda.

26

Sid Cripps olhou pela janela e amaldiçoou em voz baixa. O prado estava cheio de tanques americanos – pelo menos oitenta. Ele sabia que havia uma guerra em curso e tudo mais, mas, se eles tivessem pedido, ele teria oferecido outro lugar, onde a grama não estivesse tão viçosa. Agora as lagartas já deviam ter amassado seu melhor pasto.

Calçou as botas e saiu. Havia alguns soldados ianques no campo, e ele imaginava se eles haviam percebido o touro. Quando chegou à escadaria, parou e coçou a cabeça. Estava acontecendo algo muito engraçado. Os tanques não tinham amassado sua grama. Não tinham deixado trilhas. Mas os soldados americanos estavam *fazendo* trilhas para os tanques com uma ferramenta como um ancinho.

Enquanto Sid tentava entender o que se passava, o touro viu os tanques. Olhou-os por um instante, então esfregou a pata no chão e começou a correr. Ele ia em direção ao tanque.

– Vai quebrar a cabeça, maluco – Sid murmurou.

Os soldados também estavam olhando o touro. Eles pareciam achar aquilo engraçado.

O touro bateu no tanque com toda força, seus chifres penetrando na lateral blindada do veículo. Sid esperava, com toda a fé, que os tanques ingleses fossem mais fortes que os americanos.

Houve um grande ruído quando o touro puxou os chifres. O tanque caiu como um balão vazio. Os soldados americanos riram.

Sid Cripps coçou a cabeça de novo. Era tudo muito estranho.

PERCIVAL GODLIMAN caminhava rapidamente pela Parliament Square, segurando um guarda-chuva. Vestia um terno de riscas sob a capa e seus sapatos pretos estavam bem engraxados – pelo menos estavam até a hora em que ele saiu na chuva –, pois não era todo dia, ou melhor, não era todo ano que ele tinha uma audiência particular com Churchill.

Um soldado de carreira teria ficado nervoso ao levar más notícias ao comandante supremo das Forças Armadas da nação. Godliman não estava nervoso, porque um conhecido historiador não tinha o que temer de soldados e políticos, a menos que sua visão da História fosse um pouco mais radical do que a de Godliman. Não estava nervoso, então; mas estava preocupado.

Ele pensava no esforço, na prevenção, no cuidado, no dinheiro e na energia que haviam sido despendidos na criação do inteiramente falso Primeiro Grupamento do Exército dos Estados Unidos estacionado em East Anglia: os quatrocentos navios ancorados, feitos de lona e compensado, flutuavam em tambores de óleo, que enchiam os portos e estuários; os bonecos infláveis na forma de tanques, canhões, caminhões, carros blindados e até paióis de munição, cuidadosamente fabricados; e as queixas publicadas nas seções de cartas dos jornais locais sobre o declínio do moral desde a chegada de tropas americanas na área; os diques de óleo de mentira em Dover, desenhados pelo melhor arquiteto inglês e construídos – com papelão e antigas manilhas de esgoto – por artífices emprestados pelos estúdios de cinema; as informações falsas transmitidas a Hamburgo por alemães que foram "invertidos" pelo Comitê XX; e as incessantes conversas através do rádio, transmitidas somente para os postos de escuta alemães, consistindo em mensagens criadas por escritores profissionais de ficção e incluindo preciosidades como "O 5º Real Regimento da Rainha está informando sobre um número de mulheres civis, provavelmente sem autorização, no trem de carga. O que faremos com elas, levamos para Calais?"

Muitas informações haviam sido passadas com êxito. Tudo indicava que os alemães haviam caído na armadilha. E agora todo o plano fora posto em perigo por causa do espião – um espião que Godliman não conseguira capturar.

Seus pequenos passos atravessavam a calçada de Westminster até o número 2 da Great George Street. O guarda armado ao lado dos sacos de areia examinou seu passe e acenou para que entrasse. Ele atravessou o saguão e desceu a escadaria até o quartel-general subterrâneo de Churchill.

Era como descer o convés de um navio de guerra. Protegido contra as bombas por um teto de mais de um metro de espessura de concreto armado, o posto de comando tinha portas de aço e o teto era sustentado também por estacas de madeira. Quando Godliman entrou na sala de mapas, um grupo de jovens com rostos muito solenes levantou-se da sala de conferências, que ficava atrás. Um ajudante-de-ordens seguiu-os um instante depois e reconheceu Godliman.

– O senhor é muito pontual – o ajudante disse. – Ele o aguarda.

Godliman entrou na pequena e aconchegante sala de conferências. Havia tapetes no chão e um retrato do rei na parede. Um exaustor elétrico chupava a fumaça do ambiente. Churchill sentava-se à cabeceira de uma mesa antiga, muito polida, no centro da qual havia uma estatueta de um fauno, emblema da equipe de Churchill que preparara o plano, a Seção de Controle de Londres.

Godliman resolveu não fazer continência.

– Sente-se, professor – Churchill disse.

Godliman logo percebeu que Churchill não era um homem alto – mas ele *sentava-se* como um homem alto: ombros curvados, cotovelos nos braços da cadeira, queixo para baixo, pernas abertas. Em vez do famoso terno, ele vestia um paletó preto curto e calça cinza de riscas com uma gravata-borboleta azul e uma camisa brilhante de tão branca. A despeito de sua estrutura atarracada e da barriga, a mão segurando a caneta-tinteiro era delicada, com dedos finos. Sua cor era rosada, como a de um bebê. A outra mão segurava o charuto e na mesa, atrás dos papéis, havia uma garrafa que parecia conter uísque.

Ele estava fazendo anotações à margem de um relatório datilografado e, enquanto escrevia, às vezes murmurava as palavras. Godliman não estava nem um pouco intimidado pelo grande homem. Como estadista de tempos de paz, Churchill tinha sido, na opinião de Godliman, um desastre. Contudo, tinha as qualidades de um grande chefe guerreiro, e Godliman o respeitava por isso. (Anos depois, Churchill modestamente negou que tivesse sido o leão inglês, dizendo que simplesmente tivera o privilégio de dar o rugido: Godliman achava que esse julgamento estava certo.)

Ele levantou os olhos abruptamente e disse:

– Acho que não há dúvida de que esse espião miserável descobriu o que vamos fazer.

– Nenhuma dúvida, senhor – Godliman disse.

– Acha que ele fugiu?

– Nós o perseguimos até Aberdeen. É quase certo que ele partiu de lá há duas noites num barco roubado, provavelmente para um encontro no Mar do Norte. Contudo, ele não pode ter ido muito longe por causa da tempestade que caiu. Pode ter encontrado o submarino antes da tempestade, mas não é provável. Com toda certeza, ele afundou. Desculpe, mas não posso dar informações mais precisas.

– Eu sei – Churchill disse. Subitamente, ele pareceu furioso, embora não com Godliman. Levantou-se da cadeira e foi até o relógio na parede, olhando como que hipnotizado a inscrição *Victoria RI, Ministério do Trabalho, 1889*. Então, como se tivesse esquecido de que Godliman estava lá, começou a andar de um lado para outro junto da mesa, falando sozinho, baixinho. Godliman conseguia ouvir as palavras, e o que ele escutou deixou-o atônito. O grande homem estava murmurando: "Essa figura forte, caminhando para lá e para cá, subitamente inconsciente de qualquer presença além de seus pensamentos..." Era como se Churchill representasse num filme de Hollywood que ele escrevesse enquanto andava.

Aquilo acabou tão depressa quanto tinha começado e, se ele sabia que havia se comportado excentricamente, não dava mostras disso. Sentou-se, entregou a Godliman um maço de papéis, e disse:

– Essas eram as condições de combate dos alemães na semana passada.

Frente russa:	122 divisões de infantaria 25 divisões *panzer* 17 divisões mistas
Itália e Balcãs:	37 divisões de infantaria 9 divisões *panzer* 4 divisões mistas

Frente Ocidental:	64 divisões de infantaria 12 divisões *panzer* 12 divisões mistas
Alemanha:	3 divisões de infantaria 1 divisão *panzer* 4 divisões mistas

– Das 12 doze divisões *panzer* na frente ocidental, somente *uma* está realmente na costa da Normandia. As grandes divisões SS, *Das Reich* e *Adolf Hitler*, estão em Toulouse e Bruxelas, respectivamente, e não dão sinais de se deslocar. O que tudo isso lhe diz, professor?

– Nosso plano parece ter sido bem-sucedido – Godliman respondeu, e percebeu a confiança que Churchill depositara nele. Até aquele momento, a Normandia não fora mencionada nem pelo Coronel Terry ou por qualquer outra pessoa, embora já tivesse deduzido por conhecer a situação que apontava para o Pas de Calais. Obviamente, ele ainda não sabia a data da invasão – o Dia D – e estava grato por isso.

– Sucesso total! – Churchill gritou. – Eles estão confusos e incertos, e suas melhores opiniões sobre as nossas intenções estão bastante erradas. E ainda mais! – Ele parou para causar impacto. – E ainda mais, a despeito de tudo... – Ele apanhou outra folha de papel da mesa e leu em voz alta. – Nossas chances de tomar a cabeça-de-praia, particularmente depois que os alemães aumentaram seus efetivos, são só de 50%.

Ele tirou o charuto da boca, e sua voz tornou-se suave.

– Foi reunido todo o poderio militar e industrial de todo o mundo de língua inglesa, a maior civilização desde o Império Romano, quatro anos para ganhar essa possibilidade de 50%. Se o espião fugir, perderemos até isso.

Ele encarou Godliman por um instante, depois então pegou a caneta com a mão branca, delicada.

– Não me traga probabilidades, professor – ele disse. – Traga-me o corpo de Die Nadel.

Abaixou a cabeça e começou a escrever. Depois de um instante, Percival Godliman levantou-se e calmamente deixou a sala.

27

O tabaco do cigarro queima a 800 graus centígrados. Contudo, a brasa na ponta é normalmente envolta por uma fina camada de cinzas. Para causar uma queimadura, o cigarro tem que ser apertado contra a pele pelo menos por um segundo: um toque de raspão praticamente não dá para sentir. Isso se aplica mesmo aos olhos, pois piscar é a mais rápida das reações involuntárias do corpo humano. Só os amadores jogam cigarros. Os profissionais – há poucas pessoas no mundo para quem a luta corporal é uma arma profissional – não ligam para eles.

Faber ignorou o cigarro aceso que David Rose jogou em cima dele. Ele fez bem, pois o cigarro desviou-se em sua testa e foi cair no chão do jipe. Então ele fez um gesto para agarrar a espingarda de David, e isso foi um erro. Ele podia ter apanhado o estilete e esfaqueado David; porque, embora David *pudesse* tê-lo matado, ele nunca tinha apontado uma arma para um ser humano, muito menos matado alguém; então ele certamente hesitaria, e nesse momento Faber poderia matá-lo.

O erro custou caro.

David tinha as duas mãos na espingarda – a mão esquerda no cano e a direita em torno da culatra – e tinha tirado a arma do suporte quando Faber com uma das mãos segurou o cano. David puxou a arma para si, mas Faber conseguiu segurá-la por um instante, e a espingarda apontou para o pára-brisa.

Faber era um homem forte, mas David era excepcionalmente forte. Seus ombros, braços e punhos empurravam-no e à sua cadeira de rodas há quatro anos, e os músculos tornaram-se descomunalmente desenvolvidos. Além disso, ele estava com as duas mãos seguras na arma, virado de frente, e Faber estava segurando com apenas uma das mãos e com o corpo torcido. David puxou de novo, de forma mais determinada, e o cano escorregou da mão de Faber.

Naquele momento, com a espingarda apontada para a sua barriga e David com o dedo no gatilho, Faber sentiu-se muito perto da morte.

Ele pulou, lançando seu corpo para cima. A cabeça bateu na lona do teto do jipe quando a arma foi disparada com um estampido que o ensurdeceu e provocou uma dor física por dentro dos olhos. A janela daquele lado partiu-se em várias partes e a chuva começou a cair pelo rombo feito. Faber contorceu-se e caiu, nao no banco em que estava sentado, mas em cima de David. Colocou as mãos em torno do pescoço de David e apertou os polegares.

David tentou colocar a espingarda entre os seus corpos para disparar com o outro cano, mas a arma era grande demais. Faber olhou bem fundo em seus olhos e viu... o que era aquilo? Alegria! Claro – finalmente ele tinha oportunidade de lutar por seu país. Então, sua expressão mudou, quando seu corpo sentiu falta de oxigênio e começou a lutar para respirar.

David soltou a espingarda e trouxe os cotovelos bem para trás, e então deu um violento soco duplo nas costelas de Faber.

A dor foi terrível e Faber franziu o rosto, mas manteve as mãos no pescoço de David. Ele sabia que podia agüentar os socos de David mais do que o outro agüentaria sem respiração.

David deve ter tido o mesmo pensamento. Ele cruzou os braços entre os corpos dos dois e empurrou Faber; então, quando estavam um pouco separados, levantou as mãos e deu um golpe nos braços de Faber, livrando-se de suas mãos. Ele fechou o punho direito e golpeou de cima para baixo, num soco poderoso que atingiu o rosto de Faber, que lacrimejou com a dor.

Faber respondeu com uma série de golpes no corpo; David continuou a socá-lo no rosto. Estavam próximos demais para que pudessem se machucar de verdade em tão pouco tempo, mas a força de David começou a falar mais alto.

Faber compreendeu que David astutamente havia escolhido o local e a hora da luta: ele tivera a vantagem da surpresa, da espingarda e do pequeno espaço, em que seus músculos contavam mais e a mobilidade e o equilíbrio de Faber contavam pouco.

Faber levantou o corpo um pouco e sua cintura esbarrou na alavanca de marchas, empurrando-a para frente. O motor ainda estava ligado, e o carro deu um solavanco, desequilibrando-o. David aproveitou a oportunidade para dar um direto de esquerda que, mais por sorte do que por intenção, acertou-o no queixo e jogou-o longe. A cabeça
 bateu na coluna do pára-brisa, o ombro afundou na

maçaneta, a porta abriu e ele caiu lá fora, dando uma cambalhota para trás e caindo com o rosto na lama.

Durante algum tempo, ele ficou zonzo demais para poder se mexer. Quando abriu os olhos, só conseguiu ver um clarão azulado contra um fundo vermelho meio enevoado. Ele ouviu o motor do jipe trabalhando. Sacudiu a cabeça, tentando desesperadamente clarear a vista, e com esforço arrastou-se, apoiado nos joelhos e nas mãos. O ruído do jipe afastou-se e depois voltou. Ele virou a cabeça em direção ao ruído e, quando sua vista finalmente clareou, viu o jipe vindo em sua direção a toda velocidade.

David pretendia atropelá-lo.

Com o pára-choque dianteiro a menos de um metro de seu rosto, ele se jogou para o lado. Sentiu uma rajada de vento. Um pára-choque esbarrou num de seus pés quando o jipe passou por ele, com os pesados e largos pneus afundando na relva encharcada e cuspindo lama. Ele rolou duas vezes na grama molhada e depois ajoelhou-se. Seu pé estava doendo. Ele viu o jipe fazer uma curva fechada e voltar para cima dele.

Ele podia ver o rosto de David pelo pára-brisa. O jovem estava curvado sobre o volante, os lábios arreganhados num sorriso selvagem, quase maníaco. Ele parecia estar se vendo na cabine de um Spitfire, descendo sobre um avião inimigo com as oito metralhadoras Browning disparando 1.260 tiros por minuto.

Faber fugiu para o lado do despenhadeiro. O jipe aumentou a velocidade. Faber sabia que por algum tempo estaria incapacitado de correr. Olhou para o penhasco: era uma inclinação rochosa, quase vertical, que caía no mar furioso, dezenas de metros abaixo. O jipe estava vindo para a beira do precipício, em sua direção. Desesperadamente,

Faber procurou um apoio, ou mesmo uma rocha. Mas não havia nada.

O jipe estava a uns cinco metros de distância, correndo a uma velocidade de 60 quilômetros por hora. Suas rodas estavam a menos de meio metro do despenhadeiro. Faber atirou-se no chão, com as pernas pendendo da ribanceira, apoiando-se somente com os braços na ponta do penhasco.

As rodas passaram bem perto dele. Alguns metros à frente, um pneu escorregou na borda do penhasco. Por um instante, Faber pensou que o jipe todo fosse escorregar e cair lá embaixo no mar, mas as outras três rodas puxaram o jipe e salvaram-no.

O chão, sob os braços de Faber, mexeu-se. A vibração do jipe passando por ali fez com que a terra se soltasse. Ele sentiu que havia escorregado um pouco. Trinta metros abaixo, o mar furioso espumava nas rochas.

Faber esticou um dos braços até onde podia e cravou os dedos na terra. Sentiu uma unha partir-se, mas ignorou a dor. Fez o mesmo com o outro braço. Com as duas mãos enfiadas na terra, ele se ergueu. Era agonizantemente lento, mas finalmente sua cabeça chegou até onde estavam suas mãos, e os quadris bateram em terra firme, e ele pôde firmar-se e virar-se, saindo do precipício.

O jipe estava manobrando novamente. Faber correu em sua direção. Seu pé estava dolorido, mas não estava quebrado. David acelerou outra vez para persegui-lo. Faber virou-se e correu perpendicularmente à direção do jipe, forçando David a virar o volante e, em conseqüência, a diminuir a marcha.

Faber não podia continuar assim por muito tempo. Tinha certeza de que cansaria antes de David. Esta tinha que ser a última passagem.

Ele correu mais depressa. David tomou um atalho, visando um ponto à frente de Faber. Faber virou-se e correu no sentido contrário, e o jipe ziguezagueou. Estava bem perto agora. Faber correu, obrigando David a girar com o jipe num círculo pequeno. O jipe estava mais devagar e Faber, mais perto. Poucos metros os separavam quando David percebeu o que Faber estava pretendendo. Ele tentou voltar, mas já era tarde. Faber correu para a lateral do jipe e jogou-se em cima dele, caindo de bruços em cima do teto de lona.

Ficou deitado alguns segundos, recuperando o fôlego. O pé machucado doía como se tivesse ficado algum tempo no fogo, e os pulmões lhe causavam também muita dor.

O jipe ainda estava andando. Faber tirou o estilete da bainha sob a manga e fez um corte largo, irregular, no teto de lona. O pano abriu, e Faber achou-se olhando para a nuca de David.

David olhou para cima. Um ar de completa perplexidade tomou conta de seu rosto. Faber armou a mão para golpear com a faca.

David acelerou e virou o volante. O jipe deu um salto e ficou em apenas duas rodas quando fez uma curva bem fechada. Faber lutou para se segurar. O jipe, ganhando mais velocidade, caiu de novo sobre as quatro rodas e levantou-se novamente. Ele se sacudiu perigosamente durante alguns metros, então as rodas deslizaram no chão encharcado e ele caiu de lado, com grande estrépito.

Faber foi lançado a alguns metros e caiu de qualquer maneira. Ficou sem respirar devido à força do impacto. Passaram-se alguns segundos até que ele pudesse se mexer.

O desatinado caminho que o jipe tomara levara-o bem próximo do despenhadeiro outra vez.

Faber viu sua faca caída na grama a alguns metros dele. Apanhou-a e voltou ao jipe.

De algum modo, David conseguira sair e tirar sua cadeira de rodas pelo teto rasgado, e agora estava sentado na cadeira e empurrando-a para longe da beira do precipício. Faber teve de reconhecer sua coragem.

De qualquer modo, ele tinha que morrer.

Faber correu atrás dele. David deve ter ouvido os passos, pois antes que Faber alcançasse a cadeira ele parou e girou; e Faber viu uma pesada chave de parafuso na mão de David.

Faber jogou-se sobre a cadeira de rodas, derrubando-a. Seu último pensamento foi que os dois e a cadeira iam acabar lá embaixo, no mar – então a chave de parafuso bateu na parte de trás de sua cabeça e ele desmaiou.

Quando voltou a si, a cadeira estava a seu lado mas David não estava à vista. Ele se levantou e olhou ao redor, perplexo.

– Aqui!

A voz vinha da beira do rochedo. David devia ter caído da cadeira e rolado até lá. Faber foi até o penhasco e deu uma olhada.

David estava segurando com uma das mãos o tronco de um arbusto que nascia logo abaixo da ponta do penhasco. A outra mão estava se apoiando numa pequena fenda da rocha. Ele estava suspenso, da mesma forma como Faber estivera uns minutos atrás. Seu ar de desafio acabara, havia terror em seus olhos.

– Puxe-me, pelo amor de Deus – ele gritou roucamente.

Faber aproximou-se e debruçou-se.

– Como ficou sabendo das fotos? – perguntou.

– Ajude-me, por favor!

– Fale-me sobre as fotos.

– Oh, Deus. – David fez um grande esforço para se concentrar. – Quando você foi até o alpendre de Tom, deixou seu paletó secando na cozinha. Tom subiu para apanhar mais uísque e eu mexi em seus bolsos. Achei os negativos.

– E isso era prova suficiente para você tentar me matar? – Faber perguntou surpreendido.

– Isso e o que você fez com minha mulher em minha casa. Um inglês não se comportaria assim.

Faber não pôde deixar de rir.

– Onde estão os negativos agora?

– No meu bolso.

– Me dê os negativos que eu puxo você.

– Você tem que apanhá-los... não posso me largar.

Faber deitou-se no chão e enfiou a mão por debaixo da capa de chuva de David e foi até o bolso de cima do paletó dele. Ele soltou um suspiro de alívio quando seus dedos tocaram a lata de filme e a retiraram. Olhou os filmes. Parecia que estavam todos ali. Colocou a lata no bolso do seu paletó, abotoou a aba e se voltou para David.

Agarrou o arbusto em que David estava pendurado e o arrancou com um gesto selvagem.

David gritou:

– Não!

Tentou desesperadamente se segurar, enquanto a outra mão escorregava inexoravelmente da fenda na rocha.

– Não é justo! – ele gritou. E sua mão largou totalmente a rocha. Ele pareceu ficar suspenso no ar. Depois caiu, cada vez mais depressa, batendo duas vezes na rocha antes de cair no mar com grande ruído.

Faber ainda olhou algum tempo para se certificar de que ele não iria subir de novo.

– Não é justo? – ele falou consigo. – Não é *justo*? Você não sabe que estamos em guerra?

Ainda olhou para o mar durante alguns minutos. De repente, pensou ter visto um pedaço do tecido oleado amarelo flutuando, mas desapareceu antes que ele pudesse localizá-lo. Havia apenas o mar e as rochas.

De repente, ele se sentiu muito cansado. Seus ferimentos iam tornando-se conscientes aos poucos: o pé, a pancada na cabeça, os golpes no rosto. David Rose tinha sido um tolo, um mau marido, e tinha morrido gritando, pedindo misericórdia; mas fora um homem valente também, e morrera por seu país – tinha conseguido satisfazer seu desejo.

Faber pensou se sua própria morte seria tão boa assim. Finalmente, virou-se e caminhou até o jipe capotado.

28

Percival Godliman sentia-se reanimado, decidido e até inspirado.

Quando pensou nisso, sentiu-se constrangido. As falas empoladas servem para os militares, e os intelectuais se acham imunes aos discursos inspiradores. Contudo, embora ele soubesse que o desempenho do grande homem fora ensaiado, os crescendos e os diminuendos marcados como numa sinfonia, apesar disso *tinha* causado efeito sobre ele, de maneira tão eficaz como se ele fosse o capitão do time de críquete da escola ouvindo os últimos conselhos do treinador.

Ele voltou a seu gabinete com vontade de fazer alguma coisa.

Colocou o guarda-chuva dentro da cesta, pendurou a capa molhada e olhou-se no espelho do guarda-louça. Sem sombra de dúvida, algo acontecera a seu rosto desde que ele se tornara um dos caçadores de espiões da Inglaterra. Outro dia, ele vira uma foto sua tirada em 1937, com um grupo de estudantes num seminário em Oxford. Naqueles dias, ele realmente parecia mais velho do que agora: pele branca, pouco cabelo, barba por fazer, roupas largas de um homem aposentado. O pouco cabelo acabara: agora ele era careca, a não ser pelos poucos fios que tinha à volta da cabeça, como um frade. Vestia roupas de executivo, não de professor. Parecia-lhe – ele podia, supôs, pensar assim – que seu queixo estava mais firme, seus olhos tinham mais brilho e ele tomava mais cuidado ao se barbear.

Sentou-se à sua mesa e acendeu um cigarro. *Aquela* novidade não era bem-vinda. Ele começara a ter tosse, tentou desistir e descobriu que ficara viciado. Mas quase todos fumavam na Inglaterra durante a guerra, mesmo algumas mulheres. Bem, elas estavam fazendo trabalhos masculinos – tinham direito aos vícios masculinos. A fumaça fez Godliman tossir. Ele colocou o cigarro numa tampinha de lata que usava como cinzeiro (louça era coisa rara).

O problema em se inspirar para realizar o impossível, ele refletia, era que a inspiração não oferece soluções para os meios práticos. Lembrou-se de sua tese no colégio sobre as viagens de um obscuro monge medieval chamado Thomas da Árvore. Godliman encarregou-se da pequena mas difícil tarefa de traçar o itinerário do monge durante um período de cinco anos. Ficou uma lacuna de oito meses, em que ele esteve em Paris ou Canterbury, mas Godliman não foi capaz de dizer onde, e isso ameaçou o valor de todo o trabalho. Os registros que ele usava simplesmente não continham as informações. Se a estada do monge não havia sido registrada, então não havia jeito de descobrir onde ele estivera, e pronto. Com o otimismo da juventude, o jovem Godliman recusou-se a acreditar que não havia informação e trabalhou com a certeza de que em *algum lugar* tinha que haver o registro de como Thomas passara aqueles meses – a despeito do fato bem conhecido de que quase tudo que tinha acontecido na Idade Média não era registrado. Se Thomas não tivesse estado em Paris ou Canterbury, talvez estivesse em trânsito entre as duas, Godliman argumentava; então ele encontrou registros de bordo num museu de Amsterdã que mostravam que Thomas tinha tomado um navio para Dover, o qual fora atacado e finalmente afundara na costa irlandesa. Esse empreendimento modelar de pesquisa histórica valeu a Godliman seu título acadêmico.

Ele podia tentar aplicar esse tipo de raciocínio a respeito do que deveria ter acontecido a Faber.

Tudo indicava que Faber tivesse se afogado. Se isso não tivesse acontecido, era bem provável que estivesse na Alemanha agora. Nenhum desses caminhos apresentava algum curso de ação que Godliman pudesse seguir, então deviam ser desconsiderados. Ele devia presumir que Faber estava vivo e que chegara em terra firme em alguma parte.

Deixou seu gabinete e desceu um lance de escada até a sala de mapas. Seu tio, o Coronel Terry, estava lá, parado em frente ao mapa da Europa com um cigarro entre os lábios, pensando. Godliman entendeu que essa era uma cena comum no Ministério da Guerra, naqueles dias: os oficiais superiores observando os mapas, absortos, fazendo prognósticos silenciosos sobre se a guerra seria ganha ou perdida. Ele achava que isso acontecia porque todos os planos haviam sido traçados, a grande máquina fora posta para funcionar, e para aqueles que tomavam as grandes decisões não havia nada mais a fazer a não ser esperar e ver se estavam certos.

Terry viu-o entrar e disse:

– Como foi com o homem?

– Ele estava bebendo uísque – Godliman respondeu.

– Ele bebe o dia inteiro, mas não parece nunca afetá-lo – Terry disse. – O que ele falou?

– Quer a cabeça de Die Nadel numa bandeja. – Godliman atravessou a sala até o mapa da Grã-Bretanha, pendurado na parede, e colocou o dedo sobre Aberdeen. – Se você tivesse enviado um submarino para apanhar um espião fugitivo, onde seria o local mais próximo da costa para o submarino chegar?

Terry aproximou-se dele e olhou o mapa.

– Eu não chegaria mais perto que o limite de três milhas. Mas de preferência pararia a dez milhas da costa.

– Certo. – Godliman com a caneta fez duas linhas paralelas até a costa, uma a três e outra a dez milhas, respectivamente. – Agora, se você fosse um marinheiro amador, partindo de Aberdeen num pequeno barco de pesca, até onde iria antes de começar a ficar nervoso?

– Você quer dizer, qual a distância razoável para uma viagem num barco desse tipo?

– Isso.

Terry encolheu os ombros.

– Pergunte à Marinha. Eu diria quinze ou vinte milhas.

– Concordo. – Godliman traçou um arco de vinte milhas de raio com o centro em Aberdeen. – Agora, se Faber está vivo, ou voltou para o continente ou está em algum lugar dentro desta área. – Ele indicou a área delimitada pelas paralelas e pelo arco.

– Não há terra nessa área.

– Temos um mapa maior?

Terry abriu uma gaveta e tirou um mapa da Escócia em escala maior. Abriu-o em cima da mesa. Godliman copiou no mapa maior as marcas a lápis feitas no outro menor.

Ainda não havia terra naquela área.

– Mas veja – Godliman disse. Um pouco a leste do limite de dez milhas havia uma ilha comprida, estreita.

Terry olhou mais de perto.

– Ilha das Tormentas – leu. – Muito conveniente!

Godliman esfregou o nariz.

– Aposto que ele está lá.

– Pode mandar alguém?

– Quando a tempestade melhorar. Bloggs está lá perto: vou providenciar um avião para ele. Ele pode viajar assim que o tempo melhorar. – Caminhou em direção à porta.

– Boa sorte! – Terry se despediu.

Godliman subiu correndo a escadaria até o andar de cima e foi para o seu gabinete. Pegou o telefone.

– Ligue-me com o Sr. Bloggs em Aberdeen, por favor.

Enquanto esperava, ele rabiscava, desenhando o contorno da ilha.

Tinha a forma da parte de cima de uma bengala, com o cabo no lado ocidental. Deveria ter uns 15 quilômetros de comprimento e talvez 1,5 quilômetro de largura. Imaginou que tipo de lugar seria aquele; seria um local rochoso estéril, ou uma próspera comunidade de agricultores? Se Faber estivesse lá ainda poderia fazer contato, com o submarino. Bloggs tinha de chegar à ilha antes do submarino. Seria difícil.

– O Sr. Bloggs na linha – a telefonista disse.

– Fred?

 – Alô, Percy.

– Acho que ele está numa ilha chamada Ilha das Tormentas.

– Não, não está – Bloggs disse. – Acabamos de prendê-lo.

O ESTILETE TINHA o comprimento de 23 centímetros, com o cabo esculpido e o travessão curto. Sua ponta fina como agulha era bastante afiada – Bloggs achou que aquilo era um instrumento de morte bastante eficiente. Fora afiado recentemente.

Bloggs e o Detetive-Inspetor-Chefe Kincaid ficaram olhando a arma, nenhum dos dois querendo tocá-la.

– Ele estava tentando pegar um ônibus para Edimburgo – Kincaid disse. – Um guarda o viu na bilheteria e pediu sua carteira de identidade. Deixou cair a mala e correu. Uma motorista de ônibus deu-lhe um golpe na cabeça com a máquina de vender passagens. Levou dez minutos para ele acordar.

– Vamos dar uma olhada nele – Bloggs disse.

Eles foram pelo corredor até as celas.

– Aquele – Kincaid apontou.

Bloggs olhou-o pelo visor da cela. O homem estava sentado num banquinho no canto da cela, encostado na parede. As pernas cruzadas, os olhos fechados, as mãos nos bolsos.

– Já esteve preso antes – Bloggs disse.

O homem era alto, com o rosto comprido, bonito e cabelos negros. Podia ser o homem da foto, mas era difícil ter certeza.

– Quer entrar? – Kincaid perguntou.

– Um minuto só. O que havia na maleta além do estilete?

– As ferramentas de um assaltante. Um porção de dinheiro miúdo. Uma pistola e munição. Roupas escuras e sapatos com sola de borracha. Duzentos cigarros Lucky Strike.

– Não havia fotos?

Kincaid balançou a cabeça.

– Bolas! – Bloggs disse enfaticamente.

– Os documentos dizem que é Peter Fredericks, de Wembley, Middlesex. Ele diz que é um torneiro desempregado à procura de serviço.

– Torneiro? – Bloggs disse ceticamente. – Não há torneiro desempregado na Inglaterra há quatro anos. Você pensa que um espião não saberia disso? Contudo...

Kincaid perguntou:

– Devo começar o interrogatório ou o senhor vai fazer?

– Pode começar.

Kincaid abriu a porta e Bloggs entrou atrás dele. O homem no canto da cela abriu os olhos desinteressadamente. Não se mexeu.

Kincaid sentou-se a uma mesa pequena. Bloggs encostou-se na parede. Kincaid começou:

– Qual é seu verdadeiro nome?

– Peter Fredericks.

– O que está fazendo tão longe de casa?

– Procurando emprego.

– Por que não está no Exército?

– Coração fraco.

– Onde esteve nos últimos dias?

– Aqui, em Aberdeen. Antes em Dundee e em Perth.

– Quando chegou a Aberdeen?

– Anteontem.

Kincaid olhou para Bloggs, que assentiu.

– Sua história é estúpida. Torneiros não precisam procurar emprego. O país não tem muitos. É melhor você me contar a verdade – Kincaid disse.

– Estou dizendo a verdade.

Bloggs tirou todas as moedas de seu bolso e as amarrou em seu lenço. Ele ficou olhando, sem dizer nada, balançando o pequeno embrulho com a mão direita.

– Onde estão as fotografias? – Kincaid perguntou.

A expressão do homem não se alterou.

– Não sei do que está falando.

Kincaid deu de ombros e olhou para Bloggs.

– De pé! – Bloggs disse.

– Como?

– De pé! – Bloggs gritou.

O homem levantou-se devagar

– Em frente!

Deu dois passos até a mesa.

– Nome?

– Peter Fredericks.

Bloggs deixou a parede e atingiu o homem com o lenço enrolado. A pancada pegou bem no nariz e ele gritou. Colocou as mãos no rosto.

– Sentido! – Bloggs gritou. – Nome!

O homem endireitou-se, deixou os braços caírem e balbuciou:

– Peter Fredericks.

Bloggs bateu-lhe exatamente no mesmo lugar. Dessa vez, ele caiu sobre os joelhos, e os olhos lacrimejaram.

– Onde estão as fotografias? – Bloggs gritou.

O homem sacudiu a cabeça em silêncio.

Bloggs colocou-o em pé novamente, deu-lhe uma joelhada na virilha e um soco no estômago.

– O que você fez com os negativos?

O homem caiu no chão e vomitou. Bloggs chutou-o

no rosto. Houve um ruído penetrante, como se alguma coisa tivesse quebrado.

– E o submarino? Onde será o encontro? Qual é o código?

Kincaid puxou Bloggs por trás:

– Já chega, Bloggs – disse. – É meu distrito e não posso fechar os olhos por muito tempo, você entende.

Bloggs virou-se para ele.

– Não estamos tratando de um caso vulgar de arrombamento, Kincaid. Este homem está pondo em risco todo o esforço de guerra. – Ele apontava o dedo no nariz do detetive. – Lembre-se bem: sou do MI5 e farei o que bem entender na merda do seu distrito. Se o prisioneiro morrer, eu me responsabilizo. – Virou-se novamente para o homem no chão.

O homem olhava para Bloggs e Kincaid. Seu rosto, coberto de sangue, mostrava uma expressão de incredulidade.

– Sobre o que está falando? – disse numa voz bem fraca. – O que é isso?

Bloggs colocou-o em pé novamente.

– Você é Heinrich Rudolph Hans von Müller-Güder, nascido em Oln, em 26 de maio de 1900; também conhecido como Henry Faber; um tenente-coronel da espionagem alemã. Dentro de três meses, você será enforcado por espionagem, a menos que se torne mais útil para nós vivo. É melhor você começar a ser útil, Coronel Müller-Güder.

– Não – o homem disse. – Não, não! Sou um ladrão, e não um espião. Por favor! – Ele fugiu do punho levantado de Bloggs. – Posso provar isso.

Bloggs acertou-o novamente, e Kincaid interveio pela segunda vez.

– Espere – o detetive disse. – Vamos, Fredericks, se é esse seu nome, prove que você é um ladrão.

– Assaltei três casas em Jubilee Crescent na semana passada – o homem ofegava. – Roubei cerca de quinhentas libras esterlinas de uma e algumas jóias da outra, anéis de diamantes e algumas pérolas... e não tirei nada da outra por causa do cachorro... o senhor deve saber que estou falando a verdade, devem ter dado parte, não deram? Oh, Jesus...

Kincaid olhou para Bloggs.

– Todos esses assaltos aconteceram.

– Ele pode ter lido isso nos jornais.

– O terceiro não foi noticiado.

– Talvez ele os tenha feito, e pode assim mesmo ser um espião. Espiões podem roubar.

– Mas isso foi na semana passada. Seu homem estava em Londres, não estava?

Bloggs calou-se por um instante. Então disse:

– Bem, que merda! – E saiu.

Peter Fredericks olhou para Kincaid através de uma máscara de sangue.

– Quem é ele, a maldita Gestapo? – disse.

Kincaid olhou pensativamente.

– Alegre-se por não ser o homem que ele está procurando.

– É ELE? – Godliman perguntou ao telefone.

– Alarme falso. – A voz de Bloggs chegava estridente e distorcida pela ligação distante. – Um pequeno arrombador de casas que carrega um estilete e se parece com Faber.

– Voltamos à estaca zero – Godliman disse. – Droga!

– Você disse alguma coisa sobre uma ilha.

– Sim. Ilha das Tormentas. Fica a umas dez milhas da costa, a leste de Aberdeen. Você a encontra num mapa com escalas maiores.

– O que o faz acreditar que ele esteja lá?

– Não tenho certeza; de modo algum. Ainda temos que verificar todas as outras possibilidades... outras cidades, a costa, tudo. Mas se ele realmente roubou aquele barco, o...

– *Marie II.*

– Sim. Se ele o roubou mesmo, seu encontro era provavelmente na área dessa ilha; e se eu estiver certo sobre *isso*, então ou ele afundou ou naufragou perto da ilha.

– Certo, isso faz sentido.

– Como está o tempo aí?

– Não mudou.

– Você poderia chegar à ilha num navio grande?

Bloggs pigarreou.

– Acho que se pode agüentar qualquer tempestade se o navio for bem grande. Mas essa ilha não deve ter cais, não é?

– É melhor você descobrir. Contudo, espero que esteja certo. Agora escute: há uma base de aviões da RAF perto de Edimburgo. Quando você chegar lá, terei um avião anfíbio* esperando. Parta assim que o tempo começar a melhorar. Mantenha a guarda costeira daí pronta para se deslocar também, não sei quem chegará lá primeiro.

– Mas... – Bloggs parecia em dúvida. – Se o submarino estiver esperando o tempo melhorar, chegará primeiro.

– Você está certo – Godliman acendeu um cigarro à procura de idéias. – Bem, podemos mandar uma corveta da Marinha para cercar a ilha e ficar tentando captar o sinal de rádio de Faber. Quando o tempo melhorar, poderá desembarcar um bote na ilha. Sim, é uma boa idéia.

– E que tal alguns bombardeiros?

---

*Avião anfíbio: Utilizado para combater incêndios florestais e operações de busca e salvamentos. *(N. do R.)*

– Sim. Embora, como você, eles tenham que esperar até o tempo clarear.

– Não posso esperar muito.

– O que os meteorologistas escoceses dizem?

– Mais um dia como hoje, pelo menos.

– Droga!

– Não faz muita diferença – Bloggs disse. – Enquanto estivermos presos aqui, ele estará detido lá.

– Se ele realmente estiver lá.

– É...

– Está certo – Godliman disse. – Vamos usar a corveta, a guarda costeira, alguns bombardeiros e um anfíbio.

– E eu.

– É melhor você ir andando. Telefone de Rosyth. Tome cuidado.

– Até logo.

Godliman desligou. Seu cigarro, esquecido no cinzeiro, havia queimado até o fim. Ele acendeu outro, depois então pegou o telefone novamente e começou a preparar tudo.

29

Caído de lado, o jipe parecia poderoso mas desamparado, como um elefante ferido. O motor tinha morrido. Faber deu-lhe um empurrão com força e ele caiu majestosamente sobre as quatro rodas. Ele tinha sobrevivido à luta relativamente sem danos. O teto de lona estava destruído, logicamente: o talho que a faca de Faber fizera transformou-se num longo rasgão que ia de um lado a outro. O pára-lama dianteiro, que havia mergulhado na terra e parado o veículo, estava amassado. O farol daquele lado tinha se quebrado. O vidro da janela do mesmo lado havia se estilhaçado com o tiro da espingarda. O pára-brisa estava miraculosamente intacto.

Faber sentou-se no lugar do motorista, colocou a alavanca de mudanças no ponto morto e tentou ligar o motor. Ele virou e morreu. Tentou novamente, e o motor pegou. Ele suspirou, aliviado. Talvez não agüentasse enfrentar uma longa caminhada.

Ficou sentado no carro por algum tempo, verificando seus machucados. Tocou o tornozelo direito com muito cuidado: estava bastante inchado. Talvez tivesse quebrado um osso. Ainda bem que o jipe fora adaptado para ser dirigido por um homem sem pernas, pois Faber não poderia apertar o pedal do freio. O inchaço na nuca parecia grande, do tamanho de uma bola de golfe. Ele examinou o rosto no espelho retrovisor. Era uma massa de pequenos cortes e grandes marcas, como o rosto do perdedor no final de uma luta de boxe.

Ele tinha deixado a capa de chuva de oleado no chalé, seu casaco e o macacão estavam encharcados pela chuva e sujos de lama. Ele precisava se secar e se aquecer logo.

Segurou o volante e uma dor lancinante surgiu em sua mão: ele se esquecera da unha partida. Olhou o dedo. Este era o pior de seus machucados. Teria que dirigir com apenas uma das mãos.

Ele se afastou devagar e achou o que pensava ser a estrada. Não havia perigo de se perder nesta ilha – tudo que tinha a fazer era seguir o despenhadeiro até chegar à casa de Lucy.

Precisaria inventar uma mentira para explicar a Lucy o que acontecera a seu marido. Podia, obviamente, dizer a verdade: não havia nada que ela pudesse fazer. Contudo, se ela ficasse difícil de tratar, ele talvez tivesse de matá-la; e havia se desenvolvido dentro dele uma aversão a matar Lucy. Dirigindo-se lentamente pela beira do penhasco em meio à chuva torrencial e ao vento uivante, ele se admirava com essa novidade dentro dele, esse escrúpulo. Era a primeira vez que sentia relutância em matar. Não que ele fosse amoral: muito pelo contrário. Ele se convencera de que as mortes que cometia estavam no mesmo nível moral das mortes no campo de batalha, e suas emoções acompanhavam seu intelecto. Ele sempre tinha a reação física, o vômito, depois de matar, mas aquilo era algo incompreensível que ele ignorava.

Então por que não queria matar Lucy?

O sentimento estava no mesmo nível da afeição que fez com que ele desse à Luftwaffe a localização errada da Catedral de São Paulo: uma compulsão em proteger o belo. Ela era uma criação notável, tão cheia de encanto e sutileza quanto uma obra de arte. Faber podia conviver consigo como um assassino, mas não como um iconoclasta. Isso era, ele reconheceu assim que o pensamento lhe ocorreu, um modo peculiar de ser. Mas os espiões eram pessoas peculiares.

Pensou em alguns espiões que haviam sido recrutados pela *Abwehr* na mesma época que ele: Otto, o gigante nórdico que fazia delicadas esculturas de papel à moda japonesa e que odiava as mulheres; Friedrich, o astuto gênio matemático que tinha medo de sombras e ficava deprimido durante cinco dias se perdesse uma partida de xadrez; Helmut, que gostava de ler livros sobre escravidão na América e que tinha ingressado cedo nas SS... todos diferentes, todos peculiares. Se eles tinham alguma coisa mais específica em comum, ele não sabia o que era.

Ele parecia estar dirigindo cada vez mais devagar, e a chuva e a neblina estavam mais densas. Começou a se preocupar com a beira do penhasco de seu lado esquerdo. Sentia muito calor, mas também alguns tremores. Percebeu que havia falado alto sobre Otto e Friedrich e Helmut; e reconheceu os sinais de delírio. Fez um grande esforço para não pensar em nada, somente no problema de manter o jipe no caminho certo. O barulho do vento adquiriu certo ritmo, e se tornou hipnótico. Num determinado momento, ele deu conta de si parado, olhando para o mar, e não tinha idéia de quanto tempo estivera assim.

Pareceu que somente muitas horas depois o chalé de Lucy surgiu. Ele o olhou, pensando: preciso lembrar-me de puxar o freio antes de bater na parede. Havia uma figura no sopé da porta, olhando-o na chuva. Ele tinha de se controlar até dizer a mentira. Tinha de se lembrar, tinha de se lembrar...

FOI QUASE NO FINAL da tarde que o jipe voltou. Lucy estava preocupada com o que poderia ter acontecido a eles, e ao mesmo tempo furiosa por não terem voltado para o almoço que preparara. À medida que o dia ia passando, ela ia ficando mais tempo à janela, à espera deles.

Quando o jipe desceu a pequena inclinação até o chalé, ficou claro que havia algo de errado. Estava andando muito lentamente, derrapando na trilha, e havia apenas uma pessoa lá dentro. Ele se aproximou e ela viu que ele estava amassado na frente e que o farol havia quebrado.

– Oh, Deus – ela murmurou.

O veículo estremeceu em frente ao chalé e ela viu que a figura lá dentro era Henry. Ele não fez nenhum movimento para sair. Lucy saiu na chuva e abriu a porta do lado do motorista.

Henry continuou sentado, com a cabeça para trás e os olhos semicerrados. Sua mão estava no freio. Seu rosto estava ensangüentado e ferido.

– O que aconteceu? *O que aconteceu?*

A mão de Henry escorregou do freio e o jipe andou para a frente. Lucy curvou-se sobre ele e colocou o carro em ponto morto.

– Deixei David na casa de Tom... bati no caminho de volta... – As palavras pareciam sair com grande esforço.

Agora que ela sabia o que havia acontecido, seu pânico havia diminuído.

– Vamos entrar – ela disse de maneira decidida.

O tom da voz dela surtiu efeito nele. Ele se virou para ela, pôs o pé no estribo para descer e caiu no chão. Lucy viu que seu tornozelo estava inchado como um balão.

Ela colocou as mãos por debaixo dos ombros dele e puxou-o para cima, dizendo:

– Firme-se no outro pé e apóie-se em mim. – Ela colocou o braço direito em torno do seu pescoço e carregou-o para dentro.

– Jo, suba e vista o pijama, por favor.

– Mas ainda não ouvi a história hoje. *Ele* está morto?

– Ele não está morto, mas sofreu um acidente de carro, e você não vai poder ouvir história alguma esta noite. Suba.

A criança queixou-se e Lucy olhou-o com ar de ameaça. Ele subiu.

Lucy apanhou a grande tesoura em sua cesta de costura e cortou as roupas de Henry: primeiro o casaco, depois o macacão, depois a camisa. Ela franziu a testa, perplexa, quando viu a faca na bainha, amarrada a seu braço esquerdo: achou que era um instrumento especial para limpar peixe ou algo assim. Quando tentou retirá-la, Faber afastou sua mão. Ela deu de ombros e voltou a sua atenção para as suas botas. A bota esquerda saiu facilmente, e a meia; mas ele gritou de dor quando ela tocou na direita.

– Precisa sair – ela disse. – Você precisa ser corajoso.

Um risinho apareceu em seus lábios e ele concordou. Ela cortou os cadarços, segurou a bota cuidadosamente, mas com firmeza, com as duas mãos e puxou-a. Dessa vez, ele não disse nada. Ela cortou o elástico da meia e retirou-a também.

Jo desceu e disse:

– Ele está de cueca!

– As roupas dele estão todas molhadas. – Ela beijou o garoto. – Vá para a cama, querido. Depois vou cobrir você.

– Dá um beijo no ursinho, então.

– Boa noite, ursinho.

Jo foi para cima, Lucy voltou-se para Henry. Seus olhos estavam abertos e ele sorria.

– Então dá um beijo no Henry.

Ela inclinou-se sobre ele e beijou-o no rosto machucado. Depois, ela cortou sua cueca, cuidadosamente.

O calor do fogo logo secaria seu corpo nu. Ela foi à cozinha e encheu uma tigela com água quente e colocou um pouco de anti-séptico para limpar suas feridas. Apanhou um rolo de algodão e voltou para a sala de estar.

– Essa é a segunda vez que você aparece na porta quase morto – ela disse quando se sentou para fazer os curativos.

– A senha de sempre – Henry disse.

– O quê?

 – Esperando em Calais um exército fantasma.

– Henry, sobre o que você está falando?

– Às sextas e às segundas.

Ela percebeu que ele estava delirando.

– Não tente falar – ela disse.

Levantou a cabeça dele para limpar o sangue seco em torno do inchaço.

Subitamente, ele levantou-se, olhou-a ferozmente e disse:

– Que dia é hoje? Que dia é hoje?

– É domingo, relaxe.

– Está bem.

Ele se acalmou depois disso e deixou que ela retirasse a faca. Ela lavou-lhe o rosto, fez curativo no dedo em que a unha fora arrancada e enfaixou seu tornozelo. Quando terminou, levantou-se e ficou olhando-o por um instante. Ela tocou na grande cicatriz em seu peito e na marca em forma de estrela na cintura. A estrela era uma marca de nascença, ela concluiu.

Revistou os bolsos das roupas dele antes de jogá-las fora. Não havia muito: algum dinheiro, documentos, uma carteira de couro e uma lata de filme. Colocou tudo em cima da cornija da lareira, ao lado da faca de peixe. Ele tinha que vestir algumas roupas de David.

Ela o deixou e subiu para ver Jo. O garoto estava dormindo, em cima do ursinho, com os braços esticados. Ela beijou seu rosto macio e cobriu-o. Foi lá fora e guardou o jipe no celeiro.

Preparou um drinque para ela na cozinha e depois sentou-se observando Henry, desejando que ele acordasse e fosse para a cama com ela novamente.

ERA QUASE MEIA-NOITE quando ele acordou. Abriu os olhos e seu rosto mostrou a série de expressões que agora eram familiares a ela: primeiro o medo, depois a cuidadosa inspeção do ambiente, depois o relaxamento. Por impulso, ela lhe perguntou:

– O que você teme, Henry?

– Não sei o que você quer dizer.

– Você sempre parece amedrontado quando acorda.

– Não sei. – Ele encolheu os ombros, e o gesto parece ter causado dor. – Meu Deus, estou arrebentado.

– Quer me contar o que aconteceu?

– Sim, se você me der um pouco de conhaque.

Ela apanhou o conhaque no armário.

– Você pode vestir algumas roupas de David.

– Num minuto... a não ser que você esteja envergonhada.

Ela lhe passou a garrafa, sorrindo.

– Receio que esteja gostando.

– O que aconteceu com as minhas roupas?

– Tive que cortá-las para poderem sair. Joguei tudo fora.

– Menos meus documentos, espero. – Ele sorriu, mas havia outra emoção por trás daquele sorriso.

– Em cima da cornija da lareira – apontou. – Suponho que aquela faca seja para limpar peixe ou algo assim.

Sua mão direita foi até o braço esquerdo, onde não havia mais bainha.

– Algo assim – disse. Ele pareceu inquieto por um instante, depois com esforço relaxou e tomou um gole da bebida. – Muito bom.

Depois de um instante ela disse:

– Bem...

– O quê?

– Como você conseguiu perder meu marido e bater com meu jipe?

– David resolveu ficar na casa de Tom por esta noite. Algumas ovelhas tiveram problemas num lugar que eles chamam de fossa...

– Conheço.

– ... e seis ou sete se machucaram. Estão todas na cozinha de Tom, sendo tratadas, todas assustadas. De qualquer modo, David sugeriu que eu voltasse para dizer a você que ele iria ficar. Não sei realmente como consegui bater. O carro é estranho, não há estradas, bati em alguma coisa e derrapei e o jipe virou. Os detalhes... – e deu de ombros.

– Você devia estar correndo muito. Você estava num estado lastimável quando chegou aqui.

– Acho que sacudi um pouco dentro do jipe. Bati com a cabeça, torci o tornozelo...

– Perdeu uma unha, amassou o rosto e quase pegou pneumonia. Você deve ser um pouco azarado para acidentes.

Ele colocou as pernas no chão, levantou-se e foi até a lareira.

– Seu poder de recuperação é incrível – ela disse.

Ele estava amarrando a faca no braço.

– Nós, pescadores, temos muita saúde. E as roupas de que você falou?

Ela levantou-se e aproximou-se dele.

– Para que você quer roupas? É hora de ir para a cama.

Ele a puxou e apertou-a contra o seu corpo nu, e a beijou. Ela acariciou as coxas dele.

Depois de um instante, ele se afastou dela. Apanhou suas coisas na lareira, segurou a mão dela e então, mancando, levou-a para cima, para a cama.

30

A larga e branca estrada serpenteava pelo vale da Baviera até as montanhas. No banco de trás, forrado de couro, do Mercedes do Estado-Maior, o Marechal-de-campo Gerd von Rundstedt estava quieto e cansado. Com 69 anos, ele sabia que gostava demais de champanhe e não gostava o suficiente de Hitler. Seu rosto fino, triste, refletia uma carreira mais longa e mais irregular do que a de qualquer um dos oficiais de Hitler. Ele fora demitido, desacreditado, mais vezes do que podia lembrar, mas o Führer sempre lhe pedira para voltar.

Quando o carro passava pela vila setecentista de Berchtesgaden, ele ficou imaginando por que ele voltava para o seu comando quando Hitler o perdoava. Dinheiro não significava nada para ele: já tinha atingido o mais alto posto; condecorações não tinham valor no Terceiro Reich; e ele acreditava que não seria possível ganhar honra alguma nessa guerra.

Foi Rundstedt que pela primeira vez chamou Hitler de "o cabo da Boêmia". O homenzinho não sabia nada da tradição militar alemã, nem – a despeito dos lampejos de inspiração – de estratégia militar. Se soubesse, não teria iniciado esta guerra, pois era impossível vencê-la. Rundstedt era o melhor soldado da Alemanha, e havia provado isso na Polônia, na França e na Rússia; mas não tinha esperança de vitória.

Apesar disso, não iria se meter com o pequeno grupo de generais que – ele sabia – estavam conspirando para derrubar Hitler. Ele os ignorava, mas o *Fahneneid*, o juramento de sangue do soldado alemão, era forte demais dentro dele para permitir que se juntasse à conspiração. E era por isso, supunha, que ele continuava a servir o Reich. Certo ou errado, seu país estava em perigo, e ele não tinha outra opção a não ser protegê-lo. Sou como um velho cavalo da cavalaria, pensava: se ficasse em casa me sentiria envergonhado.

Ele comandava cinco exércitos na frente ocidental, agora. Um milhão e meio de homens estavam sob o seu comando. Não eram tão fortes como deveriam ser – algumas divisões eram um pouco melhores que os inválidos da frente russa que haviam sido mandados para casa, havia poucos blindados, e havia muitos que não eram alemães recrutados entre as outras patentes – mas Rundstedt, mesmo assim, podia manter os Aliados fora da França se dispusesse suas forças de maneira inteligente.

Era essa disposição que ele tinha de discutir agora com Hitler.

O carro subiu a Kehlsteinstrasse até que a rua terminasse num grande portão de bronze ao lado do Monte Kehlstein. Um guarda SS tocou num botão, o portão abriu-se e o carro penetrou num longo túnel de mármore iluminado por lanternas de bronze. No final do túnel, o motorista parou o carro e Rundstedt tomou o elevador e sentou numa de suas quatro cadeiras de couro para subir os 120 metros até o Adlerhorst, o Ninho da Águia.

Na ante-sala, Rattenhuber apanhou sua pistola e deixou-o esperando. Contemplou as porcelanas de Hitler com olhar de desaprovação e repassou na cabeça as palavras que iria dizer.

Alguns minutos depois o louro guarda-costas voltou para levá-lo à sala de reuniões.

O lugar o fazia pensar num palácio do século XVIII. As paredes eram cobertas de pinturas a óleo e tapeçarias, e havia um busto de Wagner e um grande relógio com uma águia de bronze no alto. A vista da janela lateral era realmente notável. Viam-se dali as colinas de Salzburgo e o pico do Untersberg, onde o corpo do Imperador Frederico Barba-Roxa esperava, segundo a lenda, levantar do túmulo e salvar a Pátria. Dentro da sala, sentados nas cadeiras peculiarmente rústicas, estavam Hitler e apenas três membros de seu Estado-Maior: o Almirante-de-esquadra Theodor Krancke, comandante naval do Ocidente; o General Alfred Jodl, chefe do Estado-Maior; e o Almirante Karl Jesko von Puttkamer, ajudante-de-ordens de Hitler.

Rundstedt saudou-os e foi levado até uma cadeira. Um lacaio trouxe um prato de sanduíches de caviar e uma taça de champanhe. Hitler estava na grande janela, olhando para fora, com as mãos cruzadas atrás das costas. Sem se virar, ele disse abruptamente:

– Rundstedt mudou de idéia. Agora ele concorda com Rommel que os Aliados vão invadir a Normandia. Isso é o que meu instinto sempre me disse. Krancke, contudo, ainda acha que é em Calais. Rundstedt, diga a Krancke como chegou à sua conclusão.

Rundstedt engoliu o que estava comendo e tossiu entre as mãos. Maldito, Hitler não tinha modos: não dava nem tempo para o sujeito respirar.

– Há duas coisas: uma nova informação e uma nova linha de pensamento – Rundstedt começou. – Primeiro, a informação. Os últimos informes sobre os bombardeios aliados na França mostram, sem sombra de dúvida, que o principal objetivo deles é destruir todas as pontes sobre o Sena. Agora, se eles desembarcarem em Calais, o Sena é irrelevante para a batalha; mas, se desembarcarem na Normandia, todas as nossas reservas têm de cruzar o Sena para chegar à zona de conflito.

"Em segundo, o raciocínio. Imaginei como eu invadiria a França se estivesse no comando das forças aliadas. Minha conclusão é que a primeira meta é estabelecer uma cabeça-de-ponte* por meio da qual homens e suprimentos possam ser enviados rapidamente. O primeiro ataque, por conseguinte, deve recair sobre a região de um porto largo e espaçoso. A escolha natural é Cherbourg.

"Tanto o padrão dos bombardeios quanto as exigências da estratégia apontam para a Normandia – concluiu. Pegou a taça e esvaziou-a, e o lacaio veio enchê-la novamente.

– Toda a espionagem aponta para Calais... – Jodl disse.

– E acabamos de executar o cabeça da *Abwehr* como traidor – Hitler interrompeu. – Krancke, está convencido?

– Meu Führer, não estou – o almirante disse. – Também pensei como conduziria a invasão se estivesse do outro lado, mas levei em consideração um número de fatores de natureza náutica para os quais Rundstedt talvez não tenha atentado. Acredito que eles atacarão no escuro, só com o luar, com a maré cheia, para não esbarrarem nos obstáculos submarinos de Rommel, e longe dos penhascos, recifes e correntes fortes. Normandia? Nunca.

Hitler balançou a cabeça em discordância. Jodl completou:

– Há outra pequena informação que acho significativa. A Divisão Blindada foi removida do norte da Inglaterra para Hove, na costa sudeste, para se juntar ao Primeiro Grupamento do Exército dos Estados Unidos, sob o

*Posição provisória ocupada por uma força militar em território inimigo, do outro lado de um rio ou do mar, tendo em vista um posterior avanço ou desembarque. *(N. do R.)*

comando do General Patton. Soubemos disso através da escuta de rádio... havia uma confusão de cargas, uma unidade estava com as peças de outra, e os idiotas estavam discutindo isso no rádio. Essa é uma divisão inglesa de elite, bem sangue azul, comandada pelo General Sir Allen Henry Shafto Adair. Tenho certeza de que não ficarão longe do centro da batalha, quando ela ocorrer.

As mãos de Hitler contorciam-se nervosamente, e seu rosto contraía-se numa agonia de indecisão.

– Generais! – ele gritou. – Ou ouço opiniões contraditórias ou não ouço opinião alguma! Tenho de dizer-lhes tudo... tudo!

Com sua ousadia característica, Rundstedt arriscou:

– Meu Führer, o senhor tem quatro soberbas divisões *panzer* disponíveis aqui na Alemanha. Se estou certo, elas não chegarão nunca à Normandia a tempo de repelir a invasão. Eu lhe peço, envie-as à França e coloque-as sob o comando de Rommel. Se estivermos errados, e a invasão começar em Calais, também estarão perto o bastante para entrar na batalha logo no início.

– Não sei, não sei! – os olhos de Hitler se dilatavam e Rundstedt pensava se tinha ido longe demais novamente.

Puttkamer falou pela primeira vez.

– Meu Führer, hoje é domingo.

– E daí?

– Amanhã à noite, o submarino pode apanhar o espião, Die Nadel.

– Ah, sim! Alguém em quem posso confiar.

– Logicamente, ele pode passar as informações por rádio a qualquer hora. Contudo, deve haver razões para ele evitar o rádio; nesse caso, ele poderia trazer as informações pessoalmente. Dada essa possibilidade, o senhor pode querer considerar o adiamento de sua decisão por 24 horas, para o caso de que ele faça contato conosco, de um modo ou de outro, hoje ou amanhã.

– Não há tempo para adiar decisões. Tanto os ataques aéreos quanto as sabotagens aumentaram drasticamente. A invasão pode ocorrer qualquer dia – Rundstedt alertou.

– Discordo – Krancke disse. – As condições do tempo só ficarão boas no começo de junho.

– Não vai levar tanto tempo!

– Basta! – Hitler gritou. – Já me decidi. Meus *panzers* ficam na Alemanha... por enquanto. Terça-feira, quando tivermos tido notícias de Die Nadel, reconsiderarei a disposição dessas forças. Se a informação dele indicar a Normandia, como acredito que será, deslocarei os *panzers*.

Rundstedt disse discretamente:

– E se ele não der notícias?

– Se não der notícias, vou reconsiderar da mesma maneira.

Rundstedt concordou com a cabeça.

– Com sua permissão, preciso voltar a meu comando.

– Muito bem.

Rundstedt levantou-se, cumprimentou-os e saiu. No elevador, descendo 120 metros até a garagem subterrânea, sentiu o estômago embrulhar, e pensou na possibilidade de a sensação ter sido causada pela rapidez da queda ou pelo pensamento de que o destino de seu país estava nas mãos de um solitário espião.

Parte VI

31

Lucy acordou devagar. Ela despertou gradual e languidamente do vácuo quente do sono profundo, passando pelas camadas da inconsciência, percebendo o mundo real aos poucos: primeiro o corpo de um homem quente, forte, ao lado dela; depois, a estranheza da pequena cama; o barulho da tempestade lá fora, tão furiosa e incansável quanto na véspera e antevéspera; o leve odor da pele do homem; o braço dela em cima do peito dele, suas pernas entre as dele como que para segurá-lo lá, os seios amassados contra as suas costelas; o clarão do dia batendo em suas pálpebras; a respiração leve, regular, que lhe chegava ao rosto; e então, de repente, como a solução de um quebra-cabeça, a percepção de que ela estava flagrante e adulteramente deitada com um homem que conhecera havia apenas 48 horas, e que eles estavam nus na cama na casa de seu marido.

Ela abriu os olhos e viu Jo.

Ele estava em pé ao lado da cama vestido com seu pijama amarrotado, os cabelos despenteados, uma boneca esfarrapada debaixo do braço, chupando o dedo e olhando com os olhos arregalados sua mãe e o estranho abraçados na cama dele, Jo. Lucy não pôde perceber sua expressão, pois a essa hora do dia ele arregalava os olhos para todas as coisas, como se o mundo fosse novo e maravilhoso a cada manhã. Ela também o olhou, em silêncio, sem saber o que dizer.

Então a voz grave de Henry disse:

– Bom dia.

Jo tirou o dedo da boca e respondeu:

– Bom dia – virou-se e saiu do quarto.

– Droga, droga, droga!

Henry escorregou na cama até seu rosto ficar junto ao dela e beijou-a. A mão dele enfiou-se entre as coxas dela e segurou-a possessivamente.

Ela o empurrou.

– Pelo amor de Deus, pare.

– Por quê?

– Jo nos viu!

– E daí?

– Ele pode falar, você sabe. Mais cedo ou mais tarde, ele vai dizer alguma coisa a David. O que vou fazer?

– Não faça nada. Assim, David descobre. Algum problema?

– Claro que tem problema.

– Não vejo por quê. Ele agiu mal com você, e isso é a conseqüência. Você não devia se sentir culpada.

Lucy subitamente percebeu que Henry não tinha idéia do envolvimento complexo de lealdades e obrigações que constituíam um casamento.

– Não é assim *tão* simples.

Ela saiu do quarto e cruzou o saguão, indo para o seu quarto. Vestiu a calcinha, as calças compridas e uma suéter, e então se lembrou de que havia rasgado todas as roupas de Henry e tinha de lhe emprestar algumas roupas de David. Apanhou cueca e meias, uma camisa de tricô e um pulôver com o decote em forma de V, e finalmente – bem no fundo de um baú – uma calça que não tinha sido cortada no joelho e costurada. Todo o tempo Jo a observava em silêncio.

Ela levou as roupas para o outro quarto. Henry tinha ido ao banheiro fazer a barba. Ela falou pela porta:

– As roupas estão em cima da cama.

Ela desceu, acendeu o fogo na cozinha e colocou uma panela de água para ferver. Resolveu preparar ovos quentes para o desjejum. Lavou o rosto de Jo na pia da cozinha, penteou seus cabelos e o vestiu rapidamente.

– Você está muito quieto hoje – ela disse alegremente. Ele não respondeu.

Henry desceu e sentou-se à mesa, tão naturalmente como se fizesse isso toda manhã há anos. Lucy sentia algo estranho ao vê-lo ali sentado com as roupas de David, entregando-lhe um ovo de desjejum, colocando uma torrada em frente a ele.

Jo perguntou de repente:

– Papai morreu?

– Não seja bobo. Ele está na casa de Tom. – Lucy respondeu.

Jo não lhe deu confiança e falou com Henry.

– Você está com as roupas de papai e estava com a mamãe. Você vai ser meu papai agora?

– Da boca de uma criança... – ela murmurou.

– Você não viu minhas roupas ontem? – Henry perguntou.

Jo assentiu.

– Bem, então você sabe por que estou com as roupas do seu pai. Eu vou devolver a ele quando comprar outras.

– Você vai devolver minha mãe?

– Claro.

– Coma o ovo, Jo. – Ela ordenou.

O garoto fez a refeição aparentemente satisfeito. Lucy estava olhando para fora, pela janela da cozinha.

– O barco não virá hoje – disse.

– Está contente? – Henry perguntou.

Ela o olhou.

– Não sei.

Lucy não estava com fome. Bebeu uma xícara de chá enquanto Jo e Henry comiam. Depois Jo subiu para brincar e Henry tirou a mesa. Enquanto juntava a louça na pia, perguntou:

– Está com medo de que David machuque você, fisicamente?

Ela balançou a cabeça em negação.

– Você devia esquecê-lo – Henry continuou. – Você estava planejando deixá-lo, de qualquer jeito. Por que você se preocupa se ele vai descobrir ou não?

– Ele é meu *marido* – ela disse. – Isso significa alguma coisa. O tipo de marido que ele tem sido... tudo aquilo... não me dá o direito de humilhá-lo.

– Acho que isso lhe dá o direito de não ligar se ele está humilhado ou não.

– Isso não é uma questão que possa ser colocada logicamente. É assim que eu *sinto.*

Ele levantou os braços como que para mostrar que desistia.

– É melhor eu ir até à casa de Tom para ver se seu *marido* quer voltar. Onde estão minhas botas?

– Na sala de estar. Vou apanhar um paletó para você.

Ela subiu e apanhou o velho casaco de David no armário. Era de tweed verde e cinza, muito elegante, com elástico na cintura e bolsos atravessados com abas. Lucy colocara couro nos cotovelos para proteger: não é possível comprar mais roupas como essa. Ela levou-o até a sala de estar, onde Henry estava calçando as botas. Já tinha amarrado a esquerda e estava cuidadosamente colocando o pé direito, machucado, na outra. Lucy ajoelhou-se para ajudá-lo.

– A inchação diminuiu – ela disse.

– Essa porcaria ainda está doendo.

Calçaram a bota, mas a deixaram desamarrada e tiraram o cadarço. Ele levantou-se para experimentar.

– Está bom – disse.

Lucy ajudou-o a vestir o casaco. Estava um pouco apertado nos ombros.

– Não temos mais nenhuma capa de chuva.

– Então eu vou me molhar. – Ele a puxou para si e a beijou com aspereza. Ela o abraçou bem apertado por um instante.

– Dirija com mais cuidado hoje – disse.

Ele sorriu e concordou, balançando a cabeça, e a beijou mais uma vez – rapidamente – e saiu. Ela o viu mancar até o celeiro e ficou na janela enquanto ele ligava o jipe e saía, até subir a pequena colina e sumir de vista. Quando ele se foi, ela se sentiu aliviada, mas de algum modo vazia.

Começou a arrumar a casa, fazendo as camas e limpando os pratos, lavando-os e arrumando-os; mas não conseguia ter entusiasmo para fazer suas tarefas. Estava impaciente. Preocupava-se com o problema do que fazer de sua vida, seguindo velhas discussões em círculos conhecidos, incapaz de pensar em qualquer outra coisa. Ela achava o chalé claustrofóbico em vez de confortável. Havia um mundo grande lá fora, em alguma parte, um mundo de guerra e heroísmo, cheio de cores e paixão e gente, milhões de pessoas; ela queria estar lá fora no meio de tudo isso, para encontrar novas idéias, e ver cidades e ouvir música. Ligou o rádio: um gesto fútil, pois as notícias transmitidas a faziam sentir-se mais isolada. Havia uma notícia de um combate na Itália, os regulamentos de racionamento haviam sido aliviados, o assassino do estilete de Londres ainda estava à solta, Roosevelt tinha feito um discurso, Sandy Macpherson começou a tocar órgão e Lucy desligou. Nada daquilo a tocava, pois ela não vivia naquele mundo.

Ela queria gritar.

Ela tinha que sair de casa, apesar do tempo. Seria apenas uma fuga simbólica, pois as paredes de pedra do chalé não eram o que a prendia; mas o símbolo era melhor do que nada. Apanhou Jo lá em cima, tirando-o com alguma dificuldade de junto de um regimento de soldadinhos de chumbo, e o agasalhou com roupas impermeáveis.

– Por que vamos sair? – ele perguntou.

– Para ver se o barco vem.

– Você disse que ele não vinha hoje.

– Só para ter certeza.

Colocaram chapéus impermeáveis, amarraram-nos bem sob o queixo e saíram.

O vento parecia bater fisicamente, desequilibrando Lucy tanto que ela cambaleava. Em pouco tempo, seu rosto estava tão molhado como se ela o tivesse mergulhado numa bacia, e as pontas de seus cabelos, saindo por debaixo do chapéu, estavam molhadas e caíam sobre o seu pescoço e sobre os ombros de sua capa de chuva. Jo gritava de alegria e pulou numa poça.

Eles caminharam pelo alto do penhasco até a ponta da baía, e olharam lá para baixo, para as grandes ondas do Mar do Norte atirando-se destrutivamente contra o penhasco e a praia. A tempestade arrancara a vegetação submarina só Deus sabe de que profundezas e jogava-a em pilhas sobre a areia e as pedras. Mãe e filho ficaram absortos com o incessante levantar das ondas. Já tinham feito isso antes: o mar tinha um efeito hipnótico sobre ambos, e Lucy nunca sabia precisar, quanto tempo havia ficado, silenciosamente, observando o mar.

O encanto foi quebrado dessa vez por algo que ela viu. A princípio, foi apenas uma visão colorida entre uma onda e outra, tão rápida que ela não tinha certeza de que cor tinha sido, tão pequena e distante que logo ela duvidou que tivesse visto mesmo algo. Olhou e não viu de novo, e seu olhar foi bater na baía e no pequeno cais, onde pedaços de várias coisas flutuavam à espera de que a próxima onda os levassem. Depois da tempestade, no primeiro dia de tempo bom, ela e Jo iriam até a praia ver que tesouros o mar havia lançado, e voltariam com estranhas pedras coloridas, pedaços de madeira de origem mística, grandes conchas e fragmentos retorcidos de metal enferrujado.

Ela viu o lampejo de cor outra vez, muito mais perto, e dessa vez ele ficou à vista durante alguns segundos. Era amarelo-brilhante, a cor das capas de chuva de todos eles. Ela olhou bem através da chuva densa, mas não pôde identificar sua forma antes que desaparecesse de novo. Mas a corrente o estava trazendo mais para perto, como trazia tudo para a baía, depositando seu lixo na areia da mesma forma que um homem esvazia seus bolsos sobre a mesa.

Era uma capa de chuva de oleado: ela pôde ver quando o mar a levantou na crista de uma onda e lhe mostrou pela terceira e última vez. Henry chegara sem a dele ontem, mas como tinha ido parar no mar? A onda bateu no cais e jogou o objeto nas tábuas molhadas da rampa, e Lucy percebeu que não era a capa de Henry, pois o dono desse ainda estava dentro dele. Seu grito de horror foi levado pelo vento de forma que nem ela mesma pôde escutá-lo. Quem era aquele? De onde tinha vindo? Outro náufrago?

Passou por sua cabeça que ele ainda podia estar vivo. Ela tinha que ir ver. Ela abaixou-se e gritou no ouvido de Jo:

– Espere aqui. Fique quietinho. Não se mexa. – E desceu a escarpa.

Quando estava na metade do caminho, escutou passos atrás dela. A escarpa era estreita e escorregadia, muito perigosa. Ela parou, virou-se e segurou o garoto nos braços, dizendo:

– Garoto desobediente, eu disse para você esperar!

Ela olhou o corpo lá embaixo e depois olhou a segurança do lugar onde estava, ficou indecisa por um instante, percebeu que o mar levaria o corpo a qualquer momento e continuou a descer, carregando Jo.

Uma onda menor cobriu o corpo e, quando a água o descobriu, Lucy estava bem perto para ver que era um homem e que estava no mar há algum tempo, e que a água o deformara. Aquilo demonstrava que estava morto. Ela não podia, então, fazer nada por ele e não iria arriscar sua vida e a de seu filho para preservar um cadáver. Ela já ia voltar quando algo no rosto inchado pareceu familiar. Ela olhou bem, sem entender, tentando lembrar-se; e então, quase que abruptamente, ela viu o rosto e ficou paralisada pelo terror, e pareceu que o coração havia parado e ela sussurrou:

– Não, David, não.

Esquecida agora do perigo, ela avançou mais para a frente. Outra onda pequena quebrou em seus joelhos, enchendo suas botas com água salgada e espuma, mas ela não reparou nisso. Jo virou-se em seus braços para olhar para frente, mas ela gritou "Não olhe!" no ouvido dele e empurrou seu rosto para o ombro dela. Ele começou a chorar.

Ajoelhou-se ao lado do corpo e tocou o horrível rosto com a mão. Era David. Não havia dúvida. Estava morto, e já havia algum tempo. Movida por algum instinto profundo, para ter absoluta certeza, ela levantou a capa para ver os tocos de suas pernas.

Era impossível aceitar a morte. Lucy tinha, de certa forma, desejado sua morte; mas os sentimentos dela sobre ele eram confundidos com a culpa e o medo de ser descoberta na infidelidade. Aflição, horror, liberdade, alívio voavam em sua mente como pássaros, sem que nenhum deles pousasse.

Ela teria ficado ali, imóvel, mas a onda seguinte foi grande. Sua força derrubou-a, e ela bebeu um pouco de água do mar. Contudo, conseguiu segurar Jo e manteve-se na rampa; quando a onda passou, ela se levantou, correu e ficou fora do alcance do mar devorador.

Subiu sem olhar uma só vez para trás. Quando deu para avistar o chalé, ela viu o jipe do lado de fora. Henry tinha voltado.

Ainda com Jo no colo, ela começou a correr, desesperada, para desabafar sua dor com Henry, para sentir os braços dele em torno dela e para que ele a confortasse. Ela começou a soluçar, e as lágrimas misturavam-se imperceptivelmente com a chuva em seu rosto. Ela foi pelos fundos do chalé, irrompeu pela cozinha e logo colocou Jo no chão.

Henry disse:

– David resolveu ficar na casa de Tom mais um dia.

Ela o encarou, sua mente completamente vazia; e então num lampejo, por intuição, ela compreendeu tudo.

Henry matara David.

A conclusão veio primeiro, como um soco no estômago, fazendo-a cambalear; os motivos vieram pouco depois. O naufrágio, a faca com formato estranho que ele não largava, o acidente com o jipe, as notícias sobre o assassino do estilete de Londres: subitamente tudo se encaixou, uma caixa de quebra-cabeça jogada no ar e caindo, improvavelmente, toda montada.

– Não fique tão surpresa – Henry disse com um sorriso. – Eles têm muito trabalho para fazer lá, e eu não insisti muito para ele voltar.

Tom. Ela tinha que ir até Tom. Ele saberia o que fazer; ele a protegeria e a Jo até que a polícia chegasse; ele tinha um cachorro e uma arma.

Seu medo foi interrompido por uma ponta de tristeza, mágoa pelo homem no qual ela acreditara, quase amara; pois logicamente ele não existia – ela o criara. Em vez de um homem terno, forte, carinhoso, via na frente dela um monstro que se sentava e sorria e calmamente inventava recados do marido que ele matara.

Ela conteve um calafrio. Pegando na mão de Jo, saiu da cozinha, andando junto à parede até a porta da frente. Entrou no jipe, sentou Jo a seu lado e ligou o motor.

Mas Henry estava lá, com o pé casualmente no estribo, segurando a espingarda de David, e perguntou:

– Aonde você vai?

Seu coração parou. Se ela arrancasse com o jipe agora, ele podia atirar – o que o fez levar a espingarda para dentro de casa dessa vez? – e, embora ela pudesse tentar, não podia colocar em risco a vida de Jo. Ela respondeu:

– Só vou guardar o jipe.

– Você precisa da ajuda de Jo para isso?

– Ele gosta. Não fique me interrogando! Henry deu de ombros e retirou o pé do estribo.

Ela o olhou por um instante, vestindo o casaco de David e segurando a espingarda tão naturalmente, e pensou se ele realmente atiraria se ela saísse com o jipe. Então se lembrou daquele sangue-frio que ela sentiu dentro dele desde o início, e viu que esse compromisso absoluto, aquela crueldade, permitiriam que ele fizesse qualquer coisa.

Com um terrível sentimento de fraqueza, ela cedeu. Engrenou a marcha à ré e colocou o jipe no celeiro. Desligou o motor, saiu e caminhou com Jo para o chalé. Não tinha a menor idéia do que iria dizer a Henry, o que faria perto dele, como esconderia tudo que estava sabendo – se já não teria deixado transparecer.

Ela não tinha plano algum.

Mas deixou a porta do celeiro aberta.

32

– Aquele é o lugar, Número 1 – o capitão disse, e abaixou o telescópio.

O primeiro-tenente olhou em meio à chuva.

– Não é um lugar apropriado para passeios, não é, senhor? Bem rude, eu diria.

– É sim.

O capitão era um antigo oficial naval, de barba grisalha, que estivera no mar durante a primeira guerra com a Alemanha. Contudo, ele aprendera a aceitar o estilo afetado do seu primeiro-tenente, pois o rapaz havia se tornado – contra todas as expectativas – um perfeito marinheiro.

O "rapaz", que já passara dos 30 anos e já estava salgado pelo tempo que permanecia nessa guerra, não tinha idéia da magnanimidade com que era beneficiado. Apoiou-se num mastro e agarrou-se a ele quando a corveta levantou com uma onda e depois abaixou.

– Agora que estamos aqui, o que faremos, senhor?

– Cercaremos a ilha.

– Muito bem, senhor.

– E manteremos nossos olhos atentos para um submarino.

– Não é provável que encontremos algum na superfície com esse tempo, e se encontrássemos não o veríamos a menos que ele estivesse bem perto.

– A tempestade vai passar hoje à noite, amanhã no máximo. – O capitão começou a colocar fumo no cachimbo.

– O senhor acha mesmo?

– Estou certo disso.

– Instinto náutico, suponho?

O capitão resmungou.

– Isso, e a previsão do tempo.

A corveta contornou um promontório e eles viram uma pequena baía com cais. Acima, no alto do penhasco, um chalé pequeno, curvado sob o vento.

O capitão apontou.

– Vamos desembarcar um destacamento ali tão logo possamos.

O primeiro-tenente assentiu.

– Ainda assim...

– O quê?

– Cada volta em torno da ilha vai levar uma hora, eu diria.

– E daí?

– Daí, que a menos que tenhamos muita sorte e estejamos exatamente no lugar certo e exatamente na hora certa...

– O submarino vai vir à tona, pegar seu passageiro e submergir novamente sem que vejamos nem as marolas – o capitão concluiu.

– Sim.

O capitão acendeu o cachimbo com a prática que demonstrava a longa experiência em acender cachimbos em mar agitado. Soltou algumas baforadas, depois deu uma longa tragada.

– Não nos cabe perguntar por quê – ele disse, e soltou fumaça pelo nariz.

– Que citação infeliz, senhor!

– Por quê?

– Refere-se ao notório poema Carga da Brigada Ligeira*.

– Meu bom Deus! Nunca soube disso. – O capitão soltou nova baforada alegremente. – Quanto vale ser educado!

Havia outro pequeno chalé na parte leste da ilha. O capitão o examinou com o telescópio, e observou que havia uma grande antena profissional de rádio.

– Sparks! – Ele chamou. – Veja se você consegue chamar aquele chalé. Tente a frequência da Real Unidade de Observação.

– Sim, senhor.

Quando o chalé já não podia mais ser visto, o operador de rádio informou:

– Sem resposta, senhor.

– Está bem, Sparks – o capitão disse. – Não tinha importância.

---

*Refere-se ao poema *The Charge of the Light Brigade*, de Alfred Tennyson, inspirado na Batalha de Bataclava, durante a Guerra da Criméia (1853 – 1856). (*N. do R.*)

A TRIPULAÇÃO DO NAVIO da guarda costeira sentou-se embaixo do convés, no porto de Aberdeen, jogando vinte-e-um e pensando na falta de juízo que parecia sempre acompanhar as altas patentes.

– Jogue – disse Jack Smith, que era mais escocês do que seu nome.

Albert "Fininho" Parish, um londrino gordo que estava longe de casa, deu-lhe um valete.

– Estourei – Smith disse. Fininho recolheu as apostas.

– É meu, é meu – disse em tom de zombaria. – Só espero viver para poder gastá-lo.

Smith esfregou uma das vigias para tirar a condensação que estava cobrindo o vidro e olhou os barcos no porto mexendo-se com o movimento da água.

– Do jeito que o capitão está com medo – ele disse –, parece que estamos indo para a maldita Berlim, e não para a Ilha das Tormentas.

– Você não sabia? Nós somos os pontas-de-lança da invasão dos Aliados.

Fininho abriu um dez, puxou um rei e disse:

– Vinte-e-um!

– Quem é esse cara, afinal... um desertor? Se quer saber, acho que isso é serviço para a Polícia Militar, não para nós – Smith disse.

Fininho embaralhou as cartas.

– Vou dizer a vocês quem ele é: um prisioneiro de guerra fugitivo. Houve um coro de vaias de descrença.

– Está certo, não me escutem. Mas, se o pegarmos, prestem atenção no sotaque dele. – Ele abaixou as cartas. – Escutem: que barcos vão até a Ilha das Tormentas?

 – Só o barco de suprimentos – alguém respondeu.

– Então, se ele é um desertor, o único jeito que ele pode voltar ao continente é no barco de suprimentos. Então a Polícia Militar tem só que esperar a viagem costumeira de Charlie até a ilha e agarrar o desertor quando ele descer. Não há razão para estarmos sentados aqui, esperando para levantar âncoras e correr à velocidade da luz assim que o tempo melhorar, a menos que... – Ele fez uma pausa melodramática. – A menos que ele tenha outros métodos para sair da ilha.

– Por exemplo?

– Um submarino.

– Besteira – Smith disse desdenhosamente. Os outros simplesmente riram.

Fininho deu outra rodada. Smith ganhou dessa vez, mas todos os outros perderam.

– Estou rico – Fininho disse. – Acho que vou para aquele belo chalé em Devon. É claro que não vamos pegar esse sujeito.

– O desertor?

– O prisioneiro de guerra.

– Por que não? Fininho bateu na cabeça.

– Use a cabeça. Quando a tempestade passar, estaremos aqui e o submarino estará na entrada da baía, na ilha. Então, quem vai chegar lá primeiro? Os alemães.

– Então por que vamos fazer isso? – Smith perguntou.

– Porque as pessoas que estão dando as ordens não são tão espertas quanto o vosso Albert Parish. Podem rir! – Ele deu outra rodada. – Façam suas apostas. Verão que estou certo. O que é isso, Smith? Tudo isso? Meu Deus, não seja maluco. Digo a vocês, aposto cinco contra um que voltaremos da Ilha das Tormentas de mãos vazias. Ninguém quer apostar? E se eu disser dez contra um? Hein? Dez contra um?

– Ninguém aposta – disse Smith. – Dê as cartas.

Fininho deu as cartas.

O LÍDER DA ESQUADRILHA, Peterkin Blenkinsop (ele tentou abreviar Peterkin para Peter, mas os homens sempre acabavam descobrindo) estava de pé em frente ao mapa, com uma varinha na mão, e falava para a sala.

– Voamos em formação por três – começou. – Os três primeiros partirão assim que o tempo permitir. Nosso alvo – ele apontou o mapa com a varinha – é aqui. Ilha das Tormentas. Quando chegarmos vamos sobrevoá-la durante vinte minutos em baixa altitude, procurando submarinos. Depois de vinte minutos, voltaremos à base. – Fez uma pausa. – Os mais espertos já deduziram que a segunda formação de três deve partir precisamente vinte minutos depois da primeira, e assim por diante. Alguma pergunta?

O Tenente-aviador Longman disse:

– Senhor?

– Longman?

– O que faremos se virmos o submarino?

– Bombardearemos, é lógico. Joguem algumas granadas. Criem dificuldade.

– Mas estamos pilotando bombardeiros, senhor, não podemos fazer muito para deter um submarino. Essa é uma tarefa para couraçados, não é?

Blenkinsop suspirou.

– Como sempre, aqueles que podem pensar em melhores formas de se vencer a guerra estão convidados a escrever diretamente para o Sr. Winston Churchill, em Downing Street, número 10, Londres. Agora há mais *perguntas, em vez de críticas estúpidas?*

 Não houve mais perguntas.

OS ÚLTIMOS ANOS da guerra haviam produzido um tipo diferente de oficial da RAF, Bloggs achava. Ele sentou-se numa cadeira macia na sala de espera, perto da lareira, escutando a chuva bater no teto de folhas-de-flandres, e cochilou. Os pilotos da Batalha da Inglaterra pareciam incorrigivelmente alegres, com a gíria de estudantes, a bebida em enormes quantidades, sua disposição permanente e seu descuido cavalheiresco com a morte violenta que enfrentavam todos os dias. Aquele heroísmo infantil não fora suficiente para mantê-los nos anos seguintes, quando a guerra arrastou-se para lugares longe de casa, e a ênfase passou da audaz individualidade dos combates aéreos para as enfadonhas missões mecânicas de bombardeio. Eles ainda bebiam e falavam em jargão, mas pareciam mais velhos, mais duros, mais cínicos: agora não havia nada neles de *Os Tempos de Escola de Tom Brown*. Bloggs lembrou-se do que fizera àquele pobre ladrão na cela da delegacia, em Aberdeen, e pensou: aconteceu com todos nós.

Estavam todos quietos. Sentavam-se à sua volta: alguns cochilando, como ele; outros lendo livros ou jogando. Um navegador de óculos, no canto da sala, estava aprendendo russo.

Quando Bloggs visualizou a sala com os olhos semicerrados, outro piloto entrou, e ele pensou imediatamente que esse não havia envelhecido com a guerra. Tinha o sorriso largo e um rosto suave que parecia não precisar fazer a barba mais que uma vez na semana. Estava com o paletó aberto e carregava o capacete. Ele foi direto até Bloggs.

– Detetive-Inspetor Bloggs?

– Sim, sou eu.

– Esplêndido. Sou seu piloto. Charles Calder.

– Prazer. – Bloggs cumprimentou-o.

– O *papagaio* está prontinho, e o motor está suave como um pássaro. É um anfíbio, acho que o senhor já sabe.

– Sim.

– Esplêndido. Vamos pousar no mar, a uns 10 metros da praia, e colocar o senhor num bote.

– Então você me espera para voltar.

– Certo. Bem, só precisamos agora é que o tempo melhore.

– Sim. Olhe, Charles, venho procurando esse sujeito por todo o país há seis dias e seis noites, por isso vou tirar um cochilo enquanto posso. Você não se incomoda, não é?

– Claro que não! – O piloto sentou-se e apanhou um livro grosso de dentro do paletó.

– Aumentando minha cultura – disse. – *Guerra e Paz*

– Esplêndido – Bloggs disse e fechou os olhos

PERCIVAL GODLIMAN e seu tio, Coronel Terry, sentaram-se lado a lado na sala de mapas, bebendo café e batendo a cinza dos cigarros numa cesta colocada no chão, entre os dois. Godliman repetia.

– Não penso em mais nada que possa fazer.

– Você já disse.

– A corveta já está lá, e os bombardeiros estão a alguns minutos de distância, então o submarino será bombardeado assim que aparecer na superfície.

– Se for visto.

– A corveta vai desembarcar um destacamento lá assim que puder. Bloggs chegará logo depois, e a guarda costeira trará a retaguarda.

– E nenhum deles tem certeza de chegar lá a tempo.

– Eu sei – Godliman disse com a voz sumida. – Fizemos todo o possível, mas é o bastante?

 Terry acendeu outro cigarro.

– E os habitantes da ilha?

– Ah, sim. Há só duas casas lá. Há um criador de ovelhas e sua esposa numa delas, eles têm um filho, e um velho pastor na outra. O pastor tem um rádio, Real Unidade de Observação, mas não conseguimos manter contato com ele: talvez mantenha o aparelho ligado na posição Transmitir. Ele é velho.

– O criador de ovelhas parece promissor – Terry disse. – Se for um sujeito esperto, pode deter seu espião.

Godliman balançou a cabeça.

– O coitado está numa cadeira de rodas.

– Meu Deus, não temos sorte, não é?

– Não – Godliman respondeu. – Die Nadel pega toda a sorte para ele.

33

Lucy estava começando a se acalmar. A calma vinha-lhe gradualmente, como o frio de um anestésico, neutralizando suas emoções e aguçando a razão. As vezes em que ela ficava momentaneamente paralisada pelo pensamento de que estava na mesma casa com um assassino ocorriam agora com menos freqüência, e ela estava com um sangue-frio e uma vigilância que surpreendiam a ela mesma.

Quando foi fazer as tarefas da casa, mexendo-se ao lado de Henry, que estava sentado na sala de estar lendo um romance, ela imaginava se ele teria observado a mudança dos sentimentos dela. Ele era muito observador: não perdia quase nada, e houve certa cautela, se não houve mesmo suspeita, naquele confronto no jipe. Ele devia ter percebido que ela estava abalada. Por outro lado, ela já estava preocupada antes de ele sair, pois Jo os encontrara juntos na cama: ele devia estar pensando que aquilo era tudo que estava errado.

Tinha o pressentimento estranho de que ele sabia *exatamente* o que ela tinha em mente, mas preferia fingir que estava tudo bem.

Ela pendurou as roupas lavadas no secador da cozinha.

– Sinto muito – disse –, mas não posso esperar a vida inteira para a chuva parar.

Ele lançou um olhar desinteressado para as roupas e disse:

– Está tudo bem. – E voltou para a sala de estar.

Espalhada entre as roupas molhadas, havia uma muda completa de roupa limpa e seca de Lucy.

Para o almoço, ela fizera torta de legumes usando uma receita econômica. Chamou Jo e Henry para se sentarem e serviu.

A espingarda de David estava encostada num canto da cozinha. Lucy disse:

– Não gosto de ter uma arma carregada dentro de casa, Henry.

– Vou levá-la para fora depois do almoço – ele disse. – A torta está boa.

– Eu não gosto – Jo disse.

Lucy pegou a espingarda e a colocou em cima do armário.

– Acho que não faz mal, contanto que fique fora do alcance de Jo.

 – Quando crescer, vou matar alemães – Jo disse.

– Essa tarde quero que você durma – Lucy disse ao garoto.

Ela foi à sala de estar e apanhou uma das pílulas de dormir de David no vidro, dentro do armário. Duas pílulas eram uma dose forte para um homem de 60 quilos, ela pensou, então um quarto de comprimido deve ser o suficiente para um menino de 18 quilos dormir durante a tarde. Ela colocou a pílula sobre a tábua de carne e partiu, depois partiu de novo. Colocou um quarto dentro de uma colher, amassou com as costas de outra colher e colocou o pó dentro de um copo de leite. Deu o copo a Jo e disse:

– Quero que tome tudinho.

Henry viu tudo sem dizer nada.

Depois do almoço, ela colocou Jo sentado no sofá com uma pilha de livros. Ele não sabia ler, logicamente; mas tinha ouvido as histórias tantas vezes que já as sabia de cor, e podia virar as páginas dos livros, vendo os desenhos e dizendo de cor as palavras de cada página.

– Quer um pouco de café? – ela perguntou a Henry.

– Café de verdade? – perguntou, surpreso.

– Tenho um pouco guardado.

– Sim, por favor.

Ele a olhou preparar o café. Ela pensou se ele estava com medo de que ela desse pílulas para dormir para ele também. Ela podia escutar a voz de Jo na sala ao lado.

"O que eu disse foi: 'Tem alguém em casa?'," gritou Pooh bem alto.

"Não!", disse a voz.

Ele riu com vontade, como sempre fazia com aquela história. Oh, Deus, Lucy pensou: não permita que Jo seja machucado.

Ela serviu o café e sentou-se em frente a Henry. Ele esticou a mão pela mesa e segurou a mão dela. Estavam calados, tomando café e escutando a chuva e a voz de Jo.

"Quando tempo vai demorar?", Pooh perguntou ansiosamente.

"Cerca de uma semana, eu acho."

"Mas não posso ficar aqui uma semana!"

Ele começou a parecer estar com sono, e então parou de ler. Lucy foi até a sala e o cobriu com um cobertor. Apanhou o livro, que tinha caído das mãos dele no chão. Fora dela, quando era criança, e ela também sabia as histórias de cor. A página da frente estava escrita com a letra de sua mãe. "Para Lucy, de 4 anos, com amor de mamãe e papai." Ela colocou o livro no aparador.

Voltou para a cozinha.

– Ele está dormindo.

– E...?

Ela estendeu a mão. Henry segurou-a. Ela o puxou delicadamente. Ele levantou-se. Ela o levou para cima, e para o quarto. Fechou a porta, depois tirou o suéter.

Por um instante, ele ficou quieto, olhando os seios dela. Depois começou a despir-se

Quando ela se deitou, pensou: dê-me forças. Essa era a parte que ela temia, a parte que não tinha certeza se saberia conduzir bem: desejando dar prazer ao corpo quando tudo o que realmente sentia era medo, repugnância e culpa.

Ele deitou-se e a abraçou.

Em pouco tempo, ela descobriu que não tinha de fingir.

DURANTE ALGUNS SEGUNDOS, ela repousou sobre o braço dele dobrado, pensando como é que um homem podia matar tão friamente e amar tão apaixonadamente.

Mas o que ela disse foi:

– Quer tomar chá?

Ele sorriu.

– Não, obrigado.

– Bem, estou com vontade. – Ela retirou o braço dele e levantou-se. Quando ele se mexeu, ela colocou a mão na barriga dele e disse:

– Não, você fica aqui. Eu trago o chá para você. Ainda não terminamos.

Ele sorriu novamente.

– Você está mesmo querendo tirar a forra dos anos que perdeu.

Logo que ela saiu do quarto, o sorriso desapareceu do rosto dela como uma máscara. O coração pulava em seu peito quando ela desceu rapidamente, nua, as escadas. Na cozinha, colocou a chaleira no fogão fazendo muito barulho, e fez barulho com a louça para dar realismo à coisa. Então começou a vestir as roupas que tinha deixado escondidas no secador. Suas mãos tremiam tanto que ela mal conseguiu abotoar a calça.

Ela ouviu a cama fazer ruído e parou, congelada, olhando para cima, ouvindo, pensando: Fique aí! Fique aí! Mas ele estava apenas mudando de posição na cama.

Ela estava pronta. Foi até a sala de estar. Jo estava dormindo profundamente, rangendo os dentes. Bom Deus, não o deixe acordar, Lucy suplicava. Ela o pegou, ele disse alguma coisa dormindo, algo sobre Christopher Robin, e Lucy fechou bem os olhos e *desejou* que ele ficasse quieto. Enrolou o cobertor nele bem apertado. Voltou à cozinha e procurou em cima do armário a espingarda. Ela escorregou de sua mão e caiu na prateleira, quebrando um prato e duas xícaras. O ruído foi ensurdecedor. Ela ficou parada no lugar.

– O que aconteceu? – Henry perguntou lá de cima.

– Deixei cair uma xícara – ela gritou. Não podia esconder o medo na voz.

A cama rangeu de novo e ela escutou passos no andar de cima. Mas agora era tarde demais para voltar atrás. Pegou a espingarda, abriu a porta dos fundos, apertando bem Jo contra ela, e correu para o celeiro.

No caminho, teve um momento de pânico: tinha deixado as chaves no jipe? Certamente tinha: sempre deixava.

Escorregou na lama e caiu de joelhos. Começou a chorar. Por um momento, foi tentada a ficar ali e deixá-lo pegá-la e matá-la como havia matado seu marido; lembrou-se então da criança em seus braços e levantou-se e correu.

Entrou no celeiro e abriu a porta do jipe no lado oposto ao do motorista. Colocou Jo sentado. Ele escorregou para o lado. Lucy soluçava: "Oh, Deus!" Endireitou Jo, e dessa vez ele ficou no lugar. Ela correu para o outro lado do jipe e entrou, botando a espingarda no chão, entre as suas pernas.

Ligou o motor.

Ele virou e morreu.

– Por favor, *por favor*!

Ela ligou de novo.

O motor pegou.

Henry saiu pela porta dos fundos correndo.

Lucy acelerou e engatou a marcha. O jipe saiu do celeiro. Ela apertou o acelerador.

As rodas deslizaram na lama por um instante, depois continuaram sua marcha. O jipe aumentava de velocidade com muita lentidão. Ela desviou de Henry. Ele perseguiu o veículo, descalço na lama.

Ela percebeu que ele a estava alcançando.

Empurrou o acelerador de mão com toda a força, quase quebrando a pequena alavanca. Ela queria gritar de frustração. Henry estava a um metro dela mais ou menos, quase lado a lado, correndo como um atleta, seus braços movendo-se como pistões, seus pés descalços amassando a grama, suas bochechas trabalhando como um fole, seu peito nu aumentando de volume.

O motor fez um ruído, houve um solavanco quando a transmissão automática mudou, e então um novo impulso no motor.

Lucy olhou para o lado novamente. Henry parecia perceber que a tinha quase perdido. Ele lançou seu corpo no ar, num salto. Conseguiu segurar a maçaneta com a mão esquerda, e depois segurou-a com a mão direita também. Puxado pelo jipe, ele correu ao lado do veículo algum tempo, seus pés mal tocando o chão. Lucy olhou bem para o rosto dele, que estava bem perto do dela: estava vermelho devido ao esforço, franzido devido à dor; as veias do seu forte pescoço estavam inchadas com a força que fazia.

De repente, ela viu o que tinha de fazer.

Tirou a mão do volante, estendeu-a pela janela e meteu o dedo indicador, com a unha comprida, no olho dele.

Ele soltou-se do jipe e caiu, as mãos cobrindo o rosto.

A distância entre ele e o jipe aumentou bastante.

Lucy viu que estava chorando como um bebê.

A TRÊS QUILÔMETROS de casa, ela viu a cadeira de rodas.

Estava lá no alto do penhasco como um monumento, sua armação de metal e as grandes rodas de borracha resistindo à chuva incessante. Lucy aproximou-se dela de uma pequena inclinação, e viu seu contorno preto contra o céu cinzento e o mar revolto. Tinha uma aparência danificada, como o buraco deixado por uma árvore arrancada ou uma casa com as janelas quebradas; como se seu passageiro tivesse sido arrancado dela.

Ela lembrou-se da primeira vez que a tinha visto, no hospital. Estava ao lado da cama de David, nova e reluzente, e ele tinha se arrastado para cima dela habilmente e mexendo-se para um lado e para outro, no quarto, para demonstrá-la.

– É leve como uma pluma, feita com liga de avião – ele disse com um entusiasmo forçado, e correu entre as camas.

Parou no final do quarto, e depois de um instante ela foi até lá e viu que ele estava chorando. Ela ajoelhou-se em frente a ele, segurando suas mãos, sem dizer nada.

Foi a última vez que ela pôde consolá-lo.

Lá no alto do penhasco, a chuva e o vento salgado iriam logo corroer o metal, e finalmente enferrujá-lo e desintegrá-lo, a borracha iria se estragar e o assento de couro, apodrecer.

Lucy passou por ela sem diminuir a velocidade.

Cinco quilômetros mais à frente, quando estava no meio do caminho entre as duas casas, acabou a gasolina.

Ela afastou o pânico e tentou pensar racionalmente quando o jipe deu um solavanco e falhou.

As pessoas andavam seis quilômetros e meio por hora, ela lembrou que tinha lido em algum lugar. Henry era um atleta, mas havia machucado o tornozelo e, embora parecendo ter ficado bom bem depressa, a corrida atrás do jipe devia tê-lo machucado. Conseqüentemente, ela devia estar uma hora na frente dele.

(Ela não tinha dúvida de que ele viria atrás dela: ele sabia tão bem quanto ela que havia um transmissor na casa de Tom.)

Tinha bastante tempo. Na parte traseira do jipe, havia gasolina de reserva para ocasiões como essa. Ela saiu do carro, pegou a lata e abriu a tampa do tanque.

Então pensou de novo, e a idéia que lhe ocorreu a surpreendeu por ser tão diabólica.

Tampou novamente o tanque de gasolina e foi para a frente do veículo. Verificou se a chave estava desligada e abriu o capô. Ela não era mecânica, mas pôde encontrar o distribuidor e os fios do motor. Colocou a lata de gasolina do lado do carburador e tirou sua tampa.

Havia uma chave de velas na caixa de ferramentas. Ela tirou uma vela, verificou de novo se a ignição estava desligada e colocou a vela na boca do latão de gasolina, prendendo-a lá com fita adesiva. Depois fechou o capô.

Quando Henry chegasse, era certo que tentaria ligar o motor do jipe. Ele viraria a chave, o motor de arranque ligaria, a vela iria soltar a centelha e o latão de gasolina explodiria.

Ela não tinha certeza quanto ao estrago que aquilo poderia provocar, mas tinha certeza de que não haveria socorro.

UMA HORA MAIS TARDE, ela estava se arrependendo de sua esperteza.

Arrastando-se pela lama, encharcada, com o peso morto da criança dormindo sobre o ombro, não desejava mais nada a não ser cair e morrer. A armadilha parecia, segundo suas reflexões, dúbia e arriscada: a gasolina podia pegar fogo e não explodir; se não houvesse oxigênio suficiente na boca do latão, podia até não pegar fogo; pior que tudo, Henry podia suspeitar da armadilha, olhar debaixo do capô, desmontar a bomba, colocar a gasolina no tanque e ir até ela de carro.

Pensou em se sentar um pouco para descansar, mas viu que se sentasse jamais levantaria de novo.

Ela já devia estar avistando a casa de Tom agora. Não podia ter se perdido – mesmo que não tivesse feito aquele trajeto muitas vezes antes, a ilha não era tão grande assim para que se pudesse ficar perdido.

Reconheceu um lugar onde ela e Jo certa vez viram uma raposa. Devia estar a um quilômetro e meio da casa do pastor. Ela já devia tê-la visto, mas a chuva a impedia.

Passou Jo para o outro ombro, trocou a espingarda de mão e forçou-se a continuar pondo um pé à frente do outro.

Quando finalmente a casa se tornou visível em meio à espessa chuva, quase chorou de alívio. Estava mais perto do que pensava – talvez a uns quinhentos metros.

Jo parecia mais leve e, embora o último trecho fosse um aclive – a única colina da ilha –, ela pareceu vencê-lo rapidamente.

– Tom! – ela chamou, quando se aproximou da porta da frente. – Tom, oh, Tom!

Ela ouviu o latido de Bob.

Entrou pela porta da frente.

– Tom, venha rápido!

Bob se enrolava em suas pernas, agitado, latindo muito. Tom não podia estar longe. Devia estar provavelmente no alpendre. Lucy subiu e deixou Jo na cama de Tom.

O transmissor estava no quarto, um aparelho de aparência complexa, com fios, mostradores e botões. Havia algo que parecia uma chave Morse: ela tocou naquilo para experimentar e ouviu um ruído. Um pensamento veio-lhe do fundo da alma – alguma coisa de seus tempos de menina: o código Morse de S.O.S. Ela tocou na chave de novo: três curtos, três longos, três curtos.

Onde estava Tom?

Ouviu um barulho, e correu à janela.

O jipe estava subindo a colina em direção à casa.

Henry descobrira a armadilha e usara a gasolina para encher o tanque.

Onde estava Tom?

Ela saiu correndo do quarto, pensando em ir bater à porta do alpendre. No alto da escada, parou. Bob estava na porta do outro quarto, o quarto vazio.

– Vem aqui, Bob – ela disse.

O cachorro ficou no mesmo lugar, latindo. Ela foi até lá e abaixou-se para pegá-lo.

Então viu Tom.

Estava caído de costas no chão do quarto vazio, os olhos esgazeados, voltados para o teto, o boné virado no chão, atrás de sua cabeça. O casaco estava aberto, e havia uma pequena mancha de sangue na camisa. Perto de sua mão havia uma caixa de uísque, e Lucy viu-se com o pensamento irrelevante: não sabia que ele bebia tanto assim.

Tomou o pulso dele.

Estava morto.

Pense, pense!

Ontem Henry voltara para a casa de Lucy todo socado, como se tivesse participado de uma luta. Deve ter sido quando ele matou David. Hoje ele viera aqui, à casa de Tom, "para buscar David", dissera. Mas ele sabia que David não estava aqui. Por que tinha vindo?

Obviamente para matar Tom.

O que o levara a fazer isso? Que motivo o impelia tão ferozmente para que ele pegasse o carro, dirigisse 15 quilômetros, metesse a faca num velho e voltasse tão calmo e tranqüilo e recomposto como se tivesse saído para tomar ar? Lucy sentiu um estremecimento.

Agora ela voltara sua atenção à realidade presente.

Pegou o cachorro pela coleira e tirou-o de perto do corpo de seu dono. Por impulso, voltou e abotoou o casaco sobre o pequeno ferimento do estilete que matara o pastor. Depois, então, fechou a porta. Ela disse ao cachorro:

– Ele está morto, mas eu preciso de você.

Voltou ao quarto da frente e olhou pela janela.

O jipe veio até a frente da casa e parou; e Henry saltou.

34

O pedido de socorro de Lucy foi ouvido pela corveta.

– Capitão – disse Sparks – captei um pedido de S.O.S. da ilha.

O capitão franziu as sobrancelhas.

– Não podemos fazer nada até podermos lançar um bote – disse. – Disseram mais alguma coisa?

– Nada, senhor. Nem repetiram o pedido.

O capitão pensou mais um pouco.

– Não podemos fazer nada – disse novamente. – Envie uma mensagem ao continente informando sobre isso. E continue na escuta.

– Sim, senhor.

TAMBÉM FORA CAPTADO por um posto de escuta do MI8 no alto de uma montanha na Escócia. O radioperador, um jovem com ferimentos na barriga que tinha sido invalidado para a RAF e tinha apenas seis meses de vida, estava tentando captar sinais da marinha alemã, na Noruega, e não deu importância ao S.O.S. Contudo, ele foi substituído no posto cinco minutos depois e mencionou o fato, casualmente, ao oficial-comandante.

– Só foi transmitido uma vez – disse. – Provavelmente um barco de pesca fora da costa escocesa. Pode muito bem ser um navio em apuros com esse tempo.

– Deixe isso comigo – disse o oficial-comandante. – Vou falar com a Marinha. E acho que é melhor informar a Whitehall. Protocolo, você entende.

– Obrigado, senhor.

Na estação da Real Unidade de Observação, houve um pouco de pânico. Logicamente, o S.O.S. não era o sinal que um observador *devia* dar quando visse um avião inimigo, mas eles sabiam que Tom era velho, e quem sabe o que ele podia enviar se estivesse agitado? Então as sirenes soaram e todos os demais postos foram alertados, e a artilharia antiaérea foi disposta em toda a costa leste da Escócia, e o operador de rádio tentou desesperadamente entrar em contato com Tom.

Não vieram bombardeiros alemães, logicamente; e o Ministério da Guerra quis saber por que um alerta fora dado quando não havia nada no céu a não ser uns poucos gansos molhados.

Foi explicado o motivo.

A GUARDA COSTEIRA também ouviu o pedido.

Eles teriam respondido, se estivessem na freqüência correta, e se pudessem determinar a posição do transmissor, e se aquela posição estivesse a uma distância razoável da costa.

Eles achavam, como o sinal viera na freqüência da Real Unidade de Observação, que tinha vindo do velho Tom; e eles já estavam fazendo tudo que podiam sobre *aquela* posição, qualquer que fosse a situação.

Quando a notícia chegou onde estavam jogando cartas no barco, no porto de Aberdeen, Fininho deu outra rodada de cartas e disse:

– Vou dizer a vocês o que aconteceu. O velho Tom pegou o prisioneiro de guerra e está sentado na cabeça dele esperando que o Exército chegue lá e traga o safado de volta.

– Besteira – Smith disse – e todos concordaram.

E O SUBMARINO U-505 escutou o pedido.

Ele estava parado a mais de trinta milhas marítimas da Ilha das Tormentas, mas Weissman estava mexendo no seletor do receptor para ver o que conseguia captar – e esperando ouvir os discos de Glenn Miller pela rede das Forças Americanas na Inglaterra – e o receptor coincidiu de estar na faixa certa na hora certa. Ele passou a informação ao Capitão-de-corveta Heer, acrescentando:

– Não foi na freqüência do nosso homem.

O Major Wohl, que estava por perto e tão irritado como sempre, disse:

– Então não significa nada.

Heer não deixou escapar a oportunidade de corrigi-lo.

– Significa *alguma coisa* – disse. – Significa que deve haver alguma movimentação na superfície quando subirmos.

– Mas não deve nos atrapalhar.

– Não, não deve – Heer concordou.

– Então não tem importância.

– É *provavelmente* sem importância.

Discutiram isso durante toda a viagem até a ilha.

ENTÃO ACONTECEU que no espaço de cinco minutos a Marinha, a Real Unidade de Observação, o MI8 e a Guarda Costeira, todos ligaram para Godliman para informá-lo sobre o S.O.S. E, Godliman, então, telefonou para Bloggs.

Bloggs tinha conseguido finalmente dormir em frente à lareira da sala de espera. O som estridente da campainha do telefone o assustou e ele levantou-se, pensando que os aviões já iam partir.

Um piloto atendeu, disse "Alô" duas vezes e passou para Bloggs.

– Um tal de Sr. Godliman para o senhor.

– Alô, Percy.

– Fred, alguém na ilha acabou de transmitir um sinal de S.O.S. Bloggs sacudiu a cabeça para afastar o restante do sono.

– Quem?

– Não sabemos. Houve só uma mensagem, não foi repetida, e parece que lá não estão recebendo nada.

– Assim, então, não há muita dúvida agora.

– Não. Tudo pronto por aí?

– Tudo, menos o tempo.

– Boa sorte.

– Obrigado.

Bloggs desligou e virou-se para o jovem piloto que ainda estava lendo *Guerra e Paz.*

– Boas notícias – disse-lhe. – O filho-da-mãe está mesmo na ilha.

– Esplêndido – disse o piloto.

35

Henry fechou a porta do jipe e começou a andar lentamente para a casa. Ele estava com o casaco de David novamente. Havia lama em sua calça, onde ele tinha caído, e seu cabelo estava grudado na cabeça. Ele estava mancando um pouco com o pé direito.

Lucy saiu da janela, correu do quarto e desceu a escadaria. A espingarda estava no chão do hall, onde ela a havia deixado. Ela a apanhou. Subitamente pareceu-lhe muito pesada. Ela na verdade nunca disparara uma arma e não sabia o que fazer para ver se estava carregada. Ela poderia descobrir, com tempo; mas não havia tempo.

Respirou fundo e abriu a porta da frente.

– Pare! – gritou. Sua voz saíra mais alto do que ela queria, e parecia aguda e histérica.

Henry sorriu com prazer e continuou andando.

Lucy apontou a arma para ele, segurando o cano com a mão esquerda e o cabo com a direita. O dedo estava no gatilho.

– Eu mato você! – ela gritou.

– Não seja boba, Lucy – ele disse tranqüilamente. – Como você pode me ferir? Depois de tudo que fizemos juntos? Não nos amamos um pouco?

Era verdade. Ela dissera a si mesma que não podia se apaixonar por ele, e aquilo era verdade também; mas ela *sentira* alguma coisa por ele, e se não era amor era algo muito parecido.

– Você soube a meu respeito hoje à tarde – ele disse, e agora estava a trinta metros dela –, mas isso não fez diferença nenhuma para você, fez?

Era verdade. Por um instante, ela se lembrou da cena em que ela estava sentada em cima dele segurando as sensíveis mãos dele sobre os seus seios, e então percebeu o que estava fazendo...

– Ainda podemos fazer alguma coisa, Lucy, ainda podemos ter um ao outro...

... e ela puxou o gatilho.

E a arma pulou em suas mãos como uma coisa viva, a
 coronha batendo em sua cintura com o ricochete. Ela quase

a deixou cair. Nunca imaginara que disparar uma arma fosse assim. Ficou surda por um instante.

A bala passou acima da cabeça de Henry, mas mesmo assim ele abaixou-se, virou-se e correu em ziguezague para o jipe. Lucy estava tentada a atirar de novo, mas deteve-se a tempo, compreendendo que, se ele soubesse que os dois canos estavam vazios, não haveria nada que o detivesse e ele voltaria.

Ele abriu a porta do jipe, pulou lá dentro e desceu a colina.

Lucy sabia que ele voltaria.

De repente, ela se sentiu alegre, quase feliz. Ela vencera o primeiro *round* – ela o fizera fugir – e ela era uma mulher!

Mas ele voltaria.

Mesmo assim, ela levava vantagem. Estava dentro de casa e tinha uma arma. E tinha tempo para se preparar.

Preparar. Ela precisava estar pronta para ele. Da próxima vez, ele seria mais engenhoso. Certamente tentaria se arrastar até lá.

Ela esperava que ele aguardasse até a noite, pois isso lhe daria tempo.

Em primeiro lugar, tinha de recarregar a espingarda.

Foi até a cozinha. Tom guardava tudo em sua cozinha – comida, carvão, ferramentas, mantimentos – e ele tinha uma espingarda como a de David. Ela sabia que as duas armas eram idênticas, pois David examinara a de Tom quando mandou comprar uma exatamente igual. Os dois haviam conversado muito sobre armas.

Ela achou a espingarda de Tom e uma caixa de munição. Colocou as duas espingardas e a caixa de munição sobre a mesa da cozinha.

As máquinas eram simples, ela se convencera: era apreensão, e não estupidez, que fazia as mulheres se atrapalharem quando encontravam algum maquinismo.

Ela experimentou a espingarda de David, mantendo o cano virado para longe, até que ele se abrisse, no cabo. Então viu o que tinha feito para abri-la e repetiu algumas vezes para praticar.

Carregou as duas armas. Então, para ter certeza de que fizera tudo certo, apontou a espingarda de Tom para a parede da cozinha e puxou o gatilho.

Houve uma chuva de poeira, Bob latia feito um louco, e ela machucou a cintura e ficou surda novamente. Mas estava armada.

Tinha de se lembrar de puxar o gatilho com cuidado para não deslocar a espingarda e não errar a pontaria. Os homens provavelmente aprendiam esse tipo de coisas no Exército.

Qual o próximo passo? Deveria dificultar a entrada de Henry na casa.

Nenhuma das portas tinha tranca, é lógico: se uma casa fosse roubada na ilha, logo se saberia que o culpado morava na outra casa. Lucy remexeu na caixa de ferramentas de Tom e encontrou um machado bem afiado, reluzente. Foi até a escada e começou a cortar o corrimão.

O trabalho lhe deu dor nos braços, mas em cinco minutos ela tinha seis pequenos pedaços de carvalho escuro. Achou um martelo e alguns pregos e pregou os pedaços do carvalho na porta da frente e na porta dos fundos, três pedaços para cada porta, quatro pregos em cada pedaço. Quando terminou, seus punhos estavam doendo muito e o martelo parecia tão pesado como chumbo, mas ela não havia acabado ainda.

Pegou mais um punhado dos pregos de dez centímetros e foi a cada janela da casa, fechando-as com os pregos. Ela descobriu por que os homens colocavam os pregos na boca: as duas mãos são necessárias para o trabalho e se se colocam os pregos no bolso eles machucam.

Quando terminou, já estava escuro. Deixou as luzes apagadas.

Ele ainda podia entrar na casa, logicamente; mas não entraria em silêncio. Teria de quebrar alguma coisa e mostrar que estava ali – e então ela estaria pronta com as armas.

Subiu, levando as duas espingardas, para ver como estava Jo. Ainda estava dormindo, enrolado no cobertor, na cama de Tom. Lucy acendeu um fósforo para ver o rosto dele. A pílula de dormir deve mesmo tê-lo derrubado, mas sua cor era normal, a temperatura parecia normal e estava respirando com facilidade.

– Continue assim, menino – Lucy sussurrou. O súbito acesso de ternura tornou-a mais selvagem com relação a Henry.

Ela vistoriou toda a casa, impacientemente, por um instante, olhando pelas janelas para a escuridão lá fora, o cachorro a seguindo em toda parte. Ela levava apenas uma espingarda, deixando a outra no alto da escada, mas pendurou o machado no cinto da calça.

Lembrou-se do transmissor e repetiu seu pedido de S.O.S. diversas vezes. Ela não tinha idéia se alguém estava escutando, ou mesmo se o rádio estava funcionando. Não sabia Morse e não podia transmitir nada mais.

Ocorreu-lhe que Tom provavelmente não sabia o código Morse. Certamente teria um livro em algum lugar? Se ela pudesse dizer a alguém o que estava acontecendo aqui! Ela procurou a casa inteira, usando dezenas de fósforos, sentindo-se aterrorizada toda vez que acendia um ao ver uma das janelas lá de baixo; mas não encontrou nada.

Está certo, talvez ele soubesse *mesmo* Morse.

Por outro lado, por que iria precisar disso? Ele só precisava dizer ao continente que havia aviões inimigos se aproximando, e não havia razão por que aquela informação não devesse ir ao ar... como era a frase que David usava... *au clair.*

Ela voltou ao quarto e olhou novamente o aparelho. Num dos lados do aparelho, escondido, havia um microfone.

Se ela podia falar com eles, eles podiam falar com ela.

O som de outra voz humana – uma voz normal, sadia, do continente – subitamente parecia ser a coisa mais desejada do mundo.

Ela pegou o microfone e começou a experimentar as chaves.

Bob rosnou baixinho.

Ela abaixou o microfone e estendeu a mão para o cachorro, no escuro.

– O que foi, Bob?

Ele rosnou de novo. Ela podia sentir suas orelhas em pé. Ela estava terrivelmente amedrontada: a confiança conseguida ao confrontar Henry com a espingarda, aprender a recarregar, bloquear as portas e trancar as janelas... tudo evaporou com o rosnar de um cachorro em alerta.

– Vamos descer – ela sussurrou. – Quieto!

Ela o segurou pela coleira e o levou pela escada. No escuro procurou pelo corrimão, esquecendo-se de que o havia cortado para fazer a tranca das portas, e quase perdeu o equilíbrio. Equilibrou-se novamente e tirou com a boca uma farpa do dedo.

No hall o cachorro hesitou, depois rosnou um pouco mais alto e puxou-a para a cozinha. Ela o puxou e segurou seu focinho para que ele não fizesse barulho. Depois então cruzou a porta lentamente.

Olhou na direção da janela, mas não havia nada à vista a não ser a escuridão.

Ela escutou. A janela estalou: primeiro de forma quase inaudível, depois um pouco mais alto. Ele estava tentando entrar. Bob rosnou ameaçadoramente, no fundo de sua garganta, mas parece ter entendido o pequeno apertão que ela lhe deu no focinho.

A noite estava mais silenciosa. Lucy percebeu que a tempestade estava passando, de maneira quase imperceptível. Henry pareceu ter desistido da janela da cozinha. Ela foi para a sala de estar.

Ouviu o mesmo estalo da velha madeira resistindo à pressão. Agora Henry parecia mais determinado: houve três socos surdos, como se ele estivesse batendo na armação da janela com o punho fechado.

Lucy deitou o cachorro e suspendeu a espingarda. Podia ser apenas imaginação, mas ela poderia perceber a janela como um quadrado cinza contra a escuridão no fundo. Se ele abrisse a janela, ela dispararia imediatamente.

Houve uma pancada bem mais forte. Bob perdeu o controle e soltou um latido alto. Ela ouviu um barulho de pés se arrastando lá fora.

Então ouviu a voz.

– Lucy?

Ela mordeu o lábio.

– Lucy?

Ele estava usando a voz que usava na cama: grave, macia e íntima.

– Lucy, pode me ouvir? Não tenha medo. Não quero machucá-la. Fale comigo, por favor.

Ela tinha que lutar contra a vontade de puxar os dois gatilhos ao mesmo tempo só para calar aquele som horrível e reprimir as lembranças que ele trazia à sua consciência, contra a sua vontade.

– Lucy, minha querida... – Ela pensou ter ouvido choro. – Lucy, ele me atacou, tive que matá-lo... Matei por meu país, você não devia me odiar por isso.

Ela não entendia aquilo. Parecia loucura. Será que ele era louco e havia conseguido esconder isso durante dois dias de intimidade? Ele parecia mais sadio que muita gente – contudo, já tinha matado antes... a menos que fosse uma vítima de injustiça... Dane-se! Ela estava enfraquecendo e devia ser exatamente isso que ele desejava.

Ela teve uma idéia.

– Lucy, ao menos fale comigo...

A voz dele baixou quando ela foi até a cozinha na ponta dos pés. Bob avisaria se ele fizesse algo além de falar. Ela remexeu na caixa de ferramentas de Tom e encontrou um alicate. Foi até a janela da cozinha e tateou com os dedos as cabeças dos três pregos que havia colocado ali. Cuidadosamente, e o mais silenciosamente possível, ela os arrancou. Precisou de toda a sua força para fazer aquilo.

Quando acabou, voltou à sala de jantar para ouvir.

– ... não me atrapalhe e deixarei você...

De maneira bem silenciosa, ela levantou a janela da cozinha e abriu-a. Arrastou-se até a sala de estar, apanhou o cachorro e voltou para a cozinha.

– ... machucar você, a última coisa no mundo...

Ela acariciou o cachorro uma vez ou duas e murmurou:

– Eu não faria isso se não precisasse, rapaz. – Então ela o jogou pela janela.

E a fechou rapidamente, apanhou um prego e o fixou em outro lugar com três fortes marteladas.

Deixou o martelo, apanhou a espingarda e correu para a sala da frente para ficar perto da janela, encostada à parede.

– ... dê a você uma última chance... ah!

Ouviu-se então o caminhar de passos pequenos; e um terrificante latido que Lucy jamais ouvira antes num cão pastor; um barulho de luta; e o ruído de um homem grande caindo. Ela podia ouvir Henry respirando, ofegante, gemendo; depois então outro raspar das patas do cachorro; um grito de dor; um xingamento em língua estrangeira; outro latido. Ela desejava estar vendo o que estava acontecendo.

Os ruídos tornaram-se abafados e mais distantes, e depois repentinamente cessaram. Lucy esperava, encostada à parede perto da janela, aguçando o ouvido. Ela queria ir ver como estava Jo, queria tentar o rádio novamente, queria tossir; mas não queria se mexer. Imagens sangrentas do que Bob poderia ter feito com Henry circundavam sua mente, e ela ansiava para ouvir o cão cheirando a porta.

Olhou pela janela. Então *percebeu* que estava olhando pela janela: podia ver não apenas um quadrado acinzentado, mas a travessa de madeira da armação. Era noite ainda, mas mesmo assim ela sabia que se olhasse pela janela poderia perceber o céu por uma luminosidade um pouco difusa, em vez da escuridão impenetrável. A alvorada romperia a qualquer momento. Então ela poderia ver os móveis da sala, e Henry não poderia mais surpreendê-la no escuro...

Houve um estalido de vidro quebrado a poucos metros dela. Ela pulou. Sentiu uma dor profunda no rosto, botou a mão no lugar e viu que fora atingida por um estilhaço. Levantou a espingarda, esperando que Henry viesse pela janela; mas não aconteceu nada. Levou um minuto ou dois até que ela começasse a pensar no que tinha quebrado a janela.

Olhou para o chão. Entre os pedaços de vidro, havia qualquer coisa grande e escura. Ela achou que poderia ver melhor o que era se olhasse de perto. Quando se aproximou, pôde reconhecer a forma familiar do cachorro.

Fechou os olhos, e depois olhou para outro lugar. Ela era incapaz de sentir qualquer emoção com a morte do fiel cachorro. Seu coração fora entorpecido por todos os perigos e mortes acontecidos antes: primeiro David, depois Tom, depois a grande tensão do cerco da noite... O que ela sentia era fome. No dia anterior estivera muito nervosa para comer, o que significava que havia 36 horas desde a sua última refeição. Agora, inconveniente e ridiculamente, ela se via desejando um sanduíche de queijo.

Algo mais estava vindo pela janela.

Ela viu com o canto dos olhos, então virou-se para olhar de frente.

Era a mão de Henry.

Ela olhou perplexa para aquilo, hipnotizada: a mão com dedos compridos, sem anéis, pele clara sob as marcas de sujeira, com as unhas bem-cuidadas e um esparadrapo na ponta do dedo indicador; a mão que a tocara em sua intimidade, tocara seu corpo como uma harpa, tinha enfiado uma faca no coração de um velho pastor.

A mão quebrou um pedaço de vidro, depois outro, aumentando o buraco na vidraça. Então enfiou-se por ali, até o cotovelo, e tateou pelo peitoril, procurando um trinco para abrir.

Procurando não fazer qualquer ruído, com dolorosa lentidão, Lucy passou a espingarda para a mão esquerda, e com a direita apanhou o machado no cinto, levantou-o acima de sua cabeça e abaixou-o com toda sua força na mão de Henry.

Ele deve ter pressentido, ou ouvido o barulho, ou visto a sombra do movimento atrás da janela; pois ele tirou rapidamente o braço poucos antes do golpe.

O machado bateu com força no peitoril de madeira, cravando-se lá. Por uma fração de tempo, Lucy pensou que tivesse errado: mas então, lá de fora veio um grito de dor, e ela viu ao lado da lâmina do machado, em cima da madeira envernizada, como duas lagartas, dois dedos cortados.

Ela ouviu o barulho de passos se afastando.

Lucy vomitou.

O cansaço tomou conta dela, logo seguido por um estado de autocomiseração. Ela sofrera bastante, meu Deus, não sofrera? Havia policiais e soldados nesse mundo para enfrentar situações como essa – ninguém podia esperar que uma simples dona de casa e mãe de família contivesse um assassino indefinidamente. Quem poderia culpá-la se ela desistisse agora? Quem, honestamente, poderia dizer que eles teriam feito melhor, resistido mais e sido mais corajosos, resolutos e dispostos à luta por mais um minuto?

Tinha terminado para ela. *Eles* teriam de tomar conta: o mundo exterior, os policiais e soldados, quem quer que estivesse do outro lado do rádio. Ela não podia fazer mais nada.

Tirou os olhos dos grotescos objetos sobre o peitoril e foi, exausta, para cima. Pegou a outra espingarda e levou as duas armas para o quarto consigo.

Jo ainda estava dormindo, Deus o abençoe. Ele havia se mexido pouco durante a noite, completamente alheio ao apocalipse a seu redor. Ela sabia que ele não estava dormindo tão profundamente agora: alguma coisa em sua expressão e na maneira como respirava deu a entender que logo ele acordaria e desejaria comer.

Ela ansiava agora por aquela vida simples: levantar cedinho, preparar o desjejum, vestir Jo, fazer tarefas simples, monótonas, *seguras*, de uma dona de casa, como lavar e cortar ervas do jardim e fazer chá. Parecia incrível que ela tivesse ficado tão insatisfeita com o desamor de David, as longas noites enfadonhas, o infinito horizonte árido de grama e urze e chuva.

Nunca mais isso voltaria, essa vida.

Ela quisera movimento, cidades, música, gente, idéias. Agora o desejo por essas coisas a abandonara e ela não podia compreender como tinha podido ansiar por elas. Paz era tudo que um ser humano devia pedir, assim lhe parecia.

Sentou-se em frente ao rádio e estudou os botões e os mostradores. Faria só mais isso, e depois descansaria. Fez um grande esforço e forçou-se a pensar analiticamente por algum tempo. Não havia *tantas* combinações possíveis de botões e mostradores. Ela achou um botão com duas posições, virou-o e mexeu na chave do Morse. Não houve nenhum ruído. Talvez aquilo significasse que agora o microfone estava ligado.

Ela o puxou e falou.

– Alô, alô, tem alguém aí? Alô?

Havia uma chave que estava escrito "Transmitir" em cima e "Receber" embaixo. Estava virada para "Transmitir". Se o mundo fosse falar com ela, obviamente, ela tinha que virar a chave para "Receber".

Ela disse:

– Alô, alguém na escuta? – e virou a chave para "Receber".

Nada.

Depois então:

– Prossiga, Ilha das Tormentas, recebendo você muito bem.

Era uma voz de homem. Parecia jovem e forte, capaz, confiante, tranqüilizadora, viva e *normal.*

– Prossiga, Ilha das Tormentas, tentamos entrar em contato com você a noite inteira... Com os diabos, onde você *estava*?

Lucy virou para "Transmitir", tentou falar e explodiu em lágrimas.

36

Percival Godliman estava com dor de cabeça por causa de cigarros demais e sono de menos. Havia tomado um pouco de uísque para ajudá-lo na longa noite de inquietação em seu gabinete, e aquilo fora um engano. Tudo o oprimia: o tempo, seu gabinete, seu trabalho, a guerra. Pela primeira vez desde que se tornara um caçador de espiões, viu-se com vontade de estar numa biblioteca empoeirada, com manuscritos ilegíveis em latim medieval.

O Coronel Terry entrou, trazendo duas xícaras de chá numa bandeja.

– Ninguém por aqui dorme – disse alegremente. Sentou-se. – Quer biscoito? – Estendeu um prato para Godliman.

Godliman recusou o biscoito e tomou o chá. A bebida quente lhe deu um ânimo momentâneo.

– Recebi um telefonema do homem do charuto – Terry disse. – Ele está de plantão conosco.

– Não vejo por quê – Godliman disse acremente.

– Ele está preocupado.

O telefone tocou.

– Godliman.

– Tenho uma ligação da Real Unidade de Observação, em Aberdeen, para o senhor.

– Sim.

Outra voz surgiu no fone. Uma voz de rapaz.

– Aqui a Real Unidade de Observação, Aberdeen, senhor.

– Sim.

– É o Sr. Godliman?

– *Sim.* – Meu Deus, esses militares perdiam tanto tempo.

– Finalmente conseguimos entrar em contato com a Ilha das Tormentas, senhor.

– Graças a Deus!

– Não é nosso observador regular. Na verdade, é uma mulher.

– O que ela disse?

– Nada ainda, senhor.

– O que você *quer dizer* com isso? – Godliman demonstrou a raiva que estava tomando conta dele.

– Ela apenas está... chorando, senhor.

– Oh! – Godliman murmurou. – Você pode me pôr em contato com ela?

– Sim. Espere. – Houve uma pausa, marcada por diversos ruídos e depois um zumbido. Então Godliman ouviu uma mulher chorando.

– Você pode me ouvir? – ele disse.

O choro continuou.

– Ela não pode ouvi-lo, senhor, até virar a chave para "Receber". Ah, ela já virou. Prossiga.

Godliman disse:

– Alô, senhora. Quando eu acabar de falar, direi "Câmbio", então a senhora vira para "Transmitir" para falar comigo e a *senhora* diz "Câmbio" quando terminar. Entendeu? Câmbio.

A voz da mulher surgiu no aparelho.

– Oh, graças a Deus que apareceu alguém sensato. Sim, entendo. Câmbio.

– Agora – Godliman disse gentilmente –, diga-me o que aconteceu aí. Câmbio.

– Um homem naufragou aqui há dois... não, há três dias. Acho que ele é o assassino do estilete de Londres. Ele matou meu marido e nosso pastor, e agora ele está lá fora e eu estou aqui com meu filho... Preguei as janelas e atirei nele com uma espingarda, e preguei pedaços de madeira para reforçar as portas, e mandei o cachorro lá para fora, mas ele matou o cachorro, e eu o acertei com o machado quando ele tentou entrar pela janela e *não posso fazer mais nada, por favor venham e me salvem...* Câmbio.

Godliman colocou a mão sobre o fone. Seu rosto estava pálido.

– Pobre mulher – ele suspirou. Mas, quando ele falou com ela, estava com a voz firme outra vez. – A senhora precisa esperar um pouco mais – começou. – Há marinheiros, efetivos da Guarda Costeira, policiais e todo tipo de gente a caminho daí, mas não podem desembarcar antes de a tempestade passar. Agora, quero que faça uma coisa, mas não posso dizer por que deve fazer isso porque podem estar escutando nossa conversa, mas posso dizer que isso é *absolutamente essencial.* Está me ouvindo bem? Câmbio.

– Sim, continue. Câmbio.

– Deve destruir seu rádio. Câmbio.

– Oh, não, por favor... devo mesmo?

– Sim – Godliman respondeu, e então percebeu que ela ainda estava transmitindo.

– Eu não... não posso... – Seguiu-se um grito.

Godliman disse:

– Alô, Aberdeen, o que está acontecendo?

O jovem voltou.

– O aparelho ainda está transmitindo, senhor, mas ela não está falando. Não ouvimos nada.

– Ela gritou.

– Sim, escutamos.

– Droga! – Godliman pensou um pouco. – Como está o tempo aí?

– Está chovendo, senhor. – O jovem parecia confuso.

– Não estou brincando, rapaz – Godliman gritou. – Há algum sinal de que a tempestade vai passar?

– Melhorou um pouco, agora, senhor.

– Bom. Volte a me chamar assim que aquela mulher voltar a falar.

– Pois não, senhor.

Godliman disse a Terry.

– Só Deus sabe o que aquela moça está passando lá. – Bateu no gancho do telefone.

O coronel cruzou as pernas.

– Se pelo menos ela quebrasse o rádio, então..

– Então nós não ligamos se ele a matar?

– Você está dizendo.

Godliman falou no aparelho:

– Me ligue com Bloggs, em Rosyth.

BLOGGS ACORDOU sobressaltado com o chamado. Lá fora já estava clareando. Todos na sala de espera escutavam. Não podiam ouvir nada. Isso era o que eles escutavam: o silêncio.

 A chuva tinha parado de bater no teto de metal.

Bloggs foi até a janela. O céu estava cinzento, com um pedaço claro para o lado do leste, no horizonte. O vento diminuíra, subitamente, e a chuva se tornara uma garoa fina.

Os pilotos começaram a vestir os casacos e a colocar os capacetes, amarrando as botas, acendendo os últimos cigarros.

Uma sirene tocou e uma voz tomou o campo:

– Todos a postos! Todos a postos!

O telefone tocou. Os pilotos não deram atenção e saíram pela porta. Bloggs atendeu.

– Alô?

– Aqui é Percy, Fred. Acabamos de fazer contato com a ilha. Ele matou os dois homens. A mulher o está mantendo fora da casa agora, mas não vai resistir por muito tempo.

– A chuva passou. Estamos de partida agora.

– O mais rápido possível, Fred. Adeus!

Bloggs desligou e procurou por seu piloto. Charles Calder tinha dormido em cima de *Guerra e Paz*. Bloggs o sacudiu.

– Acorde, seu dorminhoco idiota, acorde!

Ele abriu os olhos.

Bloggs quis bater nele.

– Acorde, vamos, estamos de partida, a tempestade passou.

O piloto levantou-se.

– Esplêndido – disse.

Ele se encaminhou para a porta e Bloggs o acompanhou.

O BOTE SALVA-VIDAS caiu na água como o barulho feito por uma pistola e espirrou água para os lados. O mar não estava nem um pouco manso, mas ali, ao abrigo parcial da baía, não havia perigo para um bote nas mãos de um marinheiro experiente.

O capitão disse:

– Vá em frente, Número 1.

O primeiro-tenente estava perto do mastro com três marujos. Estava com uma pistola dentro de um coldre à prova d'água.

– Vamos, homens – ordenou.

Os quatro homens desceram as escadas e pularam no bote. O primeiro sentou na popa e os três marinheiros pegaram nos remos e começaram a remar.

Durante algum tempo, o capitão observou o avanço regular deles até o cais. Depois voltou à ponte e deu ordens para que a corveta continuasse a circular a ilha.

O SOM AGUDO de uma campainha acabou com o jogo no barco da Guarda Costeira.

Fininho disse:

– Achei que alguma coisa estava diferente. Não estamos jogando. Estamos quase parados, de fato. Isso me faz ficar enjoado.

Ninguém estava prestando atenção: estavam todos correndo para os seus postos, alguns amarrando os salva-vidas enquanto iam andando.

Os motores foram ligados, fazendo um grande barulho, e o navio começou a tremer um pouco, mas perceptivelmente.

No convés, Smith ficou na proa, aproveitando a brisa fresca e os respingos da água no rosto, depois de um dia e uma noite no porão.

Enquanto o barco deixava o porto, Fininho se juntou a ele.

– Aqui vamos nós outra vez – Fininho dizia.

– Eu sabia que o sino ia tocar àquela hora – Smith disse. – Sabe por quê?

– Diga.

– Sabe o que eu tinha na mão? Um ás e um rei.

O CAPITÃO-DE-CORVETA Werner Heer olhou para seu relógio.

– Trinta minutos.

O Major Wohl assentiu, impassível.

– Como está o tempo? – perguntou.

– A tempestade passou – Heer disse de maneira relutante. Preferiria guardar aquela informação consigo.

– Então devemos subir.

– Se seu homem estivesse lá, ele nos enviaria um sinal.

– Não se vence a guerra com hipóteses, capitão – Wohl disse. – Sugiro de forma categórica que devemos subir.

Houvera uma discussão acalorada, durante a permanência do submarino no estaleiro, entre o oficial superior de Heer e o de Wohl; e o de Wohl tinha vencido. Heer ainda era o capitão do navio, mas fora avisado em termos bastante claros de que devia ter uma razão muito forte da próxima vez que não levasse a sério uma sugestão categórica do Major Wohl.

– Vamos emergir às 6 horas pontualmente – ele disse. Wohl assentiu novamente e desviou os olhos.

37

Um som de vidros quebrados, e depois uma explosão como a de uma bomba incendiária.

Lucy largou o microfone. Alguma coisa estava acontecendo lá embaixo. Ela pegou uma espingarda e desceu.

A sala de estar estava em chamas. O fogo vinha de um jarro quebrado caído no chão. Henry tinha feito uma espécie de bomba utilizando a gasolina do jipe. As chamas estavam se espalhando vorazmente pelo tapete puído de Tom e lambendo as capas soltas do velho conjunto de três poltronas. Uma almofada estofada de plumas pegou fogo e as labaredas chegaram ao teto.

Lucy pegou a almofada e a arremessou pela janela quebrada, chamuscando a mão. Tirou o casaco e o jogou sobre o tapete, pisando em cima dele. Pegou-o novamente e colocou-o sobre o sofá. Estava conseguindo vencer...

Outro vidro quebrou-se.

Foi no andar de cima.

Lucy gritou:

– Jo!

Ela deixou o casaco e subiu, direto para o quarto da frente.

Henry estava sentado na cama com Jo em seu colo. A criança estava acordada, chupando o dedo, com os olhos arregalados de toda manhã. Henry estava acariciando seus cabelos revoltos.

– Jogue a arma na cama, Lucy.

Os ombros dela curvaram-se, derrotada, e ela fez o que ele mandou.

– Você subiu pela parede e entrou pela janela – ela disse, com a voz entorpecida.

Henry tirou Jo do colo.

– Vai com a mamãe.

Jo correu para ela, e ela o pegou no colo.

Henry pegou as duas armas e encaminhou-se para o rádio. Ele estava com a mão direita apoiada no braço esquerdo, e havia uma grande mancha de sangue no casaco. Ele sentou-se.

– Você me machucou – disse. Depois voltou a sua atenção para o transmissor.

De repente, ele falou.

– Prossiga, Ilha das Tormentas.

Henry apanhou o microfone.

– Alô?

– Só um minuto.

Houve uma pausa e depois outra voz falou. Lucy reconheceu como a do homem em Londres que lhe dissera para quebrar o rádio. Ele ficaria desapontado com ela.

– Alô, aqui é Godliman outra vez. Pode me ouvir? Câmbio.

– Sim, posso ouvi-lo, professor. Viu alguma catedral bonita por esses dias?

– É...

– Sim. – Henry sorriu. – Como vai o senhor? – Depois o sorriso se fechou abruptamente, como se a brincadeira tivesse acabado, e ele mudou a freqüência do rádio.

Lucy virou-se e deixou o quarto. Havia terminado tudo, e ela perdera. Desceu as escadas desanimada e foi até a cozinha. Não havia nada a fazer a não ser esperar que ele a matasse. Ela não podia correr – não tinha forças, e ele com toda certeza sabia disso.

Olhou lá para fora pela janela. A tempestade tinha passado. O vento forte virara uma brisa, não chovia mais, e o céu, para o leste, estava claro, parecendo que faria sol. O mar...

Ela franziu a testa, e olhou de novo.

Sim, *era* um submarino.

"Destrua o rádio", o professor dissera.

Na véspera, à noite Henry tinha xingado numa língua estranha.

"Fiz isso por meu país", ele dissera.

E no seu delírio: *Esperando em Calais por um exército fantasma.*

Destrua o rádio.

Por que um homem levaria negativos de fotos numa pescaria?

Ela sempre soube que ele não era louco.

O submarino era alemão, Henry era um agente inimigo e nesse momento estava tentando entrar em contato com o navio pelo rádio.

Destrua o rádio.

Ela sabia o que tinha de fazer. Não tinha o direito de desistir, agora que compreendera. Pois não era apenas sua vida que estava em jogo. Ela tinha de fazer isso por David e por todos os outros jovens que haviam morrido na guerra.

Ela sabia o que tinha de fazer. Não tinha medo da dor – seria muito doloroso, ela sabia, e podia até matá-la –, mas ela conhecia a dor do parto e não podia ser pior que isso.

Ela sabia o que tinha de fazer. Gostaria de colocar Jo em algum lugar, onde ele não visse isso; mas não havia tempo, pois Henry acharia sua freqüência a qualquer instante e então seria tarde demais.

Ela sabia o que tinha de fazer. Tinha de destruir o rádio, mas o rádio estava lá em cima com Henry, e ele tinha as duas armas e a *mataria.*

Ela sabia o que tinha de fazer.

Colocou uma das cadeiras da cozinha no centro da sala, subiu nela, esticou a mão e desatarraxou a lâmpada.

Desceu da cadeira, foi até a porta e ligou o interruptor.

– Vai trocar a lâmpada? – Jo perguntou.

Lucy subiu na cadeira, hesitou um instante, e então enfiou os três dedos no bocal.

Houve uma pancada, um instante de agonia e depois, então, inconsciência.

FABER OUVIU O BARULHO. Tinha encontrado a freqüência certa no transmissor, tinha virado a chave para "Transmitir", e tinha apanhado o microfone. Ele já ia falar quando ouviu o barulho. Imediatamente as luzes do mostrador do aparelho se apagaram.

Seu rosto cobriu-se de raiva. Ela provocara um curto-circuito no abastecimento elétrico da casa inteira. Ele não podia acreditar que ela fosse tão engenhosa.

Ele devia tê-la matado. Que diabo estava acontecendo com ele? Nunca hesitara antes, nunca, até encontrar aquela mulher.

Apanhou uma das espingardas e desceu.

A criança estava chorando. Lucy estava caída perto da porta da cozinha, desmaiada. Ele viu o bocal sem a lâmpada e a cadeira embaixo. Franziu a testa, assombrado.

Faber disse:

– Jesus Cristo Todo-Poderoso!

Os olhos de Lucy se abriram. Ela sentia dores no corpo todo.

Henry estava parado perto dela com a espingarda na mão. Perguntou:

– Por que usou sua mão? Por que não uma chave de parafusos?

Ela respondeu:

– Não sabia que se podia fazer isso com uma chave de parafusos.

Ele sacudiu a cabeça, incrédulo.

– Você é mesmo uma mulher surpreendente – disse. Levantou a espingarda, apontou para ela, e abaixou-a novamente. – *Maldita!*

O olhar dele dirigiu-se para a janela e ele assustou-se.

– Você viu – ele disse.

Ela assentiu.

Ele ficou tenso por um momento, depois foi até a porta. Vendo que estava pregada, quebrou a janela com o cabo da espingarda e pulou para fora.

Henry correu para o penhasco. O submarino ainda estava lá, talvez a meia milha da costa, Henry chegou ao precipício e escorregou por ali. Tentaria nadar até o submarino.

Lucy tinha de detê-lo.

Meu Deus, chega, ela pedia.

Ela pulou a janela, esquecendo o choro do filho, e correu atrás dele.

Quando ela chegou à ponta do penhasco, deitou-se e olhou para baixo. Ele estava na metade do caminho, entre ela e o mar. Ele olhou para cima e a viu, franziu o cenho por um instante, e então começou a se mexer mais rápido, perigosamente rápido.

Seu primeiro pensamento foi descer atrás dele. Mas o que ela faria? Mesmo se o alcançasse, não conseguiria detê-lo.

O chão embaixo dela estava deslizando. Ela chegou para trás, com medo de que a beirada cedesse e ela caísse pelo precipício abaixo.

Aquilo lhe deu uma idéia.

Ela bateu no chão rochoso com os dois punhos. Pareceu ceder um pouco mais, e apareceu uma fenda. Ela colocou uma das mãos na ponta do penhasco e enfiou a outra na fenda. Uma pedra do tamanho de uma melancia soltou-se em sua mão.

Ela olhou lá para baixo e mirou Henry.

Cuidadosamente, fez pontaria e jogou a pedra.

Parecia cair muito devagar. Ele a viu descendo, e cobriu a cabeça com o braço. Parecia que não iria acertá-lo.

A pedra passou a alguns centímetros de sua cabeça e bateu em seu ombro esquerdo. Ele estava se segurando com a mão esquerda, e pareceu perder o equilíbrio. Equilibrou-se precariamente por um instante. A mão direita, a mutilada, tentou segurar em algum lugar. Depois então ele se afastou do rochedo, com os braços batendo até que seus pés escorregaram da pequena saliência da rocha onde se apoiavam e subitamente ele estava no ar, suspenso; e finalmente caiu como uma pedra em cima das rochas, lá embaixo.

Ele não fez nenhum ruído.

Caiu sobre uma rocha plana que se erguia um pouco acima da superfície da água. O barulho que seu corpo fez batendo na rocha foi terrível. Ficou lá, caído de costas como uma boneca quebrada, os braços abertos, a cabeça num ângulo impossível.

Alguma coisa nojenta saiu dele e se espalhou na pedra, e Lucy virou-se.

Ela o tinha matado.

ENTÃO, TUDO PARECEU acontecer ao mesmo tempo, depois.

Houve um ronco ensurdecedor no céu e três aviões com a marca da RAF em suas asas apareceram em meio às nuvens e mergulharam sobre o submarino, suas metralhadoras disparando.

Quatro marinheiros subiram a encosta em direção à casa, em marcha corrida, um deles gritando "Esquerda-direita-esquerda-direita-esquerda-direita".

Outro avião pousou no mar, um bote foi jogado e um homem com um salva-vidas começou a remar em direção ao penhasco.

Um pequeno navio veio do promontório e dirigiu-se agressivamente em direção ao submarino.

O submarino mergulhou.

O bote bateu nas rochas, no sopé do penhasco, e o homem saltou e examinou o corpo de Henry.

Um barco que ela reconheceu como sendo da Guarda Costeira apareceu.

Um dos marinheiros chegou perto dela e disse:

– Tudo bem com você, querida? Tem uma menina no chalé chamando a mãe.

– É um menino – Lucy disse. – Preciso cortar os cabelos dele. – E não houve nada que a fizesse dar um sorriso.

BLOGGS LEVOU O BOTE até o corpo, no sopé do penhasco. O bote bateu contra a rocha e ele pulou em cima da superfície lisa.

Era Die Nadel.

Estava inteiramente morto. Seu crânio tinha se espatifado como um cálice de vidro quando bateu na rocha. Olhando mais de perto, Bloggs pôde ver que ele tinha sofrido bastante antes de cair: sua mão direita estava mutilada e havia alguma coisa errada com seu tornozelo.

Bloggs examinou o corpo. O estilete estava onde ele achava que devia estar: numa bainha presa no braço esquerdo. No bolso de dentro do casaco, que parecia ser caro, e que estava todo ensangüentado, Bloggs encontrou uma carteira, documentos, dinheiro e uma pequena lata de filmes com 24 negativos de 35mm. Ele os colocou contra a luz: eram os negativos das fotos encontradas no envelope que Faber enviara à embaixada portuguesa.

Os marinheiros, lá de cima, jogaram uma corda. Bloggs guardou os pertences de Faber em seu bolso, depois passou a corda em torno do cadáver. Eles o puxaram, depois mandaram a corda para Bloggs.

Quando ele chegou lá em cima, um dos marinheiros disse:

– O senhor deixou os miolos dele na pedra, mas não se incomode.

O subtenente apresentou-se, e eles foram até o pequeno chalé no alto da colina.

– Não mexemos em nada, com medo de desmanchar as provas – o oficial falou.

– Não se preocupe muito – Bloggs lhe disse. – Não haverá processo.

Eles tiveram de entrar na casa pela janela quebrada da cozinha. A mulher estava sentada à mesa, com a criança no colo. Bloggs sorriu para ela. Não lhe ocorreu nada para dizer.

Ele deu uma rápida olhada no chalé. Era um campo de batalha. Viu as janelas com os pregos para prendê-las, as portas também pregadas, os resquícios do incêndio, o cachorro com a garganta cortada, as armas, o corrimão quebrado, e o machado cravado no peitoril da janela ao lado de dois dedos cortados.

Ele pensou: Que tipo de mulher ela deve ser?

Mandou os marinheiros trabalharem: um para arrumar a casa e desobstruir as portas e janelas; outro para trocar o fusível queimado; um terceiro para preparar chá.

Sentou-se em frente à mulher e olhou para ela. Ela estava usando roupas largas, masculinas; seus cabelos estavam molhados; seu rosto, sujo. Apesar de tudo, ela era muito bonita, com lindos olhos cor-de-âmbar no rosto oval.

Bloggs sorriu para a criança e falou muito delicadamente com a mulher.

– O que você fez é de enorme importância para a guerra – disse. – Qualquer dia explicarei qual a importância disso. Mas, por enquanto, tenho que lhe fazer duas perguntas. Está bem?

Os olhos dela o encararam, e depois de um segundo ela concordou.

– O homem, Faber, conseguiu entrar em contato com o submarino pelo rádio?

A mulher parecia perdida.

Bloggs encontrou uma bala no bolso da calça.

– Posso dar uma bala ao menino? – perguntou. – Ele parece estar com fome.

– Obrigada – ela disse.

– Faber entrou em contato com o submarino?

– O nome dele era Henry Baker – ela disse.

– Ah! Bem, ele conseguiu?

– Não. Provoquei um curto-circuito na eletricidade.

– Foi esperta – Bloggs disse. – Como fez isso?

Ela apontou para o bocal no teto.

– Chave de parafusos?

– Não – ela deu um pequeno sorriso. – Não fui tão esperta. Com os dedos.

Ele fez uma expressão de horror. Só de pensar em que ela deliberadamente... Ele sentiu um estremecimento. Era horrível. Procurou esquecer aquilo.

– Certo. Você acha que alguém no submarino pode tê-lo visto descendo o penhasco?

O esforço de concentração apareceu em seu rosto.

– Ninguém saiu pela escotilha – ela disse. – Eles podem ter visto pelo periscópio?

– Não – ele respondeu confiante. – Isso é uma boa notícia. Significa que não sabem que foi capturado e... neutralizado. De qualquer modo... – Ele mudou de assunto rapidamente. – Você passou por uma situação tão difícil quanto a que os homens na linha de frente enfrentam. Vamos levar você e o menino a um hospital no continente.

– Sim – ela disse.

Bloggs dirigiu-se ao marinheiro mais graduado.

– Há algum meio de transporte por aqui?

– Há um jipe, lá debaixo daquelas árvores.

– Ótimo. Você leva os dois até o cais e põe em seu navio?

– Claro.

– Trate-os bem.

– É claro.

Bloggs voltou-se para a mulher novamente. Sentiu um irresistível impulso de afeição e admiração por ela. Ela parecia frágil e desprotegida, agora: mas ele sabia que ela era valente e forte, além de bonita. Impulsivamente, segurou a mão dela.

– Um dia ou dois depois que você se internar, vai começar a se sentir terrivelmente deprimida. Esse é o sinal de que você está melhorando. Não estarei muito longe e os médicos vão me contar quando isso acontecer. Vou querer conversar mais com você. Mas só quando você estiver disposta. Certo?

Finalmente ela deu um sorriso para ele, e pareceu-lhe o calor de uma chama.

– Você é muito gentil – ela disse.

Ela levantou-se e levou o menino para fora da casa.

– Gentil? – Bloggs repetiu para si mesmo. – Meu Deus, que mulher!

Ele foi lá em cima até onde estava o rádio e mudou a freqüência para a da Real Unidade de Observação.

– Ilha das Tormentas chamando. Câmbio.

– Prossiga, Ilha das Tormentas.

– Ligue-me com Londres.

– Espere. – Houve uma longa pausa, depois uma voz conhecida.

– Godliman.

– Percy. Pegamos o... contrabandista. Está morto.

– Maravilhoso, maravilhoso. – Havia triunfo na voz de Godliman. – Ele conseguiu se comunicar com os parceiros?

– Quase certo que não.

– Muito bem, muito bem!

– Não me cumprimente – Bloggs disse. – Quando cheguei aqui, já estava tudo feito.

– Quem o matou, então?

– A mulher.

– Bem, é incrível. Como ela é?

Bloggs sorriu.

– É uma heroína, Percy.

Godliman soltou uma gargalhada.

– Acho que sei o que você quer dizer.

38

Hitler estava na janela panorâmica, olhando para as montanhas. Estava com seu uniforme cinza-chumbo e parecia cansado e deprimido. Havia chamado o médico durante a noite.

O Marechal Puttkamer prestou continência e disse:

– Bom dia, meu Führer.

Hitler virou-se e encarou seu ajudante-de-campo. Aqueles pequenos olhos nunca deixaram de enervar Puttkamer. Hitler disse:

– Die Nadel veio?

– Não. Houve um problema no encontro... a polícia inglesa estava procurando contrabandistas. De qualquer modo, parece que Die Nadel não estava lá. Ele enviou uma mensagem há poucos minutos. – Ele entregou uma folha de papel.

Hitler a pegou, colocou os óculos, e começou a ler

ENCONTRO MARCADO INSEGURO SEUS PUTOS ESTOU FERIDO E TRANSMITINDO COM BRAÇO ESQUERDO PRIMEIRO GRUPAMENTO DO EXÉRCITO ESTADOS UNIDOS ESTACIONADO EAST ANGLIA SOB COMANDO PATTON ASSIM DIVIDIDO VINTE E UMA DIVISÕES DE INFANTARIA CINCO DIVISÕES BLINDADAS APROXIMADAMENTE CINCO MIL AVIÕES MAIS NAVIOS COM TROPAS EM WASH GRUPAMENTO ATACARÁ CALAIS QUINZE JUNHO SAUDAÇÕES A WILLI.

Hitler devolveu a mensagem a Puttkamer e suspirou.

– Então vai ser mesmo em Calais.

– Podemos confiar nesse homem? – O ajudante perguntou.

– Claro. – Hitler virou-se e andou até a cadeira, atravessando a sala. Seus movimentos eram feitos com dificuldade, e ele parecia estar sentindo dor. – Ele é um alemão leal. Conheço sua família.

– Mas seu instinto...

– Ach... Disse que confiaria na informação, e vou confiar. – Fez um gesto de despedida. – Diga a Rommel e a Rundstedt que não terão os *panzers*. E chame aquele médico desgraçado.

Puttkamer fez outra continência e saiu para dar as ordens.

Epílogo

Quando a Alemanha derrotou a Inglaterra nas quartas-de-final da Copa do Mundo de Futebol de 1970, vovô ficou furioso.

Ele estava sentado em frente ao aparelho de televisão a cores e falava baixinho com a tela, cofiando a barba.

– Esperteza! – disse aos comentaristas que agora estavam analisando a partida. – Esperteza e ousadia! É esse o modo de derrotar os alemães!

Ele não se acalmou até que os netos chegassem. O Jaguar branco de Jo entrou na modesta casa de três quartos, e o pequeno David correu para se sentar no colo de vovô e puxar sua barba. O restante da família entrou mais devagar: Rebecca, a irmã mais nova de David; depois a esposa de Jo, Ann; depois Jo, com a aparência próspera, vestindo um paletó de camurça. Vovó veio da cozinha para cumprimentá-los.

Jo perguntou:

– Viu o jogo, papai?

– Terrível – vovô respondeu. – Estivemos mal. – Desde que se aposentara da polícia e passara a ter mais tempo livre, começou a se interessar por esporte.

Jo passou a mão no bigode.

– Os alemães estiveram melhores – disse. – Jogam um bom futebol. Não podemos vencer sempre.

– Não me fale sobre os alemães sanguinários – vovô disse.

Jo sorriu.

– Tenho muitos negócios com alemães.

A voz de vovó veio da cozinha.

– Não o provoque, Jo. – Ela dizia que estava ficando surda, mas não perdia quase nada.

– Eu sei – vovô disse. – Perdoe e esqueça, e dirija um maldito Audi.

– Bons carros.

– Esperteza e ousadia, é esse o modo de derrotar os alemães – vovô repetia. Falou com o neto que estava em seu colo, que não era realmente seu neto, uma vez que Jo não era seu filho. – Foi assim que os vencemos na guerra, David. Nós os enganamos.

– Como os enganaram? – David perguntou, com a convicção das crianças de que seus antepassados tinham feito tudo na História.

– Bem, fizemos com que eles pensassem... – a voz de vovô tornou-se mais baixa e conspiradora, e a criança começou a rir por antecipação. – Fizemos com que eles pensassem que íamos atacar em Calais...

– Isso fica na França, não na Alemanha.

– É, mas os alemães tinham invadido a França nessa época. E os bobocas não se defenderam tão bem quanto nós.

– E isso não tem nada a ver com o fato de sermos uma ilha, é claro... – Jo disse.

Ann mandou-o se calar.

– Deixe vovô contar suas histórias de guerra.

– De qualquer maneira – vovô continuou –, fizemos com que eles pensassem que íamos atacar em Calais, então eles colocaram todos os tanques e soldados lá. – Ele usou uma almofada para representar a França, um cinzeiro para os alemães e um canivete para os Aliados. – *Mas* nós atacamos na Normandia, e não havia ninguém lá a não ser o velho Rommel e umas poucas espingardas! Esperteza e ousadia, entendeu?

– Eles não descobriram sobre o engano? – David perguntou.

– *Quase* descobriram. Na verdade, houve um espião que descobriu. Não é muita gente que sabe disso, mas eu sei porque era um caçador de espiões na guerra.

– O que aconteceu com o espião?

– Nós o matamos antes que ele pudesse contar.

– Você o matou, vovô?

– Não... foi a vovó quem matou.

Os olhos de David se arregalaram.

– *Vovó* o matou?

– Vovó entrou trazendo um bule de chá e disse:

– Fred Bloggs, está assustando as crianças?

– Por que não devem saber? – ele resmungou. – Ela recebeu uma medalha, você sabe. Ela não me conta onde a guarda porque não gosta que eu mostre às visitas.

Vovó estava servindo chá.

– Já acabou tudo agora e é melhor esquecer, como Jo diz. De qualquer modo, não conseguimos muito com isso. – Ela passou a xícara e o pires para o vovô.

Ele segurou-a pelo braço.

– *Alguma* coisa boa conseguimos com isso – disse. Sua voz subitamente tornou-se terna, toda a irritação da idade desapareceu. – Encontrei uma heroína, e me casei com ela.

Os dois se olharam durante algum tempo. Os belos cabelos dela estavam grisalhos agora, e ela usava um coque. Estava mais gorda. Durante muitos anos, ela sempre usou roupas elegantes e bonitas, mas já não tinha mais corpo para a alta-costura. Mas seus olhos ainda eram os mesmos: grandes e cor-de-âmbar, e notavelmente bonitos.

Aqueles olhos o olharam, agora, e estavam muito tranqüilos, lembrando como haviam sido.

Então David pulou do colo de vovô e jogou a xícara de chá no chão, e quebrou-se o encanto.

fim

EDIÇÕES BESTBOLSO

Alguns títulos publicados

1. *Sex and the City*, Candace Bushnell
2. *O diário de Bridget Jones*, Helen Fielding
3. *Baudolino*, Umberto Eco
4. *A casa das sete mulheres*, Leticia Wierchowski
5. *O poderoso chefão*, Mario Puzo
6. *O diário de Anne Frank*, Otto H. Frank e Mirjam Pressler
7. *Educar sem culpa*, Tânia Zagury
8. *Viagem à luta armada*, Carlos Eugênio Paz
9. *Os carbonários*, Alfredo Sirkis
10. *O misterioso caso de Styles*, Agatha Christie
11. *O caso do hotel Bertram*, Agatha Christie
12. *O silêncio dos inocentes*, Thomas Harris
13. *Ramsés – O filho da luz*, Christian Jacq
14. *Ramsés – O templo de milhões de anos*, Christian Jacq
15. *Ramsés – A batalha de Kadesh*, Christian Jacq
16. *Ramsés – A dama de Abu-Simbel*, Christian Jacq
17. *Ramsés – Sob a acácia do Ocidente*, Christian Jacq
18. *O buraco da agulha*, Ken Follett
19. *O príncipe das marés*, Pat Conroy
20. *O grande Gatsby*, F. Scott Fitzgerald
21. *Suave é a noite*, F. Scott Fitzgerald
22. *Toda mulher é meio Leila Diniz*, Mirian Goldenberg
23. *Getúlio*, Juremir Machado da Silva
24. *O primo Basílio*, Eça de Queirós
25. *Exodus*, Leon Uris
26. *O jogo das contas de vidro*, Hermann Hesse
27. *Uma mente brilhante*, Sylvia Nasar
28. *Acima de qualquer suspeita*, Scott Turow
29. *Fim de caso*, Graham Greene
30. *O poder e a glória*, Graham Greene

#PCK04156
O buraco da agulha

EDIÇÕES BestBolso

Este livro foi composto na tipologia Minion, em
corpo 10,5/13, e impresso em papel Off-set 56g/m² no Sistema
Cameron da Divisão Gráfica da Distribuidora Record.